LES WHISKEY :

LES DARK KNIGHTS DE PEACEFUL HARBOUR

À l'état brut

MELISSA FOSTER

Ce roman est une fiction. Les événements et les personnages qui y sont décrits sont imaginaires et ne font pas référence à des lieux spécifiques ou à des personnes vivantes. Les opinions exprimées dans ce manuscrit sont uniquement celles de l'auteur et ne représentent pas les opinions ou les pensées de l'éditeur. L'auteur a déclaré et garanti la pleine propriété et/ou le droit légal de publier tout le contenu de ce livre.

Note aux lecteurs

Cela fait des années que j'attends d'écrire le livre de Diesel et Tracey, et je suis ravie de vous présenter leur histoire d'amour pleine d'émotions. J'espère que vous adorerez Diesel, mon héros le plus dur et le plus bourru, qui parle peu comme s'il avait une réserve de mots limitée, et Tracey, le mélange parfait de dureté, d'impertinence et de douceur pour faire ressortir la touche de la romance propre à Diesel. Si c'est votre premier roman avec les Whiskey, sachez que tous mes romans *Amour Sublime* sont écrits pour être lus de manière autonome, alors plongez tout de suite et profitez d'une aventure amusante et sexy.

Pour ne manquer aucune information sur mes futures sorties de la série Les Whiskeys, abonnez-vous à ma newsletter :
www.MelissaFoster.com/Francaise-news

Pour en savoir plus sur mes romances sexy, amusantes et pleines d'émotions, qui peuvent toutes être lues de manière indépendante ou faisant partie d'une série plus importante, rendez-vous sur mon site web :
www.MelissaFoster.com

Si vous préférez les romances plus douces, sans scènes explicites ni langage cru, découvrez ma série en anglais, *Sweet with Heat*, sous le nom de plume, Addison Cole. Vous y trouverez les mêmes histoires d'amour, en un peu moins torrides.

Belle lecture.
~ Melissa

CHAPITRE UN

LES MURMURES émanant de la foule présente au *Whiskey's* rivalisaient avec les sons du billard et les grognements dus à la colère froide et grandissante de Desmond "Diesel" Black tandis qu'il versait une tournée de shots pour un client, les yeux rivés sur Tracey Kline. La petite serveuse sexy était en train de se faire déshabiller du regard par un punk en veste en jean et aux cheveux hirsutes qui venait d'entrer dans le bar avec deux autres gars. Tracey, de par sa gentillesse, avait écarquillé ses grands yeux noisette et, d'un geste du menton, avait envoyé ses cheveux brun soyeux qui lui arrivaient aux épaules hors de son visage puis lui avait fait signe de s'asseoir à une table. Ses cheveux retombaient sur un œil, ce qui la rendait encore plus sexy. L'abruti en veste en jean avait dû y voir une invitation car pendant que ses copains se dirigeaient vers la table, *lui* allait vers Tracey. Diesel serra sa mâchoire.

— Fais gaffe, mon pote, le mit en garde Jed Moon, l'autre barman.

Diesel se retourna, lui lançant un regard noir.

Amusé, Moon fit un signe de tête en direction de la tequila que Diesel continuait de verser et qui coulait comme une rivière sur le bord du bar, s'accumulant près de ses bottes en cuir noir.

— Est-ce que tu viens de me *grogner* dessus ? Tu perds la

tête, mec !

Il jeta une serviette à Diesel.

— *Bon sang.*

Les yeux de Diesel se dirigèrent vers l'enfoiré qui parlait avec Tracey pendant qu'il nettoyait le bar.

Cette dernière croisa son regard, surprenant ainsi Diesel qui l'observait. Il fronça les sourcils et le regard de ce connard arrogant suivit celui de la jeune femme vers Diesel.

Il fit rouler ses épaules en arrière, prêt à cracher du feu.

Le connard devint blanc comme un linge, mais il se reprit bien vite et un sourire arrogant apparut. Il dit autre chose à Tracey puis se dirigea vers ses amis. Cette dernière lança un regard furieux à Diesel, tourna les talons et se précipita vers un autre client.

Moon se rapprocha.

— Je commence à me dire que soit tu es resté ici trop longtemps, soit tu dois revendiquer cette femme comme étant la tienne.

Les yeux de Diesel restèrent fixés sur Tracey. Il n'était pas prêt à faire de n'importe quelle femme la sienne. Il était un loup solitaire depuis l'âge de dix-neuf ans, lorsque sa mère avait perdu un long et dur combat contre le cancer. Il avait quitté le seul foyer qu'il connaissait, à Hope Valley, dans le Colorado. À trente-deux ans, les seuls liens qu'il avait, ou qu'il voulait avoir, étaient avec les autres membres des *Dark Knights*, dont il était un membre nomade – fidèle au club sans revendiquer aucun chapitre comme étant le sien. Mais Moon avait raison de mentionner le fait qu'il était là depuis trop longtemps. Diesel était un chasseur de primes et il ne restait généralement pas plus de quelques semaines dans un endroit avant d'avoir envie de monter sur sa moto et de partir pour une autre ville ou un autre état. Mais il était resté dans le coin pour rendre service à la femme du président du club, Red Whiskey. Son fils aîné, Bullet, avait tenu le bar pendant des années, mais maintenant que sa femme et lui avaient une petite fille, il voulait consacrer plus de temps à sa famille. Diesel avait pris le relais le soir.

Puis, il y avait eu une deuxième faveur que Red lui avait demandée. Cela concernait Tracey, qui avait fui une relation abusive et qui était un oiseau effrayé, brisé et sans nid… *C'est une fille spéciale, et j'ai besoin que tu veilles sur elle. Veille à ce qu'elle soit en sécurité.* Cette faveur et cette femme avaient contribué au fait qu'il était resté là presque deux ans.

—Je te dirais bien de l'éliminer de ton système, ajouta Moon, tirant Diesel de ses pensées. Mais Tracey n'est pas comme les autres. C'est le genre de filles avec qui l'on se pose.

Sans blague. Diesel laissa tomber la serviette et marcha dessus pour éponger l'alcool sur le sol.

—Je ne ferais qu'une seule bouchée de cette petite chose.

Tracey s'était peut-être épanouie ces deux dernières années passant d'un oiseau brisé à une chouette sage, mais du haut de son mètre quatre-vingt-six et ses cent quinze kilos de muscles et avec son sexe imposant que cent femmes agenouillées à ses pieds auraient pu vénérer, Diesel disait la vérité. Tracey mesurait à peine un peu plus d'un mètre cinquante et ne devait pas peser plus de cinquante kilos tout mouillés. Sans compter qu'elle était trop douce avec les gens dans son genre. Mais même cela ne l'empêchait pas de penser à son petit corps serré autour de lui. Il ne savait pas comment il en était arrivé là alors qu'au départ, il ne pensait qu'à la protéger, mais dès qu'elle suscitait du désir en lui, c'était l'enfer.

C'était la raison principale pour laquelle il avait l'intention de quitter Peaceful Harbor pour de bon. D'habitude, quand l'envie lui prenait, il enfourchait sa moto et s'en allait sans prévenir personne, encore moins en jetant un regard en arrière. Mais il ne pouvait pas faire ça aux Whiskey. Ils comptaient sur lui et il leur faudrait du temps pour trouver un remplaçant. Il annoncerait demain à Red qu'il partait après les vacances, ce qui devrait leur donner le temps pour trouver quelqu'un.

Tracey se dirigea vers le bar, tirant des poignards invisibles sur Diesel.

Venant de la fille qui ne pouvait pas le regarder droit dans les yeux les premiers mois où elle avait travaillé ici, elle avait parcouru un long chemin depuis cette fille effrayée qui portait des chemises de flanelle trop grandes et des jeans trop larges. Son regard tomba sur le bout de peau entre l'ourlet du T-shirt à l'effigie du bar qui s'accrochait à sa poitrine et son jean moulant. Il l'imagina, couchée sur le bar, alors qu'il goûtait cette chair pâle qui le menait vers son festin, entre ses jambes.

Tracey frappa sa main sur le bar, le tirant de son fantasme qu'il n'avait aucun problème à entretenir.

— *Arrête de* faire fuir mes pourboires.

— Baisse ta chemise avant de t'attirer des ennuis.

L'endroit était blindé Elle avait des tas de pourboires qui rentraient. Elle n'avait pas besoin d'en montrer autant pour en recevoir.

Elle sourit, maintenant un regard de défi alors qu'elle se penchait sur le bar, lui donnant un aperçu du décolleté et révélant un soupçon de dentelle noire.

— Je pense que tu me confonds avec une de tes Brebis.[1] Ce n'est pas parce qu'elles t'appellent « *Daddy* » que tu peux agir

---

[1] Terme utilisé dans les romances de bikers pour désigner les femmes qui leur courent après dans l'espoir de devenir une régulière.

comme *mon* père.

— « *Daddy* ». *Ouais, c'est ça.*

Ce n'était pas son truc du tout. Il appuya ses avant-bras sur le bar, ce qui le positionna nez à nez avec Tracey, son parfum féminin séduisant attisant les flammes qu'il essayait d'ignorer. Il soutint son regard, appréciant l'accélération de son souffle, le battement nerveux de ses longs cils alors qu'elle essayait visiblement de reprendre courage. Il s'amusait de sa nouvelle provocation, mais elle risquait de s'attirer des ennuis en agissant de la sorte.

— Tu deviens un peu trop bavarde, ma petite tigresse, la mit-il en garde.

— Tu devrais vérifier ça.

Elle pressa ses lèvres en une ligne ferme et se poussa du bar, regardant nerveusement les clients qui grimpaient sur les tabourets à côté d'elle.

— J'ai besoin d'un pichet de *Bud* et de trois verres.

Il balaya la salle du regard pendant qu'il s'occupait de la commande. Une énergie nerveuse émanait de Tracey. Diesel surprit l'enfoiré à la veste en jean en train de la reluquer et le fit taire d'un autre regard menaçant alors que Tracey tendait la main vers le bar pour prendre les verres. Il couvrit son mince poignet de sa main, ses doigts recouvrant tout son avant-bras. Elle était si petite que cela le rendait malade de penser qu'un homme avait déjà levé la main sur elle.

— Quoi ?

Elle claqua des doigts, le feu brûlant dans ses yeux.

— Fais attention à toi.

LE TOUPET de cette bête qui essaie de me dire quoi porter et comment agir. Il fut un temps où Tracey se serait recroquevillée sous le contact ou le regard d'avertissement d'un homme, surtout s'il avait la taille d'une montagne et qu'il grognait plus qu'il ne parlait. Mais elle n'était plus la fille faible et sans amis qu'elle avait été lorsqu'elle avait échappé à la colère de son connard de petit ami, Dennis Smoot. Elle était allée trop loin pour laisser quiconque lui dire ce qu'elle pouvait ou ne pouvait pas faire.

Elle soutint le regard noir de Diesel, la chaleur et la fureur se déchaînant en elle alors que l'attirance *ou la haine — elle* ne pouvait jamais choisir laquelle des deux avec lui — s'enfonçait profondément dans ses griffes.

— J'essaie tout simplement de gagner ma vie, lâcha-t-elle.

— *Toi*, fais attention à *toi*.

Libérant son bras, elle prit sa commande, sûre que de la fumée lui sortait des oreilles. Elle s'éloigna, essayant de se calmer en allant servir les boissons. Pourquoi l'avait-elle dans la peau ? Elle trouva la réponse en passant du côté de Dixie Whiskey-Stone. Cette dernière était une rousse coriace qui s'occupait de la comptabilité des entreprises de la famille Whiskey et était serveuse quelques soirs par semaine. Comme toujours, ses tables étaient remplies d'hommes à gros revenus, tandis que Tracey avait deux tables vides, ses autres clients étant principalement des femmes, grâce au regard de Diesel.

— *Ne t'approche pas d'elle ou je t'arrache les bras.*

Le bâtard.

À Thanksgiving, Tracey avait enfin compris *pourquoi* Diesel scrutait tous les clients masculins qui s'approchaient d'elle et Red Whiskey avait confirmé ses soupçons. Quand Tracey avait commencé à travailler au bar, Red avait peur que son ex ne vienne la chercher. Elle avait donc demandé à Diesel de la surveiller. Mais c'était il y a *deux* ans de cela.

Il était temps de mettre un terme au travail de garde du corps de Diesel, car c'était ça ou démissionner et il en était hors de question. Elle aimait son travail et elle adorait les Whiskey. Il n'y avait pas moyen qu'elle laisse cet homme de Néandertal lui gâcher tout cela. Même s'il était incroyablement sexy et qu'elle faisait souvent des rêves chauds à son sujet.

Les Whiskey étaient ses anges gardiens à moto, tatoués et vêtus de cuir. Elle les avait rencontrés au refuge pour femmes de Parkvale, où elle avait séjourné après avoir échappé à son ex, violent. Le refuge était géré par une autre famille des Dark Knights, et Wayne "Bones" Whiskey, un médecin, y était bénévole. Les Whiskey l'avaient aidée à se remettre sur pied, en lui donnant ce travail, et plus important encore, en l'accueillant dans leur grand, mais très soudé, cercle de famille et d'amis, Comme sa colocataire, Izzy Ryder, avec qui elle vivait depuis qu'elle avait quitté le refuge et qui était également serveuse au *Whiskey's*. Les Whiskey faisaient tellement pour la communauté, que tout le monde à Peaceful Harbor semblait les connaître. Tracey avait été isolée pendant tant d'années avant de s'éloigner de Dennis, il lui avait fallu du temps pour baisser sa garde, mais les Whiskeys et leurs amis avaient été patients, la faisant se sentir en sécurité et désirée, comme si elle faisait à nouveau partie d'une *vraie* famille.

Les pensées de sa mère l'envahirent, lui apportant une vague de tristesse. Elles s'étaient brouillées quand elle avait déménagé avec Dennis, et maintenant, six longues années plus tard, elle ne savait même pas où elle était. Mais elle ne pouvait pas se permettre de se perdre dans ce marasme dévastateur à ce moment-là. Elle avait encore cinq heures de pourboires à gagner.

Elle adressa un sourire amical au type à la veste en jean, qui était bien trop imbu de lui-même, tout en posant le pichet et les verres sur la table. Ses amis et lui étaient de passage en ville pour quelques nuits, du moins, c'est ce qu'il avait affirmé à leur arrivée.

— Pas de problème. Voir votre joli visage valait la peine d'attendre.

M. le Frimeur leva le menton en direction du bar.

— C'est quoi le problème entre Bigfoot et toi ?

— Si j'avais gagné un dollar à chaque fois que je me suis posé cette question, je serais une femme riche à présent.

Elle jeta un coup d'œil à Diesel, qui préparait une commande pour Dixie qui discutait au bar, mais les yeux de Diesel étaient fixés sur Tracey, ce qui lui fit ressentir à nouveau ces sentiments bizarres. C'était vraiment une montagne de muscles : il grognait et était effrayant, tatoué du cou au poignet, *sans aucun* sens du relationnel. La vieille casquette de baseball noire usée qu'il portait tous les jours ne correspondait pas au reste de son image de dur à cuire, ce qui la rendait curieuse de savoir pourquoi il la portait. Avait-t-elle une valeur sentimentale ? *Etait-ce le trophée d'un homme qu'il aurait tué ?* Elle rit intérieurement. Lorsqu'elle avait rencontré Diesel pour la toute première fois, il était si froid et avait un regard si meurtrier qu'elle avait même caressé l'idée que cet homme, qui était pratiquement une légende à lui tout seul pour Dieu sait quelle raison, pouvait être un tueur en série. *Un tueur en série qui sentait vraiment bon.* Il sentait toujours le propre et frais, comme un jour d'hiver froid. Mais elle avait appris la vérité. Desmond "Diesel" Black n'était ni Bigfoot ni un tueur en série. C'était juste un chien de garde au sang-froid et elle était sa protégée.

— Hé, rayon de soleil, dit le Frimeur ramenant son attention sur ses clients.

— Oui ? Désolée.

— Alors il n'y a rien *entre* lui et toi ?

— Non.

J'aime les gars qui peuvent enchaîner des phrases complètes.

— A quelle heure finis-tu ?

Il se pencha plus près, un sourire effrayant se dessinant sur son visage. Avant qu'elle ne puisse dire un mot, il ajouta :

— Laisse-moi reformuler. À quelle heure, je peux venir te chercher et te faire prendre ton pied ?

Les deux gars avec qui il était, gloussèrent.

Argh. Entre l'emprise ridiculement protectrice de Diesel et ce sale type qui se croyait tout permis, elle avait envie de frapper quelque chose.

— Désolée, mais je ne sors pas avec les clients. Bonne dégustation de vos boissons.

Elle alla servir d'autres clients, puis se dirigea vers le bar pour passer une commande. *Œil de lynx* l'observa pendant tout le trajet, allumant ces flammes étranges sous sa peau et qui brûlaient de plus en plus depuis le mariage de son amie Sarah et de Bones, il y avait plusieurs semaines de cela. Diesel avait été d'une beauté dévastatrice ce soir-là, tous ses muscles faisant presque craquer sa chemise et son pantalon. Kennedy, la fille de cinq ans d'une autre amie, l'avait entraînée sur la piste de danse et l'homme qui, Tracey en était sûre, avait un cœur de pierre, avait fait tournoyer cette petite fille et l'avait prise dans ses bras avec une telle tendresse que si Tracey ne l'avait pas déjà vu se comporter comme l'emmerdeur râleur qu'il était, sa culotte aurait pu fondre.

Elle se dirigea vers le côté du bar où se trouvait Jed, le mari de son amie Josie. Il était aussi un Dark Knight, mais il était à l'opposé de Diesel, avec un comportement chaleureux, des yeux bleu perçant et d'épais cheveux blonds. Jed était un grand gars, mais pas massif comme Diesel et il était follement amoureux de sa femme et de leur fils de sept ans, Hail.

Jed lui offrit un sourire chaleureux.

— Qu'est-ce que je peux te servir, Trace ?

— Un massage du dos, un massage des pieds et peut-être un gars qui sait comment flirter sans être un con fini.

Jed fronça les sourcils.

— La soirée a été difficile ?

Elle regarda Diesel, qui posait une boisson sur le bar pour un client, ses yeux sombres glissant à nouveau vers elle.

— Disons juste que les gars que mon garde du corps ne parvient pas à effrayer, sont ceux que j'aimerais qu'il effraie.

Elle commanda la boisson et regarda deux couples partir pendant qu'elle attendait. Les gars avaient leurs bras autour des filles. L'un d'eux embrassait la tempe de sa partenaire et Tracey soupira intérieurement.

Elle n'avait jamais su à quoi ressemblait une bonne relation avant de rencontrer les Whiskey, mais maintenant elle pouvait les repérer à des kilomètres. Sa mère avait quitté son père abusif alors qu'elle n'avait que six ans et elle ne l'avait jamais vue avec un homme après ça. Quand Tracey avait été en âge de sortir avec des hommes, elle avait rencontré Dennis. Ce qu'elle avait cru être de l'amour n'était en fait qu'un cauchemar en devenir. Mais ces deux dernières années, alors que les Whiskey l'avait adoptée, elle avait observé et appris. Biggs était un biker pur et dur. Quant à Red, elle était aussi dure que la femme d'un biker se devait d'être pour survivre dans ce monde. Ils étaient mariés depuis toujours et l'amour, la confiance et le respect qu'ils avaient l'un pour l'autre étaient inégalables, résonnant dans tout ce qu'ils faisaient et sur les gens qui les entouraient. Ils avaient élevé trois hommes forts qui avaient pour noms de route – Bullet, Bones et Bear – ainsi qu'une fille au caractère bien trempé, Dixie. Tous les quatre avaient un cœur d'or et aimaient leurs proches ou leurs amis, comme si ces relations étaient, comme l'air qu'ils respiraient, essentielles.

Dernièrement, Tracey avait eu envie de ce type de confiance, d'amitié et d'intimité, elle aussi.

Jed poussa les boissons sur le bar, attirant son attention.

— Hé, Trace, tu penses pouvoir garder Hail mercredi soir ? Josie a travaillé si dur pour se préparer pour le salon du mariage, je veux l'emmener dans un endroit spécial.

Josie possédait une entreprise de pain d'épice. Sa sœur, Sarah, était coiffeuse et elles partageaient toutes deux un stand à un salon du mariage le mois d'après avec Finlay, la femme de Bullet, qui possédait, elle, une entreprise de restauration et travaillait à temps partiel au bar. Tracey et quelques autres de leurs amis allaient les aider lors de cet événement. Elle passa mentalement en revue son emploi du temps en mettant les boissons sur le plateau. Entre ses cours d'arts martiaux et son travail de serveuse, elle n'avait pas beaucoup de temps libre mais elle adorait garder Hail.

— Bien sûr. À quelle heure ?

— Est-ce que vers sept heures, ça t'irait ?

— Oui, dit-elle alors que Diesel réduisait la distance entre eux.

— Je serai là.

— Être *où* ?

La voix de Diesel était aussi rugueuse que du papier de verre.

Elle souleva le plateau du bar, bien décidée à l'embêter.

— Bien que ça ne te regarde pas, Jed m'arrange un rendez-vous pour un combat de boue.

Les narines de Diesel se dilatèrent.

Elle ne put s'empêcher de glousser. Pour quel genre de fille la prenait-il ? Elle ne put s'empêcher de lancer une autre pique.

— Ai-je mentionné que c'est avec *deux* gars ? Il y aura probablement un peu de nudité.

Elle ricana en s'éloignant pour aller servir les boissons.

Une heure plus tard, le bar était bondé mais Tracey avait encore des tables libres. Elle était bonne pour être prise à partie par les regards en biais de Diesel et fut ravie lorsque Crow Burke entra avec Tex et Court Sharpe, trois Dark Knights généreux en pourboires.

— Hé, les gars. Comment allez-vous ce soir ?

— Super, Trace. Et toi ? lui demanda Tex.

— Tu as l'air en pleine forme.

Crow promena ses yeux le long de son corps.

Tex lui donna un coup de coude et lui jeta un regard noir.

Elle fut à deux doigts de lever les yeux au ciel. Comme si elle avait besoin d'un autre baby-sitter ?

— J'ai une table avec votre nom juste là.

Elle montra du doigt une table vide.

— Tu sais qu'on t'aime, Trace, mais je crois qu'on va s'asseoir à l'une des tables de Dixie ce soir.

Tex passa une main tatouée dans ses épais cheveux noirs.

— Diesel m'engueule à chaque fois que je flirte avec toi.

Furieuse, elle planta sa main sur sa hanche.

— Vous avez peur de Diesel ? Sérieusement ? Les Dark Knights ne sont-ils pas censés se soutenir mutuellement ?

— C'est exactement pour ça qu'on va s'asseoir du côté de

Dix.

Tex donna un coup de coude à Crow.

— Allons-y.

Elle regarda Court, le plus âgé des trois hommes.

— Désolé, Trace, mais tu sais que ces deux-là ne peuvent pas s'empêcher de s'attirer des ennuis.

La colère couvait en elle alors que Court s'éloignait et elle se précipita vers la caisse où Dixie encaissait un client.

— Hé, ma belle.

Dixie la regarda pendant qu'elle passait une commande.

— Waouh. Qu'est-ce qui t'a mis dans tous tes états ?

— Tex vient de me dire que Diesel l'a engueulé pour avoir flirté avec moi. *Pourquoi* Diesel fait-il ça ? C'est comme s'il voulait que je démissionne. Je veux dire *Tex*. Vraiment ? Comme s'il était une sorte de menace pour ma sécurité ?

Dixie appuya sa hanche contre le comptoir, regardant Tracey en croisant les bras.

— Tu es sexy ce soir.

Tracey avait toujours été petite mais maintenant que sa vie était stable et qu'elle était heureuse, elle avait pris quelques kilos. Grâce aux cours d'arts martiaux qu'elle suivait à son club de gym, elle avait même un semblant de courbes. Il ne lui avait fallu que près de vingt-six ans pour les développer. Mais elle comprit la tentative de Dixie afin de la distraire avec un compliment.

— Comparé à toi, je ressemble à une adolescente avec des seins, mais tu ne réponds pas à ma question, Dix.

Dixie avait la beauté, le corps et l'assurance de Tess Carmina mais aussi l'attitude d'une biker dure à cuire qui vivait selon ses propres règles. Elle s'habillait comme bon lui semblait, portant des minishorts, des minijupes, ou comme ce soir, un débardeur du *Whiskey's*, un jean moulant et des bottes en cuir noir très hautes. Personne n'avait jamais enquiquiné Dixie. Tracey voulait le respect de *Diesel*. Tous les autres le lui avaient déjà accordé.

— Oui, je le suis et tu ne ressembles en rien à un garçon. Tu as de gros seins, de jolies fesses et une petite taille que la moitié de nos amies rêveraient d'avoir.

— Merci, mais quel est le rapport avec ma question ?

— Ça fait des mois que je te dis que Diesel veut te mettre dans son lit. Si cet homme regardait n'importe quelle autre femme de la façon dont il te regarde, elles se jetteraient sur lui.

Elle arqua un sourcil parfaitement épilé.

— Si tu veux mon avis, tu devrais traîner ses fesses derrière et le chevaucher comme une Harley. C'est le seul moyen de briser la tension sexuelle entre vous deux et tu sais bien qu'un homme qui ressemble à, ça baise aussi fort qu'il agit sombrement.

— *J'en ai marre* que tout le monde me dise qu'il me désire. C'est comme si vous aviez tous perdu la tête. Cet homme ne marche pas sur la pointe des pieds autour de ce qu'il veut. Il quitte le bar avec une femme différente deux ou trois fois par semaine. Des coups rapides et des femmes qui boivent trop et portent trop peu de vêtements. Elles *ne* me ressemblent *pas du tout*, ce qui est très bien, parce que, traits ciselés ou non, il *n'a* absolument *aucun* sens du relationnel. Je n'ai aucune envie de devenir la propriété d'un biker possessif et râleur.

Elle respirait trop fort, la colère et l'adrénaline coulaient dans ses veines.

— Tu sais quoi ? Oublie ça. J'en ai marre de tout ça et je vais y mettre fin dès maintenant.

Elle se rua vers le bar, se frayant un chemin à travers la

foule, les yeux de Diesel la transperçant alors qu'elle le désignait du doigt.

— Toi. Dans la cuisine. *Maintenant.*

Elle n'attendit pas de réponse et franchit les doubles portes pour se rendre dans la cuisine vide, où elle fit les cent pas, les nerfs agités par la réalité de ce qu'elle s'apprêtait à faire. Elle secoua ses mains, aspirant de l'air lorsque la bête franchit les portes, les yeux plissés.

C'était maintenant ou jamais et elle ne pouvait pas se permettre d'un *jamais.*

Ses jambes avalèrent l'espace entre eux. Il se tenait au-dessus d'elle, paraissant beaucoup plus grand de ce point de vue que lorsqu'il était derrière le bar. Mais cela ne l'arrêta pas. Les poings serrés, sa fureur éclata.

— Cette connerie de surprotection doit s'arrêter ! Je sais que Red t'a demandé de t'occuper de moi, et peut-être que j'en avais besoin il y a deux ans, mais c'est fini. *Terminé.* Tu es relevé de tes fonctions. Je n'ai pas besoin que tu effraies mes clients ou que tu me dises quoi porter, ou que tu fasses peur aux gars avec qui je pourrais vouloir sortir. Je *ne vais jamais* rencontrer un mec et encore moins me faire des amis, avec toi qui se la joue *King Kong* chaque fois qu'un mec regarde dans ma direction.

Il émit un grognement sourd dans sa gorge. Ses épaules se soulevèrent.

— Je peux prendre soin de moi. *Arrête.* De *veiller. Sur. Moi.*

Elle toucha sa poitrine pour accentuer chaque mot, incapable d'arrêter de cracher son venin.

— J'ai passé des années à vivre sous la coupe d'un type et je *ne* te laisserai *pas* ruiner ma vie. *Dégage*, Diesel. Tu as compris ?

Ses yeux sombres la transpercèrent, sa mâchoire était serrée.

— Tu as fini, ma belle ?

— Je *ne* t'appartiens *pas*. *Arrête de* m'appeler comme ça. Je ne suis pas *rien* pour toi. Tu travailles ici. Je travaille ici. Fin de l'histoire. Tu fais ton travail. Je fais le mien. On est d'accord ?

Il émit un son entre un grognement et de la moquerie. Son regard froid et exaspérant se transformant en quelque chose de beaucoup plus sombre, aussi terrifiant que séduisant. Il se rapprocha et elle recula, se cognant au comptoir. Il l'encercla, plaçant ses mains tatouées de chaque côté d'elle et abaissa son visage à un centimètre du sien, aspirant tout l'oxygène de la pièce.

— Si tu veux que je te laisse tranquille, vois ça avec Red, lança-t-il, agacé et d'un ton bas et profond.

Puis, il se redressa de toute sa taille et retourna vers le bar, laissant un courant d'air froid dans son sillage.

L'air s'échappa des poumons de Tracey et elle pressa une main sur sa poitrine, tremblant de partout. Des applaudissements lents retentirent au fond de la cuisine et elle se retourna, mortifiée à la vue de Bullet Whiskey, un biker barbu, tatoué et sombre, dont la taille rivalisait avec celle de Diesel. Il applaudissait et à côté de lui Finlay, une petite blonde, tenait leur fille de huit mois, Tallulah.

— *Bullet*, le mit en garde Finlay en lui tendant le bébé. Tu ne vois pas qu'elle passe une soirée difficile ?

— Oh Mon Dieu. Je ne peux pas croire que vous ayez vu ça. Je ne savais pas que vous étiez là.

Tracey était mortifiée.

Finlay se précipita à ses côtés.

— Lulu était grincheuse, alors on l'a emmenée faire un tour et on s'est juste arrêtés pour récupérer mon agenda pour le salo. Mais, Tracey !

Finlay la prit dans ses bras.

— Tu lui as *enfin* tenu tête. Je suis tellement fière de toi. Tu vas bien ?

— Je ne sais pas.

Tracey jeta un coup d'œil à Bullet, la panique brûlant dans sa poitrine. Les Whiskey pouvaient la traiter comme un membre de leur famille, mais Diesel était un Dark Knight ce qui signifiait qu'il faisait encore plus partie de leur *famille* qu'elle.

— Est-ce que je vais être virée ?

Bullet éclata d'un rire profond.

— Aucune chance, ma grande. Nous ne virons pas la famille.

— Mais… ?

Tracey ne savait pas quoi dire.

— Diesel est un grand garçon. Il peut se débrouiller tout seul. Je ne m'étais pas rendu compte que c'était si difficile avec lui. Je vais lui parler.

— Non, répliqua Tracey rapidement. C'est mon bordel. Je vais le gérer.

— Chérie, tu trembles.

Finlay frotta d'une main le dos de Tracey.

— Tu veux que je te fasse un thé ou autre chose avant de partir ?

— Non, merci. J'ai besoin d'y retourner.

Elle souffla un peu, son cœur battant frénétiquement.

— Et si j'avais encore plus énervé l'ours ? Il nous reste des heures avant la fermeture. Et s'il était encore pire maintenant ?

— Tu ne peux pas penser ça.

Finlay lui serra la main.

— Tu lui as montré de quel bois tu te chauffais. Maintenant, tu vas là-bas et tu le lui prouves. Garde la tête haute et sois forte. Bon sang, j'ai agi de la même manière avec Bullet. Pas vrai ?

Le jeune homme caressa le bébé, adoucissant tous ses traits durs.

— Je n'ai jamais vu personne tenir tête à Diesel et vivre pour pouvoir en parler.

Finlay le regarda fixement.

— Quoi ?

Les sourcils de Bullet se froncèrent.

— Je parle de gars, pas de jolies nénettes comme Tracey. Je n'ai jamais vu *aucune* femme tenir tête à cet homme.

— Super. Si je ne me présente pas au travail demain, vous saurez pourquoi.

Tracey poussa les doubles portes, la gorge nouée, sentant l'intensité du regard de Diesel comme un rayon laser dans son dos alors qu'elle allait vérifier que tout allait bien pour ses clients.

Dixie se mit à marcher à côté d'elle.

— Qu'est-ce que tu lui as dit ? On dirait qu'il est prêt à tuer quelqu'un.

— Je lui ai dit de me lâcher la grappe. Bullet et Fin nous ont vus. C'était *tellement* embarrassant.

— Ils sont *là* ?

— Ils se sont juste passés pour prendre quelque chose.

Le Frimeur lui fit signe de s'asseoir à la table.

— Je dois y aller.

— Ce type te cherchait, il y a une minute. Il a l'air d'être un vrai con.

— Ce n'est pas à moi qu'il faut le dire.

Tracey alla voir ce qu'il voulait.

— Bonsoir. Que puis-je pour vous ?

Le Frimeur arqua un sourcil.

— Je croyais que tu avais dit que ce type et toi n'étiez pas ensemble.

— On dirait bien que vous vous êtes retrouvés derrière ces portes pour un petit coup rapide, dit le plus grand des trois gars.

Le Frimeur lui fit un sourire.

— On va te faire passer un meilleur moment que cet abruti.

— Ne t'avise pas de me parler comme ça. Je reviens tout de suite avec votre note.

Elle se retourna pour partir et le type à la veste en jean attrapa son poignet, la tirant vers le bas pour que son visage soit juste en face du sien, lui donnant des frissons. Elle arracha son bras.

— Ne t'avise pas de…

La main de Diesel passa devant elle et attrapa le gars par sa chemise, le tirant sur ses pieds, puis plus haut, les jambes pendantes sous lui. Diesel se mit en face de lui, muscles saillants, dents serrées.

— Fous le camp d'ici. Si jamais tu reviens, ils ne retrouveront pas ton corps.

Ses yeux froids glissèrent vers les autres, qui étaient maintenant debout.

— C'est valable pour vous aussi, bande de connards.

Il lâcha le gars qu'il tenait et celui-ci recula en titubant. Diesel fit un pas vers lui.

— Sortons de ce trou à rats.

Le Frimeur ricana.

Diesel monta la garde jusqu'à leur départ puis il se retourna, fixant Tracey d'un regard perçant.

— Tu veux toujours avoir cette discussion avec Red ?

— *Oui.* C'était juste un con arrogant. J'aurais pu m'occuper de lui.

— Comme tu viens de le faire avec moi ? demanda-t-il d'un

ton bourru.

Il était clair qu'il ne cherchait pas de réponse lorsqu'il abaissa son visage vers le sien, tout comme il l'avait fait dans la cuisine, la même chaleur vibrante et le même avertissement sombre émanant de lui.

— Tu fais ton travail et tu me laisses faire le mien.

Il retourna au bar, la laissant encore une fois furieuse.

Diesel l'observa encore plus attentivement après cela mais ce furent les regards prolongés d'un autre genre qu'il lui lançait qui firent des ravages sur ses nerfs. Ou peut-être s'imaginait-elle la façon dont il la regardait à cause des choses que Dixie avait dites ? Quoi qu'il en soit, à l'heure de la fermeture, elle était plus que prête à rentrer chez elle.

— Merci encore, Trace, dit Dixie alors que Jed et elle partaient.

— Quand tu veux, lança Tracey depuis la table de billard.

Dixie essayait de réduire ses heures de travail le soir maintenant qu'elle était mariée. Elle avait fait passer des entretiens à de nouveaux serveurs toute la semaine. Mais cela ne dérangeait pas Tracey de rester un peu plus tard pour faire le ménage supplémentaire. Après tout, alors que le mari de Dixie, Jace, l'attendait à la maison, Tracey n'avait personne qui l'attendait chez elle. Izzy n'était pas en ville car elle rendait visite à sa famille pour le week-end.

Une fois le nettoyage terminé, elle rangea le ravitaillement et alla chercher les ordures, mais Diesel les avait déjà mises à la benne. Elle sortit son téléphone de sa poche, se concentrant sur la commande d'un Uber puisque sa voiture était au garage, plutôt que de regarder Diesel alors qu'elle passait la porte d'entrée pour sortir dans la chaude nuit d'août.

Elle s'appuya contre la balustrade en attendant et leva son

visage vers le ciel étoilé, se demandant si elle avait fait le bon choix en le confrontant. Diesel ne venait pas à la rescousse de Dixie quand les gars la touchaient. Il restait dans le coin mais il laissait Dixie gérer les choses elle-même. Pourquoi ne pouvait-il pas agir ainsi avec elle ? Les minutes s'écoulèrent dans un silence paisible, rompu seulement par le bruit des voitures qui passaient, l'air doux qui lui collait à la peau. Son téléphone vibra et elle soupira en lisant le message indiquant que son Uber avait été annulé.

La porte s'ouvrit derrière elle et elle sentit les planches de bois s'affaisser sous le poids de Diesel.

— Où est ta voiture ? demanda-t-il en verrouillant la porte.

— Elle est au garage jusqu'à dimanche.

Il se mit à côté d'elle.

— Je vais te ramener chez toi.

— C'est bon. Je vais commander un Uber. Le dernier vient d'annuler.

— Tu ne monteras pas dans un Uber avec un étranger. Allons-y. Grimpe sur ma moto.

Elle posa une main sur sa hanche, son regard s'attardant sur son torse et ses biceps qui se tendaient contre son T-shirt, avant de réaliser qu'elle le fixait et de détourner son regard.

— Pourquoi penses-tu que tu peux me dire ce que je dois faire tout le temps ?

Ses yeux sombres fixaient les siens, les muscles de sa mâchoire se contractant tandis qu'il descendait les marches jusqu'à sa moto et attrapait le casque.

— Tu crois que je vais te laisser monter dans la voiture avec un étranger après ce qui s'est passé ce soir ?

— Je vais *bien.*

Ok, peut-être qu'une *toute petite* partie d'elle était nerveuse à ce sujet, maintenant qu'il en parlait.

— Tu penses que tu vas bien. Mais cette once de doute que tu ressens ? Les mecs sentent cette merde.

Il désigna sa moto.

— Grimpe.

Elle croisa les bras et leva le menton, tenant bon juste pour le plaisir.

— *Bon sang.*

Il posa le casque et se dirigea vers les marches. Comme elle ne bougeait pas, il l'attrapa par la taille et la souleva, la portant jusqu'à sa moto, malgré ses jambes qu'elle agitait et ses cris.

— *Diesel !* Pose-moi !

Il la fit monter sur la moto, ignorant ses plaintes, et lui mit le casque sur la tête. Il monta devant elle, tendit une main massive derrière eux et la poussa en avant, de sorte que l'intérieur de ses cuisses soit contre ses fesses. Il attrapa ses mains, les enroula autour de son corps robuste.

— Tiens-toi bien.

— C'est un kidnapping, tu sais. Tu es trop grand pour que je puisse me tenir à toi. Je dois annuler l'Uber…

Le rugissement du moteur étouffa sa voix. Son pouls s'emballa et elle s'accrocha à lui car elle tenait à sa vie alors qu'il sortait du parking et s'engageait dans la rue principale. Elle n'était jamais montée sur une moto auparavant et elle n'avait pas cru ses copines quand elles disaient que les vibrations étaient meilleures que les préliminaires. Non pas qu'elle ait beaucoup d'expérience en matière de préliminaires. Après un an ou deux, Dennis ne s'en était plus occupé. Elle repoussa les pensées de cette horrible relation alors qu'ils traversaient Peaceful Harbor, admirant les lumières qui illuminaient la marina et les odeurs de la mer qui les entouraient. La ville avait un aspect différent de celui qu'elle avait à bord d'une voiture. Elle était même plus belle. Les arbres semblaient plus lumineux, l'air plus vif. Elle se sentait plus libre, aussi. Avec sa poitrine pressée contre le dos de Diesel, la chaleur de son corps se mélangeait à l'air chaud, caressant sa peau. Le grondement et le rugissement délicieux du moteur se propageaient dans son corps et elle pouvait voir comment cela pouvait être romantique avec la bonne personne. L'excitation ultime, même.

Si on ne l'avait pas forcée à monter sur la moto.

Lorsque Diesel s'arrêta devant la maison qu'elle partageait avec Izzy, il coupa le moteur, mais son corps continua à vibrer tandis qu'il descendait et atteignait son casque, s'arrêtant brièvement. Ces yeux sombres s'adoucirent un peu tandis qu'ils se déplaçaient lentement sur la longueur de sa moto, s'attardant sur elle. Sa pomme d'Adam fit un bond et les muscles de sa mâchoire se contractèrent à nouveau quand il enleva son casque et la souleva de la moto. Il devait savoir que ses jambes étaient flageolantes car il ne l'avait pas lâchée. Ses grandes mains restèrent enroulées autour de ses côtes, ses pouces appuyés juste sous ses seins, ses doigts de chaque côté de sa colonne vertébrale.

Il leva les yeux, le désir brut la fixant, transformant ses sentiments confus en bourrasques turbulentes, fouettant et montant comme une violente tempête. Un éclair de quelque chose de froid et de difficile à lire apparut dans ses yeux et il la relâcha comme s'il avait été brûlé.

Il balaya la cour du regard avant de reporter son attention sur elle.

— Je viendrai te chercher demain soir pour aller travailler.

Elle cligna des yeux plusieurs fois, essayant de faire fonctionner son cerveau.

— Quoi ? Non. Je peux prendre un Uber.

— Sois prête à dix-sept heures.

Il glissa une main dans la poche avant de son jean et en a sorti plusieurs billets, les poussant dans sa main.

— Pour l'Uber de ce soir.

Qu'est-ce que… ?

— Tu n'as pas à …

— Rentre à l'intérieur que je sache que tu es bien en sécurité.

Il enfourcha sa moto, ses lourdes bottes l'enracinant sur le trottoir.

Trop épuisée pour discuter, elle se dirigea vers l'entrée et jeta un coup d'œil par-dessus son épaule à cet homme saisissant qui la déroutait, en déverrouillant la porte. Elle fit un signe rapide et maladroit de la main et entra. Ce n'est qu'ensuite qu'il démarra sa moto mais elle l'entendit tourner au ralenti devant la maison pendant qu'elle se lavait le visage et se préparait à aller au lit. Ce n'est qu'après s'être glissée sous les couvertures et avoir éteint la lumière qu'elle l'entendit partir.

CHAPITRE DEUX

La sueur coulait le long des tempes de Tracey alors qu'elle frappait les plaquettes que tenait son instructeur d'arts martiaux, Lior Levy. Cela faisait un an et demi qu'elle suivait les cours de l'ancien Navy SEAL et désormais, elle était plus forte mentalement et physiquement. Mais aujourd'hui, ses pensées allaient dans tous les sens et elle avait du mal à se concentrer sur l'entraînement. Diesel lui avait fait perdre la tête, bien plus que le crétin du bar la nuit dernière. Elle avait passé la moitié de la nuit à décortiquer les regards que Diesel lui avait lancés dernièrement et l'autre moitié à se battre contre des rêves coquins dans lesquels il lui avait *montré* exactement ce que ces regards sombres signifiaient. Ses rêves avaient été si vifs qu'elle pouvait encore entendre ses ordres bourrus, sentir la chaleur de sa chair et le poids de son corps massif alors qu'il enfonçait son long pénis dans son corps. Elle s'était réveillée deux fois en sueur et au bord de l'orgasme l'obligeant à apaiser elle-même la tension. Lorsqu'elle avait fermé les yeux, c'est son visage buriné qu'elle avait vu et ses demandes brutales qui l'avaient fait basculer.

—Allez, Trace. Concentre-toi sur le jeu, l'encouragea Lior, la tirant de ses pensées. Donne tout dans chaque coup.

Elle sentit ses joues brûler et essaya de se concentrer, mais les *direct du droit, crochet du gauche, crochet du droit* se confondaient avec les ordres bourrus de Diesel dans son rêve – *Suce plus fort. Plus profond* et avec le souvenir de ses mains autour de sa taille alors qu'il l'avait arrachée des marches du *Whiskey's* comme si elle était aussi légère qu'une plume et l'avait déposée sur sa moto. Il était froid, *brutal*, pas du tout le genre d'homme avec lequel Tracey s'imaginait, alors *pourquoi* était-il le seul homme dont elle avait rêvé ces derniers mois ?

Coup droit, crochet gauche, crochet droit.

Suce plus fort. C'est si bon, bon sang.

Coup droit, crochet gauche, crochet droit.

Chevauche-moi plus vite.

Les entrailles de Tracey se resserrèrent de désir.

— *Argh !*

Elle lança ses mains en l'air, essayant de faire passer sa frustration.

— Je suis désolée, Lior. J'ai besoin d'une minute.

Elle attrapa sa bouteille d'eau, en prenant une gorgée pendant qu'elle faisait les cent pas.

Lior posa les protections et la regarda déambuler. Il avait une trentaine d'années, des cheveux rasés de très près, des yeux gris-bleu. Même s'il ne devait mesurer qu'un mètre quatre-vingt, il avait une présence autoritaire qui le faisait paraître beaucoup plus grand. Tracey savait qu'il scrutait son état mental, cherchant des indices dans son comportement, comme sa femme et lui, Eliani – qui était maintenant enceinte de six mois et qui n'enseignait plus – le lui avaient appris.

— Qu'est-ce qui se passe ?

— Rien, je t'assure. Des trucs au boulot.

— Tu as toujours des problèmes avec ta baby-sitter aux grosses fesses ?

— Quelque chose comme ça.

Elle avait parlé à Lior de Diesel après le mariage de Bones et Sarah, quand elle était venue pour une leçon et s'était déchaînée sur le sac de frappe avec une férocité qu'elle n'avait jamais ressentie auparavant. Un des amis de Bones, le Dr Rhys, avait maté Tracey au mariage et elle lui avait envoyé quelques regards charmeurs. Elle ne s'était pas rendu compte que Diesel les avait vus. Lorsque ce dernier s'était avancé vers elle sur la piste de danse, avec une expression différente de celle du travail, un peu plus douce, semblant même apprécier sa robe, elle s'était dit qu'il pourrait essayer d'avoir une conversation avec elle ou lui proposer de prendre un verre avec lui. Mais plus il s'approchait, plus son regard s'assombrissait et il s'était simplement interposé entre Tracey et le beau docteur, fixant le pauvre homme. Avant qu'elle n'ait pu dire quoi que ce soit, Izzy s'était mise à hurler :

— *Arrête d'emmerder Tracey et invite-la à danser.*

Diesel n'avait pas cessé de menacer du regard le docteur.

— *Je ne danse pas*, avait-il vociféré.

Quand Izzy lui avait fait remarquer qu'il avait dansé avec Kennedy, l'homme qui ne répondait à personne avait grogné et était resté une protection inébranlable entre Tracey et le reste de la gente masculine.

Lior croisa les bras.

— Tu veux en parler ?

— Non. Je veux foutre une raclée à quelqu'un.

Et je veux montrer à Diesel qu'il ne contrôle aucune partie de mon corps.

Une lueur de *combat* brilla dans les yeux de Lior.

— Maintenant que tu en parles. C'est pourquoi tu devrais envisager de m'aider à m'entraîner pendant qu'Eliani n'est pas sur le terrain.

La jeune femme était la raison pour laquelle Tracey avait choisi leur programme. Elle était originaire d'Israël et avait été victime de violences domestiques avant de venir aux États-Unis et de rencontrer Lior. Elle comprenait ce que Tracey avait traversé et l'avait aidée à passer de la peur à l'autonomie. Il avait incité cette dernière à devenir formatrice depuis qu'Eliani avait cessé d'enseigner mais Tracey n'était pas sûre d'être prête.

— Tu as ce qu'il faut pour aider beaucoup de gens, Tracey.

Elle posa sa bouteille d'eau, trop énervée pour penser correctement.

— Pas quand je suis de cette humeur, non.

— Très bien. Alors pratiquons quelques takedowns.[2]

Tracey passa l'heure suivante à déverser toute sa frustration sur l'homme qui lui avait appris que son corps, bien que petit, était une arme, pas un bélier. Avec chaque coup de genou et chaque coup de pied, elle réduisit à néant ces satanés rêves ridicules, retrouvant sa détermination à montrer à Diesel Black ce qu'il en était exactement.

Plus tard dans l'après-midi, elle prit son temps pour choisir la tenue parfaite pour concrétiser son plan, se contentant d'une minijupe à carreaux rouges et noirs, d'un T-shirt noir à manches courtes, à l'effigie du *Whiskey's*, et de ses bottes noires à lacets préférées, qu'Izzy lui avait offertes à Noël dernier. Elle ajouta le bracelet en cuir qu'elle avait acheté au festival de printemps et s'assit sur le bord de son lit pour passer le coup de fil qu'elle avait repoussé toute la journée.

L'estomac de Tracey se noua alors qu'elle cherchait les coordonnées de Red. Une fois l'appel passé, tout allait changer entre

---

[2] Il s'agit de techniques pour amener la personne à mettre son adversaire au sol.

Diesel et elle. Elle sortirait de l'ombre de ses ailes protectrices. Elle essaya d'imaginer un monde dans lequel il *ne serait pas* constamment en train de la surveiller. Elle savait qu'elle pouvait se débrouiller mais elle ne pouvait nier la nervosité qui la traversait. Elle s'inspira de ce que Lior lui avait appris, que la force venait de l'intérieur. Si elle ne croyait pas en elle, comment les autres pourraient-ils y croire ?

Rassemblant tout son courage, elle passa l'appel.

— Salut, Tracey. Comment vas-tu, ma chérie ?

L'accueil chaleureux de Red provoqua un sentiment de culpabilité. Elle était devenue la mère qui lui avait tant manqué, lui prodiguant câlins et conseils, s'assurant qu'elle savait que sa porte était ouverte à tout moment, de jour comme de nuit, et soutenant sans cesse, *toujours* Tracey, ce qui était plus que ce qu'elle pouvait dire au sujet de sa propre mère. Bien que ce ne soit pas tout à fait juste. Si Tracey avait appris quelque chose ces dernières années, c'était qu'elle était responsable de ses propres décisions. Elle savait exactement à quoi elle avait renoncé en quittant la maison de sa mère, il y avait six ans de cela.

Elle repoussa ces pensées, se concentrant sur la conversation à venir. Elle savait que les Dark Knights veillaient sur tout le monde et elle espérait que Red ne prendrait pas mal ce qu'elle avait à dire.

— Je vais bien, merci. Comment vas-tu ?

— Ça va bien, chéri. Bear et Crystal sont là avec Axel. De plus, on a eu une merveilleuse visite.

Bear et sa femme, Crystal, avaient nommé leur petit garçon en l'honneur du plus jeune frère de Biggs, le défunt oncle et mentor de Bear, Axel.

— Je n'arrive toujours pas à croire qu'il a déjà un an. C'est drôle comme les petits grandissent mais moi je reste toujours à trente-cinq ans.

Red se mit à rire. Elle était un sosie de Sharon Osborne plus jeune, de ses cheveux roux courts à son penchant pour le noir, et elle avait l'énergie d'une femme de la moitié de son âge. Elle gardait tous ses petits-enfants, biologiques ou de cœur, comme Hail, Kennedy ainsi que le petit frère de Kennedy, Lincoln.

— Je suis désolée de te déranger, mais tu aurais une minute ?

— Ma chérie, j'ai toujours du temps pour toi. Qu'est-ce qui se passe ?

Tracey passa son doigt le long du motif de sa jupe, choisissant ses mots avec soin.

— Avant tout, je veux que tu saches que je suis reconnaissante pour tout ce que ta famille a fait pour moi et combien j'*aime* mon travail.

— Bien évidemment, ma chérie.

— Ok. D'accord.

Elle poussa un soupir de soulagement.

— Parce que j'ai besoin de te parler de Diesel.

— Vas-y, dit prudemment Red.

— Red, j'apprécie que tu lui aies demandé de faire attention à moi quand j'ai commencé à travailler au bar. J'avais besoin de ce soutien. Mais je suis plus forte maintenant. Je peux me débrouiller toute seule.

— Je sais que tu en es capable. J'ai une foi totale en toi.

— Merci. Moi aussi et c'est un sentiment très agréable. Mais Diesel est sur mon dos et fait fuir les clients. Enfin, il ne les effraie pas en les empêchant d'être au bar mais en leur interdisant de s'asseoir à mes tables. Je lui ai demandé de se calmer mais il m'a indiqué que je devais en parler avec toi. Pourrais-tu lui dire que je peux me débrouiller toute seule ? J'ai le droit de tenir tête aux clients ou de flirter avec eux. C'est comme ça qu'on se fait des pourboires, tu le sais bien, et je *ne* dépasserais *jamais* les bornes.

— Tracey, je lui ai déjà dit il y a des mois de cela. Peu importe ses agissements actuels, ça n'a rien à voir avec moi.

— Mais...

Tracey était à court de mots. Avait-elle mal compris ce que Diesel avait dit ? Il avait été assez clair sur le fait qu'il s'agissait d'une directive de Red.

— *Tu es sûre ?*

— Absolument. Maintenant, garde à l'esprit que lorsque Diesel a pris la place de Bullet, c'était pour ses muscles, pas seulement pour ses capacités de barman. Il aide à garder la racaille hors du bar. Est-ce que c'est ça qui te gêne ?

— Peut-être. Nous avons eu un incident hier, donc c'est logique.

— Dixie a vécu la même chose avec Bullet pendant longtemps. Et tu *sais qu'*elle peut se débrouiller seule. C'est un dragon cracheur de feu quand elle le veut. Mais, ma chérie, les hommes de notre monde sont des protecteurs jusqu'au bout des ongles. Ils sont aussi très féroces et se mettre en retrait n'est pas facile pour eux. *Surtout* quand ils tiennent à toi. Si tu veux, je vais reparler à Diesel.

— Non, c'est bon. Peut-être que tu as raison et qu'il fait juste son travail ou est ce qu'il est. Je vais juste continuer à lui faire savoir que je peux gérer ça. Espérons que nous trouverons un terrain d'entente. Je suis désolée de t'avoir dérangée avec cela.

— Tu ne me déranges jamais, ma chérie. La bonne nouvelle est que tu n'auras pas à t'inquiéter de Diesel longtemps. Il est venu voir Biggs ce matin. Il part juste après les vacances.

Les nœuds dans son estomac se resserrèrent.

— Partir ? Pour aller où ?

— Où le vent l'emmène. Nous avons de la chance qu'il soit resté dans le coin aussi longtemps. En général, nous ne le voyons pas plus de quelques semaines et certaines années, pas du tout.

Red soupira.

— J'ai apprécié d'avoir notre grand garçon protecteur dans les parages. Mais c'est ce que tu veux, non ? Que Diesel te lâche les baskets ?

— *Hum-hum*, répondit Tracey sans conviction, avec l'étrange impression que ses jambes se dérobaient sous elle.

Il était sur le point de partir. C'était bien, non ? Alors pourquoi avait-elle l'impression qu'elle devait s'accrocher au seul homme qui la rendait folle ?

DIESEL descendit de sa moto devant la jolie maison où vivait Tracey. Une baie vitrée donnait sur un petit jardin et au-dessus, une seule fenêtre était centrée sur le pignon. Depuis quand pensait-il à des choses *mignonnes* ? Cette nana lui avait fait tourner la tête depuis qu'elle était entrée dans le bar, ses yeux de biche implorant la sécurité. Il l'avait sentie à ce moment-là, la poussée irrépressible dans ses tripes pour la surveiller et ce sentiment d'attirance n'avait fait que s'intensifier depuis. Il aurait pu tuer l'homme qui l'avait attrapée la nuit dernière. C'est à ce moment-là qu'il avait su que son séjour à Peaceful Harbor devait prendre fin.

Il monta les marches du minuscule porche couvert, repoussant le malaise qui le rongeait depuis qu'il avait parlé à Biggs ce matin-là et frappa à la porte.

La porte s'ouvrit et, bon sang, Tracey se tenait devant lui, ressemblant à un chaton sensuel dans une minijupe à carreaux qui criait "baise-moi" et des bottes noires à semelles épaisses qui lui donnaient un air nerveux et rebelle. Son petit corps chaud le narguait autant que le regard provocateur qu'elle lui lançait.

Luttant contre l'envie de la plaquer contre le mur et d'effacer ce sourire narquois de son visage, il s'écria:

— Tu vas te changer ?

— Non. Je suis prête.

Elle fit un pas sur le porche, ses fesses le frôlèrent alors qu'elle se tournait pour fermer la porte, remuant le monstre dans son jean. Elle posa ses mains sur ses hanches, les yeux plissés.

— J'ai parlé à Red.

— Où veux-tu en venir ?

— Je *sais qu'*elle t'a déjà demandé de me laisser respirer.

Il ne devrait probablement pas prendre plaisir à son air renfrogné mais quand elle s'enflammait comme ça, les joues roses, les yeux en feu, il avait envie de se rapprocher de ces flammes, de les sentir lécher son corps.

— Je me contente de tenir les problèmes à distance du bar. Tu fais ton boulot, je fais le mien.

— *Tu…*

Elle enfonça son doigt dans sa poitrine comme elle l'avait fait la nuit dernière.

— me…

Pointage de doigt.

— casses…

Pointage de doigt.

— vraiment…

Pointage de doigt.

— les…

Pointage de doigt.

— burnes…

Il prit sa main sous la sienne, la tenant contre sa poitrine et elle se mit à haleter.

— Tu veux me toucher, gamine ? Je préférerais que ce soit beaucoup plus bas.

Elle retira sa main.

— Tu es tellement… *Bon sang.* Je ne veux rien savoir du défilé constant et dégoûtant vers ta chambre, *M. Sans plomb.*

— C'est toi qui y perds.

La chaleur et la frustration se mélangèrent dans son regard.

— Tu ne peux pas monter sur ma bécane en portant *ça.*

— Ouvre bien les yeux.

Elle lui fit un sourire victorieux et le dépassa.

Ce petit bout de femme allait avoir raison de lui.

DIESEL glissa deux verres à travers le bar à une brune plantureuse et une fine blonde.

— Douze verres, même, s'il te plait.

— Ça vous dérangerait de nous ouvrir une ardoise ?

La brune inclina la tête avec un sourire coquet.

— J'ai le sentiment que nous allons rester ici un bon moment.

Il hocha sèchement la tête, se rappelant qu'il devait surveiller leur consommation pour ne pas avoir à ramener leurs culs ivres à la maison en fin de soirée. Il y avait quelques hommes et femmes sur cette liste, comme c'était le cas la plupart des nuits le week-end. Le bar avait été trop bondé pour faire quoi que ce soit pour éloigner les types odieux des tables de Tracey mais Diesel avait gardé un œil sur elle, malgré ses ricanements agacés.

— Merci. Tu es gentil, dit la brune d'un air amusé, en touchant sa main. Tu vois, Annie ? Je t'avais dit qu'il n'était pas méchant.

Diesel retira sa main. Il n'aimait pas être touché à moins qu'*il* n'accepte de *lui-même*, et même dans ce cas, c'était toujours selon *ses* conditions – comment, quand et où il le permettait.

Moon rigola, secouant la tête alors qu'il servait un autre client.

Diesel n'était pas d'humeur à écouter des conneries, et il n'avait aucun intérêt à baiser les deux femmes qui s'étaient pratiquement offertes sur un plateau d'argent à tous les hommes qui les avaient regardées ce soir. Il les dépassa en regardant Tracey qui se pavanait dans cette maudite mini-jupe avec un nouvel air de confiance qui rivalisait avec celui de Dixie. Mais elle *n'était pas* Dixie. Elle ne portait pas sur son épaule cette expérience brute et fragilisée dans laquelle elle puisait force et colère, endurcie par des années de lutte pour se faire entendre de trois frères aînés coriaces. Le passé de Tracey venait d'être balancé au sol, piétiné et elle était en voie de guérison à coup sûr, mais elle venait tout juste de trouver la force de le faire passer par-dessus son épaule et elle ne l'avait pas encore testé plus loin que dans une joute verbale avec Diesel. Il n'avait pas été surpris qu'elle ait parlé à Red. Cette confiance nouvellement acquise avait définitivement renforcé le feu qui animait cette jolie petite poulette. C'était une bonne chose qu'il soit sur le point de partir, parce qu'il était sacrément difficile de résister à cette nouvelle sensation de gentille fille devenue mauvaise qu'elle dégageait. De toute façon, il était difficile de lui résister, comme une route immaculée, encore humide, qui scintille au soleil.

Bordel.

Il avait besoin de s'envoyer en l'air, avant de faire quelque chose de stupide, comme franchir les barrières qu'il avait érigées, pour chevaucher ce joli petit bout. Mais quand il s'agissait de Tracey Kline, chevaucher et revendiquer ne faisaient qu'un. Mais il n'avait pas l'intention de s'emmêler dans ce fil barbelé.

Comme si Tracey avait entendu ses pensées, elle jeta un coup d'œil par-dessus son épaule et leurs yeux se heurtèrent à la même chaleur qui les tentait depuis trop longtemps. Il serra la mâchoire contre le désir qui s'insinuait en lui. Dans quelques mois, elle ne serait plus qu'un vague souvenir.

Elle leva le menton d'un air de défi et s'approcha de Biggs Whiskey alors qu'il franchissait la porte d'entrée, une canne à la main.

Un accident vasculaire cérébral avait privé Biggs de sa capacité à conduire des motos il y avait des années de cela, rendant son côté gauche faible, sa main gauche maladroite et son discours un peu difficile à comprendre. Son grand-père avait fondé les Dark Knights et Biggs était un biker dans l'âme, de sa veste en cuir noir avec des patchs Dark Knights à ses bottes en cuir, en passant par chaque centimètre de peau tatouée.

Diesel ne pouvait pas entendre ce que Tracey disait, mais le vieil homme caressait sa barbe blanche hirsute, ses yeux sages se tournant vers Diesel. Ce dernier leva le menton en signe de reconnaissance, essayant de lire l'expression de Biggs, mais il ne laissait rien paraître. N'étant pas du genre à décortiquer les situations, Diesel retourna servir les clients.

Quelques minutes plus tard, le président des Dark Knights s'approcha du bar. Tous les tabourets étaient pris. Diesel regarda Crow, un autre biker assis en face de lui et lui fit signe de laisser sa place à Biggs. Crow descendit de son perchoir et se dirigea vers les gars qui jouaient aux fléchettes.

Diesel essuya le bar pendant que Biggs montait sur le tabouret.

— Qu'est-ce que ce sera, mon vieux ?

— Une Guinness et un brin de conversation.

Biggs salua d'un signe de tête Moon qui servait les clients à l'autre bout du bar.

Diesel ricana et remplit un verre. Biggs savait qu'il n'était pas un grand bavard mais Diesel supposa qu'il était là pour parler de son départ de la ville. Il posa le verre devant lui et appuya ses mains sur le bar, soutenant le regard de Biggs.

— J'ai eu vent de quelques problèmes ici la nuit dernière, lança ce dernier avec sa voix lente.

— Je m'en suis occupé.

Il prit un verre.

— Et tu l'as *bien* géréc, d'après ce que j'ai entendu dire.

Diesel jeta un coup d'œil à Tracey, qui utilisait la caisse près du bureau, se demandant si elle avait mentionné l'incident.

— Elle n'a rien dit.

Biggs prit un autre verre et le côté droit de sa barbe se souleva avec un sourire complice.

— Du moins, pas à *ce* sujet. Comment l'a-t-elle pris ? Elle a été secouée ?

— Elle m'a enquiquiné parce que je suis intervenu.

Biggs gloussa.

— C'est une petite fille coriace et elle a fait un sacré bout de chemin. Je dois lui accorder ça.

Diesel ne réagit pas. Il avait appris, il y avait longtemps, que la plupart des réactions étaient de l'énergie gaspillée.

Biggs jeta un regard circulaire autour du bar.

— Tu l'as aidée à sortir de sa coquille, fiston. On l'a tous fait à notre manière mais tu as joué le plus grand rôle, ici, au travail. Même si tu lui as foutu la trouille les premiers mois, c'est ta présence, ta promesse tacite de la garder en sécurité qui lui ont permis de devenir la femme confiante qu'elle est devenue.

Diesel enfouit ces louanges au plus profond de lui-même. Il n'était pas un homme qui avait besoin de compliments pour se sentir bien dans sa peau mais Biggs ne les distribuait pas souvent ou à la légère, et pour cette raison, ses mots avaient un poids supplémentaire.

— En prenant la place de Bullet et en faisant des rondes au refuge pour femmes du club, tu as donné à ma famille une chance de s'agrandir aussi.

Les Dark Knights surveillaient le refuge pour femmes et ils passaient en voiture à différents moments pour montrer leur présence, afin que les gangs, les trafiquants de drogue et autres personnes gênantes sachent qu'ils ne devaient pas s'en prendre aux femmes du refuge. Diesel coordonnait ces efforts et passait à son tour quelques fois par mois.

— Tu nous manqueras quand tu seras parti, fiston, mais je sais ce que c'est que d'avoir envie de la grande route. Je n'ai jamais été un cavalier solitaire, comme toi. J'ai toujours eu besoin de l'ancrage de la famille. Tiny montait avec moi et quand Axel a eu l'âge, il est venu aussi.

Biggs était l'aîné de sa fratrie, suivi de son frère Tiny, de sa sœur Reba et de son plus jeune frère, Axel, qui était décédé quelques mois avant la mère de Diesel. Ce dernier n'avait jamais rencontré Axel et il n'avait rencontré Reba qu'une poignée de fois, lorsqu'il visitait le chapitre Bayside des Dark Knights à Cape Cod, qui était dirigé par son mari et son beau-frère. Mais il avait beaucoup de respect pour Tiny, l'un des fondateurs du chapitre des Dark Knights de Hope Valley, dans le Colorado. Tiny dirigeait le *Redemption Ranch*, un refuge pour chevaux qui donnait aussi une seconde chance aux âmes en peine. Ils embauchaient d'anciens détenus, des toxicomanes en voie de guérison et des personnes ayant des problèmes sociaux et émotionnels, qui travaillaient tous au ranch dans le cadre de leur thérapie, tout en suivant une thérapie traditionnelle dispensée par des psychologues du ranch, comme la femme de Tiny, Wynnie, et une foule d'autres professionnels de la santé, composés pour la plupart de Dark Knights et de membres de leur famille.

Diesel était allé à l'école avec les enfants de Tiny et Wynnie et avait travaillé comme ouvrier dans un ranch pendant son enfance. Il n'avait pas été un enfant turbulent mais chaque fois qu'il avait pris le mauvais chemin, Tiny l'avait repris en main et lui avait appris à canaliser son énergie dans la bonne direction. Diesel lui devait beaucoup. C'est grâce à lui que Diesel était devenu un Dark Knight et il l'avait mis sur la bonne voie, en le mettant en contact avec les bonnes personnes, pour qu'il devienne chasseur de primes, ce qui lui permettait de mener le style de vie nomade qu'il appréciait.

— Puis, Red est devenue l'épaule sur laquelle me reposer.

Les yeux de Biggs se remplirent de la chaleur qu'ils avaient toujours quand il parlait de la famille.

— J'ai toujours pensé que j'étais fort mais un homme qui peut passer toute sa vie sans céder à l'amour d'une bonne femme est un homme plus fort que moi. Axel était un peu comme toi. Il n'a jamais pu s'installer avec une seule femme. Dieu sait que beaucoup de femmes ont essayé mais il s'est battu contre des démons. Il a perdu son premier amour quand ils étaient en balade. Quelqu'un a grillé un feu rouge et elle a été projetée. Morte sur le coup.

Biggs secoua sa tête, la douleur montant dans ses yeux.

— Nous ne parlons pas beaucoup de cela. L'accident n'était pas la faute d'Axel mais il n'a plus jamais été le même après ça. Il buvait, se battait. Il a passé des années à essayer d'échapper à la douleur.

— Désolé d'entendre ça.

Diesel était taillé dans le même moule. Il avait passé la plupart de sa vie à essayer de fuir la douleur, lui aussi.

— C'était il y a longtemps et il est en paix maintenant.

Biggs finit sa bière et se leva.

— Tu vas me manquer quand tu seras parti, fiston. Tu vas dans le Colorado pour voir les garçons ?

— Ouais. J'ai dit à Tiny que je viendrais les voir d'abord, vérifier la cabane, prendre contact avant de repartir.

Il avait gardé la cabane où il avait vécu avec sa mère et y était resté quand il était retourné au Colorado.

— Je suis sûr qu'il sera heureux de te voir. Eh bien, mon fiston, au moins nous aurons les vacances avec toi. Tu sais que tu auras toujours une place sous notre toit.

Diesel hocha sèchement la tête, essayant d'ignorer l'épaississement de sa gorge qui accompagnait souvent ses discussions avec Biggs.

— Merci, monsieur.

— Je t'en foutrais des *Monsieur*. Maintenant, retourne au travail.

Avec un clin d'œil, il traversa la pièce, ralentissant pour déposer un baiser sur le dessus de la tête de Tracey, puis parlant avec Dixie pendant quelques minutes. Sa gentillesse – celle de Red – lui fit penser à sa mère. Elle avait un cœur d'or, elle aussi, et assez d'amour pour recouvrir tout l'État. Même après toutes ces années, la douleur de sa perte était toujours aussi vive. Mais Diesel était devenu un expert pour ignorer cette douleur. Il l'enfouit profondément, puis lui mit une bonne raclée jusqu'à ce qu'elle se soumette alors que Tracey s'approchait du bar, regardant Moon, qui était occupé à servir un groupe de gars.

Avec un soupir réticent, elle se dirigea vers Diesel, inclina son trop joli visage vers lui et ses yeux devinrent doux. Bon sang, c'était sexy.

— Tu vas bien, là, M. Sans Plomb ? On dirait que tu as envie de tuer quelqu'un.

Il ne répondit pas, comme il le faisait avec la plupart des questions absurdes auxquelles les gens ne voulaient pas de vraies réponses.

Tracey se leva sur la pointe des pieds et se pencha sur le bar, l'invitant à s'approcher avec un crochet de son index, lui donnant un aperçu de son décolleté lorsqu'il se pencha. Quand ils furent nez à nez, ses yeux s'assombrirent, l'air entre eux grésilla et crépita. Elle pensait probablement qu'il n'avait pas remarqué le léger écarquillement de ses yeux, comme si la chaleur la choquait à chaque fois qu'elle s'enflammait, ou la façon dont ses yeux s'étaient ensuite plissés avec détermination. Cette gentille petite demoiselle avait quelque chose à prouver et il avait envie de lui arracher ses vêtements avec ses dents et de la laisser utiliser son corps pour faire valoir son point de vue.

— Ta mère ne t'a jamais appris qu'on attire plus d'abeilles avec du miel ? chuchota-t-elle.

Elle allait continuer à tester sa détermination, en lui lançant cette innocence sexy comme un péché et sa nouvelle bravade, s'il n'y mettait pas un terme. Il devait étouffer ça dans l'œuf.

— Pourquoi voudrais-je des abeilles, alors que j'aime simplement laper le miel ?

Il fit un geste obscène de la langue pour faire bonne mesure.

— *Argh.*

Elle s'éloigna du bar avec un regard de dégoût.

C'était trop amusant. Il ne pouvait pas s'empêcher de la pousser à bout.

— Jalouse, gamine ?

— Dans tes rêves. Tu es un *porc.* Je n'arrive pas à croire que tu fasses succomber des femmes.

— Oh ouais, gamine tigresse. La jalousie te va très bien.

Elle leva les yeux au ciel.

— Donne-moi un pichet de Coors et deux Whisky Coca.

Quand elle partit avec la commande, Moon s'approcha de lui.

— Tu ferais mieux d'arrêter tes conneries, D. Vous deux, vous êtes capables de faire flamber cet endroit.

Ouais, il était plutôt bien foutu.

— Tu sais ce qu'on dit. C'est mieux de partir sur un moment flamboyant de gloire.

CHAPITRE TROIS

TRACEY PASSA D'UNE TABLE À L'AUTRE, prenant les commandes de boissons, discutant avec les clients et récoltant les pourboires. Elle avait du mal à croire que Diesel était en train d'alléger son comportement de chien de garde trop zélé, mais elle n'était pas fan de son geste de langue torride. *Bon sang.* Qu'est-ce qui l'a fait passer du grognement à *ça* ?

Elle n'eut plus le temps d'y penser lorsque Bones entra dans le bar avec le Dr Rhys et qu'ils s'installèrent à l'une de ses tables. Ce devait être son jour de chance. Comme tous les Whiskey, Bones était grand, brun et bâti pour le combat, bien qu'il soit plus mince et ait moins de tatouages que ses frères. Il était d'une gentillesse absolue. Le Dr Rhys possédait un autre type de beauté. Le genre qui rendait son estomac nerveux et agité quand elle se dirigea vers eux. Il était aussi grand, avec des cheveux noirs courts et des yeux qui dégageaient de la chaleur et de la compassion, avec une séduction sous-jacente qui aurait dû figurer sur grand écran.

Bien sûr, elle lui avait lancé quelques sourires coquets à la réception du mariage avant que son garde du corps ne s'interpose entre eux, mais maintenant qu'elle se tenait à quelques centimètres de lui, son sourire enfantin dirigé directement vers elle, elle avait du mal à se rappeler son propre nom.

— Salut, Tracey.

Le sourire du Dr Rhys s'élargit.

— Tu es magnifique ce soir. Comment vas-tu ?

Belle ? Elle ne se souvenait pas de la dernière fois qu'un type l'avait dit ça. Ou si c'était même le cas.

— Bien. Bien. Merci. Et vous, Dr. Rhys ?

Oh mon dieu. Je radote beaucoup ?

— Je t'en prie, appelle-moi Damon, Tracey, dit-il avec charme. J'ai contribué à l'accouchement d'une petite fille en bonne santé cet après-midi, je prends un verre avec un bon ami et je te revois. Je dirais que je m'en sors très bien.

Ses joues brûlaient et elle était sûre qu'elle souriait comme une idiote. Dans un effort pour empêcher le rougissement de s'étendre, elle tourna son attention vers Bones.

— Et toi, comment vas-tu, Bones ? Comment vont Sarah et les enfants ?

Bones avait adopté les trois enfants de Sarah issus d'une précédente relation : Bradley, qui avait cinq ans, Lila, qui avait presque trois ans, et leur plus jeune, Maggie Rose, qui avait un an et demi.

— Tout le monde va bien. Sarah est avec Penny en ce moment, elle essaie de trouver comment la coiffer pour le mariage.

Scott, le frère aîné de Sarah et Josie, venait de demander la main de Penny, la petite sœur de Finlay, qui était enceinte de trois mois et demi. Ils organisaient un mariage en petit comité au printemps, après la naissance du bébé.

Tracey fit un signe de la main.

— Penny sera magnifique, peu importe ce qu'elle fait avec ses cheveux.

— Un autre mariage ?

Une lueur d'intérêt brilla dans les yeux de Damon.

— Je vais devoir obtenir une invitation à celui-là, pour pouvoir danser avec toi.

Oh là là.

Troublée mais appréciant son flirt, Tracey ne sut pas comment répondre, alors elle tenta de faire de l'humour.

— Je ne peux pas donner d'invitation au mariage de quelqu'un d'autre mais je peux 'offrir un verre. Que veux-tu ?

L'amusement apparut dans les yeux de Damon.

— Je prendrai un whisky, sec, s'il te plaît.

— Ça me paraît bien, dit Bones. Je vais prendre la même chose.

— Ok. Je reviens tout de suite avec vos boissons.

Elle se retourna pour se diriger vers le bar et ses yeux accrochèrent le regard noir de Diesel, transformant ces palpitations en un véritable tsunami.

Pourquoi sa culotte ne pouvait-elle pas prendre feu pour le médecin charmant et bien élevé plutôt que pour le biker qui parlait mal et qui avait la nuque raide ? Non pas qu'elle se souciait du travail d'un homme, mais *allez...*

Elle se dirigea vers Moon et passa le reste de la soirée à essayer d'éviter les yeux orageux et trop attirants de Diesel. Après avoir fermé pour la nuit, Dixie et elle nettoyèrent puis elle alla chercher un sac poubelle dans la salle de stockage. Quand elle sortit, elle fonça sur Dixie.

— Désolée.

— C'est bon. Tu as été partout ce soir. J'allais justement m'occuper de cela.

— Je m'en occupe. Rentre chez toi. Je dois attendre Diesel de toute façon.

— Oh ? Tu *attends* Diesel ?

Tracey leva les yeux au ciel.

— Pas dans ce sens-là.

Elle alla ramasser les ordures avec Dixie sur ses talons.

— À la semaine prochaine, mesdames !

Moon leur fit signe de l'autre côté de la pièce.

— Au revoir, lancèrent Tracey et Dixie à l'unisson.

— Crache le morceau, ma grande, dit Dixie quand Tracey franchit la porte des toilettes pour dames et la suivit.

— Ce n'est rien. Tu sais que ma voiture est au garage. Il a insisté pour me conduire au travail, alors il me reconduit à la maison.

Dixie laissa échapper un petit cri.

— Je sens un petit *boom chat kalaka*.

Tracey lui jeta un regard impassible.

— Tu as *perdu la* tête, toi. Diesel et moi sommes comme l'huile et l'eau. De plus, il quitte la ville après les vacances.

— Eh bien, ça le rend encore plus attirant. Tu n'as pas été avec un mec depuis que tu as quitté Dennis. Tu as besoin d'un peu de pratique.

— J'ai besoin de m'entraîner à flirter, aussi. Le Dr. Rhys-Damon flirtait avec moi. Du moins je pense que c'était le cas et j'ai déblatéré comme une idiote. Et si tu m'aidais avec ça à la place ?

— Cet homme est *sexy*. Il faut absolument que tu ailles hors de ta zone de confort mais c'est probablement un amant lent, tout en finesse et tout ça.

Dixie rejeta ses cheveux sur son épaule et s'appuya contre le comptoir.

— Tu dis ça comme si c'était une mauvaise chose.

Dixie arqua un sourcil.

— As-tu déjà été plaquée contre un mur dans un accès de

passion ? Dévorée dans un ascenseur ? Fait l'amour dans une prairie ?

— Euh… ?

Elle secoua la tête. *Bon sang de bonsoir.*

— Dans un ascenseur ? Ils ont des caméras, tu sais.

— Ouais, c'est la moitié du plaisir. Faire dans la finesse, c'est beau et sensuel mais si tu n'as pas été baisée sans raison, tu manques quelque chose. Tu devrais profiter de cette occasion pour t'amuser sans attaches avec Diesel et améliorer tes connaissances dans ce domaine.

— Je ne suis pas comme toi. Je n'ai pas ce type de *connaissances*.

Elle ricana mais son esprit se mit sur la pointe des pieds en territoire dangereux, en pensant à son rêve et à Diesel dans toute sa glorieuse nudité. Elle savait *ce qu'*il fallait faire avec un mec, même si elle n'avait pas pris autant de plaisir dans le passé qu'elle l'aurait souhaité. Mais ce que Dixie décrivait était à mille lieues de ce qu'elle se voyait faire.

— Je suis sûre que ça ne le dérangera pas de te montrer les ficelles du métier.

— Diesel est un coureur de jupons et il ne peut même pas tenir une conversation normale. Tu imagines la conversation sur l'oreiller avec cet homme ? Rien que des grognements.

— Hé, les grognements sont sexy dans une chambre. Mais je pense que ta conversation sur l'oreiller serait plus comme ça.

Elle poussa sur ses hanches, parlant à voix basse.

— *Oui ! Plus fort. Plus. Oh, oh… Ouiii !*

Tracey rigola en ramassant les ordures.

— Tu es un désastre ambulant. Rentre chez toi et fais ce que tu veux avec Jace.

— D'accord, mais *envisage* au moins la possibilité.

Tracey leva les yeux au ciel.

— Bien sûr.

— Tu ne sais pas mentir.

Dixie sortit, en se pavanant, des toilettes.

Tracey finit de les nettoyer et alla chercher les poubelles derrière le bar, croisant Diesel sur le chemin de la cuisine avec un plateau de verres.

— Mets le sac près de la porte arrière. Je vais le sortir.

— Tu es occupé. Je m'en charge.

Elle devait le reconnaître. Même s'il parlait peu, à la fin de la nuit, il ne manquait jamais de proposer son aide.

Il fronça les sourcils, comme s'il allait se disputer avec elle, comme il le faisait habituellement quand elle sortait les poubelles mais il secoua la tête et poussa les portes de la cuisine.

Dieu merci pour les petites faveurs. Elle n'était pas d'humeur à discuter.

Après avoir ramassé les ordures, elle se dirigea vers la porte arrière pour les mettre dans la benne. Comme elle pénétrait dans l'obscurité, l'humidité oppressante rendait l'air poisseux. L'ampoule terne près de la porte arrière du bar l'éclaira alors qu'elle traversait le terrain de gravier en direction de la benne. Son attention se porta sur le vieux camion de Diesel garé devant le club-house des Dark Knights derrière le bar, un bâtiment en bois de deux étages, aux fenêtres noircies. Il logeait dans une des chambres de l'étage. Elle avait entendu des histoires de bikers qui se partageaient les femmes et faisaient toutes sortes de choses auxquelles elle ne voulait pas penser. Elle savait aussi que les Dark Knights étaient aussi loyaux et féroces que possible, mais qu'ils ne partageaient pas leurs femmes. Du moins, les hommes qu'elle connaissait bien – les Whiskey, Jed Moon, Jace Stone et les autres qu'elle avait rencontrés au bar – ne le faisaient pas.

Qui sait ce qu'il en était de Diesel ?

Elle se leva pour ouvrir la benne à ordures et entendit quelque chose à sa droite. Elle secoua la tête dans cette direction, s'attendant à moitié à ce que Diesel l'engueule pour avoir sorti les poubelles mais elle ne vit rien et chercha les mouvements dans l'ombre.

— Je pensais qu'il n'y avait rien entre toi et Bigfoot.

Tracey se retourna en entendant la voix glaciale, tombant nez à nez avec le type effrayant à la veste en jean qui était venu au bar la nuit d'avant. Elle laissa tomber le sac poubelle. Les poils de sa nuque se hérissèrent lorsqu'il s'approcha et elle recula, la panique se répandant comme une traînée de poudre dans sa poitrine. Son dos heurta un autre homme et elle haleta, se retournant alors que son cerveau se mettait en marche. Elle enfonça son coude dans son estomac. Il bascula en avant, en jurant. Elle l'attrapa par les épaules, lui enfonça son genou dans l'aine et se précipita vers la porte. Mais ils étaient trop rapides. Le gars avec la veste attrapa son bras et la jeta contre la benne. Son visage heurta le métal, elle vit des étoiles et hurla en s'écroulant sur le sol. La douleur irradia son corps et elle essaya de ramper mais ils furent sur elle en quelques secondes, la tirant en arrière, la remettant sur ses pieds. L'un d'eux la plaqua de nouveau contre la benne à ordures, le métal tranchant s'enfonçant dans son dos. L'autre type déchira sa chemise, la touchant alors qu'elle se débattait et donnait des coups de pied, criant et jurant. Quelqu'un la frappa au visage et elle cria à nouveau, la fureur montant en elle. Elle se débarrassa de son bras, griffant les yeux d'un type. Il l'attrapa par les cheveux et la tira en arrière si fort qu'elle cria, la douleur lui traversant le dos tandis qu'il grondait.

— Petite salope. J'allais être sympa hier soir. Maintenant tu vas jouer selon mes règles.

— *Va te faire foutre.*

Elle lui cracha au visage, ne voulant pas rendre les armes sans se battre.

Il arma son bras et soudain il fut arraché d'elle et projeté en arrière dans les airs, atterrissant avec un *bruit sourd* dans l'obscurité. La peur et la confusion prirent possession de Tracey quand le visage de Diesel devint visible, les yeux noirs et froids fixés sur l'autre homme, qui tenait son bras si fort que ses doigts étaient engourdis. Les secondes s'écoulèrent dans un flou de bruits sauvages, les poings de Diesel volèrent et le type trébucha, se mettant à genoux. Diesel lui asséna un uppercut, envoyant le connard voler en arrière. Diesel resta sur lui, poings en l'air. L'autre gars sortit de l'ombre, la lame d'un couteau accrochant la lumière.

— *Diesel !*

Tracey cria, reculant lorsque le poing de Diesel toucha la mâchoire du premier type, l'envoyant valser sur le trottoir.

Il se retourna et se dirigea vers l'homme armé qui brandit le couteau avec une expression sinistre. D'un geste rapide, il attrapa son poignet, tournant son dos massif vers la poitrine de l'homme armé et le fit basculer par-dessus son épaule. Le couteau glissa sur le trottoir et Diesel était sur lui en l'espace d'une seconde, lui assénant coup sur coup, jusqu'à ce que l'homme sur le sol soit aussi mou qu'une poupée de chiffon.

Il se leva, les bras en arc de cercle, la poitrine gonflée, les yeux sombres scrutant le trottoir. Il prit Tracey dans ses bras, son cœur battant aussi fort que le sien. Elle s'accrocha à lui tandis qu'il sortait son téléphone d'une seule main, les yeux fixés sur ces hommes sans vie tandis qu'il mettait le téléphone à son oreille, sa voix aussi froide et sinistre que la mort elle-même.

— *Booker.* Deux types ont agressé Tracey. A l'arrière du *Whiskey's.* Viens les chercher avant que je ne les mette six pieds sous terre.

Il mit son téléphone dans sa poche, sa main rugueuse effaçant quelque chose d'humide de son visage.

La clarté revint par à-coups, des éclats douloureux, le flou de la panique laissant place à un mélange de peur, de colère et d'embarras lorsque la voix de Diesel filtra.

— Saignement… faut te soigner…

Les hommes immobiles dans l'ombre devinrent visibles, la colère remontant à la surface, jusqu'à ce que Tracey ait l'impression qu'elle allait exploser. Elle se dégagea des bras de Diesel et se rua sur l'un des hommes dans un accès de rage, les mains serrées en poing. Elle donna un coup de pied dans les côtes du gars qui portait une veste en jean.

— Trou du cul !

Coup de pied.

— Ne t'approche plus *jamais* – coup de pied – de moi !

Aspirant l'air dans ses poumons, elle se dirigea vers l'autre type, déchaînant plus de fureur.

— Enculé !

Coup de pied !

— Je *ne* suis *pas* ta victime !

Coup de pied.

— Je te déteste !

Coup de pied.

Diesel lui attrapa le bras mais elle continua à donner des coups de pied et à crier. Il la tira à nouveau dans ses bras, la tenant serrée et en sécurité, mais elle ne pouvait pas empêcher la colère de jaillir.

— Je les *déteste* ! Je sais comment me battre ! J'aurais dû être capable de les repousser !

Les sirènes hurlaient au loin et elle était vaguement consciente de la sonnerie du téléphone de Diesel mais elle avait les yeux bleus et tremblait, des années de colère faisant irruption de quelque part au fond d'elle. Elle ne savait même pas ce qu'elle hurlait mais elle ne pouvait pas empêcher la haine de sortir. Des larmes furieuses coulèrent sur ses joues.

Deux voitures de police arrivèrent en trombe sur le parking, suivies d'une ambulance et en quelques secondes, Moon courait à travers le champ qui séparait le bar de sa propriété, criant après Diesel, qui tenait Tracey en étau. Une moto arriva à toute allure dans le parking, suivie par la voiture de Biggs. Bullet bondit de la moto et courut vers eux, les poings à portée de main. Il fallut une minute à Tracey pour comprendre pourquoi ils étaient là. Puis elle se souvint que Booker n'était pas seulement un flic, mais aussi un Dark Knight, et que chaque fois que la police était appelée au bar, il prévenait Bullet et Biggs.

Soudain, il y eut des gens partout, des lumières qui clignotaient, et Diesel la conduisit à l'intérieur. Il lui trouva une chemise derrière le bar et le temps passa de manière assez floue car elle dut relater ce qui s'était passé à la police, tout en insistant sur le fait qu'elle allait bien et n'avait pas besoin d'aller à l'hôpital. Elle était furieuse contre elle-même de ne pas avoir été capable de repousser ces hommes et elle était encore plus furieuse contre ses agresseurs qui voyaient en elle quelqu'un qu'ils *pouvaient* attaquer. Elle lutta contre les larmes, refusant d'en laisser couler d'autres, et regarda les traits durs de Diesel. Combien de fois lui avait-elle demandé de la laisser respirer ? S'il n'avait pas été là…

Diesel se colla à elle comme de la glu, même lorsque l'ambulancier l'examina, nettoyant l'entaille sur son front et soignant ses autres coupures et écorchures. Chaque fois qu'elle tressaillait, Diesel grognait, arrêtant l'ambulancier avec un regard noir jusqu'à ce que Tracey dise :

— Je vais bien. Laisse-le finir.

Mais quand Diesel la regarda, ses yeux froids devinrent torturés. C'était la seule façon d'expliquer ce qu'elle voyait en eux. C'était comme s'il ressentait sa propre douleur et elle ne savait pas quoi en penser.

Elle avait l'impression d'avoir été écrasée par un camion. Des policiers s'agitaient autour d'elle, Bullet et Moon étaient au téléphone, et Diesel semblait sur le point de tuer quelqu'un. Ses articulations étaient rouges, deux d'entre elles étaient en sang mais il ne voulait pas laisser les ambulanciers les nettoyer. L'expression de Biggs lui indiqua qu'il était juste là avec Diesel. Quand les frères de Bullet, Bones et Bear, vinrent à leur tour, Tracey sut que bientôt le reste des Dark Knights seraient là aussi. Elle n'était peut-être pas une des leurs, mais elle faisait partie de cette famille. Elle saisit la main de Diesel.

— Je n'ai pas besoin de la cavalerie. S'il te plaît, ramène-moi à la maison.

— Pourquoi ne rentres-tu pas à la maison avec moi, ma chérie ? suggéra Biggs. Laisse Red et moi prendre soin de toi ce soir.

— Merci, mais je vais bien. Je veux juste rentrer chez moi.

— Je m'en occupe.

Diesel ne laissa aucune place à la négociation.

Bones et Moon échangèrent un regard.

— Tracey, si tu rentres, Moon et moi allons nous occuper de nos enfants pour que Sarah et Josie puissent être avec toi ce soir. Elles sont mortes d'inquiétude, ajouta Bones.

Le cœur de Tracey gonfla, mais tout ce qu'elle voulait,

c'était se nettoyer et grimper dans son lit.

— Merci les gars mais j'ai vraiment envie d'être seule et d'essayer de dormir un peu. Vous pouvez leur dire que je vais bien et que je leur parlerai demain ?

— Bien sûr, répondit-il. Je suis vraiment désolé que ça te soit arrivé, Tracey.

Diesel les regarda, puis Bullet et Bear, une série de hochements de tête passant entre eux, comme s'ils avaient communiqué par télépathie. Il y eut un tourbillon d'activités alors que d'autres Dark Knights passaient la porte et Bullet alla chercher la voiture de Diesel sur le terrain près du club-house.

Diesel conduisit Tracey chez elle avec Bullet, Bones, Bear et Moon qui les suivaient sur leurs motos. En quelques minutes, au moins une douzaine d'autres motos les avaient rejoints. Elle avait entendu parler des Dark Knights qui faisaient ce genre de choses quand il y avait des problèmes, mais elle ne les avait jamais vus faire. Tracey avait été seule pendant si longtemps, confrontée au mal de son ex, être celle qu'ils surveillaient lui apportait des vagues d'émotions inattendues. Elle lutta pour retenir ses larmes, alors que Diesel l'aidait à sortir de son véhicule, gardant un bras protecteur autour d'elle alors que les autres hommes se garaient devant sa maison.

— Ils restent ?

Il hocha la tête.

— Pourquoi ?

— Ils envoient un message. Au cas où ces salauds auraient des amis.

La panique la saisit.

— Tu crois qu'ils savent où j'habite ?

— On va se mettre à l'intérieur.

— *Diesel.* Tu crois qu'ils nous ont suivis chez moi, hier

soir ? On ne l'aurait pas remarqué ?

— J'aurais remarqué. Mais ils auraient pu te repérer avant la nuit dernière. On ne prend aucun risque.

Elle regarda autour d'elle, imaginant des hommes affreux cachés dans les buissons. En repensant à la nuit dernière, elle dit :

— Il y avait un troisième type avec eux, hier soir. Tu te souviens ?

— Je le traque.

— Comment ? Tu es resté à mes côtés.

Les muscles de sa mâchoire se contractèrent. Il ne répondit pas alors qu'il la guidait vers le haut des marches.

Bullet se mit en marche à côté d'eux.

— Tu vas bien, Trace ?

Elle hocha la tête, bien qu'elle n'en menait pas large.

Diesel prit ses clés et ouvrit la porte.

— Reste ici.

Bullet resta avec elle sur le porche pendant que Diesel inspectait la maison. C'était comme s'ils avaient fait ce genre de chose toute sa vie et elle était presque sûre que c'était le cas.

— Tu crois qu'ils vont envoyer quelqu'un après moi ? Diesel a dit qu'il traquait leur ami d'hier soir, mais il était avec moi tout ce temps. Est-ce qu'il a dit ça juste pour que je me sente mieux ?

D'accord, elle avait été trop secouée pour prêter attention aux conversations de Diesel avec Booker, Biggs, Bullet et les autres, mais quand même. Traquer quelqu'un semble être un gros travail quand vous n'avez aucune idée de qui est cette personne.

Bullet secoua la tête.

— Diesel ne gaspille pas son énergie. Il a donné des directives, le club les exécute.

— On dirait la mafia.

Diesel apparut dans l'embrasure de la porte et fit un signe de tête à Bullet, et s'approcha de Tracey.

Bullet se retourna pour partir et Tracey toucha sa main, l'arrêtant.

— Merci. S'il te plaît, dis aux autres que j'apprécie leur aide. Je me sens mal de vous garder loin de vos familles.

— Tu fais partie de notre famille, dit Bullet.

Il prit la direction de l'allée.

Les émotions qu'elle avait retenues se logèrent dans sa gorge alors que Diesel et elle entraient. Il ferma la porte derrière eux, occupant toute l'entrée, faisant paraître la maison encore plus petite. Tracey ne savait pas quoi faire d'elle-même lorsqu'il la suivit dans le salon. Elle remarqua qu'il avait fermé tous les rideaux. Elle pensait qu'elle s'y sentirait plus en sécurité mais après ce que Diesel avait dit à propos de ces types qui l'observaient peut-être avant la nuit d'avant, avec les rideaux tirés comme si elle était dans une maison sûre, elle se sentait comme une *victime* et elle détestait ce sentiment.

— Tu n'as pas besoin de rester. Avec tous ces types dehors, ça ira.

Dès que les mots quittèrent ses lèvres, elle voulut les reprendre. Dès qu'elle l'avait vu dans l'obscurité, elle avait su que ces hommes ne pouvaient plus lui faire de mal. Elle ne s'était jamais sentie aussi en sécurité que dans ses bras mais cela apportait des sentiments encore plus confus et ça l'énervait qu'elle ait eu besoin d'être sauvée.

Il croisa ses bras et se rapprocha.

— Je ne vais nulle part, gamine.

Son pouls s'accéléra. Elle était rivée sur place, retenue par la tempête d'émotions qui se déchaînait entre eux. Toute cette énergie libérait la peur, la confusion et la colère qu'elle avait retenues. Elles remontaient à la surface, menaçant de déferler sur la boule douloureuse de sa gorge. Elle ne pouvait pas le laisser la voir s'effondrer.

— Je vais prendre une douche, murmura-t-elle.

Elle se précipita dans le couloir sur des jambes tremblantes, traversa sa chambre et entra dans la salle de bain. Elle alluma la douche et lutta avec colère, en tremblant, pour enlever ses bottes et ses chaussettes et se déshabiller. Elle voulait brûler ses vêtements, pour s'éloigner le plus possible de ce qui s'était passé.

En se regardant dans le miroir, elle eut les larmes aux yeux. Un pansement dépassait de sa frange, couvrant l'entaille sur son front gauche. Elle avait des écorchures sur les joues, des bleus sur les bras et elle était sûre qu'il y en avait aussi dans son dos et ses hanches. Mais c'était la peur dans ses yeux qui la tourmentait, cela lui rappelait trop la faible fille qu'elle avait été. La personne qu'elle avait juré de ne plus jamais être. Elle *n'était pas* faible. Elle *n'était pas* impuissante.

La colère grondait en elle lorsqu'elle entra dans la douche, tremblant tellement que ses dents claquaient. L'eau chaude piqua les coupures et les blessures qui parsemaient ses bras, son dos et ses jambes. La peur et la douleur l'envahirent. Elle croisa les bras sur sa poitrine, s'efforçant d'être forte. Elle ferma les yeux, les souvenirs de l'attaque lui revenant en mémoire, faisant couler les larmes qu'elle avait retenues. Elle pouvait encore sentir leurs mains sur sa chair, entendre leurs voix dans la nuit. Les larmes coulaient abondamment alors qu'elle versait du gel douche sur un gant de toilette et essayait d'effacer les souvenirs. Elle se frotta les bras avec force malgré les picotements et la douleur, des sanglots s'échappant alors qu'elle essayait d'enlever de sa chair la sensation de ses agresseurs. La douleur était immense mais le chagrin d'avoir l'impression, qu'en une nuit, ces hommes avaient anéanti tous les progrès qu'elle avait faits était encore plus dévastateur. Des cris d'angoisse s'échappèrent de ses poumons et ses jambes cédèrent Elle s'effondra sur le sol de la douche et ramena ses genoux contre sa poitrine, se balançant sous le jet d'eau et cédant à la douleur, à la colère et au chagrin d'une nuit qu'elle n'avait pas vu venir.

DIESEL parcourut le salon, les émotions le traversant alors qu'il attendait que Tracey termine sa douche. Il n'aurait jamais dû la laisser sortir les poubelles. Et s'il ne l'avait pas entendue crier ? Et s'il était arrivé une seconde plus tard ? *Merde.* Il ne pouvait pas faire ça.

Il vérifia l'heure. Elle était sous la douche depuis vingt-cinq minutes. C'était beaucoup trop long. Il alla dans le couloir pour voir comment elle allait et l'interpella par la porte ouverte de la chambre.

— *Tracey ?*

L'avait-il déjà appelée par son nom ? Il entra dans la chambre. La porte de la salle de bains était ouverte et il entendit la douche couler. Sa poitrine se contracta au son des sanglots de Tracey. Ses mains se crispèrent sur ses côtés tandis qu'il s'approcha, se tenant derrière la porte, dos à la salle de bains.

— Trace ?

Ses sanglots continuèrent.

Bon sang.

L'eau devait être froide maintenant. Il n'y avait pas de vapeur, pas de chaleur. Il entra dans la salle de bains, enjambant la pile de vêtements et de chaussures sur le sol puis attrapa une serviette.

— Tracey, je vais fermer l'eau.

Ses sanglots venaient d'en bas et il se rendit compte qu'elle était assise à même le sol de la douche. Bon sang, ça le tua. En gardant les yeux fixés en haut, il passa derrière le rideau et coupa l'eau, puis il poussa une serviette vers elle.

— Tu peux t'envelopper avec ça, gamine ?

Elle prit la serviette et il l'entendit se mettre debout, ses sanglots mêlés à des grimaces douloureuses. Il voulait tuer ces enfoirés. Quand l'ambulancier l'avait examinée, Diesel avait vu des coupures sur son dos et ses jambes et des bleus sur toute sa peau pâle. Il chercha des vêtements propres dans la salle de bains mais elle n'avait pas dû en apporter. Il retira donc sa chemise et la lui tendit à travers le rideau.

— Mets ça.

Quelques secondes plus tard, elle ouvrit le rideau. Elle portait sa chemise, qui pendait jusqu'aux genoux, et la serviette était sur le sol à ses pieds. Son visage était couvert de bleus et d'éraflures, le maquillage était étalé sous ses yeux et coulait le long de ses joues. Elle avait l'air si triste que ça le tua. Il attrapa une autre serviette et en mouilla le coin pour la nettoyer. Sa lèvre inférieure trembla, des larmes fraîches coulèrent sur ses doigts alors qu'il essuyait son maquillage.

— Je sais me battre, dit-elle en tremblant.

— Je sais bien.

Il savait qu'elle passait du temps dans une salle de sport et prenait des cours d'arts martiaux avec un ancien Navy SEAL. Il savait aussi à quel point cet entraînement était inutile, s'il n'était pas pratiqué à un niveau qui reflétait la vie réelle.

— J'ai hésité.

Sa voix se brisa, d'autres larmes coulèrent mais sa colère sous-jacente prit le dessus.

— J'aurais dû…

— *Arrête.*

Il lui fit relever le menton.

— Tu *ne vas pas* t'en vouloir parce que deux connards ont eu le dessus.

Il laissa tomber la serviette sur le sol de la douche et la souleva dans ses bras aussi doucement qu'il le pouvait, ce qui apparemment n'était pas assez doucement car elle grimaça, ce qui le coupa dans son élan alors qu'il la portait dans la chambre.

Il s'abaissa au bord du lit avec Tracey sur ses genoux et écarta ses cheveux de son visage.

— Écoute. N'importe qui aurait hésité.

Il essuya ses larmes avec son pouce.

— C'en est *fini* pour eux, Tracey. Ils vont aller en prison et je vais attraper le troisième type. Mais pour l'instant, tu as besoin de te reposer.

Il l'allongea sur le lit.

— *Ouille.*

Elle s'assit.

— Mon dos et mon épaule sont trop douloureux.

Il se déplaça sur le lit, appuyant son dos contre la tête de lit et lui fit signe de venir à lui. Elle lui jeta un regard méfiant. Il jura dans son souffle.

— Tu crois vraiment que je vais tenter quelque chose ? Surtout après tout ce que tu as enduré ? Je vais juste te tenir pour que tu puisses dormir sans souffrir.

Ces grands yeux noisette s'excusèrent alors qu'elle se déplaçait à côté de lui. Son côté gauche avait subi le plus gros du traumatisme, alors il plaqua son côté droit contre lui. Elle était si petite qu'il dut se glisser plus bas pour réduire l'angle de son corps afin qu'elle puisse se draper confortablement sur lui sans exercer de pression sur son dos ou ses épaules. Sa main se posa sur sa hanche.

— Est-ce que ça fait mal ?

Elle secoua sa tête contre sa poitrine.

Il reposa sa tête en arrière, observant les murs blancs de sa chambre, la commode et la table de nuit bon marché qui semblaient d'occasion. Le lit était certainement un double. Il y tenait à peine. Une couverture bleue était pliée au bas du lit, au-dessus d'un simple couvre-lit blanc. Sur la commode, il y avait une photo encadrée de Tracey, les genoux noueux et les coudes pointus, probablement âgée de douze ou treize ans, prise avec une petite femme aux cheveux noirs qui ne pouvait être que sa mère. Elles partageaient les mêmes yeux en amande, le même nez guilleret et le même menton pointu qui faisaient penser à la *magie des elfes*. La voix de la mère de Diesel murmura dans sa tête. *Nous avons besoin d'un peu de magie elfique, Dezzie. Qu'en dis-tu ? Va chercher nos peintures.* Il n'était qu'un garçon dans ce souvenir, sept ou huit ans peut-être, et il se souvenait avoir couru jusqu'à la remise pour aller chercher le seau plein de petits pots de peinture et de pinceaux afin qu'ils puissent rajouter aux murs des dessins sur le thème du hobbit et de l'elfe, à la chambre du hobbit qu'ils avaient commencée quand il était trop jeune pour s'en souvenir.

Un coup de poignard empreint de nostalgie le traversa et il déplaça son regard dans la pièce pour essayer de distraire la douleur qui s'insinuait sur la pointe des pieds avec un autre souvenir. Celui-là datait de l'époque où sa mère était trop faible pour bouger. Il l'avait portée dans cette salle de magie elfique, qui était alors couverte du sol au plafond d'elfes et de hobbits, de sorciers et de forêts.

Où étaient les moments préférés de Tracey ? Rien dans cette pièce ne témoignait de son caractère unique. Elle vivait là depuis longtemps et il n'y avait pas une seule photo sur le mur ou même un de ces coussins fantaisie que la plupart des femmes aiment.

Il baissa les yeux sur la belle qui dormait contre lui, son souffle chaud flottant en bouffées douces sur sa peau. Elle se secoua dans son sommeil, gémissant, les jambes battant des pieds. Il la serra un peu plus fort.

— *Chut.* Tu es en sécurité. Je te tiens.

La tension disparut de son corps et il déposa un baiser sur le sommet de sa tête, tirant la couverture sur elle. Des sensations inconnues se glissèrent dans sa poitrine, différentes de celles qui faisaient habituellement mettre son sexe au garde à vous lorsqu'il était près d'elle. C'étaient des pulsions protectrices, plus grandes et plus puissantes que tout ce qu'il n'avait jamais ressenties. Ces sensations lui donnaient envie de s'enfuir, et en même temps, elles lui donnaient envie de clouer ses foutue bottes au sol.

C'était quoi ce bordel ?

CHAPITRE QUATRE

Au petit matin, Tracy prit peu à peu conscience de tous les endroits où elle avait mal, c'est-à-dire presque partout. Cela allait de l'air frais entre ses jambes, au bras de Diesel enroulé autour d'elle de manière protectrice, à sa main caressant ses fesses à travers la chemise qu'elle portait. Toutes les parties de son corps en contact avec lui étaient chaudes. Il était comme une fournaise. Elle avala de toutes ses forces, ses nerfs vibrant comme une boule de flipper. Comment avait-elle pu oublier de mettre des sous-vêtements ? Elle resta immobile, sa joue sur sa poitrine nue, son cœur battant contre lui de façon régulière et sûre, son bras robuste la maintenant serrée contre lui-même dans son sommeil. Et cela venait de l'homme qui, comme tout le monde le savait, détestait qu'on le touche.

Peut-être qu'il n'avait pas un cœur de pierre après tout.

Elle avait dû enlever la couverture à coups de pied au milieu de la nuit, car elle était en boule au fond du lit. Son regard glissa le long de son corps, s'attardant sur les poils qui partaient de son nombril vers le bas et disparaissaient sous la taille de son jean. Elle ne pouvait s'empêcher de remarquer la bosse derrière sa fermeture éclair ou le contour de ce qui ressemblait à une érection gigantesque qui descendait le long de la jambe de son pantalon.

Seigneur, ayez pitié.

Elle se força à regarder vers le bas. Ses pieds atteignaient le bout du lit. Il avait dormi avec ses bottes en cuir noir. Elle pariait qu'il portait encore sa casquette. Les souvenirs de la nuit dernière lui revinrent en mémoire, avec les visages des monstres qui l'avaient attaquée et le regard menaçant de Diesel lorsqu'il était venu à son secours, si différent du regard compatissant qu'il lui avait adressé hier soir. Comment avait-il su qu'elle était restée clouée au sol de la douche, incapable de se ressaisir ? Comment était-il possible que l'homme à côté d'elle soit le même que celui dont elle imaginait qu'il cachait peut-être un tas de corps enterrés quelque part ? Elle ne pourrait que lui en être reconnaissante de l'avoir aidée quand elle avait été attaquée ou de l'avoir gardée en sécurité la nuit dernière.

Sa main appuya plus fort sur ses fesses tandis qu'il s'étirait, son dos se cambra. Elle jeta un coup d'œil à son visage, cette mâchoire forte et ces yeux plissés, le cou et les épaules basculant en arrière comme il s'étirait. Sa casquette de baseball était fermement en place. Elle avait l'impression qu'il ne s'était même pas rendu compte que sa main était sur ses fesses. Elle essaya de soulever le reste de son corps mais sa main resta fermement en place, la maintenant immobile, la faisant douter de ses suppositions.

Elle jeta un coup d'œil au sien et le trouva rempli d'inquiétude.

— Comment te sens-tu ?

Sa voix était encore plus rauque que d'habitude.

— Fourbue.

Elle voulait le remercier pour tout ce qu'il avait fait mais maintenant qu'elle était pleinement réveillée, elle ne pensait plus qu'à sa main sur ses fesses, au fait qu'elle ne portait pas de sous-vêtements ni à tout ce qu'elle avait vécu la nuit dernière. Cela devait simplement rester en surface, attendant d'être analysé. Elle avait besoin de se remettre les idées en place. Mais d'abord elle devait sortir de ce lit.

— Et comme si quelqu'un me caressait les *fesses*.

Il bougea sa main et elle se releva lentement, en grimaçant de douleur.

Il haussa les sourcils.

— Où vas-tu ?

— Dans la salle de bain pour m'habiller.

Elle se dirigea vers la commode et en sortit des sous-vêtements ainsi que son short et son T-shirt les plus confortables.

— Tu ne croyais tout de même pas que j'allais rester là sans sous-vêtements toute la journée ?

Il sourit.

Elle se dirigea vers la salle de bain, convaincue qu'il était l'homme le plus difficile à déchiffrer au monde. Quand elle vit ses vêtements et ses chaussures sur le sol et son visage abîmé dans le miroir, ces pensées furent remplacées par la colère ressentie la nuit dernière. Sa pommette et son front étaient éraflés et meurtris, et elle avait une petite coupure au-dessus du côté gauche de la lèvre. Elle enleva le bandage au-dessus de son front, révélant une entaille rouge et une croûte qui se formait déjà. Elle enleva la chemise de Diesel, son corps se plaignant à chacun de ses mouvements. Des taches noires et bleues marquaient son côté gauche, sa hanche et son épaule. Il y avait des ecchymoses de la taille d'un doigt juste au-dessus de ses coudes, là où ces horribles hommes l'avaient attrapée. Elle se retourna et jeta un coup d'œil par-dessus son épaule dans le miroir, son estomac se nouant à la vue d'autres éraflures et bleus. Elle repensa aux mauvais jours passés avec Dennis, quand il rentrait ivre, qu'il était hors de contrôle et qu'elle subissait sa colère.

Elle se souvint que *c*'était différent.

Elle savait dans sa tête que c'était le cas mais il lui fallut quelques rappels supplémentaires pour s'en rendre compte. Avec Dennis, elle s'était sentie piégée, comme si elle n'avait pas eu d'autre choix que de rester avec lui. Mais la nuit dernière, elle s'était battue, avait essayé de s'enfuir et avait signalé l'agression à la police. Elle ne s'était pas simplement enfuie comme elle l'avait fait avec Dennis. Ces ordures allaient payer pour ce qu'ils avaient fait. Cela la rendait malade de ne pas avoir porté plainte contre Dennis mais c'était un cauchemar dans lequel elle ne pouvait pas se permettre de s'empêtrer maintenant. Elle devait s'habiller et s'occuper de l'homme compliqué qui l'attendait dans sa chambre. Comment remercier quelqu'un de vous avoir sauvé la vie ? Les mots ne semblaient pas suffisants, surtout quand elle avait passé tant de temps à l'enguirlander au travail.

Elle nettoya soigneusement ses blessures, pensant à la douceur de Diesel lorsqu'il lui avait nettoyé le visage la nuit dernière. Elle trouva la petite trousse de premiers soins sous l'évier et se mit à appliquer de la pommade sur ses égratignures. Elle mit un pansement sur son front, se brossa les dents et les cheveux puis s'habilla. Elle ramassa ses vêtements sales sur le sol et les mit dans le panier à linge. Elle prit ensuite la chemise de Diesel et la pressa contre son nez. Elle sentait son odeur, brute et virile, avec un soupçon du parfum de crème de douche et qu'elle avait prise la nuit dernière. Cette combinaison était étrangement réconfortante.

Elle ramassa ses bottes, prit une profonde inspiration fortifiante et alla le remercier pour tout ce qu'il avait fait.

La chambre était vide et le lit était fait, sa couverture soigneusement pliée au pied du lit. Elle mit ses bottes dans le placard et suivit une odeur savoureuse vers la cuisine. En traversant le salon, elle jeta un coup d'œil par les fenêtres de devant et vit deux types sur des motos.

Diesel était debout devant la cuisinière, dos à elle. Il était torse nu, son jean lui descendait sur les hanches. Son dos musclé et ses dorsaux formaient un V parfait jusqu'à sa taille épaisse. Un tatouage courait le long de sa nuque et entre ses omoplates. C'était un homme nu superposé dans deux positions à l'intérieur d'un cercle et d'un carré, l'une avec les bras et les jambes écartés, l'autre avec les bras écartés et les jambes rassemblées. Tracey avait déjà vu cette image mais elle ne savait pas ce qu'elle signifiait. Elle était curieuse de tous ses tatouages mais surtout de la signification de celui-ci en particulier et de la raison pour laquelle Diesel avait le visage d'une fée tatoué à l'arrière de son bras gauche. Mais alors que ses bras et sa poitrine étaient complètement remplis d'encre, il n'y avait pas d'autres tatouages sur son dos, et *oh mon Dieu*, il avait l'air délicieux.

Cependant, ce n'était pas son beau corps qui faisait accélérer son pouls, ni les tatouages ou l'absence ces derniers qui la firent avancer vers l'homme qui détestait être touché et, malgré les conséquences, elle l'entoura, de ses bras, par derrière. Elle pressa sa joue contre sa peau chaude, une main à plat sur son ventre, l'autre tenant toujours sa chemise. Ses muscles se contractèrent, rigides, mais elle était impuissante face à la gratitude qui la submergeait. Elle aurait été une personne totalement différente aujourd'hui s'il ne l'avait pas sauvée la nuit dernière. Aurait-elle même survécu à ce que ces hommes avaient prévu de lui faire ?

Il prit une longue inspiration, son corps se gonflant jusqu'à atteindre le double de sa taille normale.

— Merci, dit-elle doucement tout en abaissant ses mains et en faisant un pas en arrière.

Diesel ne bougea pas, la tension flottant sur lui comme le vent.

— Je suis désolée de t'avoir mis mal à l'aise. Je suis juste reconnaissante de tout ce que tu as fait pour moi.

Elle avait tellement de questions. Pourquoi l'avait-t-il laissée dormir sur lui hier soir mais avait reculé quand elle l'avait serré dans ses bras ? Était-elle trop dans les vapes pour réaliser qu'il avait été mal à l'aise toute la nuit, lui aussi ? Est-ce qu'une partie de lui pensait qu'elle avait provoqué le retour de ces hommes ?

Non, elle ne pouvait pas se permettre de croire cela.

Le silence s'étira entre eux pendant si longtemps, qu'elle était presque sûre qu'il essayait de ne pas lui exploser à la figure. Pourquoi détestait-il être touché ?

Il se retourna avec deux assiettes dans les mains, son visage fermé et portant un masque sérieux. Une des assiettes était remplie de pain perdu et l'autre contenait une montagne d'œufs brouillés. L'étrangeté de Diesel en tant qu'homme de maison était trop forte. Un rire nerveux s'échappa de ses lèvres.

— Tu *cuisines* ? C'est pour les gars qui sont positionnés devant la maison ?

— Ils vont bien, eux. Il faut que tu manges.

Il leva le menton vers la table de la cuisine, où elle fut surprise de voir deux couverts, avec des verres de jus d'orange et deux mugs de café, une bouteille de sirop et une plaquette de beurre sur une assiette.

— As-tu été un chef dans une vie antérieure ?

Elle posa sa chemise sur sa chaise et s'assit à la table.

Il ne répondit pas, se contentant de poser les assiettes au milieu de la table, d'enfiler sa chemise et de prendre place en face d'elle. Comme elle ne remplissait pas immédiatement son assiette, il y mit deux tranches de pain perdu et plus d'œufs qu'elle ne pourrait en manger. Ses articulations étaient écorchées et rouges. Elles semblaient d'ailleurs douloureuses mais il ne semblait pas le remarquer car il empila quatre tranches de pain perdu et le reste des œufs dans son assiette et commença à manger. Il engloutit des monticules d'œufs dans sa bouche et mangea chaque morceau de pain perdu en seulement deux bouchées, comme un aspirateur humain. L'homme ressemblait à une machine cochant une liste de choses à faire – *Se réveiller. Nourrir la fille blessée. Se nourrir soi-même.* – et elle était hypnotisée. Quels autres talents secrets avait-il ?

Il la regarda par-dessus une fourchette remplie d'œufs. Son regard passa à son assiette puis revint à son visage et il leva le menton, son message silencieux étant reçu haut et fort. *Mange.*

Elle n'avait pas très faim mais il s'était donné tant de mal. Elle versa du sirop sur le pain perdu et prit une bouchée. *La vache.* C'était délicieux, moelleux, avec un soupçon de vanille et la quantité parfaite de cannelle.

— C'est délicieux.

Il fit un signe de tête brusque, accompagné d'un son viril qui n'était ni un grognement ni un grondement, mais du *Diesel* tout craché.

Elle continua à manger, savourant chaque bouchée.

— *Humm.* Sérieusement, c'est incroyable. Où as-tu appris à cuisiner ?

Ses yeux sombres l'observèrent une demi-seconde alors qu'il finissait de manger mais il ne répondit pas. Il but son jus et immédiatement après il engloutit son café. *Jus de fruit. OK. Café. C'est bon.* C'était comme manger avec un homme des cavernes très doué.

Il empila les deux assiettes vides sur la sienne, se leva, mit deux doigts dans son verre de jus de fruit vide, deux dans sa tasse vide et porta le tout jusqu'à l'évier, où il commença rapidement à les laver.

— Je peux le faire.

— Je m'en occupe, répondit-il d'un ton bourru.

Pendant qu'elle mangeait, elle le regarda passer efficacement d'une tâche à l'autre, lavant et séchant tout à la main, y compris les casseroles et les bols, les rangeant dans les armoires à leur place. Il se retourna et prit son assiette, qui était encore remplie d'œufs.

Il sourcilla.

— Les œufs sont nécessaires pour les protéines.

— J'en ai mangé. Ils étaient bons mais je ne peux pas en manger autant.

Il fit glisser ses yeux le long de son corps, comme s'il ne la croyait pas.

— *Diesel*, j'ai assez mangé. Je te le promets. Maintenant, éloigne-toi de l'évier pour que je puisse faire ma vaisselle ou je pourrai ne jamais te laisser rentrer chez toi.

Elle se tenait debout, l'assiette dans les mains, et il la lui prit.

— Bois ton jus.

— Tu as vraiment un sacré côté paternel, tu sais ?

Sa mâchoire se serra.

— La vitamine C aide à réduire l'inflammation.

— Qui aurait cru que tu étais un tel baratineur ?

Elle s'appuya contre le comptoir pour boire son jus de fruit pendant qu'il faisait sa vaisselle.

— Merci d'avoir préparé le petit-déjeuner et d'avoir nettoyé.

Il sécha l'assiette, les yeux plissés et sérieux.

— J'ai appelé Red. Elle va venir avec quelques filles.

— Pourquoi ?

— Je dois m'occuper de certaines affaires et tu ne devrais pas être seule.

— Diesel, il y a deux gardes du corps costauds dehors. Je n'ai pas besoin de déranger les autres. Je vais leur envoyer un message.

— Ton téléphone est cassé. Les flics l'ont trouvé sur le sol la nuit dernière. Je t'en prendrai un nouveau. Tu dois voir les filles. Elles ont inondé mon téléphone de messages. Josie va ramener ta voiture du bar pour que tu l'aies. Elle peut rentrer à la maison avec Red.

Elle croisa les bras mais cela lui fit mal à l'épaule et elle grimaça, laissant tomber ses mains. Un éclair de douleur brilla dans ses yeux, comme la nuit dernière. Autant elle voulait un petit moment entre filles, autant elle ne voulait pas *se sentir* plus victime qu'elle ne l'était déjà.

— Je n'ai pas besoin qu'elles viennent et je peux appeler un Uber pour m'emmener chercher ma voiture.

— Les filles vont venir et tu *ne monteras pas* dans un Uber avec un étranger, lança-t-il avec insistance. Et une fois que tu seras guérie, je vais t'apprendre à te battre.

C'était raisonnable de ne pas monter avec un étranger.

— Je sais comment me battre. Je fais des arts martiaux depuis un an et demi. J'ai juste hésité et ils étaient *deux*.

— Si tu veux te protéger, tu dois être formée de la bonne façon. Faire des arts martiaux dans un studio, c'est bien pour acquérir les bases, mais ça ne vaut rien si on n'est pas entraîné à gérer des situations avec des connards comme ceux d'hier soir.

Il se rapprocha, ses yeux omniprésents la défiant.

— À moins que tu n'aies peur d'essayer ?

Elle se moqua et leva le menton, prête à lui asséner une

réplique insolente, mais tout ce qui en est sorti fut :

— Tu crois vraiment que je peux apprendre à me protéger contre des types comme ceux-là ?

— Je ne perdrais pas mon temps à te faire ce genre de proposition si ce n'était pas le cas. Tu es peut-être petite, gamine, mais tu es féroce.

Le fait qu'il croie en elle renforça sa confiance en elle et le fait qu'il utilise l'expression *"gamine"*, fit naître en elle une toute autre gamme d'émotions et de sensations, comme le frôlement de ses cuisses contre elle.

— Si tu mets autant d'énergie à apprendre à te battre qu'à me faire souffrir, tu t'en sortiras très bien.

Le côté de sa bouche se releva suite à sa taquinerie, mais tout aussi rapidement, ce sourire se transforma en quelque chose de plus sombre, apportant avec lui un pic d'électricité.

Les papillons fourmillaient dans son ventre.

— Je suis désolée de t'avoir donné du fil à retordre au travail. Je sais que tu ne faisais que veiller sur moi. La vérité, c'est que je déteste avoir l'impression d'avoir besoin de protection, dans n'importe quelle situation, mais je suis reconnaissante que tu aies été là pour moi hier soir.

Il semblait vouloir ajouter quelque chose, ses émotions étaient si puissantes qu'elle pouvait *sentir* qu'il luttait pour retenir ce qu'il voulait dire. Elle ouvrit la bouche pour le lui demander au moment où il leva la main et écarta ses cheveux du bandage au-dessus de son front. C'était un contact si intime, si tendre, que les mots lui manquèrent. Son expression s'était adoucie, ses yeux parcoururent le bandage, les éraflures sur ses joues et il la regarda si profondément dans les yeux qu'elle crut qu'il allait l'embrasser. Une tension pulsait autour d'eux comme elle n'en avait jamais ressentie auparavant. Son cœur s'emballa et elle retint sa respiration, souhaitant silencieusement qu'il le fasse, ou qu'il dise ce qu'il ressentait. On frappa à la porte d'entrée, ce qui la fit sursauter et rompit leur connexion. La mâchoire de Diesel se contracta, son expression se refroidit et il fit un pas en arrière, remettant en place ce mur de briques autour de lui.

— Ce doit être Red et les filles, dit-il d'un ton bourru. Je vais vous laisser tranquille.

Il se dirigea vers la porte d'entrée et l'air s'échappa de ses poumons. La confusion embrouilla son esprit. Elle n'avait jamais rencontré un homme si *dur* et si viscéral qu'il pouvait l'entraîner dans son tourbillon, sans un seul mot et faire d'elle une personne différente lorsqu'il s'éloignait.

Le bruit des voix de ses amies et des pas rapides en direction de la cuisine la sortit de ses pensées au moment où Josie et Sarah firent irruption dans la pièce avec Dixie, Finlay et Crystal sur leurs talons, l'enveloppant dans une étreinte collective qui la fit grimacer de douleur.

— *Oh, attention*, implora Tracey.

— Désolée, répondit Sarah.

Elle était l'aînée des deux sœurs, un peu plus grande et plus blonde que Josie.

— On s'est tellement inquiétées pour toi.

Josie tenait un sac de sa boutique de pain d'épice.

— Tu vas bien ? demanda Finlay.

Dixie posa une main sur sa hanche.

— Diesel aurait dû tuer ces bâtards. Je savais que c'était des abrutis.

— Et si vous lui donniez une seconde pour respirer, mesdames ? dit Red en entrant dans la cuisine avec Penny et leurs autres amies, Roni et Gemma. Red prit les mains de Tracey, les tenant fermement.

— Je vais te serrer très légèrement dans mes bras parce que Biggs a dit que tu avais été malmenée, mais mon cœur de maman doit le faire, d'accord ?

Comment ces quelques mots pouvaient-ils donner à Tracey l'envie de pleurer ? Ce n'était pas la première fois, et elle était sûre que ce ne serait pas la dernière, qu'elle aurait aimé avoir quelqu'un comme Red à ses côtés quand elle était avec Dennis. Peut-être que si elle l'avait eue, elle ne serait pas restée aussi longtemps.

Tracey hocha la tête et Red la prit dans ses bras en lui murmurant :

— Je suis si heureuse que tu ailles bien, ma chérie.

— Merci. Ce ne serait pas le cas si Diesel n'avait pas été là.

Alors qu'elles se dirigeaient vers le salon, elle regarda par la fenêtre de devant et le vit parler avec les deux types qui étaient là depuis le matin, tôt. Il regarda par-dessus son épaule et elle jura qu'il la regardait droit dans les yeux, un courant inéluctable passant entre eux.

Lorsque tout le monde fut assis, Josie ouvrit le sac qu'elle avait apporté et commença à distribuer des biscuits en pain d'épice sur lesquels était écrit *Bon Rétablissement* en glaçage rose.

— Tu m'as fait des cookies ?

Tracey en prit un, son cœur empli d'amour.

— J'étais si inquiète pour toi que je ne pouvais pas dormir, alors j'ai cuisiné.

Josie tenait sa boutique de pain d'épice dans le garage rénové de sa maison.

— Je suis contente de ne pas être la seule, ajouta Finlay. J'ai passé la moitié de la nuit à préparer un gâteau pour toi. Mais quand je me suis levée ce matin, Bullet en avait déjà mangé la moitié avec son café. Cet homme a l'appétit d'un buffle.

Elles rirent toutes ensemble et mangèrent leurs biscuits.

— Bullet a affirmé que Diesel était resté avec toi la nuit dernière. J'imagine bien qu'il n'a pas été d'un grand réconfort, mais au moins tu étais en sécurité.

— Il est assez stoïque. J'avais peur de lui quand on s'est rencontrés, dit Roni en remettant une mèche de cheveux noirs derrière son oreille. Mais après la manière dont il a aidé Quincy et Simone, je ne peux que ressentir du respect pour lui.

Le fiancé de Roni, Quincy Gritt, était un toxicomane en voie de guérison et il dirigeait des réunions de Narcotiques Anonymes, auxquelles Simone Davidson, qui était également en voie de guérison, avait participé. Lorsque l'ex de Simone, un dealer, avait rendu trop dangereux pour elle de rester dans la région, Diesel s'était arrangé pour qu'elle reste au *Redemption Ranch* pour continuer à travailler sur sa guérison. Il l'avait escortée là-bas en décembre dernier pour s'assurer qu'elle arriverait à bon port.

— Je suis vraiment reconnaissante que Diesel ait été là.

Tracey s'assit dans un fauteuil et replia ses pieds près d'elle, en pensant au moment où elle s'était effondrée sous la douche. Elle n'avait même pas été nerveuse quand elle l'avait entendu entrer dans la salle de bains. Elle avait été soulagée qu'il sache qu'elle ne devait pas être seule.

— Je n'ai jamais vu quelqu'un se battre comme lui. Il n'a pas hésité. Pas même quand il a vu le gars avec le couteau. Il les a attaqués de toutes ses forces.

— Évidemment, dit Dixie. Ce qui lui manque en compétences de réconfort, il le compense en mode bestial.

— En fait, j'ai un peu perdu les pédales après être rentrée à la maison, admit Tracey. Il savait exactement ce dont j'avais besoin et il est resté à mes côtés toute la nuit. Il a été assez incroyable, les filles. Il m'a même préparé le petit-déjeuner ce matin.

— Diesel fait la cuisine ? demanda Finlay.

— Ouais, très bien, en plus.

— Je suis si heureuse qu'il ait pris soin de toi. Jed l'estime énormément. Je sais que Diesel te rend folle au travail mais il peut sentir les problèmes à des kilomètres à la ronde, précisa Josie.

— Je confirme, dit Red. C'est un chasseur de primes quand il n'est pas barman.

— Ah bon ?

Je suppose qu'il peut vraiment traquer les gens. Tracey regarda les autres filles, qui étaient tout aussi choquées.

— Je ne le savais pas.

— Oui, Madame. C'est l'un des meilleurs. C'est ce qu'il fait quand il voyage et il a mis sa vie entre parenthèses pour aider notre famille au bar, ajouta Red. Il nous manquera cruellement quand il partira.

Tracey fut traversée par un sentiment de tristesse ou de déception. Elle ne savait pas lequel des deux.

— Diesel s'en va ?

Gemma et Crystal posèrent cette question à l'unisson. Les deux amies brunes tenaient la boutique *Princesse d'un jour*, où les enfants pouvaient passer la journée à se déguiser en différents types de princesses, allant de robes à paillettes à des tenues de princesse type garçon manqué.

— Il est resté beaucoup plus longtemps que nous ne le pensions mais il est prêt à prendre la route, expliqua Red.

— Oh non. Kennedy va être si triste.

Gemma était mariée au frère aîné de Quincy, Truman, qui

travaillait à *Whiskey Automobile*. La mère de Truman et Quincy avait fait une overdose, il y avait quelques années de cela, laissant derrière elle leurs frère et sœur beaucoup plus jeunes. Kennedy avait presque six ans et Lincoln allait sur ses quatre ans. Truman et Gemma avaient pris la relève pour les élever comme leurs propres enfants.

— Tout comme la moitié des femmes qui viennent dans ce bar, plaisanta Dixie.

Un soupçon de jalousie s'empara de Tracey.

— Il m'a rendue folle pendant si longtemps, mais maintenant je ne peux pas imaginer retourner au travail sans lui. Surtout après la nuit dernière.

— As-tu peur d'y retourner ? s'exclama Finlay.

— Moi, j'aurais peur à ta place.

Penny mit sa main sur son petit ventre arrondi.

— Moi aussi, lancèrent Roni et Gemma.

— La nuit dernière était terrifiante et peut-être que je devrais avoir peur d'y retourner, mais ce n'est pas le cas. Je ne sortirai pas les poubelles toute seule de sitôt mais je ne vais pas les laisser m'empêcher de vivre ma vie. Je ne le referai pas.

— Bien dit. Mais tu sais, si tu veux du temps libre, pas de souci, dit Red.

— Merci, mais je n'en ai pas besoin. Ce dont j'ai besoin, c'est de guérir pour pouvoir apprendre à mieux me défendre.

— C'est exactement ce dont tu as besoin, en convint Dixie. Tu as parcouru un trop long chemin pour laisser ces salauds te tirer vers le bas.

Toutes les filles parlèrent en même temps, partageant leur soutien et encourageant Tracey.

Le téléphone de Dixie sonna.

— C'est Izzy sur FaceTime. J'espère que ça ne te dérange

pas. Elle voulait vraiment te parler.

Elle répondit à l'appel.

— Hé, Iz.

— Est-ce qu'elle va bien ? Laissez-moi la voir ! exigea Izzy.

Dixie tendit le téléphone à Tracey. Les yeux inquiets de son amie la fixèrent.

— Est-ce que tu vas bien ? Je suis désolée de ne pas être là. Je serai à la maison plus tard dans la soirée.

— Je vais bien. Je t'assure.

— Oh, Trace. J'aurais dû être là pour toi. Quand je rentrerai à la maison, je te gâterai et te pourrirai. Je te le promets.

Tracey montra un cookie.

— Les filles s'en occupent déjà très bien, et même si j'apprécie, je ne veux plus être choyée, ni même parler de ce qui s'est passé. Cela donne trop de pouvoir aux gars qui m'ont attaquée. Peut-on, s'il te plaît, agir normalement et parler d'autre chose ? La fête d'anniversaire de Kennedy et Lincoln, ou vos maris, ou le mariage de Penny, ou tout autre chose ?

La fête de Kennedy et Lincoln était dans un peu plus d'un mois.

— Tu es sûre ? demanda Dixie.

— À cent pour cent, lui assura Tracey. Je sais que vous êtes prêtes à en parler et je vous promets que si j'en ressens le besoin, je le ferai. Mais pour l'instant, je veux juste parler de quelque chose de joyeux et faire comme si la vie était normale.

— Vous l'avez entendue, s'exclama Izzy. Allez, on papote de tout et de rien !

Tracey appuya le téléphone contre une pile de livres sur la table basse et lorsque toutes les filles se rassemblèrent autour, une cacophonie de conversations éclata. Pour la première fois depuis hier soir, Tracey s'entendit rire. Elle regarda les femmes qui étaient devenues sa famille et réalisa que Diesel avait eu raison après tout. Elle *avait* besoin de temps avec elles. Mais elle ne pouvait pas nier la partie d'elle qui se demandait si – et *espérait* – qu'elle aurait plus de temps avec lui, aussi.

CHAPITRE CINQ

LE VENT fouettait la peau de Diesel, et le soleil tapait sur ses épaules alors qu'il conduisait sa moto sur le pont qui séparait Peaceful Harbor du reste du monde, en ce dimanche en fin d'après-midi. Il lui semblait que le soleil brillait encore malgré tous les tourments qui le rongeaient. Il se souvenait de la première fois qu'il avait traversé ce pont, le mois suivant la mort de sa mère, lorsqu'il avait traversé le pays en voiture, essayant de se débarrasser de la tristesse qui s'était accrochée à lui comme une seconde peau. Cela n'avait pas mieux marché à l'époque que maintenant. Mais cette fois, ce n'était pas la tristesse qui le rongeait. C'était le besoin impérieux de voir Tracey, de s'assurer qu'elle allait bien, et une pléthore d'autres sentiments qu'il ne voulait pas disséquer. Il avait retrouvé le troisième type qui avait été avec les connards qui l'avaient attaquée. Ce minable était rentré chez lui en Virginie Occidentale dès qu'il avait eu vent de l'arrestation de ses amis.

C'était bien beau, mais ce n'était pas suffisant.

Diesel lui avait rendu une petite visite pour s'assurer qu'il ne traverserait plus jamais ce pont. Cet enfoiré avait admis savoir ce que ses amis avaient prévu de faire à Tracey et n'avait rien fait pour l'empêcher. Il avait de la chance que Diesel ne l'ait pas tué. Ce dernier l'avait laissé en train de supplier pour sa vie et de jurer qu'il ne mettrait plus jamais les pieds à Peaceful Harbor et qu'il ne s'approcherait plus jamais de Tracey. C'est exactement ainsi que Diesel avait laissé Dennis Smoot, il y avait deux ans de cela, quand il l'avait traqué et lui avait fait payer pour ce qu'il avait fait à Tracey.

Diesel s'était assuré qu'aucun d'entre eux ne s'approcherait d'elle à nouveau. Il avait engagé ses amis pour qu'ils gardent un œil non seulement sur ces salauds mais aussi sur leurs associés connus.

Il s'arrêta au club-house pour se doucher, puis monta dans son véhicule et se dirigea vers la maison de Tracey. Toute la journée, son esprit s'était focalisé sur elle. Un instant, il pensait à la façon dont elle avait couiné et gémi dans son sommeil, et l'instant d'après, il voyait ces grands yeux noisette l'implorer comme ils l'avaient fait plus tôt dans la matinée.

Alors qu'il s'arrêtait devant sa maison, l'inquiétude et le désir s'entremêlaient pour lui donner un sacré coup de pied aux fesses. Il attrapa le sac contenant le nouveau téléphone qu'il lui avait acheté et sortit de son camion, se dirigeant vers Tex, qui avait remplacé les gars qui étaient là le matin. Tex était un bon gars, même s'il flirtait trop avec Tracey.

— Des problèmes ?

— Non. C'est calme depuis que les filles et Red sont parties.

— Très bien. Tu peux y aller. Je prends le relais.

— D'accord. Fais-moi savoir si tu as besoin de quoi que ce soit.

Tex enfourcha sa moto.

— On se voit à l'église demain soir.

L'église était ce qu'on appelait les réunions des Dark Knights, qui avaient lieu les lundis soirs au club-house.

Diesel acquiesça et se dirigea vers l'entrée. Il frappa à la porte, s'appuyant contre le cadre pour attendre. La porte s'ouvrit lentement, et *bon sang*. Elle était si jolie dans ce short moulant, mais *ces* horribles éraflures et ces bleus lui donnaient envie de la prendre dans ses bras et de la protéger du monde entier, de l'embrasser, de lui insuffler sa force, jusqu'à ce qu'elle se sente plus résistante, plus en sécurité.

— Bonjour.

Un petit sourire ourla ses lèvres, mais c'est la rougeur de ses joues qui réveilla les émotions qu'il essayait d'ignorer.

— Je t'ai apporté un téléphone.

Il lui tendit le sac.

— Merci.

Elle ouvrit la porte plus grand.

— Tu veux entrer ?

Oui, bien sûr. Il voulait jouir en *elle*. Il serra les dents luttant contre cette envie, mais le désir d'être près d'elle était irrépressible.

— Tu as dîné ?

Elle secoua la tête, ses cheveux lui tombant dans les yeux.

— Je n'ai pas très faim.

— Mets tes chaussures. Nous allons manger.

— Diesel…

Il se rapprocha d'elle et ses yeux s'illuminèrent, son doux parfum faisant des ravages chez lui.

— Ne gaspille pas ta salive, gamine. Allons-y.

— Tu te souviens de l'histoire des abeilles et du miel ?

Elle enfonça ses pieds dans des baskets Converse noires.

Il sourit car *elle ne* se souvenait manifestement pas des détails de cette conversation alors que lui n'oubliait rien.

Elle fronça les sourcils et sa mémoire dut lui revenir car elle marmonna un "*Zut*" dans ses dents.

— Peu importe.

Elle prit son sac à main et sortit, se déplaçant plus facilement que la nuit dernière.

Il referma la porte derrière elle, vérifia la serrure et la suivit dans la rue.

— Et tes douleurs, ça donne quoi ?

— Toujours tapies dans l'ombre derrière moi.

Il ricana, aimant son insolence. C'était bon de l'entendre redevenir elle-même. Le temps passé avec les filles avait dû l'aider. Il fit le tour de son pick-up pour ouvrir la porte du passager et l'aider à monter.

— Tu sais qu'il est d'usage de *demander à* une personne si elle veut aller manger au restaurant.

Elle attrapa sa ceinture de sécurité.

— Et non les forcer contre leur volonté.

Il referma la porte sans répondre et se dirigea vers le siège conducteur.

Alors qu'il s'installait au volant, elle prit une voix plus grave.

— *Oui, Tracey. Je le sais. J'étais juste…*

Elle leva les mains en l'air, les yeux levés au ciel.

— Je n'arrive même pas à trouver une raison pour justifier que tu agisses de la sorte.

Il lui jeta un coup d'œil en démarrant, s'amusant des efforts qu'elle déployait pour le comprendre. *Bonne chance, petite… Je n'arrive même pas à me comprendre moi-même.*

— Tu ne veux pas aller manger ?

— Je n'ai pas dit ça. J'ai dit qu'il y avait des façons plus agréables de me demander si je voulais sortir.

— Donc, *tu* veux y aller ?

— Je pense que… *Oui.*

Il s'éloigna du trottoir.

— Très bien, alors. Économise ta salive.

Elle râla.

— Tu es *tellement* frustrant.

Si ce n'était pas encore le cas, il ne savait pas ce que c'était. Elle était assise là, trop belle pour son propre bien, le narguant avec ses jambes toniques et sa bouche facile à embrasser. Il avait des fantasmes coquins sur cette bouche, et s'il continuait à y penser, il les mettrait tous les deux dans le pétrin. Il fit de son mieux pour chasser ces pensées alors qu'il passait devant la marina et les quartiers riches et fortement commercialisés de la ville, là où les centres commerciaux et les restaurants gastronomiques cédaient la place aux barbecues en bord de route et aux magasins de type entrepôt.

Il se gara sur le terrain en gravier près d'une étroite bande de plage et se gara devant *Paolo's Pizza Shack*, un restaurant ambulant qui avait connu des jours meilleurs. Le petit bâtiment rouge en bois usé par le temps était en effet une *cabane*, avec un menu laminé écrit à la main cloué au mur à côté de la fenêtre de commande et quelques tables de pique-nique à l'avant sous des guirlandes lumineuses. Ce n'était pas grand-chose mais c'était tout ce que Paolo Russo et son fils de douze ans, Adrian, avaient, et c'était suffisant pour garder un toit au-dessus de leurs têtes et des sourires sur leurs visages.

Diesel ouvrit sa portière et contourna le véhicule pour aider Tracey à sortir.

— Je ne suis jamais allée à cette extrémité du port.

Elle regarda le parking.

— Il n'y a pas grand-chose ici.

— Et que te faut-il ?

— C'est une question bizarre.

— C'est pas vrai ? Ou tu n'y as jamais pensé avant ?

Il avait l'impression qu'elle avait réfléchi à ses besoins à de nombreuses reprises, étant donné qu'elle était passée d'une situation horrible à un séjour dans un refuge avec très peu de choses à son actif et elle ne lui semblait pas être du genre à oublier ce que c'était que de ne rien avoir une fois qu'elle était remise sur pied.

Elle sembla réfléchir à sa question tandis qu'il plongeait la main dans la boîte à gants et attrapait le livre qu'il avait acheté pour Adrian.

— Qu'est-ce que c'est ? demanda-t-elle.

Il ferma la portière et brandit le livre. La jeune femme fronça les sourcils.

— *Les deux tours ?* Tu aimes lire en mangeant ?

— Ce n'est pas pour moi. C'est pour lui.

Il désigna de la tête Adrian qui était derrière elle. C'était un jeune homme maigre, brun et vif d'esprit qui roulait dans son fauteuil roulant sur le côté du bâtiment.

Les yeux d'Adrian s'écarquillèrent d'excitation.

— Diesel !

— *Wheels*, mon gars. Comment ça va ?

Diesel et Adrian échangèrent une poignée de main secrète, se frappant les paumes, s'agrippant aux doigts de l'autre, puis se frappant les poings, faisant un bruit d'explosion lorsqu'ils retirèrent leurs mains.

— Génial ! J'ai presque terminé *La Communauté de l'Anneau.*

Adrian regarda Tracey avec curiosité.

— Tu es sa petite amie ?

Les yeux de Tracey s'écarquillèrent.

— Bon sang, gamin, grommela Diesel. Ne lui demande pas ça.

Adrian eut l'air confus.

— Pourquoi pas ? Tu n'as jamais amené de fille ici avant.

— Parce que cela nous met dans une position bizarre.

— Pourquoi ? Elle *est* ou n'*est pas* ta petite amie. Qu'est-ce qu'il y a de bizarre ?

Tracey rit et c'était bon à entendre après tout ce qu'elle avait vécu.

— Je ne suis pas sa petite amie. Mais j'aime la façon dont tu l'as poussé à ne plus savoir où se mettre. Je m'appelle Tracey. Et toi ?

— Adrian, mais vous pouvez m'appeler Wheels si vous voulez. C'est mon nom de route. C'est Diesel qui me l'a donné. Tu n'as pas de nom de route parce que les filles n'en ont pas, n'est-ce pas ?

— Euh, oui. C'est vrai.

— Qu'est-il arrivé à votre visage ? Tu es tombée ? Quand je suis tombée du trampoline, j'ai dû me faire faire des points de suture à la tête. J'avais six ans. C'est comme ça que j'ai fini en fauteuil roulant. Tu as des points de suture ?

Le cœur de Diesel se brisait pour le garçon chaque fois qu'il parlait si simplement de la façon dont il avait atterri dans ce fauteuil roulant, et à voir le regard de Tracey, il voyait qu'elle était tout aussi affectée.

— Non, juste quelques coupures, mais je vais bien, le rassura-t-elle. Alors, tu aimes lire ?

— Bon sang, qu'est-ce que j'adore ça. Diesel m'a rendu accro au *Hobbit*. Il l'a lu, ainsi que *tous les* livres du *Seigneur des Anneaux*, et il m'a dit qu'après les avoir lus, nous pourrions regarder les films ensemble. Tu les as lus ? Ils sont tellement bons...

Adrian continua à parler des histoires et Tracey sourit et

parla du livre qu'elle n'avait jamais lu.

Lorsqu'il reprit son souffle, Diesel lui tendit le nouveau livre.

— Voilà, mon pote. Le prochain de la série.

Son visage s'illumina.

— Génial. Merci !

La fenêtre de commande s'ouvrit et le père d'Adrian, Paolo, un homme brun à la peau olive d'une quarantaine d'années, sortit la tête.

— Hé, Diesel. Je suis content de te voir. Adrian, je croyais que tu allais voir Marnie ?

— J'y *vais*, cria Adrian. Je me suis juste arrêté pour parler à Diesel et Tracey. Ce *n'est pas* sa petite amie.

Diesel serra les dents.

Tracey rit et adressa un doux sourire à Adrian.

— Marnie est ta petite amie ?

— Non. C'est ma meilleure amie. Sa mère travaille là-bas.

Adrian désigna le magasin d'artisanat de l'autre côté du parking.

— Je veux qu'elle soit ma petite amie, mais Diesel dit que c'est une grande responsabilité et que je dois m'assurer d'être prêt à l'assumer. Alors, je travaille sur ma liste.

— Ta liste ?, demanda-t-elle.

— Ouais. Diesel a trouvé un tas de choses auxquelles je dois penser avant d'avoir une petite amie. Par exemple, suis-je prêt à être là si elle a besoin de moi ? Suis-je sûr de ne pas la blesser accidentellement en disant quelque chose de stupide ? Il dit que les filles ne prennent pas les choses de la même façon que les garçons, alors je dois réfléchir avant de parler. Et d'autres choses, comme est-ce que je veux être interrompu par ses SMS quand je suis en train de lire ? Diesel dit qu'il faut répondre aux SMS des filles, sinon elles se fâchent. C'est vrai ?

— Je pense que cela dépend de la fille.

Elle regarda Diesel avec une lueur d'amusement et quelque chose de nouveau dans ses yeux, comme si le fait d'entendre parler de cette liste l'avait amenée à le voir différemment.

— Mais on dirait que Diesel t'a donné un bon conseil. Tu devrais aussi lui cueillir des fleurs. C'est sur ta liste ?

— Des fleurs ? Non.

Adrian regarda Diesel.

— Tu n'as pas parlé de fleurs.

— Ce n'est pas grave, dit Tracey. Il n'est pas vraiment du genre à offrir des fleurs. Mais il faut absolument l'ajouter à ta liste. Les fleurs montrent à une fille qu'elle est spéciale et que tu as pensé à elle.

— Je pense à elle tout le temps, dit Adrian. Je l'ajouterai à ma liste. Diesel, si jamais tu veux une petite amie, tu devrais aussi l'ajouter à ta liste. Je ferais mieux d'y aller.

— Tu veux que je te pousse sur le terrain ? proposa Tracey.

— Non, merci. Le cinquième point de ma liste est que je peux assumer mes responsabilités actuelles, et l'indépendance en fait partie.

Il sourit à Diesel.

— Merci pour le livre. Tu devrais faire de Tracey ta petite amie. Je l'aime bien.

— Bon sang, petit. Je vais devoir te faire une nouvelle liste. *Ce qu'il ne faut pas dire avec les filles.*

Il ébouriffa les cheveux d'Adrian.

— Sors d'ici, petit. Amuse-toi bien avec Marnie.

Alors qu'Adrian s'éloignait et qu'ils se dirigeaient vers la fenêtre de commande, Tracey dit :

— Alors, tu aimes les hobbits et tu fais des listes de petits amis. Diesel Black, tu viens de devenir beaucoup plus intéressant.

Il ricana.

Ils commandèrent une pizza et Tracey discuta avec Paolo pendant qu'ils attendaient que la pizza cuise. Elle était si sociable, si chaleureuse et si douce qu'elle lui rappelait la façon dont sa mère parlait aux gens qu'elle venait de rencontrer comme si elle les connaissait depuis toujours.

Quand leur pizza fut prête, Paolo lui lança un regard approbateur. Comme s'il avait demandé l'approbation de qui que ce soit au cours des vingt dernières années ?

Tracey s'installa à une table de pique-nique *juste* à côté de lui.

— J'adore les pizzas.

Elle prit une bouchée et ferma les yeux.

— Humm. C'est *si* bon.

Il l'imagina dire cela lorsqu'ils seraient nus et qu'il serait enfoui au plus profond d'elle. Il se racla la gorge et prit une bouchée de pizza pour essayer de repousser ces fichues pensées.

— Comment as-tu connu Adrian et Paolo ?

— Adrian était victime d'harcèlement à l'école et son père a contacté les Dark Knights. Je l'ai suivi en classe et après l'école pendant un certain temps, je me suis assuré que personne ne lui faisait de mal.

— Et cela a-t-il mis fin aux brimades ?

— Oui.

Il termina sa part, se rappelant à quel point il était affreux de voir ce grand enfant dans une telle misère.

— Comment cela fonctionne-t-il ? L'intimidation ? Ce n'est pas la même chose que le harcèlement ?

— J'aime voir cela comme un moyen d'ouvrir les yeux des

enfants. Lorsque les enfants s'en prennent à ceux qu'ils considè-rent comme des reclus, nous leur montrons qu'ils sont eux aussi à part. Nous ne sommes pas là pour leur faire peur. Nous sommes là pour leur apprendre.

— Qu'est-ce que tu veux dire ?

— Il existe trois types d'intimidateurs. Ceux qui reprennent le comportement de leurs parents, ceux qui l'utilisent pour attirer l'attention et ceux qui le font par peur. Les enfants qui ont intimidé Adrian l'ont fait par peur. Ma présence a supprimé l'intérêt négatif pour lui et l'a remplacé par de la curiosité, ce qui a ouvert la voie à des conversations. Les enfants ont peur de ce qu'ils ne comprennent pas. Il en va de même pour les adultes. Deux des enfants le connaissaient avant l'accident de trampoline qui l'a laissé paralysé à partir de la taille, et l'autre venait d'emménager en ville. Ils voient un enfant intelligent qui leur ressemble et qui parle comme eux, et ils s'inquiètent du fait que s'il se retrouve dans un fauteuil roulant, ils pourraient en faire autant. Ils ne détestent pas Adrian. Comment le pourraient-ils ? C'est un enfant formidable. Ils ont détesté le fauteuil roulant.

Elle prit un champignon sur la pizza et le mangea.

— Comment as-tu fait ?

— Nous avons parlé à la classe des brimades et de ce que ressentent les autres enfants, et comme ils se sont habitués à nous voir, Adrian et moi, ensemble, ils ont posé des questions sur la raison de ma présence, ce genre de choses. C'est une question de communication, de faire comprendre aux gens comment leurs actions affectent les autres. Une fois qu'ils ont dépassé leurs craintes, ils se sont rendu compte à quel point Adrian était cool et ont fait machine arrière.

— C'était il y a combien de temps ?

Il prit une autre part de pizza.

— Six mois, peut-être.

— Et tu viens toujours le voir ? C'est bien.

— Je ne considère pas les amitiés à la légère. Qui pourrait être là pour un enfant et disparaître ensuite ?

Elle fut silencieuse pendant qu'ils mangeaient et il prit un moment pour la regarder vraiment, comme il l'avait fait pendant qu'elle dormait la nuit dernière. Il était intrigué par bien plus que son apparence. Tracey n'avait pas l'air de faire semblant comme la plupart des femmes en sa présence. Elle se jeta sur la pizza sans hésitation, alors que la plupart des femmes faisaient mine d'en manger, et bien qu'elle n'ait jamais porté beaucoup de maquillage, même avec ces satanées égratignures et ecchymoses, elle était magnifique sans cela. Elle ne s'était pas maquillée lorsqu'elle avait commencé à travailler au bar, et il n'oublierait jamais la première fois qu'il l'avait vue toute pomponnée. Elle avait toujours fait tourner les têtes, mais le maquillage lui donnait un air élégant, comme une actrice de la vieille école qui se distinguait de toutes les autres. Il était impossible de détourner le regard d'elle, comme au mariage, où il avait été fasciné par elle.

— Quand penses-tu que nous saurons si les gars qui m'ont attaquée, seront libérés sous caution ?

Il enfouit ses pensées au plus profond de lui-même et but un verre.

— Ce ne sera pas leur cas. Le tribunal a découvert qu'ils avaient des arrestations en cours en Virginie-Occidentale pour avoir agressé deux autres femmes. Ils seront derrière les barreaux pendant longtemps. J'ai retrouvé le troisième type et il ne repassera pas le pont de son vivant.

Elle lui heurta l'épaule.

— Tu ne l'as pas tué, n'est-ce pas ? Parce que je n'aimerais pas avoir à te rendre visite en prison.

Il lui lança un regard ironique.

— J'en avais envie. Comme pour les autres connards. Mais je suis un con, pas un meurtrier.

— Tu n'es pas un si gros con que ça. Tu as pris grand soin de moi.

Ça ne suffit pas. Ces connards t'ont eue.

— Cela signifie-t-il que tout le monde peut retourner à sa vie normale et que je n'ai plus besoin de personne à l'extérieur de la maison ?

— Oui. Je surveille le troisième type. Il ne s'approchera pas de Peaceful Harbor.

Elle expira de soulagement.

— Je te remercie. Je veux juste mettre la nuit dernière derrière moi et continuer à avancer. J'ai passé assez d'années à vivre dans la peur. Je ne veux plus jamais vivre de cette façon.

— Comment t'es-tu retrouvée avec ce Dennis, d'ailleurs ?

Tracey prit une autre part de pizza.

— J'étais jeune et stupide.

— Jeune à quel point ?

J'étais en seconde quand nous nous sommes rencontrés et il était en terminale. Il était le garçon mignon et populaire que toutes les filles aimaient, et j'étais la fille stupide qui l'a rencontré à une fête et qui est tombée éperdument amoureuse de lui et de son grand charme.

S'il avait un dollar pour chaque connard qui avait séduit une fille en lui faisant croire qu'il était ce qu'il n'était pas, il serait un homme riche.

— Qu'est-ce que tu as aimé chez lui ?

— Il m'a fait me sentir spéciale. Je n'étais pas une de ces filles qui manquent d'estime de soi ou quoi que ce soit de ce genre, mais j'étais un peu timide. Je jouais au football et il venait à tous mes matchs. Je travaillais comme hôtesse d'accueil après l'école et il me conduisait au travail puis revenait me chercher. Il parlait de moi à ses amis comme s'il était le plus chanceux au monde de sortir avec moi. *Moi.* Je veux dire, je sais que je ne suis pas spéciale, mais il m'a accordé beaucoup d'attention.

— Bien sûr que non.

Elle leva les yeux au ciel.

— Je sais que je ne suis pas laide, mais tu vois ce que je veux dire.

— Oui, c'est vrai mais tu as *tort.*

— C'est ce que dit le gars qui quitte le bar avec une femme différente trois fois par semaine.

Elle mordit dans sa pizza et il réfléchit à ce commentaire.

— *Quoi qu'il en soit*, aussi intelligente que j'étais sur le plan académique, j'étais une idiote lorsqu'il s'agissait de garçons. Nous vivions à Virginia Beach et il partait étudier en Pennsylvanie. Il m'appelait tout le temps et me voyait quand il revenait pour les vacances, et il y avait des signes, mais je les ai ignorés. Il a commencé à devenir jaloux en dernière année, mais il me disait tout le temps qu'il m'aimait, alors j'ai pensé que c'était simplement parce qu'il était très attiré par moi.

Diesel serra les dents, regrettant de ne pas avoir été là pour lui ouvrir les yeux.

— Ma mère n'avait pas les moyens de payer l'université, alors après avoir obtenu mon diplôme, j'ai travaillé à plein temps et j'ai suivi quelques cours à l'université locale. Il est devenu encore plus jaloux. Il m'appelait et me posait un million de questions sur les garçons de mes cours, et nous nous disputions ou nous rompions. Puis, il venait me voir et s'excusait, criant son amour pour moi, promettant qu'il cesserait d'être jaloux, et je le reprenais. Finalement, j'ai arrêté de prendre des cours parce qu'ils ne me menaient nulle part et que cela ne valait pas la peine de se disputer. Nous sommes restés en couple pendant des années, puis, juste avant mon vingtième anniversaire, il a quitté l'école et m'a dit qu'il avait une super offre d'emploi et qu'il allait déménager dans le New Jersey. Il m'a demandé de l'accompagner et m'a promis monts et merveilles. Non pas que j'aie voulu ou que j'aie eu besoin de lui comme si c'était un vieux plein aux as ou quoi que ce soit d'autre, mais il m'a dit que nous aurions une vie formidable et il a parlé de toutes les choses que nous ferions ensemble.

Elle secoua la tête, le regard perdu vers le parking.

— Il avait de grands projets et j'ai été assez stupide pour le croire. J'aurais dû écouter ma mère. Elle a vu tous les signes avant-coureurs et m'a suppliée de ne pas aller avec lui, mais j'ai cru que la femme qui avait quitté mon père violent pour me sauver de lui ne savait pas de quoi elle parlait. Elle m'a dit que si je partais avec lui, je ne devais pas revenir avec des bleus et un cœur brisé et m'attendre à ce qu'elle ramasse les morceaux. Tu parles d'une imbécile !

Ses yeux se voilèrent, les morceaux de son passé douloureux prenant forme comme des éclats de verre. Il lutta contre l'envie de la tirer sur ses genoux et de la réconforter.

La réconforter ? Qu'est-ce que c'était que cette histoire ?

Il n'y avait qu'une seule femme qu'il avait voulu prendre dans ses bras pour soulager sa douleur, et elle s'était finalement éteinte dans ses bras.

Il se racla à nouveau la gorge, comme si quelque chose pouvait effacer ces sentiments.

— Ton père était violent ?

Elle acquiesça.

— Mais avec ma mère, on s'est enfuis quand j'étais petite. Il nous a trouvés quelques semaines plus tard, est entré par effraction alors que je dormais et l'a violemment battue. Il a été arrêté et nous avons déménagé dans une autre ville.

Diesel se mit en tête de retrouver son enfoiré de père.

— Je t'ai dit que j'aurais dû l'écouter. Mais je ne l'ai pas fait, et je ne peux pas changer ça. Tout s'est bien passé avec Dennis pendant un certain temps. J'ai trouvé un autre emploi d'hôtesse et il suivait une formation de représentant en marketing. Mais ça n'a pas duré. Il se passait quelque chose à son travail et il s'emportait contre moi, ou bien il sortait boire et revenait ivre et en colère.

Elle baissa les yeux.

— Au début, il se contentait de crier ou de m'accuser de choses ridicules, comme d'être avec d'autres garçons. Je ne connaissais personne, sauf au travail. Et puis un jour, il m'a poussée contre un mur.

Ses mains se crispèrent sous la table. Cela le tuait qu'elle n'ait eu personne pour la protéger.

— J'aurais dû partir tout de suite, mais où pouvais-je aller ? Je n'avais pas d'économies. Je n'avais même pas de voiture, et je n'allais pas retourner chez ma mère en rampant, la queue entre les jambes. En réalité, je n'ai même pas pensé à partir ce soir-là. J'étais tellement bouleversée par ses actes que je crois que j'étais en état de choc. Je me souviens avoir crié après lui parce que je ne comprenais pas comment il pouvait me dire qu'il m'aimait et me bousculer comme ça.

— Parce qu'il ne t'aimait pas, putain. Il voulait te contrôler.

— Je le sais *maintenant*. Mais j'étais une personne différente à l'époque. Je n'arrivais pas à voir plus loin que cela et à m'attaquer aux vrais problèmes parce que je *voulais* suffire. Je voulais qu'il m'aime tellement qu'il ne puisse pas me faire de mal. Mais quand tu es dans cette situation, tout est si fou. La violence semble personnelle, je me disais qu'il n'aurait pas agi de la sorte avec quelqu'un d'autre, alors qu'en réalité, j'aurais pu être n'importe qui et il aurait fait la même chose.

— Cela fait partie du schéma de la maltraitance. Ils te font ressentir cela pour que tu restes et que tu t'en veuilles.

— Je le sais à présent. Maintenant que je sais ce qu'est l'amour et à quoi ressemble une relation saine, je sais que nous n'avons jamais eu cela. Mais à l'époque, j'étais trop proche pour le voir. Il a pleuré plus tard dans la nuit et il a semblé sincèrement désolé lorsqu'il a promis de faire mieux. Je voulais tellement le croire. Le lendemain, il m'a apporté des fleurs, et pendant des semaines, il a été gentil et attentif, aussi proche de la perfection qu'un petit ami puisse l'être. Mais cela a fini par se reproduire et il s'est épanché en excuses et promesses. Il a toujours dit qu'il se ferait aider et je suis restée, espérant qu'il le ferait vraiment, mais il ne l'a jamais fait. Il a annulé l'abonnement de mon téléphone portable quelques mois après notre déménagement parce que nous ne pouvions pas nous le permettre et j'ai continué à économiser pour en acheter un nouveau, mais je n'ai pas pu garder un emploi parce qu'il venait en m'accusant de flirter ou faisait une scène sans raison. J'ai l'air stupide, mais les moments entre les abus étaient si bons que je les ai laissés m'influencer. J'ai cru que je pouvais le changer, que mon amour suffirait à le faire changer. Je suis devenue sa complice, lui permettant de m'utiliser comme un punching-ball. Parfois, je me demande si je n'ai pas voulu le changer, juste pour prouver à ma mère qu'elle avait tort, ce qui est aussi une très mauvaise chose. Je regarde en arrière et je ne reconnais même pas qui j'étais à l'époque.

La tristesse dans sa voix était trop forte. Il passa son bras autour d'elle, l'attirant doucement contre lui, et bon sang, elle s'adaptait aussi parfaitement qu'elle l'avait fait la nuit dernière, comme s'il était destiné à l'abriter.

— Je ne te connaissais pas à l'époque, mais je t'aurais reconnue. Tu as un grand cœur, gamine, et il en a profité.

Elle tourna son beau visage vers lui, ces éraflures et ces bleus le tordant de l'intérieur. Le besoin de la protéger et le désir qu'il s'efforçait d'ignorer étaient si forts qu'ils se confondaient. Comment pouvait-il ignorer le désir qui débordait dans ses yeux ? Ce désir qui palpitait entre eux comme une entité vivante et respirante ? Cela leur arrivait si souvent, si vite, qu'il aurait dû y être habitué. Mais il avait l'impression qu'il n'était pas possible de s'habituer à ce type de connexion. C'était différent de voir une nana à l'autre bout de la pièce et d'avoir envie de la sauter. Tracey était entrée si profondément dans sa peau, qu'elle avait réveillé des parties de lui dont il n'avait jamais soupçonné l'existence. Elle lui donnait envie de plus qu'un coup rapide. Elle lui donnait envie de rendre hommage à chaque centimètre de son corps, d'apprendre chaque creux et chaque courbe, d'effacer la douleur de son passé et de lui donner un plaisir si intense qu'il effacerait toutes les mauvaises choses qui lui étaient arrivées.

Sa bouche était si proche, si tentante, qu'il se sentit se pencher vers elle, le besoin de la goûter, de prendre son visage entre ses mains et de l'embrasser et faire sortir toute cette tristesse de son corps, l'envahissant. Ses lèvres s'écartèrent dans un soupir de besoin, et *bon sang, c'*était sexy. Mais il savait que ça ne s'arrêterait pas là. Le seul fait de la goûter ne serait jamais suffisant, et il *n'était pas* la personne dont elle avait besoin. Elle avait passé deux ans à s'enraciner, à entretenir des amitiés et à construire une famille parmi ses amis. Il n'y connaissait rien. Il était là depuis le même temps, il connaissait ces gens depuis plus longtemps qu'elle mais il se sentait toujours comme un étranger.

Il savait où était sa place.

La route ne se contentait pas de prononcer son nom, elle le *possédait*.

Il lui fallut tout ce qu'il avait pour baisser son bras et mettre de l'espace entre eux.

— Ne t'en veux pas pour tes erreurs passées. Garde les yeux sur le chemin à parcourir.

Il ajouta cette dernière partie comme un rappel pour lui-même autant que pour elle et avala son verre.

TRACEY cligna plusieurs fois des yeux, essayant de se sortir de l'état de luxure dans lequel elle était tombée et de donner un sens à ce qui venait de se passer. Qu'est-ce qui faisait que Diesel l'attirait comme un papillon de nuit vers une flamme ? Elle était toute excitée, comme si elle n'avait pas été en train de s'épancher avant ce moment où leurs yeux s'étaient croisés. Comme tout à l'heure, quand elle aurait parié sur sa vie qu'il était sur le point de l'embrasser ou de dire quelque chose d'*important* avant qu'ils ne soient interrompus. Pourquoi se retenait-il ? Il n'était pas obligé de rester dans sa chambre la nuit dernière, de la laisser dormir sur lui ou de lui préparer son petit déjeuner. Il n'était pas obligé de l'emmener manger une pizza ce soir. Avec le soleil qui descendait du ciel et les lumières qui s'allumaient au-dessus d'eux, c'était presque romantique d'être assise à ses côtés à la table de pique-nique, juste tous les deux, à parler de quelque chose de si intime. Maintenant qu'elle savait qu'il n'avait jamais emmené d'autre femme, elle avait l'impression qu'il tenait à elle.

Je ne considère pas les amitiés à la légère.

Ses paroles lui inspirèrent une pensée troublante. Avait-elle mal interprété le fait qu'il s'occupe d'un ami et qu'il veuille plus ? Cela lui fit l'effet d'une douche froide. Tout cela était trop confus et elle devait dire quelque chose pour briser la tension.

— Tu parles comme un vrai biker, sortit nerveusement de ses lèvres.

— Je suis né et j'ai été élevé dans ce milieu.

Elle se jeta sur cette information pour se distraire de son envie de lui.

— Tes parents sont des bikers ?

— Non.

Il engloutit la moitié d'une part de pizza en une seule bou-chée.

Revenons donc à notre interlocuteur.

— Qu'est-ce qui t'a poussée à quitter cet enfoiré ? demanda-t-il d'un ton bourru.

Elle fut surprise qu'il veuille savoir.

— Si je te le dis, tu auras encore moins d'estime pour moi.

Il lui lança un regard noir.

— Seul une enflure penserait du mal d'une femme qui a été maltraitée. Rien de ce que tu me diras n'arrivera à la cheville de ce que j'ai vu, et si c'est le cas, je traquerai cet enfoiré et je le tuerai de mes propres mains.

Est-ce que c'est ça la romance pour Diesel ? Qu'il tuerait pour elle ? Ou bien était-elle en train de perdre la tête ?

— Tu viens de dire que tu n'étais pas un meurtrier.

Ses yeux sombres la frappèrent avec la chaleur du soleil

d'été.

— Je ne le suis pas, mais quelqu'un qui pourrait regarder ton doux visage et te faire du mal ne mérite pas de marcher sur cette terre.

D'accord, alors.

— Qu'est-ce qui t'a poussée à partir ?

— Les choses sont allées de bien en mal, puis de mal en pis. Nous vivions ensemble depuis presque quatre ans et sa jalousie était devenue incontrôlable. Il rentrait à la maison à différentes heures de la journée, comme s'il pouvait me surprendre en train de faire quelque chose. Et puis un soir, il m'a donné un coup de poing au visage.

Elle se toucha distraitement la joue à ce souvenir douloureux.

— Il ne m'avait jamais frappée au visage auparavant. Je ne sais pas pourquoi j'ai eu l'impression que c'était une limite à ne pas franchir, mais quelque chose en moi s'est fissuré cette nuit-là. J'ai honte de le dire, mais quand il s'est endormi, je me suis tenue au-dessus de lui avec un couteau de cuisine. Je *voulais* le tuer. C'est à ce moment-là que j'ai su que je devais sortir de là. N'est-ce pas le signe d'une maladie ? J'ai dû toucher le fond pour échapper à *son* comportement abusif ? Le thérapeute du refuge a dû travailler très dur pour m'aider à accepter que je n'étais pas une grosse nulle.

— C'est de la survie, chérie. Ce n'est pas rare dans ce genre de situation. Tu as été battue, émotionnellement et physiquement, et tu cherchais un moyen de t'en sortir, de reprendre ta vie en main.

— Je sais. C'est juste embarrassant d'admettre que je me suis laissé traiter de la sorte. Quand j'étais jeune, je rêvais d'apprendre à jouer de la guitare et j'avais des visions de moi, assise sur l'herbe dans les festivals avec mon petit ami, peut-être de sauter dans un bus ensemble avec une guitare attachée dans le dos, de visiter des villes sympas. Je n'ai jamais rêvé d'être maltraitée, de voler le portefeuille et les clés de mon petit ami et de conduire la voiture que je venais de lui voler jusqu'à la gare routière. Mais je m'en suis sortie et j'en suis fière. J'avais tellement peur qu'il déclare le vol de la voiture et qu'il me retrouve, que je l'ai laissée à quelques rues de la gare routière et que j'ai acheté un billet pour l'endroit le plus éloigné possible avec l'argent que j'avais, et c'était le Maryland. Une fois descendue du bus, j'ai demandé à une dame si elle connaissait des refuges pour femmes, et elle m'a dit qu'elle n'en connaissait aucun dans le coin, mais qu'elle se rendait à Pleasant Hill pour voir sa cousine. Elle m'a dit qu'elle pouvait m'emmener au foyer pour femmes de Parkvale, qu'elle savait être un bon refuge. Je serais allée sur la lune si elle m'avait dit que j'y serais en sécurité. Je suis très reconnaissante qu'elle m'y ait emmenée. C'est là que j'ai rencontré les Whiskey, qui ont changé ma vie.

— *Tu as* changé de vie. Tu as eu le courage de t'échapper. Les Whiskey t'ont juste aidée à te remettre sur pied.

— Je ne me considère pas comme quelqu'un de courageux. Je suis restée dans une situation horrible pendant des années.

— As-tu une idée du nombre de femmes qui ne s'en sortent jamais ? Combien meurent aux mains de leurs agresseurs ? Tu as été sacrément courageuse, tigresse. Assume-le.

Il l'avait dit avec tant de véhémence qu'elle voulut se l'approprier.

— Je suppose que j'ai appris quelque chose de ma mère après tout. J'étais trop jeune pour me souvenir du moment où nous avons quitté mon père, mais peut-être que le souvenir de ce départ est ancré dans mon subconscient.

— Pourquoi ne l'as-tu pas vue ?

Sa question la fit réfléchir.

— Comment sais-tu que je ne l'ai pas fait ?

— Ma belle, quand Red m'a demandé de veiller sur toi, je me devais de savoir où tu allais. Tu n'as pas quitté la ville depuis ton arrivée.

Elle arqua un sourcil.

— Alors tu m'as *traquée* ?

— Est-ce que j'ai l'air d'un harceleur ?

— Tu as l'air d'un biker qui n'a pas froid aux yeux.

Elle sourit.

— Ou à un tueur en série, mais ça n'a rien à voir.

Il rigola.

— C'était un *rire*, ça ?

Elle se rapprocha de lui et il se calma.

— Bon sang, Diesel. Pendant une minute, ta façade de dur à cuire a craqué, et tu as montré une émotion joyeuse.

Sa mâchoire se crispa à nouveau, comme s'il ne voulait pas se permettre ce plaisir.

— Ta *mère*, gamine. Pourquoi n'es-tu pas retournée chez toi après t'être échappée ?

— Parce qu'elle m'a dit de ne pas le faire.

— *Bonté divine.* Les gens disent toutes sortes de choses qu'ils ne pensent pas quand ils sont effrayés et en colère. Je suis sûr que tu as dit des choses que tu ne pensais pas, toi aussi.

— Tellement de choses.

Son cœur se serra à cette vérité.

— Elle me manque. Avant que je ne commence à voir Dennis, ma mère et moi nous levions tôt le dimanche matin et nous nous promenions en voiture pour regarder les jardins dans les cours des gens, autour des églises et des hôtels, et nous passions devant des jardins spéciaux dans lesquels il fallait payer pour entrer. Parfois, nous passions toute la journée à nous promener. À cette époque de l'année, elle trouvait toujours des jardins avec des zinnias, mes fleurs préférées. J'ai l'impression que c'était il y a une éternité.

— Qu'est-ce que tu fais, gamine ?

La douleur apparut dans ses yeux.

— On ne tourne *pas le* dos à sa famille. Leur amour est inconditionnel.

— Tu ne comprends pas. Ce n'est pas si facile. Je n'ai jamais répondu à ses appels après avoir emménagé avec Dennis parce que c'était après que les abus aient commencé, et je ne voulais pas le lui avouer. Et maintenant, cela fait trop longtemps.

Des larmes coulèrent.

— D'ailleurs, je pense qu'elle était sincère quand je suis partie, parce qu'il y a quelques mois, je voulais juste entendre sa voix, et je l'ai appelée, mais son numéro n'était plus attribué. J'ai essayé de la retrouver, mais je n'ai pas pu.

— Comment ça, tu as essayé ?

— J'ai appelé le propriétaire chez qui nous louions la maison, mais il m'a dit qu'il ne l'avait pas vue depuis trois ans. J'ai même vérifié sur les réseaux sociaux. Non pas que je m'attendais à trouver quelque chose. Elle a toujours eu peur que mon père nous trouve s'il sortait de prison, alors nous n'avons jamais utilisé les réseaux sociaux. C'est comme si elle n'avait jamais existé. J'espère juste qu'il ne lui est rien arrivé.

Elle leva les yeux au ciel, clignant des yeux pour lutter contre les larmes, essayant de repousser la tristesse.

— Je sais que j'ai fait la bêtise de l'éviter, mais si elle va bien, trop de temps s'est écoulé de toute façon.

— Il n'est jamais trop tard.

Ses yeux se plantèrent dans les siens.

— Je donnerais ma fichue vie pour une *heure de* plus avec ma mère, grogna-t-il.

Son cœur se logea dans sa gorge.

— Tu as perdu ta mère ?

Il regarda au loin et ajusta sa casquette de base-ball.

— Il y a treize ans de cela.

— Oh, Diesel.

Elle lui toucha le bras et il tressaillit. Mais cela ne l'arrêta pas. Elle étendit sa main sur son avant-bras. Ce n'était pas grand-chose, mais elle ne pensait pas qu'il accepterait un câlin, alors il fallait s'en contenter.

— Je suis vraiment désolée. Veux-tu parler d'elle ?

Les muscles de sa mâchoire se mirent de nouveau en action, mais il resta silencieux.

— Et ton père ? Est-il toujours en vie ?

— Je ne l'ai jamais connu.

— Oh.

Son cœur se brisa pour lui.

— As-tu de la famille ? Des frères ou des sœurs ? Des tantes ou des oncles ?

— Non.

Il se leva brusquement et ramassa la boîte de pizza vide et leurs assiettes.

— Nous devrions y aller.

Elle porta leurs tasses vides jusqu'à la poubelle, sachant qu'elle avait touché un point sensible et souhaitant qu'il s'ouvre à elle. Quelle avait été sa relation avec sa mère ? Ils étaient manifestement proches, étant donné qu'il voulait absolument la revoir, mais lui avait-il déjà parlé, ou était-il toujours resté renfermé sur lui-même ? Tracey ne connaissait pas l'âge de

Diesel, mais elle pensait qu'il avait une trentaine d'années. Si sa mère était décédée il y a treize ans, il était seul depuis très longtemps.

Il resta silencieux sur le chemin du retour, la mâchoire serrée, les yeux sombres glissant une ou deux fois dans sa direction, ce qui ne fit qu'accentuer la crispation de sa mâchoire.

La voiture d'Izzy était dans l'allée quand ils arrivèrent. Diesel s'approcha pour aider Tracey à sortir du pick-up, et elle se déplaça sur le siège, face à lui, puis posa ses mains sur ses épaules. Elle jura que chaque parcelle de son corps tressaillit, même ses yeux, mais elle commençait à s'y habituer.

— Je sais que tu ne veux pas parler de ta mère, mais tout le monde a besoin d'un ami en qui il peut avoir confiance. Je ne suis peut-être pas un Dark Knight, ou un mec, ou n'importe quelle autre personne répondant à la définition de la *confiance* dans ton esprit borné, mais si jamais tu veux parler d'elle, je sais très bien écouter.

Son expression ne changea pas mais il ajusta sa casquette de base-ball, comme il l'avait fait lorsqu'ils avaient parlé de sa mère à la table de pique-nique. Sa mère lui avait-elle donné cette casquette ? Cela expliquerait pourquoi il portait toujours cette vieille chose miteuse. Elle mit de côté cette pensée pour y revenir plus tard, comme elle l'avait fait pour les autres détails qu'elle avait appris sur l'insaisissable biker, et se hissa rapidement sur le marchepied pour éviter que le moment ne devienne gênant.

Elle s'attendait à ce qu'il l'aide à descendre, mais il l'entoura de ses bras épais et posa son front sur sa poitrine, volant l'oxygène de ses poumons. L'étreinte ne dura que quelques secondes. Elle aurait pu l'imaginer s'il n'avait pas laissé de la fraîcheur dans son sillage lorsqu'il se retira et la souleva du marchepied.

— Rentrons à l'intérieur, dit-il d'un ton bourru, comme s'il ne venait pas de la choquer au plus haut point.

Elle monta les marches du porche et se rendit compte qu'il n'était plus à côté d'elle. Elle se retourna et le trouva debout au bas des marches. La tempête d'émotions qui tourbillonnait entre eux avait formé une barrière, ou plus vraisemblablement, dans son esprit bourru, un avertissement. Les marches les rapprochaient presque l'un de l'autre. Tracey pouvait à peine penser au-delà de son cœur qui battait la chamade, alors elle n'essaya même pas de réfléchir et se laissa guider par ses émotions.

— Merci de m'avoir poussée à sortir ce soir. J'ai passé un bon moment.

Elle se pencha et embrassa sa joue en murmurant :

— Tu peux me confier tes secrets.

Lorsqu'elle se recula, ses yeux durs rencontrèrent les siens. Une pilule difficile à avaler.

— Je suppose que je te verrai au travail demain.

— Je reste là.

Il me fallut une seconde pour comprendre ce qu'il voulait dire.

— Mais Izzy est là, et tu as dit que je n'avais plus besoin de m'inquiéter ou d'avoir quelqu'un qui veille sur moi.

— Je reste.

— Diesel…

— Je ne le fais pas pour toi, Trace.

Il se retourna et s'éloigna, la laissant perplexe.

En entrant, elle eut le sentiment que cela ne changerait jamais.

Izzy se leva d'un bond de l'autre côté du salon, vêtue d'une mini-robe grise moulante, les pieds nus. Ses cheveux noirs raides se balançaient sur ses épaules tandis qu'elle courait vers Tracey et l'entourait de ses bras.

— Je suis vraiment désolée de ne pas avoir été là pour toi.

Tracey grimaça, mais lui rendit son étreinte.

— Ce n'est pas grave. Je vais bien. Comment s'est passée ta visite avec ta famille ?

— Ils sont géniaux, et Susan est enceinte ! J'ai hâte qu'elle organise sa baby shower. Je vais gâter ce bébé.

Susan était mariée au frère aîné d'Izzy, Jeremy. Elle prit la main de Tracey et la conduisit jusqu'au canapé.

— Plus important, comment *vas-tu* ?

— Je vais bien. J'ai été pas mal secouée, mais je me sens mieux, maintenant. Diesel a dit que les gars qui m'ont attaquée ne sortiront pas sous caution. Je ne sais pas ce qu'il a fait à leur ami, mais je suppose qu'il s'est occupé de lui, parce qu'il a affirmé que je n'avais pas à m'inquiéter de son retour en ville.

— C'est bien. J'espère qu'il lui a cassé les jambes. Tu es sûre que ça va ?

— Oui, juste un peu endolorie. C'est drôle ce que des années de maltraitance peuvent faire à une personne. J'avais peur, mais je crois que j'étais encore plus en colère. Mais je vais bien. Je te le promets.

— D'accord.

Izzy laissa échapper un soupir de soulagement.

— Alors parle-moi des bonnes choses. Qu'est-ce que j'ai vu entre toi et Diesel ? On aurait dit qu'il t'avait *serrée contre* son pick-up. Tu as brisé son armure ?

Tracey jeta un coup d'œil par la fenêtre et le vit faire les cent pas près de son véhicule, son téléphone à l'oreille.

— Je ne sais pas ce qui nous arrive.

Elle raconta à Izzy les derniers jours.

— Mais il y a eu un moment ce matin, et encore ce soir, où j'aurais juré qu'il allait m'embrasser ou me dire qu'il en avait envie.

— Ne te fais pas d'illusions. Ce n'est pas un homme qui hésite ou demande la permission d'embrasser une femme. C'est le genre de type qui vous fait passer sur le billard et qui prend ce qu'il veut.

Tracey fronça le nez, ne voulant pas penser à ce qu'il fait avec d'autres femmes.

— Je le pensais aussi, mais je te le dis, j'ai senti quelque chose de grand. Quelque chose de *différent*. Comme cette étreinte que tu as vue là-bas. Qu'est-ce que c'était que ça ? Et faire comme s'il ne l'avait pas fait après ? Je jure que c'est comme s'il s'ouvrait un tout petit peu et qu'il se refermait. J'ai envie d'enfoncer mes doigts dans cette fissure et de l'ouvrir.

— Toi et toutes les autres femmes, la taquina Izzy. Beaucoup d'entre elles sont déjà en train d'ouvrir sa braguette.

— Ne me le rappelle pas.

Tracey se sentit un peu nauséeuse.

— Je sais que c'est dingue, mais je veux le percer à jour et voir ce qui le fait vibrer.

— Oh, *Trace*. Je sais qu'il te regarde comme s'il voulait te manger au dessert, mais tu l'aimes vraiment, n'est-ce pas ?

— Il me fait de l'effet.

Tracey haussa les épaules.

— Mais il m'embrouille. Je veux dire, juste avant que je rentre, on s'est disputés parce qu'il a dit qu'il restait dehors ce soir après m'avoir dit que je n'avais besoin de personne pour monter la garde. Tu sais ce qu'il a répliqué ? Qu'il ne le faisait pas pour moi. Qu'est-ce que ça veut dire ?

— Il a dit ça ?

— Oui !

Izzy se renversa contre les coussins du canapé et posa ses pieds sur la table basse en croisant les chevilles.

— Je crois que le garçon a le béguin pour ma copine.

Tracey grogna et se laissa tomber à côté d'elle.

— Un béguin ? Qu'est-ce que ça veut dire dans le monde des bikers ?

— Si seulement je le savais. Que tu pourrais être penchée sur un lit au lieu d'une table de billard ?

Elles éclatèrent de rire toutes les deux.

Tracey posa sa tête sur l'épaule d'Izzy.

— Qu'est-ce que je vais faire ?

— Tu pourrais être sex friend avec lui comme Jared et moi.

Jared Stone, le jeune frère arrogant et sexy du mari de Dixie, qui ne restait jamais assis plus de cinq minutes, était un chef cuisinier et un restaurateur de renommée mondiale. Izzy et lui sortaient ensemble depuis que Tracey les connaissait.

— Sans vouloir t'offenser, Iz, je ne pense pas être faite pour ça.

— Je ne suis plus sûre de l'être non plus. Tout le monde est tellement heureux et amoureux que je commence à vouloir plus, moi aussi.

— J'ai toujours voulu plus.

Elle pensa à Diesel et à la nostalgie qu'il avait exprimée dans sa voix lorsqu'il avait parlé de sa mère. Il a été seul pendant si longtemps qu'elle se demandait s'il ressentait la solitude.

— Penses-tu que Diesel se contentera un jour d'une seule femme ?

— Désolée, Trace, mais ce serait comme mettre un grizzly en cage. Dix m'a dit qu'il quittait la ville après les vacances. Tu le savais ?

— Oui.

Tracey soupira et se leva pour regarder à nouveau par la fenêtre. Diesel était adossé à son camion, les bras croisés, son regard de vautour braqué sur elle, comme s'il sentait chacun de ses mouvements. Son pouls s'accéléra. Elle pourrait le regarder toute la journée en essayant de le comprendre si elle n'avait pas des désirs qui rendaient son corps brûlant. Elle s'assit à nouveau à côté d'Izzy.

— De tous les hommes au monde, pourquoi est-il le seul à m'enflammer ? Pourquoi je n'arrive pas à éteindre mes sentiments pour lui ?

— Je me demande toujours la même chose à propos de Jared.

— Qu'est-ce qui ne va pas chez nous ?

— Rien. Tu as envie d'un grand type, hors d'atteinte, et je suis accro au sexe avec Jared.

Izzy sourit.

— Personne ne prend du bon temps comme Jared Stone. Cet homme est légendaire. Je crois qu'il a un membre magique.

Tracey leva les yeux au ciel.

— Je suis sérieuse. Si ce mec s'approche de moi, je deviens toute crispée et excitée. Je vais commencer à l'appeler mon *orgasmatron* personnel.

— Tu devrais mettre ça sur un T-shirt pour lui, dit Tracey en riant.

— J'en serais bien capable. Mais sérieusement, il faut qu'on te trouve un mec sympa avec un pénis magique. Dennis était-il bon au lit ?

— Comment le saurais-je ? Je n'ai aucun point de comparaison. Mais je ne me souviens pas qu'il ait été magique.

— C'est le *seul* homme avec qui tu as été ? Comment ça se

fait que je n'en savais rien ?

— Parce que ce n'est pas quelque chose que je raconte aux gens.

Elle baisse la voix.

— Tu veux connaître un autre secret ?

— Si c'est juteux.

Tracey lui donna un coup de coude.

— Hé, tu ne veux pas entendre mes *petits* secrets ?

— Gardez-les pour Josie. Elle adore les bêtises de ce genre.

— Elle *est midinette*. J'aime ça chez elle. Elle est tellement amoureuse de Jed, que ça suinte pratiquement d'elle.

— C'est vrai ? Alors dis-moi tout, ma belle.

Tracey n'arrivait pas à croire ce qu'elle était sur le point d'avouer, mais les rêves qu'elle avait faits à propos de Diesel lui avaient fait prendre conscience de tout cela.

— Je n'ai jamais eu de grands orgasmes avec un mec.

— Quoi ?

Izzy se redressa.

— Tu plaisantes ? Cet enflure t'a fait du mal et n'a même pas eu la possibilité de te satisfaire ? C'est ça. Je vais te trouver un mec génial qui te traitera comme une princesse et te fera jouir avec son membre magique.

Que dirais-tu d'un grand gaillard doté d'une langue magique qui aime laper le miel ? Tracey ferma la bouche pour empêcher la pensée de s'envoler. Il fallait qu'elle arrête cette folie avant de finir penchée sur une table de billard.

Un frisson la parcourut.

Elle tenta d'ignorer les grésillements et les brûlures du désir, mais c'était comme essayer d'arrêter un taureau en furie.

CHAPITRE SIX

DIESEL avait passé tant d'années à éviter les relations person-
nelles qu'il pensait être passé maître en la matière. Mais en un
week-end, il avait tout gâché. On était lundi soir et il s'était
donné du fil à retordre toute la journée. À quoi avait-il pensé en
passant tout ce temps avec Tracey ? Le besoin de la protéger, de
savoir qu'elle était en sécurité, l'avait rendu incapable de
s'éloigner la veille. Comme si cela ne suffisait pas, il ne pouvait
s'empêcher de penser à la sensation incroyable qu'elle avait
ressentie en dormant sur son corps, comme si elle lui appartenait. Il revoyait sans cesse son sourire adorable lorsqu'elle le
taquinait et la façon dont elle l'avait regardé lorsqu'il avait parlé
de sa mère. *Mon Dieu*, cela l'avait frappé de plein fouet, brisant
quelque chose en lui qui lui donnait envie d'être encore plus
proche d'elle. Il ne faisait jamais d'erreurs, surtout pas avec les
femmes. Mais un millier d'hommes n'auraient pas pu le retenir
de l'embrasser. Maintenant, tout était chamboulé. Elle avait pris
son service ce soir avec des yeux pleins d'espoir, affichant ce
regard secret que les femmes donnent aux hommes lorsqu'elles
ont un lien spécial, et il avait tellement aimé ça qu'il avait souri
comme un idiot.

L'ampleur de ses erreurs était indéniable. Il avait dû faire un
grand pas en arrière, même si cela l'avait tué. C'était une

véritable torture de dresser à nouveau des murs entre eux, mais cet espace était vital pour éviter que Tracey ne soit blessée. Leur lien était trop puissant pour qu'il en soit autrement, même si, après deux heures passées à éviter tout contact visuel, il était prêt à demander à Bullet de le réduire en miettes. Peut-être que cela faciliterait les choses.

Tracey se dirigeait vers le bar, ses yeux en amande glissant nerveusement vers lui. Il détestait qu'elle se sente autrement qu'en sécurité et heureuse. *Ou dans tous ses états.* Il ne pouvait pas nier la façon dont son innocence tentatrice le touchait lorsqu'elle était troublée. C'était de loin la chose la plus sexy qu'il ait jamais vue. Mais ce plaisir devait appartenir au passé. Il voulait lui dire qu'il était désolé, qu'il n'avait rien à faire avec elle hier soir. Mais il savait que s'il la prenait à part, aucun mot juste ne sortirait. Il avait trop envie d'elle. S'il ouvrait la bouche, son prochain geste serait de la sceller sur la sienne, s'attirant ainsi des ennuis encore plus profonds.

La messe commençait dans vingt minutes, l'excuse parfaite pour se tirer de là de bonne heure. Il regarda Tracey qui s'approchait du bar et lança un regard noir à Izzy, qui n'arrêtait pas de l'engueuler depuis qu'elle avait pris son service.

— Tu prends soin d'elle. Je m'en vais.

Izzy lui jeta un regard noir.

— Qu'est-ce qui t'a mis dans cet état, ce soir ?

Ce n'était pas un coup de pied aux fesses. C'était ce putain d'organe dans sa poitrine, qui était plus dangereux qu'une mitrailleuse. Il se détourna, mais pas avant d'avoir vu le regard brisé de Tracey. Il avait affronté certains des gars les plus durs du coin, et aucun n'avait pu le mettre à genoux comme l'avait fait cette petite nénette sexy.

Alors qu'il se dirigeait vers la porte d'entrée, Jeanette, une grande blonde avec qui il s'était lié plus tôt dans l'été, entra avec deux de ses copines, habillées pour impressionner. Elles portaient des jeans serrés, des talons hauts et des chemises décolletées. Les yeux de Jeanette s'arrêtèrent sur Diesel. Elle rejeta ses cheveux sur ses épaules, sourit de manière séduisante et s'approcha de lui, ne s'arrêtant que lorsque ses seins frôlèrent son bras.

— Je suis contente que tu sois là. Maintenant, je peux m'amuser comme *une folle*.

— Je suis en route pour une réunion.

— Ce n'est pas grave. J'ai besoin de temps de toute façon. Je t'enverrai un message pour que tu m'emmènes plus tard.

Elle lui fit un clin d'œil et alla rejoindre ses amies.

Diesel poussa un juron en quittant le bar et en se dirigeant vers l'arrière. Il franchit les portes du club-house, se dirigeant directement vers le frigo tandis que ses amis l'appelaient pour le saluer. Il ouvrit une bière et l'avala d'une traite. C'était dans des moments comme celui-ci qu'il était heureux d'avoir installé une salle de sport dans l'arrière-boutique. Il avait plus que jamais besoin de se défouler.

Bullet s'approcha de lui, Bear sur ses talons.

— Qu'est-ce qui te prend ?

— Rien.

Il jeta la bouteille vide à la poubelle et en sortit une autre.

Bear posa une main sur les épaules de Diesel et de Bullet.

— Comment ça se passe ?

Diesel regarda la main de Bear sur son épaule.

Bear recula.

— Désolé, mec. J'avais oublié que tu n'aimais pas être touché.

Il grimaça.

— Il faut que je te pose la question. Comment ça se passe avec les femmes ?

— Comme je le veux.

Diesel but un autre verre, se retenant de penser à quel point il avait aimé être touché par Tracey, et ce n'était même pas sexuel.

Bear donna un coup de coude à Bullet.

— On dirait que quelqu'un a besoin de s'envoyer en l'air.

Diesel lui lança un regard noir.

— Je ne suis pas d'humeur, mon pote.

— Désolé, mec.

L'expression de Bear devint sérieuse.

— Je peux t'aider ?

La seule chose qui m'aidera, c'est de prendre la route, de mettre des kilomètres entre moi et cette douce petite tentatrice.

— Oui, il faut que je vous parle du bar. Avez-vous pensé à celui qui pourrait me remplacer après mon départ ?

— Nous sommes en train de réfléchir à quelques idées, dit Bullet.

— À quoi penses-tu ?

— Qu'on ne peut pas engager une mauviette. Quelqu'un doit assurer la sécurité des filles.

— Nous allons faire passer le mot lors de la réunion de ce soir, mais je le remplacerai jusqu'à ce que nous trouvions la bonne personne, déclara Bullet. Ne t'inquiète pas, mec. Nous assurerons sa sécurité.

Il ne devrait pas être surpris que Bullet sache qu'il s'inquiétait pour Tracey. Il avait un très bon instinct. Pour ce qui est de pourvoir son poste, Diesel faisait confiance à l'instinct de Bullet et des autres Dark Knights, mais en l'absence de cet instinct, celui des autres était aléatoire.

— Il n'y a pas d'autre choix que de s'en remettre aux autres. J'ai acheté des projecteurs pour l'arrière du bar et l'avant de cet endroit. Je pensais les brancher plus tard dans la soirée.

— Je suis d'accord pour l'arrière du bar, mais vous voulez mettre des projecteurs sur le club-house ? demanda Bear.

Diesel termina sa bière et jeta la bouteille vide à la poubelle.

— Si ces connards étaient plus malins, ils auraient cassé la lumière près de la porte. Avoir un plan de secours ne peut qu'aider.

— C'est logique. Ce n'est pas une mauvaise idée, acquiesça Bear. Nous pourrons en parler à tout le monde ce soir.

— Besoin d'aide pour les installer sur le bar ce soir ? demanda Bullet.

— Non, c'est bon. Merci.

Bones leur fit signe de s'asseoir à une table près de Moon, Tex et Court, alors que d'autres Dark Knights entraient dans le club. Biggs se dirigea vers la table à l'avant de la salle avec les autres officiels du club. En tant que Nomade, Diesel n'était pas tenu d'aller à l'église, mais c'étaient les liens qui comptaient le plus, et il se faisait un devoir d'y assister quand il le pouvait, par respect pour la fraternité. Quel que soit le chapitre qu'il visitait, ses compagnons Dark Knights le soutenaient toujours.

La réunion débuta, et tandis que Biggs discutait des affaires du club, l'esprit de Diesel traversa le parking en direction de Tracey. Il avait bien fait de mettre de l'espace entre eux, mais cela ne voulait pas dire qu'il la laisserait sans protection.

Biggs donna la parole aux membres et Bullet les informa du départ de Diesel et de l'ouverture d'un poste de barman. Un certain nombre de gars dirent qu'ils connaissaient des gens qui seraient intéressés. *Ces personnes* n'étaient pas des Dark Knights, mais il devait faire confiance à Bullet pour faire un choix judicieux.

Lorsque Bullet eut terminé, Diesel prit la parole.

— Vous savez tous qu'il y a eu des problèmes au bar, il y a deux nuits de cela. Les deux hommes qui ont attaqué Tracey Kline avaient des mandats d'arrêt en cours pour agression, alors on s'est occupé d'eux. Je me suis occupé du troisième homme et je le surveille. Je ne pense pas que Tracey ou sa colocataire soient en danger imminent, mais je veux organiser des rondes chez elles et maintenir une présence dans le club.

Il y eut un murmure d'accord et des hochements de tête. Biggs leva la main et la salle se tut.

— Cela semble être une bonne idée. Je suppose que tu vas la coordonner ?

— Non, monsieur. J'ai besoin d'un peu d'espace.

Diesel serra les dents tandis que certains s'interrogèrent à haute voix sur sa décision, et Biggs le regarda attentivement, lui posant la question silencieuse :

— Es-tu *sûr de toi* ?

Diesel acquiesça.

Biggs leva la main, réduisant la salle au silence.

— D'accord. Avons-nous des volontaires pour coordonner les efforts ?

— Je m'en charge, proposa Moon en regardant Diesel avec curiosité. Ceux qui veulent se porter volontaires peuvent m'en parler après la réunion.

— J'ai une autre suggestion, annonça Diesel. Je pense que nous devrions mettre des projecteurs sur la façade du club-house.

Des questions surgirent autour de lui et Diesel parla plus fort.

— Écoutez-moi. Rien n'est plus important que la sécurité

des femmes qui travaillent dans ce bar. Elles ont un travail à faire et parfois cela signifie sortir par la porte de derrière.

Il détestait l'idée que Tracey puisse à nouveau sortir par là.

— Si vous ne voulez pas d'éclairage sur le club-house, nous pouvons installer des poteaux sur le parking et diriger les lumières vers l'arrière du bar, mais cette zone doit être éclairée de manière à ce que les connards ne puissent pas les assommer facilement. Nous pouvons installer une minuterie pour que les lumières s'allument à neuf heures et s'éteignent une heure après la fermeture du bar. Ça ne coûtera pas un centime au club. J'ai déjà acheté les lampes. Je les installerai et je paierai les frais d'électricité supplémentaires chaque mois.

Tout le monde parla en même temps, mais Biggs s'empressa de les faire taire.

— Nous allons voter, mais avant cela, je voudrais dire quelque chose. Ma fille travaille dans ce bar et vous savez que Dixie est une dure à cuire.

— Une vraie casse-couilles, s'exclama Crow.

Biggs acquiesça.

— C'est vrai, mais ce qui est arrivé à Tracey aurait très bien pu arriver à Dix ou à n'importe laquelle de vos filles ou de vos femmes. Alors, avant de voter, pensez aux femmes de votre vie.

— Plus important encore, dit Bullet d'un ton bourru, pensez à la raison d'être de ce club.

Il se leva d'un bond.

— Nous sommes ici pour protéger cette communauté et même si que ce que Diesel a suggéré affecte directement notre bar, cela envoie également un message aux enfoirés de ne pas chercher des problèmes à notre communauté.

— Tu as raison, s'écria l'un d'entre eux.

Les gens se mirent d'accord.

— Vance et moi pouvons installer des poteaux sur le terrain si vous le souhaitez, proposa Vaughn Bando. Lui et son frère, Vance, étaient propriétaires d'une entreprise de constructions et travaux publics.

— Nous avons juste besoin d'un jour ou deux pour le faire.

Biggs procéda à un vote et les lumières furent approuvées. Les frères Bando acceptèrent de se charger d'obtenir des permis et d'ériger des poteaux sur le terrain.

Diesel s'assit tandis qu'un autre membre prit la parole et Bullet se rapprocha, parlant à voix basse.

— Il s'est passé quelque chose entre cette chérie et toi dont je devrais être au courant ?

Oui, mais pas ce que tu crois. Diesel secoua la tête.

Moon se pencha à la table voisine et regarda Bullet.

— Les étincelles entre eux, ça compte ?

Diesel le fit taire d'un regard noir.

Après la réunion, certains allèrent jouer au billard, tandis que d'autres jouèrent aux fléchettes ou restèrent assis à discuter. Diesel joua quelques parties de billard avec les gars et parla avec Vaughn du travail qu'il allait faire. Il allait traverser la pièce pour s'asseoir quand Biggs l'intercepta.

— C'est une bonne idée que tu as eue pour les lumières, déclara Biggs.

— Merci.

— Mais es-tu sûr de vouloir abandonner le contrôle de ces choses-là ? demanda Biggs.

Diesel n'aimait pas que quelqu'un mette le nez dans ses affaires, mais il n'allait pas lui mentir.

— Il faut le faire.

— Je respecte cela.

Le téléphone de Diesel vibra et il le sortit de sa poche pour lire le message, se retenant de pousser un juron à la vue du nom de Jeanette.

Prêt pour une balade ?

— Tout va bien, fiston ? demanda Biggs.

— Je dois m'occuper de quelque chose au bar.

— Est-ce que cette *chose* aurait de grands yeux noisette ?

Diesel rangea son téléphone, les tripes retournées. Cette fille aux yeux noisette était la seule dont il se souciait et il commençait à se demander à quand remontait la dernière fois qu'il avait fait quelque chose qui n'*avait pas à voir avec* elle. Mais comme il en avait l'habitude, il ne vit pas la nécessité de répondre.

— A bientôt, Biggs.

Il quitta le club-house et retourna au bar. Ses yeux trouvèrent Tracey tel un missile GPS. Jeanette entra dans son champ de vision, son visage s'illumina et elle se précipita vers lui.

— Je savais que tu viendrais !

Jeanette lui toucha le bras au moment même où Tracey le regardait. Sa poitrine se resserra à la vue de la douleur qui apparut dans les yeux de la jeune femme et qui dévorait l'espace qui les séparait. Il retira son bras de Jeanette.

— Désolé. J'ai oublié. *On ne touche pas*, dit-elle d'un ton badin.

— Sortons d'ici.

Il poussa la porte et la suivit, poursuivi par la tristesse qu'il avait laissée derrière lui.

CHAPITRE SEPT

MARDI APRÈS-MIDI, après une nuit passée à râler avec Josie et Izzy et à s'empiffrer de crème glacée, Tracey était encore minée par ce qu'elle ressentait. En soi, cela l'exaspérait. Ce n'était pas comme s'il y avait quelque chose de réel entre Diesel et elle. C'était une bonne chose qu'elle travaille de jour, parce que si elle devait travailler avec lui, elle perdrait la tête. Elle avait été idiote de penser qu'il y avait eu une sorte de connexion entre eux. Elle aurait parié que ce satané enfoiré ne connaissait même pas le sens du mot *connexion* sauf au moment où son sexe était plongé dans une femme ivre.

Elle empocha son pourboire et débarrassa la table, se reprochant de l'avoir laissée s'énerver. Elle ne pouvait pas se permettre d'être à côté de la plaque aujourd'hui. Elle était la seule serveuse à travailler à l'heure du déjeuner et ils étaient très occupés. Elle se dirigeait vers la cuisine lorsqu'elle vit Damon et Bones entrer dans le bar. Damon lui fit un signe de la main et lui adressa son sourire étincelant.

— Hé là, dit-elle, les mains occupées. Il y a une table au fond. J'arrive tout de suite.

Elle serait ravie de servir les deux médecins les plus sexy et les plus gentils du coin.

Elle franchit les portes de la cuisine et posa la vaisselle sale sur le comptoir près de l'évier, où Ricardo était occupé à faire la vaisselle. Ricardo avait dix-neuf ans et faisait partie du programme de tutorat des Young Dark dirigé par les Dark Knights. Il travaillait comme plongeur, mais prenait également des cours de cuisine avec Finlay, dans l'espoir de devenir un jour chef cuisinier.

Ricardo prit une assiette.

— Toujours occupée là-bas ?

— Très occupée.

— Tracey, tu arrives juste à temps.

Finlay était en train de transférer quelque chose d'un plateau à une grille de refroidissement.

— À temps pour que tu me nettoies le cerveau ? Parce que j'aimerais vraiment effacer quelques trucs de ma tête maintenant.

— J'allais te dire que nous allions tester la dernière création de Ricardo.

Finlay se retourna avec un petit gâteau au chocolat dans une assiette et une expression de compassion sur son visage.

— Tu es sûre de ne pas vouloir me dire ce qui te tracasse ?

Tracey avait beau vouloir dire à qui voulait l'entendre ce qu'elle pensait exactement de Diesel, elle ne voulait pas non plus le faire. Elle détestait ce qu'elle ressentait pour lui en ce moment mais elle devait encore travailler avec lui. Ce n'était pas de sa faute si elle s'était fait des idées et qu'elle n'arrivait pas à se débarrasser de la blessure qu'il lui avait infligée en l'ignorant. Elle envisageait sérieusement de chercher un nouveau travail. Nous n'étions qu'en août et il ne partait pas avant janvier. C'était une longue période d'être obligée de le voir avec d'autres femmes, nuit après nuit. Gardant pour elle les détails de sa désillusion, elle dit :

— As-tu déjà eu l'impression d'avoir les pieds fermement ancrés dans le sol, puis qu'un coup de vent t'emporte soudain et te laisse à la dérive ? Tout ce que tu désires, c'est donner un sens aux choses, atterrir à nouveau pour repartir à zéro, mais le vent continue de balayer le sol qui reste donc hors de portée ?

— On dirait une chanson de Katy Perry.

Ricardo a commencé à chanter *Fireworks*.

Finlay remua les épaules au rythme de la musique.

Tracey ne peut s'empêcher de rire.

— Katy a dû penser à moi quand elle l'a écrite.

— On dirait que ce que tu vis est assez déroutant, déclara Finlay.

— C'est un euphémisme.

— Je suis désolée que tu traverses une période difficile, mais ceci devrait t'aider.

Finlay lui tendit l'assiette.

— C'est un fondant au chocolat. C'est Ricardo qui l'a fait. Prends-en une bouchée pendant qu'il est encore chaud. C'est la garantie d'un sourire sur ton visage.

Tracey en mangea une bouchée et le chocolat succulent fondit dans sa bouche.

— Oh, Ricardo, c'est délicieux. Tu seras un excellent chef.

— Merci. Fin est un bon professeur.

— Est-ce que je peux en avoir une douzaine à emporter pour pouvoir me noyer dedans ce soir ?

Tracey prit une autre bouchée, puis posa l'assiette.

— Je dois retourner là-bas. Bones et Damon viennent d'arriver.

Finlay baissa la voix.

— *Vas-y*. Le Dr Rhys pourrait mettre un sourire sur le visage de n'importe qui.

Tracey sortit de la cuisine. Elle s'arrêta à une table pour vérifier les clients en route vers la table de Damon et remarqua que Bones parlait à un groupe de gars à une autre table. Elle sentit la chaleur du regard appréciateur de Damon lorsqu'elle s'approcha.

— Bonjour, désolée d'avoir été si longue.

— Pas de problème.

L'expression de Damon redevint sérieuse lorsqu'il vit les bleus jaunis sur sa joue.

— J'ai appris ce qui s'est passé l'autre soir. Je suis vraiment désolé. Comment te sens-tu ?

— Je vais bien. Les douleurs s'estompent. Merci d'avoir demandé.

— J'ai entendu dire que tu t'étais battue.

— Ce n'est pas tout à fait cela, dit-elle doucement.

— Mais tu vas bien, et c'est ce qui compte vraiment.

Damon se rapprocha, sa voix était grave et sexy.

— Tu sais, j'ai pensé à toi depuis le mariage. Ça te dirait d'aller dîner avec moi ? Nous pourrions aller au *Nova Lounge* à Pleasant Hill lors de ta prochaine soirée de congé, partager un bon dîner et apprendre à mieux nous connaître.

Nova Lounge était le restaurant le plus cher du coin. Il appartenait à Jared Stone et au magnat des affaires, Seth Braden.

Ses nerfs étaient à vif et ses pensées revinrent à Diesel, ce qui la blessa à nouveau. Elle *n'allait pas* se languir d'un homme qui n'était pas le bon pour elle alors que ce magnifique gentleman lui proposait un vrai rendez-vous.

— J'en serai ravie.

— Super.

Son visage s'illumina comme s'il avait gagné à la loterie.

— C'est quand ta prochaine soirée de repos ?

La dernière fois que quelqu'un avait été aussi enthousiaste à l'idée de sortir avec elle, elle était adolescente. Elle avait oublié à quel point c'était bon d'être désirée.

— Jeudi.

— Fantastique.

Il sortit son téléphone et elle lui donna son numéro et son adresse pendant que Bones revenait à la table.

Damon faisait tout un plat de sa sortie avec Tracey et Bones semblait heureux pour eux deux, même s'il lançait à Tracey des regards curieux qu'elle ne parvenait pas à déchiffrer. Après avoir pris leurs commandes, elle se dirigea vers Izzy au bar.

— Pourquoi ressembles-tu au chat qui a avalé un canari ? la taquina Izzy.

Tracey se rapprocha en chuchotant.

— Damon Rhys m'a demandé de sortir avec lui !

— *Quoi ?*

Izzy tapa de la main sur le bar, puis baissa la voix.

— Les dieux de l'orgasme t'ont écoutée ! C'est *incroyable*. Je veux tous les détails. Comment a-t-il demandé ? Quand est-ce que tu y vas ? Où t'emmène-t-il ?

Tracey lui raconta tout.

— Mais je n'ai aucune idée de ce qu'il faut porter dans un tel endroit.

— Quelque chose de sexy, mais pas sordide. Tu peux emprunter une de mes tenues, mais ce serait plus amusant d'aller faire du shopping et de t'offrir quelque chose de nouveau. Après tout, c'est ton premier rendez-vous depuis Dennis. C'est une grande occasion *et c'est* avec le médecin le plus sexy du coin.

Tracey voulut dire que son premier rendez-vous avait été avec Diesel lorsqu'ils étaient allés manger une pizza, mais ce n'était pas un rendez-vous, et pourquoi diable laissait-elle Diesel gâcher cela, de toute façon ?

— Oui, je pense que je vais le faire. Je suis en congé demain après-midi et je ne garde pas Hail avant sept heures. Tu es libre ? Tu veux venir ? Je demanderai aussi à Josie.

— Je dois travailler, mais envoie-moi des photos avant d'acheter quoi que ce soit.

L'excitation d'Izzy stimula encore plus Tracey. Si seulement cela pouvait calmer la douleur sourde dans sa poitrine à l'idée que Damon n'était pas Diesel.

JEUDI APRÈS-MIDI, Diesel se sentait comme un animal sauvage prêt à charger. Les derniers jours avaient été pires que l'enfer. Il savait qu'il faisait le bon choix en mettant de l'espace entre Tracey et lui, mais tout lui manquait, bon sang. Il pensait qu'ils seraient encore capables de travailler ensemble avec civilité, mais elle l'avait laissé tomber depuis le lundi soir, le regardant rarement.

Quand il croisait son regard, elle avait l'air de vouloir l'assassiner. Son insolence et la façon douce et vile dont elle le regardait lui manquaient et le tordaient de l'intérieur. Même la façon dont elle se moquait de lui valait mieux que de faire comme s'il n'existait pas.

Pourquoi diable ne pouvait-il pas la laisser partir ? Moon coordonnait les visites chez elle, mais Diesel se surprenait encore à s'y rendre au milieu de la nuit, pour vérifier de ses propres yeux que tout était calme. Le pire dans tout cela, ce n'était même pas que d'essayer de la laisser partir était comme lui enfoncer des pics à glace sous ses ongles. Non, c'était de savoir qu'*il* l'avait fait passer de la douceur et de l'insolence à la froideur et à la dureté, et cela lui enfonçait ces foutus pics de glace directement dans le cœur.

Finlay sortit des cuisines et posa une assiette avec deux sandwichs et des chips sur le bar. Comment avait-elle su qu'il avait oublié de manger ?

— Merci.

Elle suivit son regard jusqu'à Tracey, qui discutait avec des clients près des tables de billard.

— Tu vas la tuer du regard, si tu continues à la fixer comme ça.

Diesel ne répondit pas et ne détourna pas le regard de Tracey. Elle finissait dans quelques heures, et s'il n'arrangeait pas les choses entre eux, il allait exploser. Il tourna le dos et croisa les bras, essayant vainement de chasser ses sentiments pour Tracey.

— Tu sais, j'ai toujours pensé que tu étais comme Bullet, dit Finlay gentiment. Mais ce n'est pas le cas. Il est peut-être grossier, mais au moins je sais toujours ce qu'il pense. La première fois qu'il m'a parlé, avant même que nous soyons présentés, il m'a demandé si je voulais monter à bord de la Bullet Machine.

Elle ricana.

— Tu imagines ?

Diesel serra les dents, parce que oui, il pouvait l'imaginer.

— Tu veux en venir où ?

— Là. Communique avec elle, Diesel. Si tu ne veux que du sexe, dis-le-lui. C'est une grande fille. Elle peut le supporter. Tu pourrais être surpris par sa réponse.

— Je ne veux pas juste du sexe, Finlay, dit-il durement.

Si c'était tout ce qu'il voulait, il serait facile de passer à autre chose. Mais s'il plongeait dans Tracey, les émotions qui le rongeaient se déverseraient comme de la lave, et il n'y aurait pas de retour en arrière possible.

— *Oh*, dit-elle avec surprise, cette tension entre vous deux est comme un sable mouvant et si tu ne fais pas attention, elle te glissera entre les doigts.

Il rumina cela pendant les heures qui suivirent. Lorsque la ruée de la pause déjeuner fut terminée et que le bar s'était presque vidé, Tracey s'approcha du bar avec des poignards dans les yeux.

— Le couple près de la table de billard veut une tournée de Coca-Cola, mais je vais pointer. Tu peux les leur amener.

Elle tourna les talons et se dirigea vers le bureau.

L'adrénaline afflua dans ses veines. *Et puis merde.* Il contourna le bar et la suivit dans le bureau, fermant la porte derrière lui.

— Qu'est-ce que tu as bon sang ?

Elle se retourna, la fureur s'échappant de ses lèvres.

— Qu'est-ce qu'il y a, tu *plaisantes*? Tu t'occupes de moi, tu dors dans mon lit, tu cuisines pour moi, tu m'emmènes manger une pizza, tu gagnes ma confiance et tu me traites comme s'il y avait quelque chose entre nous. Puis, tu arrêtes de me parler sans aucune explication et tu as le culot de me demander ce qui *me* tracasse ?

Ses mots étaient tranchants comme des couteaux.

— Tu peux faire comme si je n'existais pas, mais dès que je fais pareil, tu t'énerves ? Va te faire voir, Diesel. J'ai été stupide de penser qu'il pouvait y avoir quelque chose entre...

Il écrasa ses lèvres sur les siennes, l'attirant contre lui, approfondissant leur baiser, voulant grimper sur elle. Il voulait seulement la faire taire, mais la façon dont elle lui rendit son baiser était comme le nirvana. Il ne pouvait s'empêcher de la dévorer et elle était juste là, avec lui.

Jusqu'à ce qu'elle pousse sur sa poitrine, les joues rougies et qu'elle s'exclame :

— *C*'était quoi *ça* ?

— Tu tournais en rond avec ton discours. Je devais te faire taire.

— Donc tu m'as *embrassée* ?

Elle avait l'air consterné, mais elle n'avait certainement pas cessé de l'embrasser de cette façon.

— Ta bouche sexy était en train de s'énerver après moi.

— Bien sûr que je m'énervais après toi ! Tu m'as traitée comme si j'avais fait quelque chose de mal et c'est *toi qui es* parti avec une fille bourrée l'autre soir.

Il se pencha vers elle, pour avoir toute son attention.

— Je ne l'ai pas baisée, cette fois-ci. De plus, je n'ai de comptes à rendre à *personne*, Tracey, dit-il d'un ton furieux.

Ses narines se dilatèrent, ses yeux s'emplirent tellement de souffrance et de colère qu'il aurait pu s'y noyer.

— Et je n'embrasse pas les gars qui ne me respectent pas assez pour me répondre. Je suis ravie d'avoir accepté un rendez-vous avec Damon pour ce soir. J'*en ai fini avec* toi.

— Tu sors avec *Rhys* ? fulmina-t-il, tandis qu'elle ouvrait la porte et partait en trombe, le laissant rouge de colère, une série de jurons s'échappant tandis que son poing traversait le mur et que le pic de glace dans sa poitrine s'enfonçait plus profondément.

CHAPITRE HUIT

TRACEY DEVAIT perdre la tête. Le *Nova Lounge* était construit sur une falaise surplombant Pleasant Hill. C'était le restaurant le plus glamour du coin et *elle n'*arrêtait pas de penser à son baiser avec Diesel. Comment cet homme pouvait-il éclipser les sols en marbre, le mélange de briques et de murs et colonnes en bois sculpté, les hauts plafonds aux panneaux métalliques à motifs, et les lumières dorées étincelantes qu'arborait chaque table ? Et ce n'est pas tout. Le cadre luxueux n'était rien comparé à l'homme magnifique et attentionné assis en face d'elle dans sa chemise blanche impeccable, qui la regardait comme si elle était une sorte de princesse.

Damon n'était pas seulement beau, il était aussi attentionné. Il avait appelé pour dire qu'il serait en retard parce qu'une de ses patientes était en début de travail. Il avait apporté un bouquet de fleurs à Tracey et il avait dû lui dire cent fois à quel point elle était belle. Heureusement, Josie et elle étaient allées faire du shopping hier et avaient trouvé la plus belle mini-robe noire. Elle était classe sans être moulante et avait un soutien-gorge intégré, ce qui la rendait encore plus confortable. Les bretelles spaghetti n'étaient pas trop fines, le décolleté était plutôt plongeant et la jupe descendait bien jusqu'au milieu de ses cuisses. Elle avait même trouvé une paire de chaussures à lanières bon marché pour l'accompagner.

Elle avait été très nerveuse avant leur rendez-vous, mais ils en étaient à la moitié d'un délicieux dîner de tortellinis et il était si ouvert et facile de discuter avec lui qu'elle ne se souvenait même plus pourquoi elle avait été nerveuse à l'idée de passer la soirée ensemble. Il lui a dit qu'il était devenu gynécologue-obstétricien parce que son père l'avait été, et que son père aimait tellement son travail que même lorsqu'il rentrait à la maison à trois heures du matin après un accouchement difficile, il rayonnait encore d'avoir mis au monde un bébé. Damon lançait des blagues dans ses histoires, si à l'aise dans sa peau, un contraste frappant avec les efforts herculéens qu'il fallait déployer pour apprendre quoi que ce soit sur Diesel. Son corps s'enflamma à la pensée de Diesel et de ce baiser…

Mon Dieu, ce baiser. Elle l'avait revécu cent fois. Ses pensées commencèrent à dériver vers ce qu'elle avait ressenti lorsqu'elle avait été écrasée contre son corps dur, lorsqu'elle avait été dévorée par son désir. Qu'est-ce qu'elle faisait ? Diesel était à proscrire, et si elle n'y prenait pas garde, ses pensées allaient gâcher son rendez-vous.

Elle essaya de repousser les pensées de Diesel, cherchant quelque chose à dire.

— Alors, combien de tes patientes t'ont dragué ?

Elle grimaça intérieurement. C'était la première chose qui lui venait à l'esprit, sans doute parce qu'Izzy et Josie l'avaient suppliée de lui poser la question.

Il rit et but une gorgée de vin.

— Je ne remarque pas ce genre de choses.

— Allez, tout le monde remarque ça.

Elle avait l'impression que cet homme vigilant faisait attention à tout.

Il sourit.

— J'aurais l'air prétentieux ou arrogant si je l'admettais.

— Tu viens de l'admettre, dit-elle d'un ton taquin. Les esprits curieux veulent savoir. Avoue tout, Doc.

— D'accord, mais n'oublie pas que *c'est toi* qui as voulu savoir. La première chose que les femmes célibataires regardent, c'est ma main gauche. Lorsqu'elles remarquent qu'il n'y a pas de bague, les choses changent et elles passent de la nervosité au flirt.

— J'imagine les conversations.

Elle haussa le ton.

— *Pendant que vous êtes en bas…*

Ils rirent tous les deux.

— Tu n'es pas loin, crois-le ou non.

— Je le crois. Alors, pourquoi es-tu toujours célibataire ?

Elle mangea une bouchée de tortellini.

— Je suis vieux jeu. Je veux ce que mes parents ont, et je crois que je n'ai pas encore rencontré *celle qu'il me faut.*

La chaleur irradia dans son regard.

Elle but un verre, appelant silencieusement les papillons qu'elle avait ressentis l'autre jour à son égard de se manifester ou à la chair de poule de courir le long de ses membres, mais il n'y eut même pas un tressaillement. *Diesel a dû me briser.* Une palpitation agita sa poitrine à la pensée de l'ours grognon, et elle faillit s'étouffer avec son vin, toussant et se raclant la gorge. *Maudit sois-tu.* Elle but une gorgée d'eau.

— Tu vas bien ? demanda Damon.

— Mm-hm. Oui. Merci.

— Maintenant, c'est à moi de poser les questions gênantes. Wayne ne m'a pas dit grand-chose sur toi. D'où viens-tu ?

— J'ai grandi à Virginia Beach.

— C'est une belle région. Qu'est-ce qui t'amène ici ?

Elle hésita à lui parler de son passé, mais il avait été si honnête avec elle qu'elle ne voulut pas lui mentir. Elle avait déjà l'impression qu'elle ne faisait pas le poids face à lui, même si ses amies insistaient sur le fait qu'il n'y avait pas de catégories entre les gens, pourtant elle était sur le point de lui révéler à quel point elle était hors de la sienne.

— Je n'en suis pas fière, mais je suis sortie d'une relation abusive et j'ai atterri au refuge pour femmes de Parkvale. Bones-Wayne y est *bénévole*. C'est comme ça que j'ai rencontré les Whiskey et Red m'a offert un travail.

— Oh, Tracey. Je suis désolée de l'apprendre.

— C'était il y a deux ans et j'étais jeune quand j'ai commencé à fréquenter ce type.

Son expression fut sérieuse.

— C'était une relation à long terme ?

— Oui, et qui a duré trop longtemps. Mais je ne suis plus la même personne qu'à l'époque.

Pourquoi ressentait-elle le besoin de se défendre ?

— Qu'est-ce qui a changé chez toi ?

— Mon Dieu, tout. Je n'avais que seize ans quand nous nous sommes rencontrés. J'ai beaucoup appris sur la vie, l'amour, l'estime de soi. Je ne me contenterai pas de moins que ce que je vaux. Je suis plus forte maintenant, émotionnellement et physiquement. Je prends des cours d'arts martiaux et j'ai hâte de m'y remettre la semaine prochaine.

La voix de Diesel chuchota dans son esprit. *Et quand tu seras guérie, je t'apprendrai à te battre.* Son estomac se noua.

— Les arts martiaux. C'est impressionnant.

Elle tendit son verre et Damon leva le sien pour porter un toast.

— Aux nouveaux départs.

Leurs conversations devinrent plus légères à mesure qu'ils terminaient le dîner. Lorsqu'ils quittèrent le restaurant, Tracey ne put s'empêcher de penser à quel point il était agréable d'être avec quelqu'un qui parlait vraiment avec elle. Elle en savait plus sur Damon après deux heures et demie qu'elle n'en avait appris sur Diesel en deux ans. Mais alors qu'il la raccompagnait à sa porte, elle ne pouvait nier l'absence d'étincelles entre eux. Damon était comme un ami, comme Moon ou ses autres amis masculins, et elle reprochait à Diesel ce fichu baiser.

— Merci pour cette soirée, dit-elle sous le porche. J'ai passé un bon moment.

— Moi aussi. Je ne me souviens pas m'être autant amusé lors d'un rendez-vous.

Il se pencha pour l'embrasser et elle ferma les yeux, espérant silencieusement ressentir ces étincelles. Mais tout ce qu'elle sentit, ce fut le doux baiser de ses lèvres. *Qu'est-ce* qui n'allait pas chez elle ? Damon était honnête jusqu'au bout des ongles, beau comme un cœur et à la recherche d'un amour éternel. Que pouvait-elle vouloir de plus ? Le visage de Diesel s'épanouit devant ses yeux et ce baiser passionné lui revint en mémoire, l'exaspérant.

— J'aimerais beaucoup te revoir.

La voix de Damon la ramena à l'instant présent.

— Nous pourrions prendre mon bateau ce week-end.

— J'ai passé un très bon moment, mais…

— *Ah… bon.*

Il fronça les sourcils, la voix pleine de déception.

— Je suis désolée, Damon. Tu dois savoir à quel point tu es merveilleux. À vrai dire, tu es littéralement l'homme rêvé de toutes les femmes.

— Sauf le tien, apparemment.

— C'est moi, pas toi.

Au moment où les mots quittèrent ses lèvres, ils rirent tous les deux.

— Je sais de quoi ça a l'air, mais je dis la vérité. Je t'aime beaucoup, mais…

— C'est bon, Trace. Il y a quelqu'un d'autre ?

Elle baissa brièvement les yeux, puis croisa son regard.

— Oui et non.

— Ça a l'air compliqué.

— C'est le moins que l'on puisse dire, dit-elle doucement.

— J'espère qu'il est conscient de la chance qu'il a. Mais tu ferais mieux de t'en tenir à tes principes et de ne pas te contenter de moins que ce que tu vaux, parce que tu es une femme assez spectaculaire.

— Pour l'instant, je me sens un peu comme un pantin.

Il rit.

— Tu suis ton cœur. Il n'y a pas de mal à cela. Merci encore pour cette belle soirée. On se reverra dans le coin.

Alors qu'il s'éloignait, la colère qui couvait en elle monta à ébullition. Si seulement Diesel ne l'avait pas suivie dans le bureau. Si seulement il ne l'avait pas embrassée comme elle ne l'avait jamais été auparavant.

Mais c'était bien plus que cela. C'étaient deux ans à se glisser dans sa peau, à la rendre obsédée par les choses qu'il faisait. Deux ans à faire naître des papillons dans son estomac, à provoquer tous ces moments palpitants qui se glissaient dans ses rêves, puis à transformer toute cette chaleur grésillante en quelque chose de plus, en quelque chose qui la faisait se sentir spéciale et profonde, après qu'elle avait été attaquée.

Si seulement Diesel n'existait pas. Cela pourrait résoudre ses problèmes.

Elle était tellement en colère contre lui, contre elle-même, contre la situation, qu'elle envisagea de le traquer et de rendre à cette bête la monnaie de sa pièce.

DIESEL FRAPPA DANS LE SAC lourd du club-house, essayant de ne pas imaginer Tracey lors de son rendez-vous avec le beau docteur Rhys. Mais c'était comme essayer de faire taire un putain de grondement de train. Rhys était le type qui avait fait comprendre à Diesel à quel point il ressentait quelque chose pour Tracey lors de ce foutu mariage et maintenant, il faisait des plans pour quitter la ville, lui offrant pratiquement Tracey sur un plateau d'argent.

Putain !

Il s'éloigna du sac de musculation, arracha ses gants et les jeta par terre. Il s'allongea sur le banc, les poids déjà chargés sur la barre. Alors qu'il effectuait une série d'exercices, son esprit revint sur ce baiser. Il y avait repensé toute la nuit, essayant de comprendre s'il avait inventé sa réaction, en retour, mais il sentait encore sa langue se frotter à la sienne, sa bouche avide le dévorer. Il entendait encore le venin dans sa voix. *Je n'embrasse pas les types qui ne me respectent pas assez pour me répondre. J'en ai fini avec toi.*

Il serra les dents, poussant la barre vers le haut, ses bras tremblant sous le poids. Dixie avait vu le trou dans le mur du bureau et l'avait assailli de questions jusqu'à ce qu'il en ait assez.

— Tracey. C'est pour ça que j'ai donné un coup de poing dans le mur.

Dixie s'en était amusé, ce qui l'avait encore plus énervé. Il avait réparé ce fichu trou après avoir fermé le bar, ce qui n'avait fait qu'amplifier sa colère.

Il fit une dernière série, posa la barre sur le support et s'assit. C'était vraiment n'importe quoi. Il n'était pas un gamin stupide qui avait le béguin. Il enleva sa casquette de base-ball et se passa une main dans les cheveux, regardant la casquette de baseball qu'il avait depuis toujours. Le visage de Tracey apparut devant lui. *Tu peux me confier tes secrets.*

Sa poitrine se resserra, il remit sa casquette et se leva.

— Diesel Black, ramène tes fesses ici !

Il se retourna brusquement au son de la voix furieuse de Tracey. Qu'est-ce que c'était que ce bordel ? Il se dirigea vers la salle de réunion principale, où il la trouva en train de faire les cent pas, les mains jointes le long du corps, magnifique dans une petite robe noire sexy. Une robe qu'elle avait portée pour ce foutu docteur.

— Je suis *tellement* en colère contre toi ! fulmina-t-elle. Tu as gâché mon rendez-vous ! J'étais avec le gars parfait et je n'ai pensé qu'à *toi*.

Il aurait dû probablement se sentir mal pour le plaisir que cela lui procurait, mais il ne pouvait pas cacher le sourire qui lui démangeait les lèvres.

— Toi et tes stupides grognements et ce *baiser* !

Elle poussa un cri de rage, continuant à faire les cent pas.

Il se rapprocha.

— Oui ?

— Ne me parle pas *comme ça*. Tu gâches tout ! Tu mets le bazar dans ma tête.

— Dans la mienne aussi.

Il se rapprocha encore d'un pas.

— J'ai passé un *bon* moment ce soir avec un type formidable qui m'a parlé comme une personne normale et m'a demandé de l'accompagner sur son *bateau*. Et je *n'ai rien* ressenti. Pas la moindre étincelle quand il m'a embrassée ou complimentée, ou *quoi que ce soit d'autre*.

Dieu merci. Diesel se rapprocha encore.

— Bien.

Elle cessa de faire les cent pas et le regarda fixement.

— Ce n'est pas bien ! C'est un désastre ! J'ai juré de ne plus jamais m'engager avec un homme qui serait mauvais pour moi, et je n'arrête pas de penser à *toi*. Tu es le pire gars de la planète pour moi.

— Tu n'as pas tort.

Elle rit avec incrédulité.

— *Génial !* Je suis un aimant à mauvais garçons, mais au moins je sais que j'ai raison quand je dis que je suis sur la mauvaise voie. Je me sens *nettement* mieux.

— Je ne suis pas un *garçon*.

Il réduisit la distance qui les séparait encore.

— Et je ne suis certainement pas celui dont tu as besoin.

— Je le *sais* !

Elle respirait si fort que sa poitrine frôlait son torse nu à chaque inspiration.

— Pourquoi es-tu torse nu ?

— Je n'arrive pas non plus à te sortir de ma fichue tête.

— *Arrête de* penser à moi !

Sa mâchoire se contracta.

— Tout ce que je veux, c'est un homme gentil qui me respecte et qui veut vivre une vie heureuse avec moi.

— Tu veux plus que ça. C'est *ça* que tu veux.

Il abaissa sa bouche sur la sienne, entourant d'un bras son petit corps serré, enfonçant son autre main dans ses cheveux.

Elle était juste là avec lui, dévorant fébrilement sa bouche. *Oh oui, gamine, aucun de nous ne peut le nier.*

Lorsque leurs lèvres se séparèrent, elle vacilla et il la serra plus fort.

— Tu ne peux pas faire ça, dit-elle à bout de souffle. Ça me fait perdre la tête.

— C'est ce que tu veux, gamine. Tu veux ce que le Dr Enfoiré ne peut pas te donner.

Elle plissa les yeux.

— Ne l'appelle pas comme ça. C'est un type bien.

— Il l'est, c'est vrai. Il ne te fait pas mouiller comme je le fais, ni ne te fait fléchir les genoux, n'est-ce pas ?

— *Non*, t'es content ?

Ses joues rougirent.

— Je te l'ai dit. Je n'ai rien ressenti, et c'est de *ta* faute. Est-ce que la femme de l'autre soir t'a fait ressentir ce que tu ressens quand tu m'embrasses ?

— Je n'ai pas laissé cette femme poser ses lèvres sur moi.

— Oui, *c'est vrai*. Je ne peux pas faire ça avec toi.

Elle semblait au bord des larmes et cela le tuait.

— Je ne veux pas être une croix de plus sur ton tableau de chasse, et tu n'as de compte à rendre à personne.

Il resserra son emprise sur elle.

— Je n'ai jamais rendu de compte à personne, mais à *toi*, oui, grogna-t-il. Je t'ai dit que je ne l'avais pas baisée.

— Mais tu en as rajouté une couche, en me disant que tu n'as de compte à rendre à personne.

Il la souleva et l'installa sur la table de billard, se calant entre ses jambes, et lui attrapa le menton, inclinant son visage vers le haut pour qu'elle le regarde dans les yeux.

— Écoute attentivement, parce que je n'ai pas le temps de

jouer avec les mots. Si je ne te touche pas bientôt, je vais perdre la tête. J'ai dit que je ne l'avais pas baisée, puis j'ai *expliqué* que je ne rendais de compte à personne, mais à *toi, oui*.

— *Oh*, lança-t-elle *dans* un murmure étonné.

Il remonta ses mains sur l'extérieur de ses cuisses, effleurant de ses pouces sa culotte humide, et elle inspira un grand coup, le désir débordant dans ses yeux. Son sexe tressaillit de besoin.

— Je n'ai rien d'autre à t'offrir, gamine, que la chemise que j'ai sur le dos. Mais je *te* veux comme je n'ai jamais rien voulu de toute ma vie et si tu es dans mon lit, il n'y aura personne d'autre.

— Mais tu pars bientôt.

— Je partais pour échapper à *ça*.

Il passa son pouce sur son clitoris, le faisant tourner en lents cercles à travers sa culotte, et sa respiration s'accéléra.

— Les plans peuvent changer.

— Ils le peuvent ? souffla-t-elle, les yeux écarquillés.

Sa douce innocence, essoufflée et en demande, le tua.

— Bien sûr que oui. J'ai besoin de toi dans mon lit. Dis-moi que tu as envie de moi, gamine.

— Emmène-moi…

Il écrasa sa bouche contre la sienne et la souleva dans ses bras. Ses jambes s'enroulèrent autour de lui tandis qu'il se dirigeait vers les marches, les prenant deux par deux. Elle était parfaite, elle avait le goût du désir et du plaisir. Dévorant sa bouche, il glissa ses mains sous sa culotte, caressant sa moiteur, ce qui lui valut un gémissement lascif. Elle était si mouillée et si prête qu'il avait hâte de poser sa bouche sur elle. Il tira la bretelle de sa robe le long de son bras en la portant dans la chambre à coucher et entendit un bruit de *déchirement*. Elle sursauta.

— *Attends.* C'est tout nouveau.

Elle essaya d'atteindre la fermeture éclair.

Il la posa à terre et se déplaça derrière elle pour dégrafer la robe. Elle s'étala à ses pieds, révélant les bleus sur son dos et son flanc, libérant toutes les émotions qu'il avait retenues. La protection et la possessivité s'affrontaient pour le dominer. Sa poitrine se contracta contre l'enchevêtrement de fils barbelés qu'il avait essayé d'éviter. Mais il ne pouvait plus éviter les pointes acérées qui s'enfonçaient dans sa chair, le réclamant comme il était sur le point de la réclamer. Il l'entoura par derrière, caressa ses seins, fit rouler ses mamelons entre ses doigts et ses pouces, ce qui lui valut un gémissement sulfureux l'un après l'autre, et il posa son front au milieu de son dos. La haine qu'il éprouvait pour ces salauds qui l'avaient blessée se frayait un chemin dans les ténèbres qui l'habitaient. Il imagina que chaque coup rompait une corde qui l'avait enchaîné et l'avait éloigné d'elle. Il lutta contre la haine, la repoussant au plus profond de son âme, se concentrant sur la beauté qui était venue à lui, l'ayant *choisi* plutôt que l'homme qui était meilleur pour elle. *Bordel*, ça le retourna.

Il déposa un baiser entre ses omoplates, toutes ces sensations chaudes inconnues bouillonnant et brûlant, jusqu'à ce que son corps entier en souffre. Il arracha sa culotte noire sexy, la laissant seulement avec ses talons, et se débarrassa rapidement de ses bottes, de ses chaussettes et de ses vêtements, ayant besoin de sentir sa chair chaude contre la sienne. Il pressa son corps contre son dos, son sexe contre ses fesses, caressant un sein, son autre main glissant entre ses jambes. Elle était épilée et la sentir ainsi lui arracha un grognement.

— Si belle, putain.

Il referma sa bouche sur son épaule, la suçant et la mordant, tout en s'écrasant contre ses fesses et en enfonçant deux doigts dans sa chaleur humide, utilisant son pouce sur son clitoris.

— Oh *mon Dieu.*

Elle lui saisit les poignets et pencha son cou sur le côté, lui donnant ainsi un meilleur accès.

— *Ne t'arrête pas.*

Le plaisir qu'elle lui procurait l'incitait à aller plus loin. Il la caressa plus rapidement, enfonça ses doigts plus profondément, suça plus fort. Elle se dressa sur ses orteils, son corps tremblant, ses fesses douces et parfaites contre son membre enragé. Elle enfonça ses ongles dans ses poignets, haletant et gémissant. C'est tellement torride. Il mordit son épaule et ses hanches se dérobèrent, son sexe se resserrant autour de ses doigts.

— *Diesel* s'échappa de ses lèvres, d'un ton lascif et pressant.

Le son envoya de la chaleur directement dans son sexe et il ne relâcha pas son attention alors qu'elle haletait, son corps tremblant et frémissant jusqu'à la dernière pulsation de son orgasme, son membre palpitant pour rentrer en action. Elle se retrouva toute molle dans ses bras, essayant de reprendre son souffle.

— Je t'ai, gamine.

Il embrassa son cou, poussant ses jambes à s'ouvrir plus largement avec ses genoux.

— Les mains sur le lit.

— *Diesel… ?*

Elle regarda nerveusement par-dessus son épaule, son corps se figeant.

— Je ne vais pas te baiser, ici. Mais je vais te faire jouir tellement de fois que tu oublieras comment marcher. Sauf si tu veux t'arrêter.

Cela le tuerait mais il mourrait volontiers pour elle.

— *Non.* Je ne veux pas m'arrêter.

Il l'embrassa par-dessus son épaule, lentement et profondément, sentant la tension se dissiper de son corps. Lorsque leurs lèvres se séparèrent, elle se pencha et posa ses mains sur le lit. Quel spectacle que de voir la femme qu'il avait désirée comme une drogue depuis trop longtemps s'écarter pour lui, ses magnifiques fesses en l'air, pour prendre son sexe luisant. L'envie de s'enfoncer en elle était forte, mais le désir de *la* faire jouir *l'*était encore plus. Il embrassa sa colonne vertébrale et saisit ses fesses à deux mains, mordillant et embrassant ses joues pâles et parfaites ainsi que leurs courbes. Il avait attendu si longtemps pour la goûter, il salivait à l'odeur paradisiaque de son excitation. Il tint ses fesses grandes ouvertes et fit glisser sa langue le long de son sexe. Son essence sucrée se répandit sur sa langue et elle frémit contre lui. Il recommença, plus fort cette fois, plongeant le bout de sa langue en elle tout en travaillant son clitoris avec ses doigts, et ses gémissements l'incitèrent à accélérer ses efforts. Elle poussa ses fesses en arrière pendant qu'il la dévorait, mais il avait besoin de *plus*, et il fit glisser sa langue de son sexe à son postérieur. Ses joues se contractèrent.

— Laisse-toi aller, gamine. Je ne te ferai pas de mal.

Elle agrippa ses mains à la couverture pendant qu'il la léchait et la taquinait, jusqu'à ce que son corps se détende et qu'elle gémisse et se balance, suppliant d'en faire plus. Soudain, il eut désespérément besoin de voir son visage. Il la remit sur ses pieds plus brutalement qu'il ne l'aurait voulu, l'embrassant dans un baiser qui l'étourdissait. Elle lui rendit son baiser comme s'il était l'oxygène dont elle avait besoin, et bordel, il voulait cela aussi en retour. Il la posa sur le lit, lui enleva ses hauts talons et les jeta par terre tandis qu'il passait entre ses jambes. Perché sur ses genoux, il avait la vue d'une vie entière malgré les bleus, elle le désirait ardemment et était sous lui, ses cheveux s'étalant en éventail autour de son beau visage. Mais c'était la confiance dans ses yeux qui rendait ses entrailles douces et son sexe incroyablement plus dur.

Il fit glisser sa main le long de son corps mouillé, recouvrant sa main de son excitation, et se donna quelques coups secs.

— Tu es si sexy, gamine.

Elle tendit la main vers son membre, et il l'attrapa, la maintenant contre son ventre alors qu'il s'abaissait entre ses jambes et prenait son clitoris entre ses dents, le taquinant avec sa langue. Ses hanches se dérobèrent et elle toucha sa tête de sa main libre. Il saisit ce poignet, le déplaça sur son ventre avec l'autre, et les tint tous deux d'une main tandis qu'il se délectait d'elle. Il *prit*, *donna* et prit encore, jusqu'à ce qu'elle se torde, gémisse et crie son nom lorsqu'elle jouit. Ce son glorieux le tiraillait.

Bon Dieu, cette femme sonnerait sa perte.

Alors qu'elle redescendait de son orgasme, haletante et tremblante, il rampa le long de son corps, ralentissant pour aspirer son mamelon dans sa bouche, frottant sa longueur dure contre son humidité. Bordel que c'était bon. Il reprit sa bouche, l'embrassant avec brutalité et avidité, et elle était tout aussi impatiente que lui, s'agrippant à ses épaules. Il lui coinça les mains à côté de la tête, se régalant de sa bouche pulpeuse. Le désir montait en lui, se frayant un chemin jusqu'à la surface, jusqu'à ce qu'il n'en puisse plus. Il recula, ébranlé par les émotions qui flottaient dans ses yeux – remplissant cette foutue pièce – si épaisses qu'il aurait pu s'y noyer.

— À mon tour, dit-elle si gentiment qu'il en a le souffle coupé.

Il voulait ramper sur elle et lui enfoncer son sexe dans la gorge, mais son cœur ne le laissait pas faire, pas avec ces bleus sur son dos.

— Même si j'ai envie de prendre ta jolie petite bouche, cela va devoir attendre. J'ai besoin d'être en toi.

Un sourire séducteur ourla ses lèvres.

Il prit un préservatif sur la table de nuit et l'ouvrit en se mettant à genoux. Elle le regarda l'enfiler, ses yeux de biche doux et affectueux, et tellement beaux qu'il prit un moment pour savourer la vue. Elle l'attrapa lorsqu'il se pencha sur elle et il lui coinça doucement les poignets à côté de sa tête tandis qu'il alignait leurs corps, nichant son sexe contre l'entrée de son corps.

— *Attends*, supplia Tracey.

Il s'immobilisa, espérant qu'elle n'avait pas changé d'avis.

— Je veux avoir les mains libres pour pouvoir te toucher.

— Non, dit-il d'un ton bourru.

Il y avait longtemps qu'il avait enfermé son cœur derrière une porte de plomb, qu'il l'avait enchaîné et qu'il avait jeté la clé. Elle narguait déjà ce trou de serrure avec une sorte de magie. Il n'avait pas besoin de tester ses limites. Mais la douleur dans ses yeux le fit presque tomber à la renverse. Il pencha la tête à côté de la sienne.

— Ce n'est pas toi, gamine.

— Alors qu'est-ce que c'est ?

Il ne répondit pas, se contenta de serrer les dents, souhaitant qu'elle laisse tomber. Mais c'était une jeune femme fougueuse et il savait qu'elle ne se contenterait pas du silence.

— Mon contact est-il trop intime ? murmura-t-elle sur sa joue.

Il releva la tête et en un regard, il lui fit comprendre la vérité sous la forme d'un hochement de tête.

— Je *veux de* l'intimité, dit-elle doucement. Je ne veux pas me sentir comme une prisonnière dans ton lit. Je me suis sentie comme ça avec Dennis et je ne veux plus jamais ressentir cela.

Et pan dans le bide, son front s'abaissa vers l'avant.

— Putain, Trace. C'est ce que tu ressens ?

— Tu ne me regardes pas comme si tu t'en fichais et tu ne me touchais pas comme ça. Mais ça – elle essaya de soulever ses poignets, qui étaient attachés au lit – c'est froid. Je veux dire qu'à un moment donné, ce sera sexy et *sensuel* mais c'est notre première fois, et j'ai l'impression que je pourrais être n'importe qui, et je ne veux pas être n'importe qui pour toi.

Il lui relâcha les poignets, furieux contre lui-même.

— Si tu étais n'importe qui, je t'aurais baisée il y a un an et je serais passé à autre chose. Mais ce n'est pas le cas. Tu es dans mon *lit*. La plupart des femmes ne dépassent jamais le stade du billard.

— Tu aurais dû t'arrêter après *dans mon lit*.

Elle avait l'air un peu fâchée et un peu blessée, mais l'amusement dans ses yeux l'emportait sur les deux.

L'amusement céda la place à quelque chose de plus doux, de plus aimable. Elle tendit la main et lui caressa la joue. Ses yeux suppliants le tinrent captif tandis que ses doigts descendaient le long de son cou et de son épaule, provoquant des sensations qu'il n'avait jamais ressenties et il lui fallut se contenir fortement pour ne pas repousser cette main.

— Je sais que tu as des démons et tu n'as pas à les partager avec moi, dit-elle doucement. Mais ne nous enferme pas dans un donjon *avec* eux. Nous ne survivrons jamais. J'ai dû te faire confiance pour te laisser me toucher. Peut-être que tu peux essayer de me faire confiance et nous pourrons dépasser tes démons ensemble.

LA DOULEUR DANS les yeux de Diesel était si inattendue que Tracey regretta d'avoir parlé. Elle sentit ses muscles se tendre et s'arc-bouta, de peur qu'il ne sorte du lit et n'en finisse avec eux.

— Je ne sais pas s'il est possible de les dépasser, dit-il d'un ton bourru.

Quelque chose lui disait qu'elle voyait un côté de lui que personne d'autre n'avait jamais vu, et cette confiance la poussait à le désirer encore plus.

— Est-ce que tu aimerais ?

— Pour *toi* ? Putain, oui.

— Alors, je sais que tu le feras.

Il n'était peut-être pas éloquent ou romantique, mais si elle n'avait voulu que cela, elle serait avec Damon. Pas avec l'homme dont les émotions étaient aussi réelles et puissantes que la mer. Elle se pencha et murmura :

— Embrasse-moi.

Sa bouche couvrit la sienne, rude et exigeante. Ses grandes mains descendirent le long de ses hanches, soulevant ses fesses tandis qu'il poussait, entrant en elle vite et fort. Pendant un moment, elle ne put respirer à cause de la pression écrasante et des sensations inconnues qui la remplissaient. Mais il ne s'arrêta pas et elle aimait qu'il ne puisse pas se retenir, parce que pour la première fois de sa vie, elle ne le voulait pas non plus. Elle plia les genoux, ouvrant plus grand ses jambes alors qu'il la prenait plus profondément à chaque poussée, son sexe dur la poussant, l'étirant, la *réclamant*, la remplissant si intensément qu'elle pouvait à peine réfléchir. Mais elle ne voulait pas y penser ; tout ce qu'elle voulait, c'était ressentir. Elle se délecta du poids de son corps, du tonnerre de leurs cœurs et de cette sensation magnifique d'un ajustement parfait alors qu'il s'enfonçait jusqu'à la garde et qu'il s'immobilisait. Il l'entoura de ses bras et l'embrassa passionnément, la pression à l'intérieur d'elle augmentant jusqu'à devenir délicieusement douloureuse.

Il s'arracha de sa bouche.

— Bordel, Trace… *Putain*, grommela-t-il.

Heureusement, il se saisit à nouveau de sa bouche, car elle était tellement prise les sensations qu'il avait provoquées, qu'elle avait besoin de son souffle pour respirer. Seigneur, cet homme savait comment aimer une femme. Chaque poussée de ses hanches envoyait des chocs à travers son corps. Elle s'accrocha à ses bras, passa ses mains le long de son dos, ses muscles se gonflant et fléchissant sous ses doigts. Elle lui saisit les fesses et, comme le reste de son corps, elles étaient incroyables. Mais il tressaillit. Elle lui donna une claque sur les fesses et il sursauta, rompant leur baiser.

— Qu'est-ce que… ?

— C'est comme une onde de choc. Je veux agripper tes fesses. Si tu ne veux pas de baffe, ne bronche pas.

Un son entre un grognement et un rire s'échappa de ses lèvres tandis qu'il reprenait les siennes, les enfonçant plus fort, plus avidement. Leurs dents grinçaient, leurs langues dansaient à un rythme effréné, et toutes les pensées s'évanouirent. Leurs corps devinrent glissants sous l'effet de leurs efforts, chaque mouvement de ses hanches la rapprochait du précipice. Elle enfonça ses ongles dans ses bras, ce qui lui valut un grognement grave et sexy, qui se propagea en elle, allumant des feux sous sa peau. Ils bougeaient en parfaite synchronisation, créant leur propre symphonie de gémissements et de sons affamés, leurs corps glissant, leurs peaux humides se heurtant, et *mon Dieu*, c'était incroyable. Elle n'avait jamais imaginé que le sexe pouvait être comme ça, dévorant, comme s'ils n'étaient qu'une seule et même personne.

Il éloigna sa bouche avec un regard charnel dans les yeux, si puissant qu'elle était sûre qu'il pouvait sentir tout ce qu'elle ressentait alors qu'il les ralentissait, intensifiant les sensations à chaque poussée. Elle gémissait, haletait, s'accrochait à lui en désespoir de cause, ne tenant sa santé mentale que par un fil qui s'effilochait rapidement. Et puis, d'un seul coup, il lui souleva les fesses, poussant ses hanches vers l'avant, et la catapulta dans l'extase. Un *Diesel* s'échappa alors qu'elle s'envolait dans un feu d'artifice, chaud, vibrant et *explosif*. Elle pouvait à peine voir, mais *oh*, elle pouvait sentir, alors qu'il abandonnait toute retenue, et s'abandonnait à sa propre libération puissante, grognant son nom, son corps fléchissant et subissant des soubresauts.

Lorsqu'ils redescendirent enfin de leur état, elle flottait, la tête lui tournait. Il lui saisit les mains, les clouant au matelas, et l'embrassa longuement et sensuellement, ravivant les flammes.

Ses doigts épais s'entrecroisèrent avec les siens et il effleura ses lèvres sur sa joue.

— Botte-moi encore les fesses et tu seras punie.

Elle rit.

Quand il la regarda, il sourit, et la *vache, c'était réel.* Diesel était toujours beau, mais ce sourire l'illuminait de l'intérieur. D'accord, c'était peut-être à cause de son sexe qui frémissait encore en elle, mais Seigneur, ce sourire était glorieux.

Et il disparut aussi vite qu'il était venu.

Ses muscles se tendirent et il se dressa sur ses avant-bras, étudiant son visage. Les nerfs de Tracey s'enflammèrent lorsqu'il descendit du lit et se dirigea vers la salle de bains sans prononcer un mot. Était-ce sa façon de dire qu'il en avait fini ? Devait-elle s'habiller ? Partir ? Son estomac se noua et elle remonta le drap sur sa poitrine. Il s'arrêta à la porte de la salle de bains et elle retint son souffle lorsqu'il jeta un coup d'œil par-dessus son épaule.

— Ne *pense* même pas à quitter ce lit, gamine.

Il lui fit un clin d'œil et se dirigea vers la salle de bains.

L'air s'échappa de ses poumons, un sourire irrépressible étira ses lèvres. Elle mit la main sur son cœur qui battait la chamade, se disant qu'elle devait s'habituer aux hauts et aux bas des montagnes russes qu'était Diesel Black. Elle avait deux choix clairs : s'éloigner de tout ce qu'il représentait ou lever les bras et se laisser porter.

Elle déglutit difficilement à l'idée de s'abandonner aussi complètement à un homme, et encore moins à un homme aussi dur que Diesel. Mais aucune partie d'elle ne voulait s'éloigner de ce qu'ils avaient enfin trouvé.

Lorsqu'il sortit de la salle de bains, ses yeux sombres et prédateurs se fixèrent sur elle tandis qu'il se dirigeait vers le lit, son formidable sexe se balançant entre ses cuisses épaisses. Il souleva les draps et son cœur s'arrêta presque lorsque ses yeux descendirent lentement, lascivement, le long de son corps, laissant des flammes dans leur sillage.

— *Hum-mm.*

Il rampa sur elle, son pénis durcissant contre son ventre.

— Tu es enfin *à moi*.

— Je ne t'*appartiens* pas.

Sa mâchoire se resserra.

— À la minute où tu as posé ton beau petit cul dans ce club-house en cherchant à me *réclamer* et où je t'ai amenée dans mon lit, tu es devenue *mienne.* Tu ne m'appartiens pas, mais je ne vais certainement pas te partager.

Elle s'était trompée en disant qu'il n'y avait que deux options. Il y en avait une troisième. Une meilleure. C'était *leur* tour de montagnes russes, et sa voix devait avoir autant de poids que la sienne s'ils voulaient rester sur la bonne voie à travers les hauts et les bas.

— C'est valable dans les deux sens, *mon grand.*

— Tu as raison.

Elle enroula ses bras autour de son cou, le bonheur bouillonnant à l'intérieur d'elle. Lorsque ses lèvres se posèrent avec avidité sur les siennes, il émit un de ces grognements, et elle comprit d'où venait ce bruit : ce grand cœur qu'il protégeait de toutes ses forces.

Ne t'inquiète pas, mon grand gaillard, je le protégerai aussi.

CHAPITRE NEUF

DIESEL se réveilla en sentant le corps nu de Tracey blotti dans ses bras, ses cheveux lui chatouillant le menton et son souffle lui réchauffant la poitrine. Sa main se posa sur son ventre, délicate et pâle contre sa peau olive. Il savait que le sexe avec Tracey serait torride, mais il n'avait jamais imaginé quelque chose d'aussi puissant que les émotions qui l'avaient consumé lorsque leurs corps s'étaient rapprochés. Pour la première fois depuis qu'il avait laissé derrière lui la notion de *maison*, il avait été submergé par le sentiment d'être *exactement* là où il aurait toujours dû être. Ces sentiments l'avaient accompagné toute la nuit, gonflant et s'intensifiant à chaque baiser, à chaque contact, et maintenant qu'il se réveillait avec elle dans ses bras, il se sentait si bien qu'il n'avait plus envie de bouger. Le nomade en lui s'était défendu, il avait voulu enfourcher sa moto et rouler aussi vite et aussi loin qu'il le pouvait. Mais il fit taire cette enflure et la serra plus fort dans ses bras.

Elle remua dans ses bras, suscitant les sentiments plus chauds et plus doux qu'il n'avait jamais eus, et il déposa un baiser sur sa tête. Elle releva le visage, ses beaux yeux le frappant comme une vague de chaleur.

— Bonjour, dit-elle doucement, en tirant le drap sur ses fesses nues.

Il l'embrassa sur le front.

— J'ai mordu ces fesses nues hier soir. Tu ne me les cacheras pas.

Il rejeta les draps, se déplaça sur elle, aimant tellement le rougissement de ses joues qu'il en embrassa une.

— Pourquoi rougis-tu ?

— Parce que je n'ai pas l'habitude de me réveiller nue avec le type qui me fait craquer.

Il l'embrassa dans le cou.

— Tu as flashé sur moi, ma belle ?

— Tais-toi.

Elle fronça le nez et murmura :

— Je n'arrive pas à *croire que* je suis ici.

— Pourquoi pas ?

— À cause de la porte ouverte de ta chambre. Je ne me suis jamais imaginée être l'une de tes *conquêtes d'un soir*.

— Je ne ramène pas autant de conquêtes que tu ne le penses.

— Je t'en prie. Je te vois *tout le* temps quitter le bar avec des femmes. Tu n'as pas à prétendre le contraire. Mais ne le fais pas à présent que nous sommes ensemble, ou tu ne m'auras jamais plus dans ton lit.

Il adorait sa confiance mais il devait mettre les choses au clair.

— Tu crois que j'ai baisé toutes ces femmes ?

Elle haussa les épaules, l'air vulnérable et assez doux pour être dévorée.

— Je ne suis pas un connard, Trace. Je ne profite pas des femmes ivres. J'ai ramené la plupart d'entre elles chez elles, et oui, j'ai baisé quelques-unes de celles qui étaient sobres. Mais c'est *tout ce* qu'elles étaient : des coups rapides et salaces, la plupart du temps habillées, et elles savaient dès le départ que ce ne serait rien de plus.

— Et combien d'entre elles se sont réveillées dans tes bras ?

Elle détourna le visage et ferma les yeux.

— Ne *me dis rien*. Je ne veux pas savoir. Je déteste avoir l'air jalouse. Je suis désolée d'avoir demandé.

— Chérie, quand il s'agit de toi, j'ai écrit ce livre sur la jalousie.

Il lui embrassa la joue et elle ouvrit les yeux, rayonnante.

— Oui, en quelque sorte.

Elle rit.

— Il n'y a qu'une seule femme qui s'est réveillée dans mon lit *ou* dans mes bras, et c'est elle que je regarde.

Elle leva les yeux au ciel.

— Allez, Diesel.

— Ne mets pas ma parole en doute, gamine. Tu n'aimes peut-être pas toujours ce que je dis, mais je te respecte trop pour te mentir. Tu *sais* ce que je ressens quand on me touche. Tu crois vraiment que je laisserais quelqu'un dont je ne me soucie pas, dormir dans mon lit toute la nuit ?

Elle secoua la tête, souriant comme si elle avait gagné un prix.

— Tu *m'as* laissée dormir sur toi la nuit où j'ai été agressée.

— Bien sûr que je l'ai fait. Ça ne te dit pas quelque chose ?

— Oui, cela me dit beaucoup de choses. Mais *ceci* m'en dit encore plus.

Elle se leva comme si elle allait l'entourer de ses bras, mais elle posa ses mains sur ses joues à la place. Sa mâchoire se serra et il lutta de toutes ses forces contre la réaction instinctive qui le poussait à reculer. Il *voulait* son contact, il *en avait envie*, et les émotions qui lui renvoyaient la balle valaient la peine d'être combattues. Il effleura ses lèvres et lui mordit la lèvre inférieure, la tirant d'un coup sec.

— *Bien.* Maintenant, arrête d'amener d'autres personnes dans ce lit et laisse-moi te montrer à quel point je veux que tu sois là avant qu'on aille travailler.

Alors qu'il l'embrassait dans le cou, elle lui dit :

— Je ne travaille pas avant six heures, et tu n'es pas programmé avant quatre heures.

— *Exactement.*

Il effleura son mamelon de ses dents et elle se cambra sous lui, aspirant une forte respiration.

— Si je dois garder mes mains loin de toi de six heures à minuit, je vais avoir besoin de réserves.

— Alors, arrête de parler et occupe-toi de moi.

Elle gloussa et il suça son mamelon dans sa bouche, transformant le doux son en gémissements sensuels ou en supplications séduisantes et il était sûr qu'il les entendrait dans son sommeil.

— Tu sais que tu as vraiment merdé en laissant Tracey te filer entre les doigts.

Il était presque six heures et Izzy lançait des piques à Diesel depuis qu'il était arrivé au travail.

— Elle est sortie avec le Dr. Rhys hier soir, et elle n'était *toujours pas* rentrée quand je suis partie travailler ce matin.

— Et alors ? dit-il d'un ton égal, en souriant intérieurement tout en préparant un verre pour un client. Ce satané Rhys n'avait *rien* pour lui.

— Ouais. Elle était à fond sur toi, mais tu as tout gâché.

Elle commença à ranger les verres propres.

— Je ne sais pas ce qui ne va pas avec les gars comme toi, qui négligent les meilleures femmes du coin et ramènent les plus vulgaires à la maison. Rhys sait reconnaître une bonne chose quand il la voit, et il sait comment traiter une femme. Il a emmené Tracey au *Nova Lounge*. Elle était aussi *très sexy*, dans une robe noire moulante, les yeux maquillés.

La robe que j'ai déchirée quand je la lui ai enlevée ?

Sans déconner ?

La porte du bar s'ouvrit et Tracey entra avec Moon, ses yeux se posant sur Diesel. Il lui fit un clin d' œil et ses joues rosirent. Elle faisait plaisir à voir dans une mini-jupe à fleurs noires et blanches, un débardeur du *Whiskey's* noir noué à la taille et des chaussures montantes noires. Il regarda son joli petit cul se balancer tandis que Moon et elle se dirigeaient vers l'arrière pour pointer. Elle allait faire exprès de lui faire perdre la tête, il le savait.

— Tu as vu ce sourire sur son visage ? dit Izzy. C'est l'éclat d'une femme satisfaite au lit.

Je parie que tes femmes ne ressemblent pas à ça le lendemain d'après.

Je n'ai qu'une seule femme, et elle brille plus fort que les étoiles. Tracey et lui avaient fait l'amour comme des lièvres toute la journée, ne s'arrêtant que pour faire un brunch afin d'avoir assez d'énergie pour continuer. Il serra les dents pour empêcher un sourire de jubilation de se libérer, et comme il ne répondait pas, Izzy retourna à ce qu'elle faisait, discutant de la candidate que Dixie avait ramenée pour un second entretien pour le poste de serveuse. Elles étaient maintenant dans le bureau.

Quelques minutes plus tard, Tracey et Moon sortirent de

l'arrière-salle et se dirigèrent vers le bar. Diesel ne pouvait pas la quitter des yeux, se rappelant à quel point elle avait bon goût et réagissait. Son corps s'enflamma à chacun de ses pas.

— Viens ici, Tracey, demande Izzy. Un SMS qui dit qu'*on parlera plus tard* ne suffit pas. Je veux des détails.

Les yeux de Tracey se tournèrent vers Diesel qui se dirigea vers l'extrémité du bar réservée à Izzy, s'appuya sur ses avant-bras et grogna :

— Ramène tes belles petites fesses par ici, gamine.

— Gamine ?

Izzy échangea un regard curieux avec Moon tandis que Tracey s'approchait de Diesel en souriant comme la belle qu'elle était.

Tracey leva le menton d'un air de défi, malgré la chaleur qui couvait dans ses yeux.

— C'est à moi que tu parles, Sans Plomb ?

Il adorait son humour. Il se pencha sur le bar, attrapa sa chemise et la souleva pour l'embrasser profondément et lentement. C'était fantastique de l'embrasser quand il le voulait, et il lui fallut faire appel à tout son sang-froid pour la remettre debout et ne pas recommencer.

— Les joues roses et les yeux rêveurs te vont à ravir, ma belle.

Tracey coinça sa lèvre inférieure entre ses dents, mais cela ne cacha en rien son sourire sexy alors que Dixie et la brune d'âge moyen au regard vif qu'elle avait interrogée s'approchaient avec des expressions choquées.

— Qu'est-ce qui vient de se passer ? demanda Izzy, les yeux écarquillés.

Diesel croisa son regard incrédule.

— Ce n'est pas clair pour vous ?

— Les baisers comme celui-là font-ils partie des avantages ? demanda la brune. Si c'est le cas, je suis *partante*. Je peux commencer tout de suite.

Les filles rirent.

— Non, le baiser ne fait *pas* partie de l'offre.

Dixie lança un regard implorant à Diesel. Il leva le menton.

— Tracey et moi, on est ensemble.

Au diable les baisers. La revendiquer était aussi libérateur que la route.

Tracey rougit, mais on ne pouvait nier le bonheur dans ses yeux.

— Il était temps que tu reprennes tes esprits.

Dixie sourit d'un air approbateur.

— *Attendez.*

Izzy regarda Tracey.

— Tu es allée à un rendez-vous avec le docteur sexy et tu as passé la nuit avec Diesel ? Oh punaise. Je suis si fière de toi.

Diesel lança un regard à Izzy.

— Tu étais obligée de prononcer ces mots si fort ? Je n'ai rien fait avec Damon.

Tracey regarda Diesel d'un air coquin.

— Comment aurais-je pu quand Sans Plomb me donnait du fil à retordre ?

— *Oh*, le grognon aime le bondage ? le taquina Izzy.

La brune et Moon se mirent à rire.

Dixie leva les mains.

— Bon, ça suffit, les gars. Vous allez pousser notre nouvelle serveuse à la démission avant même qu'elle ne commence.

— Pas question, répondit la brune. Vous me faites tous rire. Je pense que je vais me plaire ici.

— Nous l'espérons.

Dixie leur lança un regard un regard sérieux.

— Les filles, voici Dana Everton. Elle commence lundi. Dana, voici Diesel Black, Izzy Ryder, Jed Moon et Tracey Kline.

Ils la saluèrent tous.

— Si tu as le moindre problème avec les clients, dis-le à Diesel ou Jed. Ils s'en occuperont, insista Dixie.

— J'ai élevé trois garçons qui jouent au football et qui sont des fauteurs de troubles. J'ai aussi mis à la porte un mari infidèle. Je pense que je peux me débrouiller toute seule, la rassura Dana.

Pendant que Tracey discutait avec Dixie et Dana, Izzy alla pointer et Diesel servit un client.

Moon arriva derrière le bar pour commencer son service.

— J'en déduis que je peux mettre un terme aux rondes en voiture devant chez Tracey ?

Diesel grogna en signe d'assentiment.

— Comment tu en es arrivé là, mec ? Je croyais que tu ne t'occupais de rien parce que tu quittais la ville ? Ça veut dire que tu ne pars plus ?

Diesel n'eut pas de réponse à fournir et comme le rush du vendredi soir commençait, il n'eut pas de réponse à lui donner. Cela signifiait que la réponse continuerait de le ronger pendant je ne sais combien de temps. Il fit signe à deux autres types à l'autre bout du bar.

— Tu as des clients.

— Bon, eh bien, pour ce que cela vaut, j'espère que tu resteras dans les parages. J'ai l'habitude de voir ta tronche de grincheux.

Diesel jeta un regard à Tracey à travers la salle alors qu'elle parlait avec un groupe de gars, parmi lesquels trois la reluquaient. La jalousie le rongea tel un animal enragé. Mais le fait de savoir qu'elle lui *appartenait* lui donna juste envie de les tuer au lieu d'aller les trouver et de revendiquer ses droits. Il ne s'était pas imaginé qu'il aurait de nouveau envie de revendiquer quelqu'un après la façon dont il s'était fait avoir par la femme qu'il avait fréquentée pendant deux ans et à qui il avait confié ses sentiments les plus profonds. Mais bon sang, il avait tellement envie de crier sur tous les toits que Tracey était *sienne*.

Au fil de la soirée, celle-ci le nargua dès qu'elle en eut l'occasion, en se pavanant dans sa jupe sexy, lui lançant des regards enflammés. Il mit tout en œuvre pour ne pas l'entraîner à l'arrière pour faire ce qu'il voulait d'elle.

Il était en train de préparer un verre pour une cliente lorsqu'elle se présenta au bar vers l'heure de fermeture. Il tendit le verre à la cliente et se rendit à l'autre bout du bar où Tracey l'attendait.

— Tu vois cette table avec les femmes qui regardent par ici ?

Elle désigna l'arrière du bar où trois jolies filles les observaient.

— Elles pensent que tu es sexy. Elles aimeraient savoir si tu es célibataire.

Elle baissa la voix.

— Je crois comprendre ce que tu ressens quand les hommes me draguent. Alors je leur ai dit que tu étais marié… avec un homme.

— C'est quoi ce délire, Trace ?

Elle éclata de rire.

— Je plaisante.

Il jeta un coup d'œil aux femmes, levant le menton pour leur faire comprendre qu'il appréciait leurs regards. Leurs sourires s'élargirent.

Tracey se renfrogna en s'extirpant du bar.

— Tu serais en colère si j'agissais ainsi.

Il la prit dans ses bras et l'embrassa à pleine bouche.

— Tu la fermes à partir de maintenant. Je t'ai dit que je t'appartenais. Bon sang, Assume.

— Je crois que c'est ce que tu viens de faire. Tu ne peux pas m'embrasser comme ça devant les clients.

— Je vais me gêner, tiens.

Il regarda Dixie qui s'esclaffa.

— Je ne serai certes pas virée mais mes pourboires seront nuls.

Il se pencha pour lui parler directement à son oreille.

— Il y aura très certainement des râleurs ce soir mais il y a autre chose à prendre en considération que les pourboires.

Il la garda près de lui, excité à l'idée de sa bouche sur la sienne.

Ses yeux s'enflammèrent.

— Comment suis-je censée finir mon service avec cette idée en tête ?

— De la même façon que je vais continuer à t'imaginer sur ce bar, ta jolie petite jupe relevée autour de tes cuisses et ma bouche entre tes jambes.

Il lui pinça les fesses.

— Tu as une commande à passer, gamine ?

Elle cligna plusieurs fois des yeux, les joues cramoisies.

— Euh, oui. Deux bouteilles de Coors et une nouvelle culotte, s'il te plaît.

Les pensées de ce qu'il avait décrit enflammèrent son esprit tout le reste de la soirée Les railleries de Tracey, souvent suivies d'un rougissement timide, amplifiaient son désir. Lorsqu'ils fermèrent le bar et que Dixie et Moon sortirent, Diesel était consumé par le désir. Il était en train de fermer la porte d'entrée lorsque Tracey sortit de l'arrière-boutique avec son sac à main.

— Où crois-tu aller comme ça ?

Il réduisit la distance qui les séparait.

Elle haussa les épaules.

— À la maison ? Je ne savais pas si tu voulais *vraiment* me voir ce soir ou si tu jouais la comédie.

— Et puis merde. Tu es à moi, Trace. Tu sais très bien que je te veux dans mon lit toutes les nuits.

Ses yeux s'écarquillèrent.

— *Toutes* les nuits ?

— Bien sûr que oui, et tu viens faire une balade à moto avec moi dimanche.

Elle posa son sac à main sur le bar et glissa son doigt dans le passant de sa ceinture, en le regardant d'un air séducteur.

— Une fille aime qu'on *lui demande* si elle est libre, pas qu'on lui dise où elle doit aller.

Il la souleva et la posa sur le bar, en remontant ses mains le long de ses cuisses.

— C'est ma façon à moi de te le demander.

Il passa son pouce entre ses jambes, la taquinant à travers sa culotte, et approcha sa bouche de son cou.

Elle poussa un soupir.

— *Humm.* J'aime bien ta façon de demander. Je pourrai peut-être me libérer pour aller faire un tour dimanche, mais il faudra voir ce qu'il en est des conditions pour passer la nuit. Il se peut que je veuille être dans mon propre lit certains soirs.

Il lui mordit l'épaule, juste assez fort pour qu'elle émette un son surpris.

— Alors, je serai aussi dans *ton* lit.

Elle fit glisser ses doigts au centre de sa poitrine.

— C'est très présomptueux de ta part.

— C'est vrai que c'est très présomptueux de ma part.

Il enfonça ses pouces dans sa culotte, taquinant sa moiteur avec l'un d'eux, et elle, avec l'autre. Elle ferma les yeux.

— Ça te pose un problème ?

— Non, répondit-elle en haletant alors qu'il enfonçait deux doigts dans sa chaleur serrée.

— Oh, *mon Dieu*!

Elle l'attrapa par la chemise, regardant nerveusement vers la porte.

— C'est fermé à clé.

— Et si Dixie ou Moon revenaient ?

— Ils *ne reviendront pas*.

Il continua d'embrasser son cou, ce qui lui valut un enchaînement de soupirs.

Elle plaqua sa main sur sa poitrine, le repoussant.

— Attends, c'est à *mon* tour de *te* faire du bien.

Elle glissa du bar et lui prit la main, l'entraînant derrière elle, et la repoussa contre le bar.

— On est trop à découvert pour moi.

Elle ouvrit le bouton de son jean.

Oh bordel. Oui.

Ses yeux ne le quittèrent pas tandis qu'elle fit descendre son jean le long de ses cuisses, libérant son érection. La chaleur l'envahit. Elle l'enserra en se léchant les lèvres et, bordel, il n'a jamais eu autant *envie d*'avoir une érection qu'en ce moment même. Il lui saisit les cheveux, l'entraînant dans un baiser rude et exigeant, désirant la connexion, la goûter avant qu'elle ne le goûte. Elle l'embrassa avec avidité, caressant son sexe tandis qu'ils se délectaient mutuellement de leurs bouches. Il ne voulait pas cesser de l'embrasser, mais il avait fantasmé sur sa bouche depuis si longtemps qu'il devait le faire avant qu'elle ne le fasse jouir avec sa main.

Il lui tira les cheveux, rompant leur baiser.

— J'adore t'embrasser, mais j'ai besoin de ta bouche, chérie.

Son sourire illumina le feu de ses yeux et cela déchira quelque chose au plus profond de lui. Il s'empara de sa bouche, féroce et possessif, de la manière dont il voulait jouir dans sa bouche. Puis il effleura ses lèvres.

— Une fois que je serai dans ta bouche, ma belle, je ne me retirerai pas. Tu es d'accord ? Et ne t'inquiète pas, je suis clean. Je mets toujours une capote.

Ses yeux étaient emplis de désir qu'il pouvait le sentir.

— Tu fais ce que tu veux de moi. Je te veux tout entier.

Ses mots frappèrent fort, s'enracinant sous sa peau alors qu'elle s'enfonçait plus bas, le léchant de la base à la pointe, s'attardant sur la large tête de son sexe. Elle fit glisser sa langue autour, le rendant fou.

— Regarde-moi.

Il resserra la prise sur ses cheveux. Elle leva les yeux vers les siens, le désir et des émotions plus profondes s'unissant, confessant ainsi son désir.

— Vas-y, gamine. Fais en sorte que je *t'appartienne*.

Elle le prit avidement dans sa bouche, ses lèvres s'étirant autour de son épaisseur. Il glissa une main jusqu'à sa mâchoire, la caressant tout en regardant son membre entrer et sortir de ses lèvres gonflées.

— C'est tellement beau, putain.

Elle prit ses bourses d'une main, les caressant et les suçant, lui arrachant un gémissement. Son menton tomba sur sa poitrine, ses yeux fixés sur les siens tandis qu'elle le caressait avec sa main et sa bouche, se retirant quelque fois pour taquiner lentement la tête, l'amenant jusqu'au bord de la libération. Il enfouit ses deux mains dans ses cheveux et ses hanches se mirent à battre au même rythme qu'elle, l'emmenant plus profondément, poussant plus vite. Elle gémit, les yeux remplis de plaisir, provoquant une foule d'émotions qu'il n'arrivait pas à gérer. Il s'efforçait de les repousser et de se concentrer sur le plaisir qu'elle lui procurait. Mais avec sa belle qui l'aimait avec sa bouche et qui l'*appréciait*, le caressant plus vite, plus fort et de manière si parfaite, son corps tout entier était agité par le besoin de jouir. La chaleur brûlait le long de sa colonne vertébrale et ses hanches s'élancèrent vers l'avant alors qu'il trouvait sa libération.

— *Merde*, chérie.

Son orgasme le traversa comme un train en marche. Il s'accrocha à ses cheveux, ses hanches se balançant, grognant sous l'effet du plaisir qui l'assommait. Elle resta avec lui, prenant tout ce qu'il avait à donner jusqu'à ce que des répliques grondent en lui. Lorsqu'elle se retira, les lèvres gonflées et brillantes, elle déposa un baiser juste au-dessus de la base de son sexe, les yeux si chargés d'émotions qu'il les sentit l'envelopper, la douleur du passé s'unissant au plaisir de *Tracey*.

Il la souleva pour la mettre debout et la vérité éclata au grand jour.

— Tu me tues, gamine.

— Je ne veux pas te détruire, dit-elle doucement. Je veux te faire sentir entier.

Le monde s'arrêta net. Comment deux petites phrases pouvaient-elles le bouleverser ?

Il n'était pas prêt à analyser tout cela, alors il l'enfouit sous un tas d'autres choses auxquelles il ne voulait pas penser.

— Et je veux te faire jouir.

Il écrasa sa bouche sur la sienne, pressant et rude, essayant de dépasser la montagne qui se dressait au-dessus de lui. Il la souleva sur le bar, arrachant sa culotte pendant qu'ils s'embrassaient. Il lui enleva sa chemise et son soutien-gorge, et elle jeta à nouveau un coup d'œil à la porte.

— Ne sois pas timide avec moi, gamine. Il n'y a *rien que* nous ne ferons pas ensemble.

Il la tira jusqu'au bord du bar. Ses yeux descendirent le long de ses seins gonflés jusqu'à son sexe luisant. Il porta ses doigts à sa bouche et les suça, aimant la respiration saccadée de la jeune femme. Il fit entrer et sortir ses doigts de sa bouche et caressa son sexe de l'autre main. Lorsqu'il guida sa main vers son clitoris, elle se calma.

— Fais-le pour moi, ma belle.

Ses doigts bougèrent timidement tandis qu'il posait ses mains sur ses cuisses, pressant ses jambes pour qu'elles s'ouvrent en grand.

— Je pourrais jouir en te regardant faire ça.

— Je pourrais aussi jouir rien qu'en te regardant, dit-elle en tremblant.

Bon Dieu. Elle était le fruit de tous ses fantasmes.

— Et ça *arrivera* un jour, mais d'abord, tu vas jouir sur ma bouche.

Il saisit sa mâchoire et passa son pouce sur sa lèvre infé-rieure.

— Dis-moi ce que tu veux.

— Tu n'imagines même pas.

Son chuchotement sensuel et timide était si sexy.

— C'est ma belle sexy.

Il sortit son portefeuille de son pantalon et jeta un préserva-tif, ainsi que le portefeuille, sur le bar.

— *Alors* je vais te prendre ici, pour qu'à chaque fois que tu entres dans le bar, tu ne penses qu'à mon visage entre tes jambes ou à mon sexe enfoui à quinze centimètres de profondeur.

Elle eut le souffle coupé, ses doigts s'accélérèrent sur son clitoris tandis qu'il abaissait sa bouche entre ses jambes, tenant ainsi sa promesse. Après avoir joui, elle s'accrocha au bord du bar, tremblante, essayant de reprendre son souffle pendant qu'il libérait son membre.

— Dépêche-toi, dit-elle en haletant.

Il la souleva dans ses bras, guidant ses jambes autour de lui et l'embrassant longuement et sensuellement. Elle ne pouvait pas savoir qu'il *n'avait jamais* embrassé quelqu'un comme il l'embrassait elle, qu'il n'avait jamais *eu envie de* quelqu'un comme il avait envie d'elle. Mais *il le* savait, et cette connaissance se hissa au sommet de cette montagne menaçante tandis qu'elle glissait le long de son corps, et qu'il l'enfonçait de toutes ses forces. Elle gémit de leurs baisers et il se pencha en arrière.

— Trop fort ?

— Non. C'est juste que je ne savais pas que ça pouvait être aussi bon.

Il faillit lui dire que lui non plus *ne le savait pas*, mais il se retint, reprenant sa bouche avec une ferveur renouvelée. Ils cédèrent tous les deux à une pointe de folie, se griffant, se poussant, laissant des traces avec leurs ongles, se mordillant.

Ils furent emportés dans leur tempête, abattus par un plaisir trop intense, un *besoin* trop immense pour être retenu, alors que leurs orgasmes les submergeaient. Ils criaient, leurs voix se répercutant sur les murs, chaque poussée lui volant une partie de lui et la lui donnant. Il était inutile de lutter.

Il n'y avait pas d'échappatoire à ce que représentaient *Tracey et Diesel.*

Ils atteignirent le sommet de leur passion et lorsqu'ils redescendirent enfin, à contrecœur, Tracey s'effondra dans ses bras, enfouissant son visage dans son cou avec un soupir de contentement. Il s'appuya sur le bar pour lutter contre ses jambes tremblantes, toujours enfouies au plus profond d'elle. La chaleur pulsait dans l'air, leurs cœurs tambourinaient, et il ne touchait plus terre. Il vivait une renaissance. Il ne savait pas ce qui se passait, mais une chose était sûre. Il était submergé par *leur* puissance. Il lui fallait tout ce qu'il avait pour pousser ces sentiments sur cette montagne imposante, en priant pour qu'elle ne s'écroule pas.

Ou du moins, il l'espérait.

Il n'en savait pas plus.

Tout ce qu'il savait, c'est que chaque fois qu'il était dans les bras de Tracey, il n'avait pas d'autre endroit où il aurait aimé être.

CHAPITRE DIX

TRACEY FOUILLA dans ses vêtements le dimanche en fin de matinée, choisissant une tenue pour sa balade en moto avec Diesel. Elle enfila un T-shirt et un jean et s'apprêtait à s'asseoir sur le lit pour mettre ses baskets lorsque son téléphone sonna et que le nom de Josie s'afficha à l'écran. *Zut.* Diesel allait arriver d'une minute à l'autre. Mais ils avaient pris du bon temps par téléphone toute la journée d'hier et elle voulait partager son excitation avec Josie.

Elle s'assit et mit son téléphone à l'oreille.

— Désolée d'avoir oublié de te rappeler. J'avais un cours avec Lior hier, et nous avons fini par parler de l'agression et de tout ce qui s'est passé depuis, et puis j'ai travaillé huit heures, et...

— Diesel et toi, vous avez faits des bêtises au lit ? la taquina Josie.

Tracey rit et finit de nouer ses lacets.

— C'est à peu près ça.

— Yes ! Je t'en prie, dis-moi qu'il vaut la peine d'envoyer balader ta meilleure amie ?

— Oui, sans conteste, mais je suis désolée.

— Ne le sois pas. J'ai compris. Mais je veux *tous* les détails. Une minute, tu sors avec le Dr. Rhys et l'instant d'après, Jed me dit que Diesel t'a embrassée et que vous êtes en couple ! *Qu'est-ce* qui se passe ? Comment est-ce arrivé ?

— Je ne *sais pas*, dit Tracey un peu étourdie. Je suis sortie avec Damon, il était drôle et charmant. Tu sais comment il est.

— Je sais qu'il est l'un des célibataires les plus convoités de Peaceful Harbor et que Diesel a du mal à faire des phrases complètes, alors vas-y, balance.

— J'ai passé de bons moments avec Damon, mais il n'y avait pas d'étincelles, et je n'arrêtais pas de penser à Diesel.

— C'est le fait de vouloir un homme pendant près de deux ans qui fait ça à une femme.

Tracey se coucha sur le dos sur le lit.

— Je suis sûre que c'est en partie le cas, mais je pense que la nuit où il s'est occupé de moi a marqué le début d'un changement entre nous. Il était si doux et si gentil, je ne pouvais pas ignorer son empathie ou ne pas ressentir sa compassion.

Elle raconta à Josie quelques-uns de leurs moments de calme et d'intimité.

— C'est comme si je continuais à jeter un coup d'œil sous son armure, et je sais qu'il y a beaucoup plus en lui que les aperçus que j'ai eus. Mais pour être honnête, je suis allée au club-house pour faire souffrir Diesel après mon rendez-vous avec Damon, et je ne sais pas ce qui s'est passé. À la seconde où je l'ai vu, j'ai eu des papillons et la chair de poule, et je l'ai *désiré* comme je n'avais jamais rien désiré auparavant. J'ai crié, on a discuté et j'ai fini dans son lit, où j'ai passé les trois dernières nuits.

— *Trois* nuits ? Wouah !

L'hésitation dans sa voix fit réfléchir Tracey.

— Quoi ? Vas-y, dis-moi.

— Tu t'inquiétais de la porte ouverte de sa chambre. J'aime

bien Diesel, tu le sais, et Jed pense que c'est le meilleur gars du coin, mais je ne veux pas que tu sois blessée.

— Je sais, mais il n'est pas comme on le pensait. Je veux dire, il l'est un peu. Il n'est pas bavard, et il a été avec beaucoup de femmes, mais pas autant qu'on le pensait.

Elle raconta à Josie que Diesel avait raccompagné les femmes ivres chez elles et n'avait pas couché avec elles.

— Ne t'en fais pas. J'y vais les yeux grands ouverts. Mais il a dit qu'il était avec moi maintenant et qu'il ne serait avec personne d'autre, et je le crois.

— Je suppose qu'il est sérieux s'il te garde dans son lit toutes les nuits.

— Je n'ai pas à me plaindre. Il doit carburer au Viagra.

Elles rirent toutes les deux.

— Est-ce un bon amant au lit ? Je l'imagine un peu brutal, je ne sais pas, comme un biker, quoi.

— Tu as bien épousé un biker.

Tracey ne voulait pas paraître si offensée, mais elle se sentait protectrice envers Diesel.

— Je sais, mais Jed est doux et Diesel est dur.

— Il l'est, mais avec moi, il est sexy et dur, pas méchant. Et je sais, sans l'ombre d'un doute, qu'il *ne* me ferait *jamais* de mal physiquement.

Ils s'étaient douchés ensemble chaque matin, et lorsqu'il lui avait lavé le dos, il avait embrassé chacun de ses bleus qui s'étaient estompés. Elle s'était délectée de chaque seconde.

— Est-ce qu'il part toujours après les vacances ?

— Il ne l'a pas dit et je ne veux pas insister pour l'instant. Je sais qu'il ne me promet pas le monde, mais il me fait me sentir spéciale, ce qui est bizarre, parce que ce n'est pas comme s'il débitait des sonnets. Cet homme retient ses mots et ses émotions comme s'il en avait une réserve limitée. Je ne sais pas comment l'expliquer, mais quand nous sommes ensemble, que nous prenons le petit déjeuner – il cuisine, d'ailleurs – ou que je sois dans ses bras, je me sens en sécurité et heureuse, et la façon dont il me regarde est…

Elle soupira, essayant de trouver les mots justes.

— Comme si tu étais son prochain repas. Nous l'avons tous vu.

Tracey rit.

— Oui, mais c'est différent maintenant. Il me regarde toujours comme s'il voulait m'arracher mes vêtements, des papillons se nichent en permanence dans mon ventre, mais c'est comme s'il me voyait davantage. Ou peut-être, comme s'il me voyait pour la première fois ou quelque chose comme ça. Je ne sais pas comment l'expliquer, mais nous avons une connexion qui me fait du bien, et même s'il faut un certain temps pour vraiment apprendre à le connaître, ce n'est pas grave. Je veux voir comment cela va se passer.

— Oh, Trace. Je suis si heureuse pour toi.

— Moi aussi.

— Alors dis-moi, à quoi ressemble le club-house à l'intérieur ? Il y a des photos de femmes nues partout ?

Tracey rigola.

— Je suis sûre qu'il y en a dans d'autres chambres, mais heureusement pas dans celle de Diesel. C'est aussi un maniaque de la propreté. Sa chambre est impeccable, ses vêtements sont parfaitement pliés. J'ai été choquée. Mais le club-house est comme une grotte géante avec des tables de billard et des jeux de fléchettes. Ça sent les mecs et le cuir, un peu comme le bar, mais différemment. Le frigo est rempli de bières, mais Diesel utilise une étagère pour ses courses, et celles-ci sont parfaitement organisées. Il me fout la honte, c'est sûr.

On frappa à la porte, ce qui eut pour effet d'attiser les papillons.

— Il faut que j'y aille. Il vient d'arriver. Nous allons faire une balade en moto.

— Il te revendique officiellement au monde comme sa femme. C'est *énorme*.

— Quoi ?

— C'est ce que ça veut dire si tu montes à l'arrière de sa moto. Tu es sa régulière.

— J'ai vingt-six ans. Je ne suis la *régulière* de personne. Mais je suis sa *petite amie*.

Elle fut saisie d'un petit frisson.

— C'est bizarre, non ?

— Bizarre et merveilleux. Est-ce qu'il sait que tu vas m'aider au salon du mariage dans quelques semaines ? Parce que s'il pense qu'il va monopoliser tout ton temps, je vais devoir lui donner une sacrée leçon de morale.

Tracey rigola.

— Je ne l'ai pas mentionné, mais je le ferai.

— Merci.

— *Vas-y.* Soyez prudents. Mets ton casque et utilise bien des préservatifs.

— Oui, *maman.*

Elle mit fin à l'appel et se précipita vers la porte, impatiente de voir Diesel. Lorsqu'elle l'ouvrit, Diesel posa ses yeux sexy sur elle, la chauffant de la tête aux pieds, et d'un geste rapide du bras, il la souleva de ses pieds, les tenant poitrine contre poitrine pendant qu'il l'embrassait.

— Prête à faire un tour, gamine ?

Elle ne savait même pas où ils allaient et elle s'en fichait. Elle serait accrochée à Diesel et c'était le sentiment le plus glorieux au monde.

— Plus que jamais.

DIESEL ÉTAIT AU PARADIS. Il n'y avait pas de meilleure sensation que de rouler sur la route avec sa nana dans le dos, le soleil sur la peau et, pour la première fois depuis des années, le bonheur dans le cœur. S'ils n'avaient pas eu d'engagements, il aurait continué à rouler tout droit hors de l'État, l'aurait emmenée dans un endroit lointain pour la nuit, puis aurait enfourché sa moto le lendemain matin pour recommencer, puis le surlendemain, et tous les jours suivants, jusqu'à ce qu'elle ait vu le monde entier.

Mais ils étaient attendus et, une heure après le début de cette chevauchée, il avait quitté l'autoroute en direction de Cleary Farms, le premier des jardins qu'il avait trouvés en ligne et qu'il avait repérés sur la carte. Il avait emprunté des routes de campagne jusqu'au sommet d'une colline, où il avait aperçu des hectares de tournesols éclatants. Tracey le serra plus fort, mais il sentit sa poitrine se soulever de son dos, son excitation crépitant autour d'eux alors qu'il dévalait la colline et tournait à l'entrée. Il avait appelé le directeur de la ferme pour organiser leur visite, comme il l'avait fait pour chacun des autres endroits où il l'emmenait aujourd'hui. Suivant les instructions qui lui avaient été données, il quitta l'allée pour emprunter un petit chemin de terre qui passait entre deux champs de tournesols, et le suivit jusqu'en haut d'une colline et dans un virage, en roulant lentement pour que Tracey puisse profiter de la vue.

Après avoir quitté Cleary, il reprit l'autoroute et se dirigea vers les jardins de Burton, dans la ville la plus proche, où ils roulèrent le long de l'aire de repos, serpentant à travers cinquante hectares de fleurs et d'arbres en fleurs. Il roula lentement, laissant Tracey s'imprégner de la beauté des fleurs. Lorsqu'ils reprirent enfin la route, visitant le jardin suivant, puis le suivant, Tracey le serra plus fort dans ses bras. Il pouvait sentir son adrénaline comme si c'était la sienne.

Les jardins McKinley étaient au milieu de sa liste. Il longea l'aire de repos, bordée de jardins plus colorés, les suivit jusqu'à un petit groupe de cornouillers à fleurs roses et blanches, et se gara sous eux. Diesel ne se souvenait pas d'avoir été aussi excité par les fleurs qu'à ce moment-là. Il descendit de sa moto et se retourna pour aider Tracey, mais elle était déjà en train d'enlever son casque et de descendre elle aussi.

Elle se jeta dans ses bras et l'embrassa *fougueusement*.

— C'est incroyable ! Comment as-tu trouvé tous ces jardins ? Et comment as-tu fait pour pouvoir les traverser à moto ?

Il haussa les épaules.

— Oh *non*, monsieur. Vous n'allez pas hausser les épaules et vous en tirer comme ça quand vous avez fait quelque chose d'aussi merveilleux !

Elle se mit sur la pointe des pieds et appuya ses deux mains sur ses joues, l'embrassant à nouveau.

— Ça fait des années que je n'ai pas vu de jardins comme ceux-là. Et les tournesols ! Oh mon Dieu, Diesel ! s'exclama-t-elle en l'embrassant à nouveau. Merci ! Je ne savais pas que tu étais si romantique.

— Non, ce n'est pas le cas. Tu es ma nana. Tu aimes les fleurs. Il est temps que tu les revoies.

Elle rit.

— Tu as tout faux. C'est terriblement romantique.

Il n'avait pas besoin d'être félicité, mais il aimait la voir si heureuse.

— N'en fais pas toute une histoire. Viens, on va marcher jusqu'à l'étang.

— Non seulement c'est important, mais *toi aussi* tu es important à mes yeux.

— C'est toi qui es la plus importante, ma belle.

Il lui passa un bras par-dessus l'épaule et ils se rendirent au sommet de la colline, qui offrait une vue magnifique sur un étang scintillant entouré de jardins plus imposants et d'arbres en fleurs. Une terrasse menait à un belvédère au milieu de l'étang, avec des bacs à fleurs qui bordaient les garde-corps.

— Oh mon Dieu, *Diesel.*

Elle avait l'air stupéfait, son sourire radieux illuminant son visage. Ses ecchymoses avaient presque disparu, la coupure sur son front était en train de cicatriser, mais il savait que même après la disparition des vestiges visuels de cette horrible nuit, il n'oublierait jamais les changements qu'ils avaient apportés. Il pressa ses lèvres contre les siennes et ils se dirigèrent vers un sentier qui traversait des parterres de fleurs en direction de l'étang.

— Oh, regarde ! Ce sont des zinnias, mes préférées.

Comme s'il avait déjà oublié ?

— Tu vois celles qui sont blanches ? Ce sont des lys.

Elle désigna les fleurs en parlant.

— Ce sont les fleurs préférées de ma mère. Et celles-ci sont des dahlias. Ce sont nos deuxièmes fleurs préférées.

Elle continua à lui montrer des fleurs tout au long de la descente, lui parlant des visites de jardins qu'elle faisait avec sa mère et combien cela lui avait manqué. Il avait essayé de retrouver cette dernière, mais il s'était heurté à un obstacle, l'un après l'autre. Mais il n'allait pas laisser cette porte se refermer sans obtenir les réponses dont Tracey avait besoin et, plus important encore, qu'elle méritait.

Ils longèrent le quai jusqu'au belvédère, où les attendaient une table de pique-nique pour deux personnes, un panier de nourriture et de l'eau gazeuse.

La mâchoire de Tracey se décrocha.

— C'est pour nous ?

— Tu dois bien te nourrir.

— *Diesel.*

Elle enfouit son visage dans sa poitrine, couinant de plaisir, et le regarda de haut.

— Maintenant je sais pourquoi tu es si grand.

Il fronça les sourcils.

— Tu as besoin d'un grand corps pour ton cœur gigantesque.

Il rit. Elle ne pouvait pas être plus mignonne lorsqu'elle s'extasiait sur les jardins pendant le déjeuner, parlant des types de fleurs qu'ils avaient vues et de la magie de la journée, aussi rêveuse qu'excessivement zélée. Il ne lui avait dit pas qu'il leur restait encore quatre jardins à voir, parce qu'elle lui plaisait quelle que soit son humeur, mais son excitation illuminait tout ce qui l'entourait, *lui* y compris, redonnant vie à des parties de lui qu'il pensait avoir tuées depuis longtemps. Il voulait rester dans sa lumière, s'en imprégner et en faire partie.

Il lutta contre l'énervement que ce désir provoquait alors qu'ils finissaient de déjeuner et retournaient à la moto. Tracey le regarda, ses yeux noisette dansant de bonheur. Elle lui tapota la poitrine, souriant lorsqu'il ne broncha pas à son contact.

— Je t'aime bien, mon grand.

Elle se hissa sur la pointe des pieds et l'embrassa. Il l'aida à monter sur la moto, et quand elle l'entoura de ses bras, il se sentit comme un satané roi.

Le reste de la journée fut tout aussi exaltant, et plus tard dans la soirée, alors qu'ils traversaient le pont vers Peaceful Harbor, le soleil effleurant les montagnes au loin, Diesel n'était pas prêt à ce que leur balade se termine. Il savait que Tracey serait fatiguée d'avoir sollicité des muscles qu'elle ne soupçonnait même pas d'avoir, mais cela en vaudrait la peine. *Un peu comme les dernières nuits.* Il se sourit à lui-même, savourant les souvenirs non seulement du sexe incroyable qu'ils avaient partagé, mais aussi de la tenir pendant qu'elle dormait, de la sentir se blottir aussi près qu'elle le pouvait pendant la nuit, comme si elle essayait de s'enfouir sous sa peau dans son sommeil, et des sensations indescriptibles qui le remplissaient chaque matin lorsque son beau sourire était la première chose qu'il voyait.

Il passa devant le bar, continua au-delà de la route qui menait chez Tracey et se dirigea vers l'autre côté du port. Il emprunta les routes de campagne qu'il connaissait par cœur, serpentant à travers les contreforts des montagnes, et s'arrêta à l'entrée de l'endroit qui offrait la meilleure vue de tout Peaceful Harbor. Il descendit de sa moto pour ouvrir le vieux portail métallique qui bloquait l'accès à l'allée de gravier, qui semblait mener au cœur des montagnes majestueuses. Il enfourcha sa moto et descendit sur la propriété, qui était flanquée d'hectares de pâturages envahis par la végétation, et se gara devant la petite cabane en rondins au pied des montagnes. Les fenêtres étaient condamnées, le toit jonché de feuilles et de branches de grands arbres. Les marches du porche et le plancher étaient déformés par l'âge, et une grosse souche d'arbre trônait au milieu de l'herbe envahie par la végétation, des jeunes pousses surgissant de manière surprenante.

Un sentiment de paix familier l'envahit alors qu'il aidait Tracey à descendre de sa moto.

— Je savais qu'aujourd'hui c'était trop beau pour être vrai.

Une pointe de taquinerie se dessina dans ses yeux.

— Tu m'as fait planer dans tous ces beaux jardins, tu as roulé sur la route et tu m'as amenée dans une propriété abandonnée pour m'abattre et te débarrasser du corps, n'est-ce pas ? J'ai été trop bavarde pendant le déjeuner, pas vrai ?

Il fronça les sourcils.

— Gamine, tu as un sens de l'humour tordu. Ici, c'est l'ancien lieu de résidence des Whiskey, où Biggs, ses frères et sa sœur ont grandi.

Il posa leurs casques et regarda les montagnes.

— Tiny m'en a parlé quand je suis venu ici pour la première fois.

— Pourquoi tu n'habites pas ici plutôt qu'au club ?

— Parce que je ne suis pas un Whiskey.

— Oh, je suis désolée. Je considère les Dark Knights comme une grande famille, et tu en fais partie. Les Whiskey te traitent comme des membres de la famille.

— Le club est une fraternité, et les Whiskeys sont des amis, pas une famille.

— Mais…

Il la fit taire d'un regard noir.

Elle soupira, et il pouvait voir qu'elle voulait argumenter, mais elle céda.

— D'accord.

Elle leva les yeux vers la cabane.

— Alors, pourquoi sommes-nous ici ? Tout est fermé.

— Je ne sais pas. Cela me rappelle la maison, et je pense que je voulais que tu le voies.

— Je ne t'ai jamais entendu parler de tes origines.

Elle l'entoura de ses bras, son sourire remontant jusqu'à ses yeux.

— Attention, mon grand. Ton armure se fissure.

C'était fou à quel point il avait envie de son contact, de son sourire, et il avait l'impression que c'étaient ces désirs qui l'avaient conduit, là.

— Mon armure ne se fissurera jamais, gamine.

Il l'embrassa et passa un bras par-dessus son épaule, se dirigeant vers le sentier qu'il avait emprunté dans les bois au fil des ans.

— Allons près du ruisseau.

— J'aime les ruisseaux. Il y en avait un près de chez moi quand j'étais enfant. Il y en avait un là où tu as grandi ?

— Oui.

Il arracha une branche alors qu'ils se frayaient un chemin à travers les bois.

— Où était-ce ?

— Hope Valley, dans le Colorado. Le même endroit où se trouve le *Redemption Ranch*. Je suis allé à l'école avec les enfants de Tiny.

— Et… ?

— Et rien.

Ils passèrent devant d'épais massifs de fougères, dont les feuilles tremblaient sous l'action des créatures qui se déplaçaient sur le sol de la forêt. Il arracha d'autres branches qui bloquaient la clairière près du ruisseau et suivit Tracey dans l'herbe, parsemée de fleurs sauvages.

— Allez, Diesel. Dis-moi *quelque chose*. N'importe quoi.

Pourquoi Tiny t'a parlé de cet endroit ?

— Je ne sais pas. Nous sommes proches. J'ai travaillé dans leur ranch pendant un certain temps et j'ai rejoint les Dark Knights grâce à lui. Ma mère et moi avions l'habitude d'aller au ranch pour les Friendsgivings[3] et autres réunions. Quand je suis parti, il m'a dit que je devrais aller voir la vue d'ici.

— C'est bien qu'il y ait pensé. On dirait qu'il tient vraiment à toi.

Elle regarda les montagnes de l'autre côté du ruisseau.

— C'est joli ici. C'est à ça que ressemble Hope Valley ?

— En partie.

Ils se dirigèrent vers un rocher près du ruisseau et s'assirent.

Elle posa sa main sur la sienne.

— Tu sais tout de moi, et tu m'as offert une meilleure journée aujourd'hui parce que tu savais que cela me rendrait heureuse. Je veux en savoir plus sur toi, et peut-être qu'un jour, je pourrai faire quelque chose de spécial pour toi.

— Je n'ai besoin de rien de spécial. Mon passé n'est pas rempli de fleurs ou de moments significatifs qui méritent d'être recréés.

Elle enroula ses doigts autour des siens.

— Mon passé est plutôt moche, et je me suis confiée à toi.

Il retourna sa main et serra la sienne, souhaitant pouvoir effacer ces parties de son passé.

— Il n'y a pas grand-chose à dire, ma belle.

— Comment s'est déroulée ton enfance ? Faisais-tu du sport ? Que fait-on au Colorado ? On monte à cheval ? On encorde les vaches ?

---

[3] Friendsgiving est célébré le même jour que Thanksgiving mais au lieu de le faire en famille, on le fait entre amis.

Il secoua la tête.

— Je suis allé à l'école, j'ai traîné avec des amis. Je n'ai jamais fait de sport, je n'ai jamais encordé de vaches, mais je sais monter à cheval.

— Ton enfance a donc été bonne ?

— En partie.

Elle s'appuya contre lui.

— C'est à dire.

— Je ne sais pas. C'étaient des moments passés avec ma mère avant qu'elle ne tombe malade. On se promenait dans les bois comme ça, on attrapait des vairons dans le ruisseau.

Sa gorge se serra à cause de la nostalgie de cette époque. Il ne se permettait de penser à elle que lorsqu'il venait au chalet.

— Comment était-elle ?

Il ne partageait les détails de la vie de sa mère avec personne, et il fut surpris en se rendant compte qu'il voulait les partager avec Tracey.

— Elle avait du cœur, elle était spontanée, heureuse. Elle voyait le meilleur en chacun et elle jouait de la guitare. Elle passait du temps dehors, comme toi.

— Tu t'en es souvenu ?

— Je n'oublie pas grand-chose.

C'était à la fois une bénédiction et une malédiction.

— Ma mère avait des parents merdiques. Ils ne lui ont jamais fait oublier qu'elle était une contrainte qu'ils n'avaient rien demandé. Une *erreur*.

— Ça craint. C'est tellement blessant.

— Oui, mais c'était une dure à cuire. Elle a quitté la maison après le lycée et a voyagé. C'était une artiste et elle adorait *le Hobbit*, les elfes, ce genre de choses. Elle m'emmenait dans une boutique de *hobbits* qui vendait toutes sortes d'objets du genre.

— C'est grâce à elle que tu as donné ces livres à Adrian, n'est-ce pas ?

— Oui, elle ne me lisait pas de livres pour enfants quand j'étais petit. Elle m'a lu *Le Hobbit* et *Le Seigneur des Anneaux*. Je les connais pratiquement par cœur. Les hobbits et les elfes, c'était son truc. Elle aimait beaucoup leur amour et leur respect de la nature. Elle trouvait génial que les elfes ne puissent mourir que d'une blessure mortelle ou d'un cœur brisé et que les elfes et les hobbits mènent une vie simple, sans cupidité. Elle me disait que nous avions besoin de plus de magie elfique dans nos vies.

— J'adore ça. Quoi d'autre ?

— Elle adorait peindre et nous avions une pièce entière qu'elle appelait la salle des elfes et de la magie. C'était plutôt cool, en fait. Elle était couverte du sol au plafond d'elfes, de hobbits, de sorciers, de forêts. On n'*arrêtait pas de* peindre. Année après année.

Sa poitrine se resserra sous l'effet des souvenirs.

— Je crois qu'elle a commencé quand j'avais environ six ans, et elle avait un million de raisons de peindre. Si elle devait prendre une décision difficile, elle peignait. Si j'étais de mauvaise humeur, *nous* peignions. Je suis nul en peinture, d'ailleurs, mais elle me félicitait comme si j'étais Michel-Ange.

— Cela semble être des moments importants. Vous deviez être très proches tous les deux.

— C'est sacrément significatif. C'était nous contre le monde. Quand j'étais petit, elle me faisait la lecture, et quand elle était malade, je lui faisais la lecture. Ce fichu cercle de vie, Trace, c'est un tueur.

— Je sais. Je suis désolée.

Tracey se rapprocha.

— Comment s'appelait-elle ?

— Ruth. *Ruthie.*

Il se rendit compte qu'il n'avait pas prononcé son nom depuis des années.

— C'est un joli nom. Est-ce qu'elle qui t a donné le surnom de Diesel ?

— Non. C'est mon nom de route. Tiny et les autres me l'ont donné quand je suis devenu un Dark Knight.

— Elle m'appelait Dezzie, pour Desmond.

— C'est gentil. Travaillait-elle comme artiste ?

Il secoua la tête.

— Elle était serveuse au *Roadhouse*, un bar de bikers.

Trace baissa le menton et le regarda à travers ses longs cils.

— Tu as bien conscience que tu sors avec une serveuse qui travaille dans un bar de bikers, n'est-ce pas ?

— Oui. C'est une coïncidence.

Il se pencha et l'embrassa.

— Ne rends pas ça bizarre.

— Je ne le ferai pas si tu ne le fais pas. Est-ce qu'elle sortait avec beaucoup de bikers ?

— Jamais. Je lui ai demandé pourquoi une fois, et elle m'a répondu qu'elle en avait eu sa dose au travail, et que même si elle aimait bien Tiny et les autres, ce n'était pas son genre.

— Je suppose que ton père n'était pas un biker.

Diesel se moqua.

— Certainement pas. Elle n'a jamais vraiment eu de rendez-vous de toute façon. Elle se cassait le derrière pour nous au travail, et quand elle était à la maison, elle ne pensait qu'à me rendre la vie agréable. Alors, quand elle est tombée malade, je me suis démené pour elle.

LA DOULEUR DANS ses yeux trahissait sa description objective de ce qui avait dû être un moment terriblement difficile. Le cœur de Tracey se brisa à nouveau pour lui et son amour pour sa mère poussa Tracey à s'inquiéter encore plus.

Il sortit son portefeuille et en retira une photo, qu'il regarda longuement avant de la lui tendre.

— Elle a été prise quand j'avais quatorze ans.

Elle reconnut le visage de la jolie jeune femme aux cheveux un peu plus clairs que ceux de Diesel, épinglés en un chignon désordonné, des mèches bouclées s'échappant sur les côtés. C'était le visage de sa mère qui était tatoué à l'arrière de son bras gauche. Sur la photo, elle portait un haut coloré à manches cloche, un jean délavé et un sourire effervescent qui correspondait à celui de Diesel. Tracey aurait donné n'importe quoi pour voir ce sourire sur lui maintenant. Sa mère et lui étaient assis sur un banc en bois, et il portait un short en jean qui lui arrivait aux genoux et un T-shirt jaune. Ses cheveux étaient différents sur le côté, longs sur le dessus et tombant en désordre sur un front. Ses avant-bras reposaient sur ses cuisses et il tenait une feuille entre ses mains. Il n'y avait aucune tension dans le fait que le garçon se penchait dans les bras de sa mère, sa tête reposant sur sa joue, comme si elle l'avait toujours serré dans ses bras. Cela la rendait encore plus triste pour lui.

— Elle est belle. Tu as son sourire, le même nez droit.

— Oui, elle m'a toujours appelé sa *version XXL* d'elle.

Il sourit presque en remettant la photo dans son portefeuille.

— Tu sais, comme son *mini-moi*, mais en plus grand.

— J'ai compris. J'adore ça. Tu as l'air heureux et détendu.

Je n'arrive même pas t'imaginer comme ça.

— Tout allait bien pour moi à l'époque. C'est mon ami Seeley, le fils aîné de Tiny, qui a pris cette photo. Il est maintenant vétérinaire et se fait appeler *Doc*. Nous avions l'habitude de nous y rendre pour les Friendsgivings et d'autres événements. La photo a été prise deux ans avant le diagnostic. Ma mère et moi revenions d'une promenade à cheval avec leur famille au ranch.

— Elle a l'air si jeune.

— Elle n'avait que vingt-deux ans quand elle m'a eu.

Il se tordit les mains.

— Sa mère est morte d'un cancer alors qu'elle était assez jeune.

— Cela a dû être terrifiant pour vous deux lorsque ta mère a été diagnostiquée. Tu avais quelqu'un sur qui t'appuyer ? Tiny et sa famille ?

— C'était dur. J'avais une petite amie, Debbie, et je lui parlais de tout et de rien. Je ne voulais pas accabler la famille de Tiny avec notre cauchemar. Sa femme, Wynnie, est psychologue et elle a beaucoup parlé avec ma mère. Elle a proposé de me parler ou de me mettre en contact avec un thérapeute, mais je n'étais pas d'accord. Je travaillais au ranch depuis l'âge de quatorze ans pour gagner un peu d'argent et payer les factures. Je m'occupais du foin et nettoyais les stalles pour me débarrasser de cette merde. Alice, la patronne de ma mère au *Roadhouse*, apportait des repas le soir et proposait à ma mère de l'emmener à ses traitements. Mais c'était *ma* mère, *ma* responsabilité. Je l'y ai emmenée et j'ai pris soin d'elle lorsqu'elle était malade. Lorsqu'elle est entrée en rémission, nous pensions qu'elle avait vaincu la maladie. Mais environ un an plus tard, elle s'est mise à manquer de souffle et nous avons découvert que le cancer s'était propagé à ses poumons.

Les larmes mouillèrent les yeux de Tracey.

— Oh, Diesel, tu as dû être dévasté.

— Nous l'étions. Mais ma mère s'est montrée très courageuse. Elle n'a jamais pleuré devant moi. Même lorsque son état s'est dégradé. Les traitements ont fait des ravages et les médicaments l'ont fait gonfler comme une baudruche. La douleur devait être insupportable mais elle était si forte.

Les muscles de sa mâchoire se contractèrent et elle lui tendit la main, mais il la souleva sur ses genoux et l'entoura de ses bras.

— Je n'ai même pas prononcé son nom depuis des années, jusqu'à ce soir. C'est comme une trahison, comme si elle n'était pas importante. Mais elle l'était. Elle *l'est*.

Il parla bas, sa voix est pleine de douleur.

— Je veux que tu saches pour elle, Trace, parce que, toi aussi, tu es importante.

Tracey ouvrit la bouche pour parler, mais son homme de peu de mots l'avait rendue momentanément muette. Elle réussit finalement à dire :

— Tu es important pour moi aussi.

Il l'embrassa alors, lentement et doucement, et elle sentit un autre changement se produire, une porte s'ouvrir un peu plus, une chance pour eux de se rapprocher.

— Tu *devrais* prononcer le nom de ta mère, parler d'elle, revivre les bons moments, et même si c'est difficile, penser aussi aux souvenirs douloureux. Sinon, tu as enterré toute sa vie avec elle, et il semble qu'elle ait travaillé dur pour que vous ayez tous les deux une belle vie. Tu n'es pas obligé de parler d'elle maintenant si tu ne le souhaite pas, mais je sais ce que c'est que de regretter quelqu'un et d'essayer de ne pas y penser. C'est vraiment difficile, alors quand tu seras prêt, j'aimerais en savoir plus et voir d'autres photos si tu en as. Je parie que le petit

Dezzie était adorable.

Un mélange de douleurs et de soulagement se dessina sur ses traits. Il la regarda pendant un long moment silencieux avant de dire :

— Je suis prêt, Trace. Mais je n'ai pas d'autres photos. Je n'ai pas pu fouiller dans ses affaires après… j'ai tout laissé derrière moi.

— Cela a dû être difficile de laisser sa vie derrière soi. Mais je comprends. Tu essayais de fuir les rappels de ce que tu avais perdu.

— *Mon Dieu*, dit-il, plus à lui-même qu'à elle. Tu me comprends vraiment.

— Il y a beaucoup de choses à *comprendre et* j'ai l'impression de n'avoir fait qu'effleurer la surface. Mais je veux tout comprendre et savoir ce que tu as vécu.

— Il n'y a pas de moyen facile de te raconter ce qui s'est passé, mais tu peux imaginer ce que c'était. Quand ma mère a été trop malade pour travailler, j'ai pris des heures au *Roadhouse* comme serveur et pour faire la plonge. Avec les garçons de Tiny, on traînait autour des Dark Knights pour faire leur travail de base, et certains des gars me donnaient des petits boulots pour gagner plus d'argent. Je me fichais que ce soit du travail de merde. Mais ce n'était toujours pas suffisant. Puis j'ai rencontré ce type, Doug Wallace, au bar. C'était un dur à cuire, quelques années de plus que moi, et nous avons commencé à parler. Il avait l'air d'un bon gars, comme si je pouvais lui faire confiance. Il m'a dit qu'il avait perdu son père d'un cancer et je lui ai parlé de ma mère. Il s'est avéré qu'il était un combattant clandestin et il m'a fait monter sur le ring. C'est là que j'ai gagné de l'argent. J'ai quitté l'école pour m'occuper de ma mère, j'ai obtenu mon diplôme en cours de route et je me suis battu pour garder un toit au-dessus de nos têtes et payer les factures.

— Qu'est-ce qu'un combattant clandestin ?

— C'est un combat illégal. Pas de règles.

— Oh mon Dieu, *Diesel*. Ce n'est pas dangereux ?

Il ricana.

— Oui, mais j'étais déjà grand à l'époque. Je faisais des travaux manuels au ranch et je m'entraînais dans leur salle de sport avec les autres. Je n'étais pas aussi robuste que maintenant, mais j'étais en colère contre le monde. Ça et ma taille, c'était une combinaison mortelle.

— Je suis sûr que c'est le cas. Ça me fait peur, et je n'étais même pas là. Je pensais que les Dark Knights n'enfreignaient pas la loi. Ta mère était au courant ? Et ta copine ? Est-ce qu'ils étaient d'accord pour que tu te battes ? Et Tiny dans tout ça ?

— Ma mère ne savait pas, et ma copine pensait que c'était cool. Tiny détestait ça. Il nous a offert de l'argent plus souvent que je ne peux le compter. Mais je n'allais pas accepter l'aumône de qui que ce soit. Ma mère m'avait toujours soutenu. C'était à mon tour de la soutenir.

— C'était incroyablement noble de ta part, mais tu n'étais qu'un enfant assumant des responsabilités d'adulte.

— Tu parles comme Tiny. Lui et moi nous sommes beaucoup disputés à ce sujet, mais parfois la vie ne te donne pas les bonnes cartes, et tu dois faire avec. Il le savait et il a respecté ma décision. Il m'a quand même aidé à devenir un Dark Knight, m'a soutenu quand j'étais un prospect, et m'a intronisé six mois avant la mort de ma mère.

— Tu as fait tant de choses, alors que tu perdais ta mère. Tu t'es blessé en te battant ?

— Parfois, mais jamais plus que les gars que j'ai combattus.

— As-tu déjà *tué* quelqu'un ?

— Non, mais j'ai envoyé quelques gars à l'hôpital. C'est le jeu, ma belle. Ils savaient ce qu'ils risquaient en montant sur le ring, tout comme moi. J'aurais pu les tuer, mais j'ai choisi de ne pas le faire. Je voulais l'argent, pas mettre fin à la vie de quelqu'un d'autre.

— Debbie t'a regardé te battre ? Je n'aurais pas pu regarder.

— Elle le faisait, mais elle n'était pas du tout comme toi. Elle prenait son pied avec ce genre de choses.

— Combien de temps êtes-vous resté ensemble ?

— Quelques années.

— Je suis contente que tu aies pu t'appuyer sur elle pendant que ta mère était malade.

Tracey aurait aimé être là pour l'aider à surmonter cette épreuve.

— En quelque sorte. Au début, elle rentrait avec moi après les combats et m'aidait à prendre soin de ma mère, mais au bout d'un moment, elle a arrêté. Elle a dit qu'elle voulait rester dans les parages et parier sur d'autres combats, pas s'occuper d'une femme mourante ou écouter mes conneries.

— Tu veux dire ton *chagrin* ?

Il acquiesça.

— C'est ridicule. Comment peut-on choisir de parier sur un combat plutôt que de soutenir son petit ami ?

Il haussa les épaules.

— Je n'y ai pas pensé. Sa famille n'avait pas beaucoup d'argent non plus, et je savais que je l'entraînais vers le bas avec toute les épreuves que je traversais. D'ailleurs, ça ne me dérangeait pas. Cela me permettait d'être seule avec ma mère.

— Qui était avec ta mère pendant que vous vous disputiez ?

— Lorsqu'elle était suffisamment malade pour avoir besoin de quelqu'un, Tiny, Wynnie ou Alice l'aidaient. Mais au cours des derniers mois, on a diagnostiqué un cancer du poumon chez Axel, le frère de Tiny, et sa famille et lui faisaient des allers-retours dans le Maryland. Axel est mort un mois avant ma mère. Mais ils étaient là pendant les dernières semaines infernales. Tiny, Wynnie et Alice sont restés jusqu'à la fin. Ma mère prenait tellement de médicaments qu'elle dormait la plupart du temps. Elle ne mangeait pas. J'avais peur de m'endormir, peur qu'elle soit morte à mon réveil. Je la portais dans la chambre des hobbits pour voir les peintures et je m'asseyais avec elle dans le fauteuil à bascule. Elle était trop faible pour bouger, mais elle esquissait un sourire avant de s'évanouir. Nous avons fini par y installer son lit. Il baissa les yeux et secoua la tête.

— Un soir, après une bagarre, j'ai oublié mon téléphone et mon portefeuille, et quand je suis retourné les chercher, j'ai trouvé Doug enfoncé profondément dans ma copine, sur le côté de l'immeuble.

— C'est *horrible*. Tu leur faisais confiance *et* ta mère était en train de mourir.

Pas étonnant qu'il ait essayé de ne laisser entrer personne dans sa vie.

— J'espère que tu lui as mis une raclée et que tu lui as fait vivre un enfer.

Il secoua la tête.

— Ils n'en valaient pas la peine. J'ai pris mes affaires et je suis parti. Alice m'a appelé sur le chemin du retour et m'a dit que l'état de ma mère avait empiré.

Les larmes brillèrent dans ses yeux, ce qui fait monter les larmes aux yeux de Tracey.

— J'ai couru plus vite que je n'avais jamais couru de toute ma vie et j'ai franchi la porte d'entrée.

Les larmes dévalèrent sur les joues de la jeune femme.

— Ce n'était pas comme dans les films, avec les dernières paroles et tout le reste. Elle délirait et c'était comme si elle luttait contre la mort. J'ai grimpé dans le lit à côté d'elle et je l'ai prise dans mes bras. Je lui ai dit que c'était normal de lâcher prise. Je ne sais pas combien de temps cela a pris, mais elle s'est battue de toutes ses forces, et puis…

Sa mâchoire se resserra.

— Au moins, elle est morte dans sa chambre de magie elfique, entourée de ses objets préférés.

Ses yeux vitreux arrachèrent des larmes aux siens.

— Je crois que *tu* étais ce qu'elle préférait.

Il acquiesça et la prit dans ses bras.

— Elle me manque à chaque minute et à chaque instant.

Sa mère lui manquait aussi mais elle ne comparerait jamais sa douleur à la sienne. Elle ne savait pas si sa mère était vivante ou morte, mais elle était sûre d'une chose. Diesel n'aurait jamais choisi une femme à la place de sa mère et ne l'aurait jamais abandonnée comme elle l'avait fait.

— Merci de m'avoir parlé d'elle. Maintenant je sais où tu as appris à être un homme bon.

Il recula d'un air perplexe.

— J'ai combattu illégalement et dès que j'ai enterré ma mère, j'ai enfourché ma bécane et je suis parti. Je ne suis pas un type bon.

— Tu as fait tout ce qui était en ton pouvoir pour joindre les deux bouts pour la femme que tu aimais le plus au monde. Tu as été trahi par des personnes en qui tu avais confiance, et tu n'as pas cherché à te venger. Tu as appris à un petit garçon à faire une liste de petits amis et tu as appris à d'autres enfants que les brimades, c'est mal. Toi, *Dezzie* Black, tu es la définition même d'un homme bon. Je parie que ta mère est au paradis, en train de peindre des elfes et des hobbits et de se vanter de toi à qui veut bien l'entendre.

PLUS TARD DANS LA NUIT, alors que Tracey dormait dans ses bras, Diesel pensa au bien que cela lui avait fait de s'ouvrir à elle, de partager les souvenirs qu'il avait fuis pendant ce qui lui semblait être toute sa vie. Elle avait rendu le fait de penser à sa mère moins douloureux, ce qu'il n'avait pas cru possible. Mais il découvrait à quel point il s'était trompé à ce sujet, et à propos de lui-même. Il aimait son mode de vie nomade, mais être avec Tracey était encore mieux. Il la voyait presque recueillir les bribes de sa vie qu'il avait partagées et les ranger comme des trésors. Il avait perdu beaucoup de temps à essayer de rester loin d'elle, et il commençait à penser qu'elle était la meilleure chose qui lui soit arrivé.

Il déposa un baiser sur le sommet de son crâne et elle s'agita.

— Tu n'arrives pas à dormir ? murmura-t-elle.

— Je ne voulais pas te réveiller.

— Ce n'est pas le cas. J'étais réveillée.

Elle croisa ses bras sur sa poitrine, appuya son menton sur ses mains, ses yeux souriants se posant sur les siens.

— Je pensais juste à ta mère et toi.

Bien sûr qu'elle l'était. Elle était trop réfléchie pour laisser ces pensées s'évaporer. Il l'embrassa sur le front.

— C'est elle qui est tatouée à l'arrière de ton bras, n'est-ce pas ? La fée ?

Elle n'avait pas raté ce détail.

— Oui, c'est bien elle.

— Ce tatouage n'est pas pour elle. Elle est pour moi.

Elle sourit.

— Tu sais bien ce que je veux dire ? Tu en d'autres qui la représentent ? Que signifie celui que tu as dans le dos ?

— L'*homme de Vitruve* ? De Vinci l'a utilisé pour montrer le lien entre la forme humaine et l'univers, en comblant le fossé entre l'esprit et la matière.

— Je ne savais pas que tu étais si profond.

— Je ne savais pas que tu étais si curieuse.

Il lui pinça les fesses.

Elle s'esclaffa.

— Parle-moi de la signification des autres.

— Tu veux vraiment connaître tous mes secrets.

— Jusqu'au dernier d'entre eux, murmura-t-elle en embrassant sa poitrine.

Il adorait qu'elle veuille connaître tous ses secrets.

— Ça va te coûter cher.

Il la fit rouler sur le dos, se déplaçant au-dessus d'elle, et la chaleur brilla dans ses yeux.

Elle fit glisser le bout de ses doigts sur l'emblème des Dark Knights sur son pectoral gauche, un crâne aux yeux sombres, aux sourcils pointus et aux crocs déchiquetés.

— Je sais que celui-ci est pour le club.

Elle passa ses doigts sur le phare tatoué dans son cou.

— Combien cela me coûtera-t-il d'apprendre la signification de celui-ci ?

— C'est un prix élevé pour avoir mon sexe dans ta bouche.

Il embrassa le coin de ses lèvres.

— *Humm.* Tu es sûr ?

Elle se lécha les lèvres, se cambra sous lui, se frottant contre lui.

— Et celui-là ?

Elle passa son index le long du tatouage sur son avant-bras.

Il se déhancha, mouillant son sexe de l'excitation de la jeune femme.

— C'est cher. Il s'agit de m'enfouir profondément en toi dans cette position.

Il frotta la tête de son érection contre son centre.

— Et une autre fois avec toi à quatre pattes.

— Tu es très dur en affaires, glissa-t-elle à bout de souffle.

— Évidemment.

Il lui mordit le cou.

— Attache ta ceinture, gamine.

Alors que ses lèvres s'approchaient des siennes, il lui dit :

— Je suis sur le point de te prendre jusqu'à la semaine prochaine.

CHAPITRE ONZE

TRACEY ÉTAIT ASSISE à la table de sa cuisine mercredi matin, mangeant des crêpes à la banane avec la main de Diesel posée sur sa jambe, le regardant engloutir la nourriture dans sa bouche comme s'il y avait un compte à rebours. Elle avait le sentiment que cela ne changerait jamais, et elle tombait tellement amoureuse de lui qu'elle en était venue à considérer cela comme l'une de ses adorables manies. Il était un peu plus détendu depuis qu'il lui avait raconté son enfance. Ils étaient restés au club-house dimanche soir, mais il était venu après l'église lundi et ils étaient restés chez elle les deux dernières nuits. Hier soir, c'était à son tour de passer devant le refuge pour femmes au milieu de la nuit, mais il avait pris sa clé avec lui et s'était glissé dans son lit à son retour pour qu'elle puisse se réveiller à nouveau dans ses bras. Même si ces rondes l'avaient éloigné d'elle pendant un certain temps, elle était fière de lui parce qu'il donnait aux femmes du refuge la tranquillité d'esprit car elles savaient qu'il y avait des gens bien qui veillaient sur elles.

La nouvelle s'était répandue rapidement à propos de ce baiser, quand il l'avait revendiquée, dans un bar et qui avait bouleversé son monde. Red s'y était arrêtée hier et avait confié à Tracey qu'elle avait deviné les sentiments de Diesel pour elle depuis leur toute première rencontre, mais elle avait précisé que maintenant ils brûlaient plus fort que jamais. Les gars avaient donné du fil à retordre à Diesel pour avoir attendu si longtemps avant de passer à l'action, mais ce dernier les avait fait taire avec un seul de ses regards. Il serait toujours son chien de garde au travail, mais maintenant ces moments étaient entrecoupés d'attouchements discrets, de clins d'œil moqueurs et de baisers volés.

Elle ne doutait pas que le fait de lui confier son passé douloureux – et maintenant son cœur en voie de guérison – les rapprochait et renforçait leur relation. Leurs nuits étaient incroyables, mais rien n'était comparable aux matins, quand ils n'étaient que tous les deux, les murs autour d'eux tenant le reste du monde à distance. C'était à ces heures-là que Diesel était le moins sur ses gardes, qu'ils s'accrochaient l'un à l'autre comme des serpents en période d'accouplement, que leurs cœurs battaient à l'unisson. Quand il murmurait son nom à l'improviste, passait ses doigts le long de sa hanche ou de son dos, ou resserrait son emprise sur elle et effleurait ses lèvres sur sa joue ou son front, comme s'il disait à sa manière *"Je suis heureux que tu sois à moi"*. Elle chérissait ces moments, et les matins comme celui-ci, où il préparait un délicieux petit-déjeuner et s'asseyait sur la chaise la plus proche d'elle pour pouvoir tenir sa jambe ou se blottir contre son cou pendant qu'ils mangeaient.

Diesel ne serait jamais un ours en peluche, et elle n'attendait pas qu'il change qui il était. Il était dur et méfiant parce qu'il avait eu le cœur brisé de la pire des façons, et que ces blessures ne guériraient peut-être jamais complètement. Mais sous toutes ces blessures, il avait beaucoup d'amour à donner, et elle en a été l'heureuse bénéficiaire. Cet homme peu loquace avait montré à quel point il tenait à elle par ses actes, comme le fait de venir à la salle de sport cet après-midi, après son cours avec Lior, pour lui enseigner des techniques d'autodéfense plus agressives.

Il finit ses crêpes et avala son jus de fruit d'un trait, puis se pencha vers elle et l'embrassa dans le cou.

— Pourquoi me regardes-tu comme ça ?

— Je suis juste contente que nous soyons ensemble. Merci d'avoir préparé le petit-déjeuner.

Ses yeux s'assombrirent et un sourire mauvais se dessina sur ses lèvres.

— *Merci* pour le petit-déjeuner au lit.

Elle eut des papillons dans le ventre à mesure que ces souvenirs sexy lui revenaient à l'esprit. Il se pencha pour l'embrasser et elle entendit Izzy franchir la porte d'entrée.

— Qu'est-ce qui sent si bon ?

Izzy entra dans la cuisine, vêtue de la même robe que celle qu'elle portait au travail hier soir.

— C'est moi qui sors avec un chef et toi tu as des crêpes à la banane ? *Quelqu'un* doit améliorer son jeu.

Diesel indiqua une assiette de crêpes sur le comptoir.

— C'est pour toi.

— Tu es mon héros.

Izzy se précipita vers le comptoir et apporta son assiette à la table. Diesel embrassa rapidement Tracey et but son café.

— Trace, tu veux partager ?

Izzy fronça les sourcils.

— J'ai encore la moitié d'un pancake dans mon assiette.

— Je parlais de *lui*.

Izzy sourit.

— Non, dirent Tracey et Diesel à l'unisson, ce qui fit rire Izzy.

Diesel lui jeta un regard noir et se leva pour faire la vaisselle.

— Ne vous inquiétez pas. Je n'aime pas les plans à trois.

Izzy avala une nouvelle bouchée de crêpe.

— Je suis contente que vous soyez ensemble. Il est beaucoup plus facile de travailler avec Diesel quand il sent le sexe à plein nez.

— *Izzy.*

Tracey lui lança un regard noir.

— Quoi ? C'est vrai. J'ai failli le voir sourire hier et il n'a pas menacé de tuer quelqu'un depuis des lustres. Au fait, merci pour les bouchons d'oreille que tu as laissés sur mon lit lundi soir.

Diesel jeta un coup d'œil à Tracey par-dessus son épaule, haussant les sourcils et confus. Les joues de Tracey s'embrasèrent.

— Nous ne sommes pas très discrets.

— Oh regarde-moi ça, tu as les joues toutes rouges, lança Izzy en plaisantant.

— Oh mon Dieu. Stop. Et toi, tu as fait mumuse avec Jared ?

— Je m'amuse toujours avec lui, mais la façon dont vous vous affichez en tant que couple me perturbe.

Izzy mangea une bouchée de sa crêpe.

— Qu'est-ce que tu veux dire ? demanda Tracey.

— Je veux dire que Jared ne *m'*emmène pas sur sa moto pour voir des jardins. Je n'arrête pas d'avoir ces pensées, comme de me demander avec qui d'autre il a été.

Izzy s'affaissa dans son fauteuil.

— Il faut que j'arrête de sortir avec lui, mais j'*aime* vraiment sortir avec lui. Dis-moi d'arrêter d'être stupide.

— J'y vais, dit Diesel d'un ton bourru.

— Est-ce que je t'ai fait fuir avec mes histoires de filles ?

demanda-t-elle.

Il lui jeta un coup d'œil, mais ne répondit pas. Au lieu de cela, il posa une main sur le dossier de la chaise de Tracey, l'autre sur la table, et se pencha si près d'elle que son pouls s'accéléra.

— Tu es sûre d'être assez guérie pour te battre en classe aujourd'hui ? Tu me promets que tu ne souffres pas ?

Il s'en souciait tellement qu'il lui avait posé la même question une douzaine de fois au cours des derniers jours, et avait touché ses bleus jaunis, juste pour être sûr.

— Je le promets.

— D'accord. J'ai des affaires à régler. Je te verrai à la salle de sport plus tard.

Il l'embrassa intensément, la laissant un peu étourdie tandis qu'il saluait Izzy d'un signe de tête et se dirigea vers la porte d'entrée.

Izzy s'éventa le visage.

— Où puis-je en trouver un ?

— Tu ne peux pas. Il est unique en son genre.

TRACEY ARRIVA à son cours un peu en avance et commença à s'échauffer sur le sac de musculation, en essayant de sortir la tête des nuages. Elle n'avait jamais été le genre de fille à rêvasser et elle fut surprise de voir à quel point il était difficile d'arrêter de penser à Diesel.

— C'est la fille la plus dure du coin.

Tracey se retourna au son de la voix d'Eliani et laissa échapper un cri.

— Tu m'as manqué !

Elle serra son amie enceinte dans ses bras.

— Regarde ce petit bidon ! Comment est-ce possible que tu ressembles encore à Gal Gadot ? Ton visage ne devrait-il pas être bouffi ou quelque chose comme ça ?

— Tout ce qui est en moi est gonflé. Même mes cheveux ont repris vie.

Elle secoua la tête, laissant ses épais cheveux noirs se balancer sur ses épaules. Son expression redevint sérieuse et elle posa ses mains sur les épaules de Tracey.

— Lior m'a raconté ce qui s'est passé. Comment vas-tu ?

— Je vais bien maintenant. Je suis presque entièrement guérie et prête à apprendre à mieux me battre.

— Oui, il m'a dit ça aussi. Et que tu es avec le grincheux.

Tracey rit.

— *C'est vrai*. Mais il est bourru, pas grincheux. Je pense que le mot le plus approprié est *réservé*, mais ce n'est plus le cas avec moi. C'est un type vraiment bien, Eliani. Je me sens en sécurité avec lui, et tu sais quoi ? Je pense qu'il se sent aussi en sécurité avec moi.

— Je suis heureuse de l'entendre.

Eliani jeta un coup d'œil par-dessus l'épaule de Tracey alors que Lior entrait dans la pièce.

— Et voilà *mon* super gars.

Lior passa son bras autour de la taille d'Eliani et embrassa sa joue. Puis il plongea la tête et embrassa son ventre.

— Tu es prête à commencer, Tracey ?

— Oui, bien sûr. Je suis si contente d'avoir pu te voir, Eliani. Tu seras là quand on aura fini ?

— Elle reste dans les parages pour t'aider à t'entraîner.

La voix de Diesel retentit dans la pièce. Tracey se retourna, son pouls s'accéléra.

— Tu es en avance. Qu'est-ce que tu fais ici ?

— Je t'apprends à te battre.

Il déposa un baiser sur sa tête et tendit la main à Lior.

— C'est un plaisir de vous revoir tous les deux.

— Merci de m'avoir laissé venir aujourd'hui.

— Attends, tu connais Lior et Eliani ?

Diesel acquiesça.

— Après t'avoir dit que je t'apprendrais à te défendre, je les ai contactés parce que tu leur fais confiance, et je veux passer en revue des scénarios à deux contre un pour que tu ne sois plus jamais prise au dépourvu. Ils peuvent m'aider à te montrer comment utiliser les compétences que je t'enseigne en conjonction avec ce que tu as déjà appris.

— Quand Diesel a suggéré de faire venir Eliani pour avoir le point de vue d'une femme, nous nous sommes réunis tous les trois pour nous assurer que nous travaillerions bien ensemble et pour trouver la meilleure façon de gérer la situation. J'ai demandé à Diesel de venir plus tôt parce que tu es assez douée pour *enseigner les* arts martiaux, Tracey. C'est pourquoi j'ai suggéré que nous utilisions ton heure de cours et l'heure qui suit.

Tracey regarda Diesel, un peu blessée qu'il ait fait tout cela derrière son dos.

— Merci de t'être donné tant de mal, mais pourquoi ne pas me l'avoir dit ?

— Je suis désolé, ma belle. Parfois, le fait d'avoir trop de temps pour réfléchir à ce type de formation est préjudiciable. Cela te permet d'avoir des attentes et des idées qui finissent par être des barrières et qui t'empêchent d'avancer. Je ne voulais pas que tu ailles dans ce sens. J'avais prévu de t'en parler au petit-déjeuner ce matin, mais Izzy est arrivée et elle semblait avoir besoin de ton attention. Mais si tu n'es pas à l'aise avec ça, ce n'est pas grave. Nous pouvons travailler en tête-à-tête, juste tous les deux.

— Non, ce n'est pas grave. Je veux pouvoir me défendre et tu as raison. J'aurais trop réfléchi et j'aurais probablement fini par être très nerveuse. Maintenant, je suis juste un peu agacée, ce qui n'est pas une mauvaise chose dans cette situation.

Lior et Eliani rirent mais Diesel garda son sérieux.

Tracey pointa sa main gantée vers lui.

— Pour information, je n'aime pas que les gens agissent dans mon dos.

Il acquiesça sèchement.

— Compris.

— Mais tu avais une bonne raison, alors tu es pardonné. Maintenant, commençons pour que je puisse te retourner ou quelque chose comme ça.

— Il n'y aura pas de retournement de situation, dit-il fermement. Je vais t'apprendre à te battre à la dure, ce qui est plus difficile que tu ne le penses. Tu dois te débarrasser de toutes les idées que tu as sur les coups de pied fantaisistes et sur le fait d'essayer de retourner un gars qui fait deux fois ta taille. Nous allons créer des ouvertures pour que tu puisses te tirer de là.

— S'enfuir n'a pas très bien fonctionné la dernière fois, fit remarquer Tracey.

— C'est pour ça qu'on fait ça. Lior dit que tu es très douée en salle. Maintenant, il est temps de passer au niveau supérieur.

Diesel commença à enlever ses gants.

— Tu ne vas pas porter de gants ou de protections dans la rue, donc nous n'allons pas nous entraîner avec. Nous allons travailler sur le contrôle de ta position et de tes mouvements face à *deux* attaquants, afin que personne ne puisse te suivre. Je te montrerai quelles cibles viser, lesquelles te mettent en danger, et quand et comment frapper. Je sais que tu as appris les coups de pied et les coups de poing, mais la vérité est que, lors d'une attaque, la peur prend le dessus et la plupart des coups manquent leur cible et te laissent vulnérable. Nous travaillerons sur ce point et sur le perfectionnement des frappes à main ouverte, qui risquent moins de te blesser et ont plus de chances d'atterrir là où tu vises. Je t'apprendrai également à neutraliser les prises au corps à corps, en utilisant des techniques qui te donnent suffisamment de puissance et d'espace pour te sortir de là.

— Je peux faire un blocage du pouce ?

— C'est bien, ma chérie, mais perfectionner une prise de pouce à grande vitesse n'est pas facile. Surtout avec un désavantage de taille. Tu es habituée à un environnement très contrôlé, et quand nous aurons fini, tu verras la différence entre une promenade dans le parc et une course en enfer.

Ses nerfs se hérissèrent.

— Tu me rends nerveuse.

— Bien, parce que si quelqu'un t'attrape, tu vas avoir peur pour ta vie.

— Oui, je m'en souviens très bien.

— Je sais. C'est pour ça qu'on fait ça. Tu dois savoir comment te battre quand tu es dans cet état. Nous irons doucement au début, mais je veux que tu ressentes la peur et que tu te battes pour la surmonter. C'est la *seule* façon de pouvoir le faire dans la vraie vie.

Il jeta ses gants de côté, et l'agacement de Tracey fit place à l'anxiété, se souvenant de l'attaque en détail, de la peur qui l'avait consumée. Diesel dut le voir sur son visage car il lui prit la main.

— Excusez-nous une seconde.

Il l'éloigna d'Eliani et de Lior, le regard sérieux.

— Tu as peur.

— Oui, en quelque sorte.

— C'est normal. C'est une autre raison pour laquelle je ne t'ai pas prévenue à l'avance. Cela ne va pas être facile. Je vais te pousser, ma belle, et je vais t'effrayer, mais seulement parce que c'est la meilleure façon pour toi d'apprendre. Ce que nous faisons aujourd'hui – et chaque fois que nous en aurons l'occasion jusqu'à ce que ce type d'autodéfense devienne une seconde nature pour toi – va te mettre à l'épreuve mentalement et physiquement.

Sa mâchoire se crispa, une tempête d'émotions dans ses yeux.

— Tu vas peut-être me détester après ça.

Elle comprenait maintenant pourquoi il avait voulu s'assurer qu'elle était complètement guérie.

— Je ne pourrais jamais te haïr.

Le fait de savoir qu'il se souciait suffisamment d'elle pour faire cela rendait son attachement encore plus fort.

— J'espère que non, gamine. Tu es sûre d'être prête pour ça ?

Elle était déterminée à le rendre fier, et à se rendre fière.

— Absolument.

— N'oublie pas que le but *n'est pas de* prétendre prendre le dessus et de tuer un dragon, mais de l'assommer juste assez longtemps pour que tu puisses t'échapper.

Ils commencèrent lentement, comme Diesel l'avait promis.

— La première chose à faire est d'être consciente de ton environnement à chaque minute de la journée. Que ce soit au travail, entourée de gens ou seule dans un parking sombre, tu es toujours en danger. Sois toujours consciente de qui et de ce qui t'entoure et pense à une solution pour fuir. Évalue les clients et les passants, car tu ne sais jamais qui est un peu dérangé. Ne compte pas sur la sécurité du nombre. Si tu es avec tes copines, pense à celle qui est la plus faible, car elle pourrait avoir besoin de ton aide en cas de problème.

Se rendait-il compte à quel point cela lui donnait des indices sur *lui* ?

Ils travaillèrent sur l'aspect mental de l'évaluation des adversaires et du contrôle de sa proximité avec deux attaquants, en s'assurant qu'elle comprenait où se positionner – jamais entre les attaquants, toujours sur le bord extérieur, face à eux – et comment le faire. L'entraînement fut éprouvant nerveusement. Lior et lui s'approchaient lentement d'elle, mais même à ce rythme, alors qu'elle essayait de les esquiver, sa peur était réelle. Elle se déplaçait rapidement pour les garder devant elle alors qu'ils essayaient de prendre le contrôle. Diesel ne jouait pas le jeu. Il prenait le contrôle à chaque fois, ne lui cédant pas un iota et, en même temps, l'enflammant. *Pense de manière agressive. Sois plus féroce. Utilise ta tête, Tracey. Surmonte cette peur. Ta vie en dépend.*

Il lui apprit à abaisser son centre de gravité en pliant les genoux si elle était saisie par derrière, puis en explosant d'un seul coup, et d'autres tactiques, comme se mettre en position de faiblesse pour déséquilibrer l'attaquant, ce qui allait à l'encontre de chaque iota de son être lorsque la peur l'alimentait. Chaque effort se terminait par un sprint loin de ses agresseurs, et chaque mouvement d'entraînement devenait plus difficile, pas plus facile.

Cela n'a rien à voir avec ses cours avec Lior. Il n'y avait pas de rires, pas de moment calme entre les attaques, pas de pauses pour boire. Plus elle progressait dans son jeu de jambes, plus ils redoublaient d'efforts. Eliani se tenait sur le côté et leur donnait des conseils, leur montrant différents mouvements que Tracey pouvait essayer puisqu'elle était si petite, comme esquiver au lieu de pivoter. Tracey transpirait, son cœur battait la chamade, tandis que Diesel et Lior l'entouraient encore et encore, l'attrapant, disant des choses méchantes que les attaquants pourraient dire. Plus elle essayait de donner des coups de poing ou de pied, plus ils se battaient et plus Diesel rugissait. *Tu gaspilles de l'énergie. Concentre-toi. Où est ton échappatoire ?* Il s'approcha et elle lui donna un coup de poing qu'il esquiva. *Fuis, Tracey*, ordonna-t-il. C'était *si* réel que la peur l'envahit. Elle se battit plus fort, essayant de s'échapper d'entre eux, donnant des coups de pied et des coups de poing, la tête baignant dans l'eau. Lorsque Lior la saisit par derrière, elle se débattit futilement, comme elle l'avait fait la nuit de son attaque. Des larmes de colère la brûlèrent tandis que Diesel s'approchait d'elle.

— Je ne peux pas le faire, fulmina-t-elle. Je suis désolée !

Diesel abaissa son visage à côté du sien et parla d'un ton bourru.

— Tu *peux le* faire. C'est une question de vie ou de mort. Est-ce que tu vas laisser un enfoiré te l'enlever, ou est-ce que tu vas te barrer et revenir à la maison avec *moi* ?

Quelque chose en elle craqua et elle plia les genoux, entraînant Lior dans sa chute, le déséquilibrant suffisamment pour qu'il reçoive un coup de coude dans le ventre et relâche son emprise. Elle s'arracha à ses bras et courut, mais Diesel l'attrapa par le poignet, la tirant vers lui. Elle lança sa paume vers son nez, lui frappant le menton suffisamment fort pour lui renvoyer la tête en arrière, et lui donna un coup de pied dans l'aine. Il trébucha et elle dégagea ses bras, sprintant vers l'autre côté de la pièce, tremblante, haletante, des larmes coulant sur ses joues, tandis qu'Eliani et Lior l'encourageaient.

Diesel réduisit la distance entre eux, couvrant son entre-jambe d'une main.

— Désolé, dit-elle en essuyant la sueur qui coulait sur ses joues.

— Tu l'as fait, gamine.

— Je ne pourrai jamais faire cela dans la vie réelle. J'ai failli abandonner.

Elle détestait l'admettre, mais c'était vrai.

— C'est pourquoi nous allons nous entraîner dès que nous le pourrons. Deux fois par semaine avec Lior. Plus on s'entraînera, plus tu auras confiance en toi. C'est censé être difficile, t'amener au bord du gouffre. Mais tu as ce qu'il faut et tu m'as moi.

Il la prit dans ses bras et la serra contre lui.

— Je ne laisserai rien t'arriver.

— Tu ne seras pas toujours là. Tu m'as dit que tu ne reste-rais peut-être pas.

Sa mâchoire se contracta, ses yeux se crispèrent.

— Il faudrait que quelqu'un m'arrache le cœur pour que je te quitte.

Délirait-elle ? Avait-elle mal entendu ?

— Diesel… ?

— Je protège ce qui m'appartient.

Il l'embrassa rapidement.

— Remettons-nous au travail.

Comment était-elle censée se battre alors qu'il venait de lui faire la cour… *dans un style à la Diesel.*

CHAPITRE DOUZE

IL Y AVAIT PLUS d'une centaine d'exposants dans la salle de bal de l'hôtel surplombant le port lors du salon du mariage. Tracey remplit un plateau de biscuits au pain d'épices, tout en s'imprégnant de l'événement. Elle n'avait jamais vu autant de robes de mariée, de gâteaux de mariage ou d'organisateurs de mariage. Il semblait que tous ceux qui avaient un rapport avec les mariages étaient présents, représentant des lieux de destination, des agences de voyage, des services de limousine, des photographes et des dizaines d'autres services liés aux mariages. Le stand de Josie et Finlay était décoré à la perfection en blanc, jaune et rose, avec des touches de dentelle, de verdure et de fleurs fraîches. Tracey n'avait jamais rêvé de mariages en blanc ou de lunes de miel de luxe, mais le fait d'être entourée de toute cette fanfare de mariages, de futures mariées excitées et de leurs amies étourdies pourrait faire rêver n'importe qui de moments magiques et de lendemains qui chantent.

Surtout après les dernières semaines.

Tracey avait du mal à croire que Diesel et elle étaient ensemble depuis près d'un mois. Les deux semaines et demie qui s'étaient écoulées depuis qu'il avait commencé à lui apprendre à se battre étaient passées en un éclair. Les journées bien remplies s'étaient transformées en nuits intimes, parfois chez lui, parfois chez elle, mais toujours dans les bras l'un de l'autre. Il s'était réservé du temps tous les mercredis et samedis pour travailler avec elle, Lior et Eliani, s'assurant que Tracey devenait plus forte et plus confiante, la poussant jusqu'à ce qu'elle croie en elle aussi viscéralement que lui. Ils avaient vu Adrian le week-end dernier et il avait été ravi d'apprendre qu'elle était la petite amie de Diesel. Elle s'était amusée à les écouter parler de tout ce qui concernait Tolkien, et Adrian avait insisté pour qu'elle commence à lire *Le Hobbit*, afin qu'elle puisse regarder les films avec eux une fois qu'il aurait fini de lire tous les livres.

Tracey n'avait jamais été aussi heureuse, ne s'était jamais sentie aussi respectée, choyée ou *aimée*. C'était un bien grand mot et elle était presque sûre que Diesel ne le prononcerait jamais, mais comment expliquer autrement la façon dont il s'occupait d'elle, avant lui-même ou qui que ce soit d'autre ? Ils ne faisaient pas de longues promenades au bord de la mer, n'observaient pas les étoiles et ne partageaient pas l'espoir d'un avenir de conte de fées, comme le faisaient certains couples. Il ne lui avait pas promis le monde, ni quoi que ce soit d'autre que son vœu de la protéger. Mais il lui avait parlé de lui et de son passé, ce qui était plus significatif que de vaines promesses, et elle avait ressenti son amour pour elle dans toutes ces petites choses. Il l'avait fait. Comme les petits-déjeuners qu'il leur préparait tous les matins et les zinnias dans un vase en forme de bouteille de bière qu'elle avait trouvé dans son bureau. Elle le ressentait dans les promenades en moto qu'ils faisaient le dimanche, chacune d'entre elles comprenant des promenades dans des jardins et des embrassades à l'abri des buissons et des arbres.

Un groupe de filles envahit la table de Josie, attirant l'attention de Tracey.

— Regardez, les filles ! s'exclama celle qui portait une écharpe blanche avec FUTURE MARIÉE écrit dessus en doré. Des biscuits en pain d'épices pour les mariés. Quelle bonne idée !

— N'hésitez pas à les goûter, proposa Tracey.

Les filles en prirent chacune un. Leur stand n'avait pas désempli de toute la matinée. Josie et Tracey portaient des T-shirts assortis *GINGER ALL THE DAYS*, et Finlay et Izzy portaient des T-shirts *TRAITEUR CHEZ FINLAY*, ce qui permettait aux clients de savoir facilement à qui s'adresser pour connaître leurs offres. Finlay étudiait une brochure sur les gâteaux de mariage avec une autre future mariée, et Izzy faisait la cour à la belle-mère de la jeune fille, qui ne tarissait pas d'éloges sur les gâteaux de mariage élaborés de Finlay. Josie discutait avec un groupe de femmes de son exposition de maisons en pain d'épices sur le thème du mariage. Sarah, quant à elle, avait installé un fauteuil de coiffure à l'une des extrémités de leur stand, où elle faisait des coiffures gratuites pour les mariées. Il y avait une file d'attente de dix femmes qui attendaient de pouvoir s'asseoir dans son fauteuil. Tracey n'avait jamais songé à avoir une véritable carrière, mais en regardant ses amies monter leur propre affaire, elle souhaitait elle aussi avoir quelque chose en plus.

Elle n'eut pas le temps d'y penser car le groupe de filles passa au stand suivant, et Penny, Dixie et Roni firent irruption dans la foule portant des shorts et de jolis hauts, riant et s'empiffrant de cupcakes.

— C'est la folie ici. Tu en veux ?

Roni offrit à Tracey la dernière bouchée de son cupcake.

— Non merci, dit Tracey. J'ai déjà mangé une dizaine de biscuits.

— Je le veux !

Penny attrapa le morceau de la serviette de Roni et le mit

dans sa bouche pendant que Finlay finissait avec son client et les rejoignait.

— Tu as déjà fini les *deux* ? l'interrogea Dixie.

Penny mit la main sur son petit ventre à peine visible.

— Ne me mets pas la honte. Ce sont les hormones de la grossesse. Je ne pense qu'au sexe et à la nourriture en ce moment.

— Je vois que je vais devoir faire des petits gâteaux supplémentaires pour la fête d'anniversaire de Kennedy et Lincoln, plaisanta Finlay. Scott peut s'occuper de tes *autres* besoins.

La fête d'anniversaire de Kennedy et Lincoln avait lieu le dimanche d'après. Tracey ne savait pas encore ce qu'elle allait leur offrir. Diesel avait un tel faible pour les enfants qu'elle se demandait s'il irait acheter les cadeaux avec elle.

— Vous savez que j'ai engagé Trixie pour amener des chevaux miniatures à la fête comme surprise pour les enfants. C'est pour ça que la fête est sur le thème de l'Ouest.

Dixie s'empara d'un biscuit en pain d'épices. Son amie Trixie Jericho possédait une entreprise de thérapie par les chevaux miniatures à Pleasant Hill, où elle vivait avec son fiancé, l'éleveur Nick Braden.

— Bones et moi sommes déjà prêts à ce que les enfants réclament un poney après la fête, dit Sarah.

— Ils les *adorent*.

— J'ai hâte de voir Kennedy traîner Diesel *tout* autour de la fête, dit Tracey alors que Josie et Izzy finissaient avec leurs clients et les rejoignaient. Tu te souviens quand elle lui a fait un cœur pour la Saint-Valentin avec leurs noms ? Ne lui dis pas que je te l'ai dit, mais il l'a gardé. Il est dans son tiroir à chaussettes. Je l'ai vu quand j'y ai glissé un mot pour lui.

Un *Ohhhh* collectif surgit.

— Je sais, n'est-ce pas ? J'ai fondu sur place quand je l'ai vu, mais je ne lui ai pas dit, alors motus et bouse cousue.

— C'est super mignon, dit Dixie. Mais je suppose que tu n'as pas entendu les dernières nouvelles concernant Kennedy et ses béguins. Je l'ai emmenée voir les chevaux miniatures du ranch de Nick et Trixie pour m'assurer qu'elle n'en avait pas peur et elle suivait Nick *partout*. Elle lui a enlevé son chapeau et l'a porté tout l'après-midi. C'était la chose la plus mignonne au monde.

— Pauvre Diesel, se dit Tracey.

Izzie lui donna un coup de coude.

— Je pense que ton homme est *très* bien traité ces jours-ci.

Il y eut un murmure d'approbation.

— C'est dommage que Gemma et Crystal aient dû travailler aujourd'hui. Elles auraient adoré tout ça, affirma Josie alors qu'une annonce retentit dans les haut-parleurs à propos du défilé de mode qui allait commencer dans les dix minutes, sur la scène principale, avec Jax et Jillian Braden.

Une cacophonie s'éleva autour d'eux et il sembla que tout le monde dans la salle se précipitait vers la scène. Jax, le frère de Nick, était un célèbre créateur de robes de mariée, et sa jumelle, Jillian, était non seulement connue pour ses robes uniques, mais aussi pour la ligne de vêtements *Leather and Lace* pour les femmes bikers, qu'elle avait créée avec Jace, le mari de Dixie.

— Vous pensez que je peux assister au spectacle, demanda la femme que Sarah était en train de coiffer.

— Oui, j'aurai fini dans deux minutes, la rassura Sarah.

Les femmes qui faisaient la queue regardèrent la scène d'un air inquiet.

— Je suis là toute la journée, mesdames. Vous pouvez aller profiter du spectacle et revenir plus tard.

Les femmes se ruèrent presque les unes après les autres, et comme promis, Sarah termina avec sa cliente rapidement. La femme la remercia grandement avant de se précipiter vers la scène.

— C'est dingue. Si jamais je veux me marier, rappelle-moi de m'enfuir.

Izzy prit un biscuit sur la table et le mangea en une bouchée.

— Pas moi, dit Roni. Je sais que Quincy et moi ne sommes pas encore fiancés, et entre sa guérison et le lancement de ma compagnie de danse, nous avons quelques années devant nous avant d'être prêts à franchir cette étape. Mais un jour, j'espère le voir à l'autre bout de l'allée, me regardant comme si j'étais tout ce qu'il a toujours voulu, et je veux que vous soyez toutes là pour le célébrer avec nous. Nous n'avons pas besoin d'un grand mariage coûteux, mais après tout ce que Quincy a traversé, il mérite une belle fête, et tout cela ne fait qu'augmenter mon envie.

— Eh bien, c'est une bonne chose que tu le veuilles, dit Dixie. Parce que Quincy a hâte de te voir en robe de mariée.

— J'ai adoré notre mariage et je suis heureuse que nous ayons attendu la naissance de Maggie Rose et que nos vies soient en ordre, déclara Sarah.

— Je suis heureuse que nous attendions la naissance du bébé pour pouvoir entrer dans une robe de mariée, déclara Penny.

— Continue à manger ces gâteaux et tu ne le pourras peut-être pas, dit Finlay en plaisantant.

— Pen, tu as une année bien remplie avec le mariage et le festival du dessert sucré-salé, déclara Tracey.

Penny était propriétaire du magasin de glaces *Luscious Licks*. Cela faisait des années qu'elle essayait d'obtenir une invitation pour exposer au festival et Scott avait joué un rôle déterminant pour que cela se produise. Ils étaient tous ravis pour elle.

— N'oubliez pas notre *lune de miel*.

Penny se frotta le ventre.

— Je pense que je vais devoir embaucher plus de personnes pour le magasin de glaces.

— Je t'aiderai quand je le pourrai, proposa Josie. Ta vie va devenir folle une fois que tu auras ramené ce petit bébé à la maison et que tu te rendras compte que tu peux dire adieu au sommeil et aux longues douches chaudes.

— Mais cela n'aura pas d'importance, la rassura Finlay. Parce que Scott et toi serez tellement amoureux l'un de l'autre et du bébé que vous ne penserez plus qu'à ça.

— As-tu trouvé une robe de mariée ? demande Sarah.

— Elle en a trouvé une cinquantaine, dit Dixie.

— Jax a un énorme stand près de la scène…

Alors que ses amies parlaient de mariages, de bébés et d'entreprises – toutes les façons dont leurs vies allaient de l'avant – les pensées de Tracey revenaient sur le fait d'avoir quelque chose en plus pour elle-même. Son cœur appartenait à Diesel, mais elle n'était pas prête à penser à un mariage, et encore moins à des bébés. Elle avait encore des choses à régler avant de s'engager pour la vie avec quelqu'un d'autre. Elle essayait de ne pas s'inquiéter de savoir si Diesel aurait envie de s'installer, un jour, dans un endroit, ou s'il se sentirait enfermé et finirait par lui en vouloir. Il était chasseur de primes et nomade, après tout. Elle se demandait si l'excitation du travail, la route ou la liberté de sa vie de célibataire lui manquaient. Il n'agissait pas comme si c'était le cas, et comme il était là depuis deux ans, elle espérait que s'il avait ressenti l'envie de partir, ça s'était produit avant qu'ils ne soient ensemble. Mais ces inquiétudes restaient à l'arrière-plan, réduites par tous les merveilleux sentiments qu'elle éprouvait pour lui et par la confiance qui régnait entre eux. Seul l'avenir lui dirait pour Diesel, mais il était peut-être temps pour elle de commencer à penser à une véritable carrière, de trouver un moyen de faire la différence dans la vie des autres, comme le faisaient ses amies.

— La terre à Tracey.

Josie fit un signe de la main devant elle.

— Tu rêvasses encore de Diesel ?

— C'est une chose délicieuse que de penser à *lui*, admit Tracey.

— Je savais qu'il donnerait des orgasmes et qu'il faudrait des bouchons d'oreille pour ceux dans les parages, dit Dixie avec un sourire en coin.

Tracey regarda Izzy d'un air implorant.

— *Quoi ? C*'est vrai, insista Izzy. Je suis rentrée à la maison l'autre soir et je vous ai entendus dès que j'ai franchi la porte d'entrée.

— *Impossible*, dit Tracey en riant.

Izzy lui lança un regard impassible.

— D'accord, *très bien*. C'est vrai. *Bon sang.*

Tracey regarda autour d'elle dans la pièce silencieuse.

— Où sont les futures mariées quand j'ai besoin d'elles ?

DIESEL descendit de sa moto dimanche en fin d'après-midi, Tracey lui manquait comme s'il ne l'avait pas vue depuis un mois. C'était la merde, mais il ne pouvait rien y faire. Ce qui est fou, c'est qu'il n'en avait pas envie. Il aimait la façon dont elle le faisait se sentir, la façon dont il désirait qu'elle réchauffe son dos quand il était sur sa moto et dans ses bras tous les soirs. Mais aujourd'hui, il avait les mains tendues. Il avait enfin obtenu une piste solide sur sa mère et s'était rendu à Annapolis pour vérifier les informations. Il avait trouvé la petite brune avec laquelle Tracey partageait le même nez et le même menton. Seulement Michelle Kline était devenue Michelle Kline-Braham, avec une nouvelle famille et une vie apparemment parfaite.

Une qui n'incluait pas Tracey.

Il avait passé un long moment à l'observer avec sa famille lors d'un match de football de ses deux adolescentes, et il avait été très attentif au comportement de son mari. Le beau Noir avait encouragé sa fille et embrassé la mère de Tracey et son autre fille à plusieurs reprises. À la fin du match, il avait félicité la fille qui avait joué et l'avait enlacée, ce qui avait semblé l'embarrasser. Avaient-ils de la place dans cette vie parfaite pour en accueillir une de plus ?

Il espérait qu'il ne conduisait pas Tracey vers un chagrin d'amour. Il savait qu'elle serait furieuse qu'il les ait retrouvés dans son dos, mais ce n'était pas son intention. Il ne voulait pas lui donner de faux espoirs – ou pire, qu'elle lui dise de *ne pas* essayer de retrouver sa mère. Il n'avait pas d'autre solution que de savoir si elle avait un trou béant dans sa vie. Maintenant, il devait trouver le bon moment pour le lui dire, et il n'avait aucune idée de comment il saurait que ce serait le bon moment.

Mais il avait confiance en son instinct pour le savoir.

Il sortit son téléphone en se dirigeant vers le club-house et vit un message de Tracey à l'écran. *J'espère que tu fais une bonne balade. Tu me manques.* Elle avait ajouté un émoji de baiser, et cette chose ridicule le fit sourire. *Un fichu émoji.* Il les avait toujours détestés. *Jusqu'à Tracey.*

Elle lui faisait remettre en question tout ce qu'il croyait

savoir sur lui-même grâce à sa magie elfique et elle ne faisait même pas d'efforts. Elle ne demandait rien, ne se plaignait pas de ce qu'il était ou de la façon dont il agissait, et l'acceptait tel qu'il était, avec tous ses défauts. Cela lui faisait ressentir des choses qu'il avait du mal à garder à l'intérieur et lui donnait des envies qu'il n'avait jamais imaginées, comme celle de lui faire découvrir le monde. Juste eux deux sur sa moto, parcourant le pays, profitant des montagnes, des plaines, des jardins et de tout ce que son doux cœur désirait.

Il lui envoya un message en montant à l'étage. *Hé, chérie. Quand est-ce que tu termines le travail ?*

Il se dirigea vers sa chambre, où une petite pile de vêtements de Tracey était soigneusement pliée sur la chaise et où sa brosse à cheveux était posée sur la commode à côté d'un petit mot qu'elle avait glissé dans son tiroir à chaussettes à un moment donné. Il l'avait trouvé plus tôt dans la matinée : "Je pense *à toi. xox, T.*" Il s'imaginait le cachant pendant qu'il se brossait les dents ou qu'il dormait. Comme toujours, ces pensées le conduisirent à d'autres, à ses doux chuchotements quand elle voulait son attention, à sa bouche sexy et aux choses brûlantes qu'elle faisait avec, et à ses magnifiques yeux noisette qui disaient : *je te fais confiance, s'il te plaît ne me fais pas de mal*, et *je te veux*, tout à la fois.

Rien que de penser à elle, il s'enflamma.

Son téléphone vibra avec sa réponse. *Je pars dans quelques minutes. Et toi ? Tu es toujours en balade ?*

Il répondit Je *viens de rentrer au club-house. Je saute dans la douche. Viens quand tu seras là.*

Ok, à bientôt. Elle ajouta un émoji cœur.

Ce foutu émoji le fit sourire à nouveau. Il n'avait pas autant souri depuis son enfance. Il enleva sa chemise et appela Tiny sur haut-parleur alors qu'il s'asseyait pour enlever ses bottes.

— D, mon gars. Comment ça va ?

Avec ses plus de cent cinquante kilos, ses cheveux poivre et sel et sa barbe hirsute, Tommy "Tiny" Whiskey pouvait avoir l'air d'une bonne pâte, mais il était l'un des hommes les plus durs que Diesel ait connus et, comme Biggs, l'un des plus généreux aussi.

— Plutôt bien. Et toi ?

Il enleva ses bottes et ses chaussettes.

— Sasha et Cowboy ont fini d'agrandir le terrain de paintball, et Doc s'est trouvé un autre chien. Dare s'est mis en tête de courir avec les taureaux en Espagne, et Birdie s'est donné pour mission de marier Cowboy. À part ça, tout va bien.

Les trois fils de Tiny et Wynnie étaient des Dark Knights et portaient leurs noms de route : Doc, Dare et Cowboy. Leur fille aînée, Sasha, thérapeute en rééducation équine, vivait pour ces batailles de paintball autant que Birdie, la plus jeune, vivait pour ses missions inventées.

Diesel s'esclaffa.

— On dirait que rien n'a changé.

— Non. Mais j'ai entendu dire que les choses pourraient changer pour toi. Wyn a parlé à Red l'autre jour. Elle dit que tu as une jolie petite copine. Tu l'as mise à l'arrière de ta moto et tout. Ça a l'air sérieux.

Diesel se dirigea vers la salle de bains pour allumer la douche, son regard se porta sur la brosse à dents de Tracey à côté de la sienne, son shampoing et son gel douche dans la douche. *Oui, c'est sérieux.*

— C'est pour ça que je t'appelle. Je sais que tu m'attendais après les vacances, mais je vais rester un peu.

Il avait déjà dit à Bullet qu'il n'était pas nécessaire d'engager un autre barman.

— Bon sang, fiston. Tu n'as pas eu de fille à tes côtés depuis ton adolescence. Qu'est-ce que Biggs met dans la bière ?

Tiny rit.

— Cette chérie a un nom ?

— Tracey. Elle est aussi dure qu'elle est douce. Mais elle en a bavé, et je ne sais pas, Tiny… Pour la première fois de ma vie, quelque chose me tente plus que la route.

— C'est bien, D. C'est bon pour ton âme. J'aimerais bien rencontrer la petite fille qui te fait garder les pieds sur terre. Mais ce n'est pas moi qui dirai à Birdie ou à ma régulière que tu ne te pointeras pas après les vacances. C'est à toi de le faire, mon garçon.

Diesel rit.

— C'est très bien. Je vais m'en occuper. Je dois y aller.

— Fais bien attention à toi, fiston.

— Toi aussi.

Diesel mit fin à l'appel, enleva son jean et entra dans la douche. Il n'avait pas vu les gars de Hope Valley depuis décembre dernier, lorsqu'il avait emmené Simone au ranch. Ce serait bien de prendre contact avec eux. Peut-être pourrait-il s'y rendre avec Tracey après les vacances. Un sentiment de malaise l'envahit. Il n'avait amené personne dans la maison qu'il partageait avec sa mère depuis qu'elle était décédée, mais il savait que son malaise ne se limitait pas à cela. *Pour information, je n'aime pas que les gens agissent dans mon dos.*

Il posa ses mains sur le carrelage et laissa l'eau couler sur sa nuque, espérant qu'il n'avait pas tout gâché. Il entendit un bruit et ouvrit le rideau de douche juste au moment où Tracey ôtait son jean et entrait dans la douche, son doux sourire calmant sa déconfiture. Il passa son bras autour d'elle, l'attirant dans ses bras pour l'embrasser. Elle avait le goût du sucre, du pain d'épices et de sa propre saveur, celle qui était devenue une partie de lui.

— Tu m'as manqué, bon sang, grogna-t-il contre ses lèvres.

— Ah bon ?

— Bien sûr que oui.

Ses mains descendirent le long de son corps et il palpa ses fesses, l'embrassant à nouveau, plus profondément, plus passionnément.

— Dis-moi encore une fois, murmura-t-elle.

Il lui fallut une seconde pour comprendre ce qu'elle lui demandait.

— Tu m'as manqué, gamine.

En disant cela, il réalisa qu'il ne lui avait jamais dit ces mots à haute voix avant cela, ce qui était complètement fou puisqu'il les avait ressentis une centaine de fois lorsqu'ils étaient séparés. Son sourire était comme un étau sur son cœur et elle se mit sur ses pointes, le rejoignant dans un autre baiser brûlant. Elle lui frotta le dos tandis que leurs langues dansaient. Ces touchers affectueux le retournèrent de fond en comble.

— Tes muscles sont si tendus. Journée difficile ?

— C'était une sacrée journée, mais ça va mieux maintenant.

— Laisse-moi prendre du gel douche et je te masserai le dos.

Elle se tourna pour aller chercher la bouteille et il commença à lui embrasser la nuque.

— Je n'ai pas besoin que tu me masses le dos, ma belle. J'ai besoin de te toucher.

Il glissa ses bras autour d'elle, une main passant entre ses jambes, l'autre sur son sein, et abaissa sa bouche jusqu'à la base de son cou, qu'il suça avec force. Elle gémit et sa tête retomba contre sa poitrine. Il taquina son mamelon, glissant ses doigts dans sa chaleur serrée et utilisant son pouce là où elle en avait le plus besoin. Son sexe brûlait d'envie de participer à l'action. Elle appuya ses mains sur le carrelage, chevauchant ses doigts, des bruits sensuels s'échappant de ses lèvres. Elle était si belle. Tellement *à lui*.

— Donne-moi ta bouche, chérie.

Elle regarda par-dessus son épaule et il écrasa sa bouche contre la sienne, se frottant à ses fesses, la taquinant jusqu'à la rendre frénétique. Ses mains s'appuyaient sur le carrelage tandis que son orgasme la prenait. Elle cria sous leurs baisers mais il ne céda pas. Il ne vivait que pour cela, pour la sentir ravie de son désir, pour entendre ses bruits sexy. Il l'embrassa plus fort, plus exigeant, utilisant son pouce sur son clitoris pour prolonger son plaisir tandis qu'elle gémissait, ses hanches poussant, son sexe se contactant. Alors qu'elle redescendait de son orgasme, perdue dans une brume de luxure et si belle qu'il avait envie d'elle, il était impossible de maîtriser son désir. Il approfondit le baiser, aimant sa bouche comme il voulait aimer son corps, jusqu'à ce qu'il soit fou de désir.

— J'ai besoin de te prendre, ma chérie. Tu es sous contraceptif ? Grogna-t-il.

— Non, dit-elle en haletant. Mais tu peux te retirer.

— *Purée c'est dangereux.*

Mais même en disant cela, l'idée de son sexe lisse enroulé autour de son pénis sans rien entre eux le fit saliver.

— Je te fais confiance.

— Écarte ces belles jambes, ma belle.

Il aligna leurs corps et la pénétra d'une seule poussée. Elle poussa un grand gémissement de soumission. Il entoura son sexe d'une main, taquinant ce faisceau de nerfs gonflés tandis qu'il s'enfonçait en elle, vite et fort, puis lentement et tendrement, augmentant leur excitation à chaque poussée, jusqu'à ce qu'ils gémissent tous les deux. Le plaisir était si intense, si exquis, qu'il ne pouvait plus penser à rien d'autre, il ne pouvait plus que *ressentir*.

— *Ne t'arrête pas.*

Il accéléra ses actions, taquinant son mamelon avec sa main libre, ce qui lui valut des halètements aigus et des cris de joie. Elle se mit à gémir de désir. Lorsqu'il planta ses dents dans son épaule, son nom s'échappa de ses lèvres, ses muscles intérieurs se resserrant parfaitement autour de son membre, lui arrachant presque sa jouissance.

— Tu es tellement bonne, ma belle.

Il appuya sa main sur le bas de son ventre, la tenant serrée contre lui alors qu'il ralentissait, essayant de repousser sa libération, mais il continuait à monter, de plus en plus haut, jusqu'à ce qu'il ait du mal à garder le contrôle de la situation. Le besoin de voir son visage, d'embrasser ses lèvres, le tenaillait.

— *Puuutaiiin.*

Il se retira, la retournant brutalement, une main crispée sur la base de son sexe. Sa bouche s'empara de la sienne tandis qu'elle caressait son membre, aussi pressante et exigeante que le besoin qui le traversait. Il enroula sa main autour de la sienne, serrant fort, pompant sur ses hanches, utilisant son autre main entre ses jambes, travaillant les deux plus vite, plus fort, plus *dur*, jusqu'à ce qu'ils se libèrent dans l'oubli. Il sortit un juron alors qu'il jouissait sur son ventre, des bruits de plaisir emplissant l'air, chaque secousse de ses hanches faisant sortir un grognement de ses poumons, jusqu'à ce qu'il soit vidé de son sperme et qu'ils s'effondrent dans les bras l'un de l'autre, à bout de souffle et rassasiés.

— *Nom de Dieu.*

Il la prit dans ses bras, une substance collante s'étalant entre eux.

— Tu veux ma mort, bon sang.

Elle gloussa.

Il les tourna et appuya son dos contre le mur, s'abaissant pour qu'ils soient les yeux dans les yeux. Il était si plein d'émotions, si plein d'*elle*, que la vérité s'imposa d'elle-même.

— Je suis en train de sombrer avec toi, gamine.

Elle toucha sa joue et lui murmura à l'oreille :

— Je sais.

— *Tu sais ?*

Il rit et lui pinça les fesses.

Son sourire était si grand qu'il *l'*illumina.

— Tu ne peux plus cacher ce que tu ressens pour moi. Nous sommes trop proches.

— Tu *sens comme* je veux que tu prennes un contraceptif ? Parce que maintenant que je t'ai eue sans rien entre nous, il *n'y a plus de* retour en arrière possible.

Elle plissa les yeux.

— Mon corps, mon choix.

— Bien sûr, je ne voulais pas…

Elle le fit taire en l'embrassant et en riant.

— Je plaisante. J'ai un rendez-vous cette semaine. Nous sommes sur la même longueur d'onde. Mais aussi délicieux que cela ait été, nous *ne* prendrons *plus de* risques comme ça. Tu devras te contenter de te *protéger avant de me prendre* jusqu'à ce que je sois protégée.

Succomber n'était pas assez fort pour décrire ce qu'il lui arrivait.

— C'est toi qui décides, ma belle.

— Oh, *je suis* en charge ?

Ses yeux s'illuminèrent.

— Dans ce cas, nous ferions mieux de nous nettoyer parce que je suis affamée.

Il haussa un sourcil, son sexe tressaillant à l'idée d'être dans sa bouche.

— Ne me regarde pas comme *ça*, espèce de maniaque sexuel. Tu m'emmènes manger un hamburger et des frites.

Elle traça de l'index un tatouage sur son torse et son expression devint séductrice.

— Avec un peu de chance, *tu* pourras être mon dessert.

TRACEY lui parla du salon du mariage pendant qu'ils s'habillaient. Si elle continuait à se pavaner en soutien-gorge et en culotte comme une chatte en chaleur, ils ne quitteraient pas la chambre.

— L'endroit était bondé, et tout était si beau. Je crois que Finlay a dit qu'elle avait signé avec huit clients pour des mariages au cours des six prochains mois. Josie a reçu une foule de commandes pour les fêtes et quelques enterrements de vie de jeune fille. Penny a trouvé quelques robes de mariée magnifiques et quelques endroits qu'elle envisage pour leur pré-lune de miel.

Il enfila son jean et s'appuya sur la commode pour la regarder peigner ses cheveux mouillés devant le miroir de la salle de bains.

— C'est quoi une pré-lune de miel ?

— Il s'agit de vacances que les couples prennent avant la naissance de leur bébé. Penny et Scott ne veulent pas quitter leur bébé pour partir en lune de miel tout de suite, il est donc logique qu'ils profitent d'un moment rien qu'à deux avant la naissance de leur enfant.

— C'est ce que tu cherches, Tigresse ? Un mariage en blanc, des bébés, et tout le tralala ?

Il se pouvait bien qu'il était en train de tomber amoureux mais il n'était pas prêt pour le mariage.

Elle posa le peigne et entra dans la chambre, l'air songeur.

— Un jour, peut-être ?

Elle prit un T-shirt sur la chaise et l'enfila.

— À vrai dire, ce genre de choses me fait un peu peur et j'ai beaucoup de choses à accomplir avant d'être prête pour cela.

— Pourquoi cela te fait peur ?

Elle enfila son jean.

— Parce que les gens changent. Je ne suis pas pressée de me mettre dans cette position.

Il devrait en être soulagé mais cela le dérangeait. Il lui prit la main, l'attirant dans ses bras.

— Tu crois que je changerais comme ça ? Que je te maltraiterais un jour ?

— Non, je ne m'inquiète jamais de cela. Mais blesser quelqu'un n'est pas toujours physique.

L'inquiétude monta dans ses beaux yeux.

— Je sais ce que tu ressens pour moi, mais je sais aussi qu'il ne doit pas y avoir beaucoup de chasseurs de primes dans les parages, et que tu as toujours vécu selon tes propres règles. Tu risques de t'impatienter et de m'en vouloir de t'obliger à rester dans le coin.

Sa mâchoire se contracta.

— Je ne peux pas te promettre que je pourrai tenir en place, mais je *peux* te promettre que je ne t'en voudrai pas pour cela.

La première fois que je t'ai embrassée, je me suis engagé à n'être qu'avec toi, tout comme tu t'es engagée à n'être qu'avec moi. J'ai pris cette décision parce que je *te* voulais plus que je n'ai jamais voulu quoi que ce soit d'autre, et je ne le regrette pas. Je suis sacrément fidèle, Trace. A toi et au club. Ces liens ne se brisent pas. Mais je dois être honnête avec toi. Je ne me vois pas remonter l'allée d'une église ou vivre derrière une clôture blanche. Je pense que je ressentirai toujours le besoin de prendre la route de temps en temps. Combien de fois, je ne peux pas le dire. Mais tant que nous serons ensemble, là où j'irai, tu iras.

— Et si je ne veux pas quitter Peaceful Harbor pendant de longues périodes ?

Bon sang, il n'avait pas réfléchi à si long terme.

— Tu me demandes une boule de cristal, et je n'en ai pas, gamine.

Il s'assit sur le lit et l'attira sur ses genoux.

— C'est ce dont tu as besoin ? D'avoir toutes les réponses maintenant ?

— Non. J'ai aussi beaucoup de choses à découvrir. Comme je te l'ai dit, je ne suis pas pressée d'en savoir plus.

— Alors ce que nous sommes te convient ?

Elle sourit.

— Oui, je voulais simplement aborder le sujet.

— C'est bien. Tu as besoin de mon aide sur un autre sujet ?

— Je ne sais pas. J'étais au refuge en même temps que Josie et maintenant, elle a une super entreprise. Quant à Sarah, elle est passée d'une situation pire que la mienne à sa propre clientèle en coiffure. Roni fait de la danse, Finlay bosse dans la restauration et Penny a son magasin de glaces. Je ne suis pas jalouse. Je suis heureuse pour elles. Elles sont une source d'inspiration. Mais cela m'a fait prendre conscience que je n'ai rien à moi.

— Qu'entends-tu par là. Au niveau de ton travail ? Tu veux avoir ta propre entreprise ?

— Pas spécifiquement. Je ne sais pas ce que je veux. C'est bien là le problème. J'aime mon travail au bar et je ne peux pas imaginer ma vie sans ça. Mais je pense que j'aimerais faire plus. J'aimerais faire quelque chose qui aide les autres. Quelque chose dont je puisse être fière. Mais je ne sais pas ce que cela pourrait être.

— Lior m'a informé qu'il avait essayé de te convaincre de donner des cours avec lui.

— Je sais et j'adore m'entraîner avec lui. Mais même si ces cours m'aident, je sais qu'ils n'enseignent pas ce que les femmes ont vraiment besoin de savoir. Pas comme ce que tu m'apprends. J'aimerais être assez bonne pour enseigner *cela* aux femmes. Ce serait utile, et c'est quelque chose qui me passionne vraiment. Mais je viens tout juste de commencer à apprendre.

— N'est-ce pas à cela que servent les objectifs, ma belle ? Tu fais de grands progrès. Si tu le veux vraiment, tu y parviendras.

— Peut-être un jour, mais je ne peux toujours pas l'enseigner seule. La seule raison pour laquelle ça marche, c'est parce que Lior et toi êtes là pour travailler sur des scénarios avec moi.

— Tu veux dire te faire peur jusqu'à ce que tu sois tellement énervée que tu déchires tout ?

Elle sourit.

— Je deviens bonne, n'est-ce pas ?

— Bien sûr.

Il glissa sa main jusqu'à la nuque de la jeune femme.

— Je suis là, gamine. Lior est là. Continue à te battre chaque semaine, et qui sait ce qui va se passer ?

Il l'attira dans un baiser lent et sensuel, leur connexion étant si forte qu'il savait que c'était le bon moment pour partager ses nouvelles.

— Mais je pense qu'il y a quelque chose de plus important que tu dois d'abord savoir.

— Qu'est-ce que c'est ?

— La mission de reconnaissance à laquelle j'ai participé aujourd'hui ?

— Oui.

— C'était pour toi. J'ai retrouvé ta mère.

— Tu l'as *retrouvée* ? demanda-t-elle avec incrédulité.

— Oui, et je suis désolé d'avoir agi dans ton dos. Je ne voulais pas te donner de faux espoirs au cas où je n'arriverais pas à la retrouver.

— Ce n'est pas grave. Tu l'as *trouvée* !

Les larmes inondèrent ses yeux et elle l'entoura de ses bras.

— Je ne pensais pas la revoir un jour. Où est-elle ? Comment va-t-elle ?

Il essuya ses larmes avec le pouce.

— Elle est à Annapolis et elle est en sécurité. Elle travaille dans une jardinerie. Mais, ma chérie, elle est mariée. Elle s'appelle Michelle Kline-Braham.

— Elle est *mariée* ? Tu l'as vue ? Lui as-tu parlé ? As-tu rencontré son mari ? C'est un bon gars ? Je t'en prie dis-moi qu'il ne lui fait pas de mal.

Elle avait passé des années sans voir sa mère, et sa première pensée était pour la sécurité de cette dernière. Comment cette femme spectaculaire avait-elle pu penser qu'il voulait s'éloigner d'elle ? Tout ce qu'il voulait, c'était que ses rêves deviennent réalité.

— Je ne les ai vus que de loin et ils avaient l'air heureux. J'ai vérifié les antécédents de son mari, Anthony. Il n'a rien à se reprocher. Pas d'antécédents, pas même une contravention. C'est un professeur de lycée qui jouit d'une excellente réputation.

Elle soupira de soulagement.

— Dieu merci.

— Mais, ma belle, il a déjà été marié une fois. Sa femme a eu une liaison et est partie. Il a la garde exclusive de leurs deux filles adolescentes, Anna et Malia, ce qui signifie…

— Ma mère a une toute nouvelle famille, dit-elle avec incrédulité.

— Mais ce n'est pas pour autant que tu n'existes pas.

— Je sais.

Elle fixa le sol d'un air absent.

Il tourna le visage de la jeune femme vers le sien, ses yeux larmoyants le transperçant de part en part.

— Ma belle, j'ai son adresse. Tu peux la voir, lui parler, arranger les choses.

— Je veux le faire.

— Alors pourquoi pleures-tu ? Parle-moi, Trace. Es-tu triste ? Heureuse ? Je ne sais pas très bien déchiffrer tes larmes ?

Elle sourit, les larmes coulant de ses yeux.

— Je suis les deux, et j'ai peur. Et si elle ne voulait pas me voir ? Et si elle était passée à autre chose et qu'elle pensait vraiment les choses qu'elle m'a dites ?

— Dans ce cas, tu t'excuses et tu lui dis que tu aurais aimé l'écouter, mais que *toi aussi*, tu as tourné la page. Que tu n'es plus cette adolescente naïve qui a fait confiance à quelqu'un qu'elle n'aurait pas dû.

Elle déglutit tandis que de nouvelles larmes glissaient sur ses joues.

— Dis-lui que tu sais que tu as eu tort, mais que tout le monde fait des erreurs et que tu veux arranger les choses entre vous deux. Dis-lui combien tu l'aimes et que tu es *digne de* son amour, et ne t'éloigne pas tant qu'elle ne t'a pas entendue.

Tracey enfouit son visage dans son cou, en pleurant. Il l'enveloppa dans ses bras et lui embrassa la tête.

— Je serai là avec toi, gamine, quand tu seras prête à y aller.

Elle releva la tête.

— Je veux y aller le week-end prochain. Après avoir fait de la musculation avec Lior samedi, si on peut avoir une journée de repos. Je peux en parler à Dixie. Ça ne devrait pas être un problème maintenant que nous avons Dana avec nous, et peut-être que tu peux demander à Jed de te remplacer ?

Elle s'essuya les yeux.

— Au moins, comme ça, je serai fixée.

— Je vais faire en sorte que ça se passe bien. On ira juste après la gym.

Il l'embrassa.

— C'est ta mère et elle t'aime, Trace. C'est pour ça qu'elle a essayé d'utiliser l'amour vache.

— J'étais trop têtue pour que ça marche.

— Je sais ce que c'est que d'être têtu. Tu sais, cette petite amie dont je t'ai parlé ? Quelques mois après avoir commencé à la voir, ma mère m'a conseillé de ne pas trop m'attacher. Elle trouvait qu'elle ne regardait pas les gens droit dans les yeux. Mais j'étais tellement arrogant et stupide que je n'ai pas écouté. Tout le monde se plante, ma belle. C'est comme ça qu'on apprend. Certaines leçons sont plus difficiles que d'autres.

L'estomac de Tracey grogna et elle posa sa main dessus en riant doucement.

Il était heureux de la voir sourire. Il l'embrassa rapidement et essaya de garder ce sourire.

— En parlant de leçons difficiles. Tu as besoin de manger, et si tu continues à t'asseoir sur mes genoux en petite culotte, la seule chose que tu auras, c'est un dessert, ici même, dans ce lit.

Elle l'entoura de ses bras.

— Un dessert avant le dîner, ça me convient.

Il fit un bruit qui ressemblait à un grognement, et il avait appris qu'elle aimait cela et, d'un geste rapide, il la fit basculer sur le dos sur le lit et s'écroula sur elle, tous deux riant.

— Le rire te va bien.

Elle se pencha et l'embrassa.

— Tu sais ce qui te va bien ?

En approchant sa bouche de la sienne, il dit :

— *Moi.*

CHAPITRE TREIZE

Lorsque le samedi arriva, Tracey était très nerveuse à l'idée de voir sa mère. Diesel avait son numéro de téléphone, mais Tracey ne voulait pas essayer de reprendre contact par téléphone. Elle avait besoin de voir sa mère en personne et elle était presque sûre qu'elle s'effondrerait quand elle la verrait, c'est pourquoi elle voulait y aller doucement. Diesel apprit que sa mère travaillait le samedi après-midi et ils avaient prévu de s'arrêter à la jardinerie pour que Tracey puisse l'apercevoir. Si elle s'effondrait, elle lui parlerait une fois qu'elle se serait ressaisie.

C'était du moins ce qui était prévu, mais son cerveau ne fonctionnait pas vraiment à plein régime. Elle avait à peine réussi à se concentrer toute la semaine et faire de la musculation avait été un échec. Elle avait essayé mais elle avait été trop distraite pour être productive. Elle avait parlé à Josie et à Izzy de son intention d'aller voir sa mère et elles avaient toutes deux proposé de l'accompagner, ce qu'elle avait brièvement envisagé. Mais Diesel était devenu la personne dont elle avait besoin. Elle ne savait pas exactement quand ce changement avait eu lieu, mais il était devenu celui à qui elle confiait ses secrets, sa tristesse et ses joies.

Elle regarda, à travers la cabine du pick-up, son homme robuste au grand cœur, admirant sa mâchoire rasée de près, qui bougeait beaucoup, comme s'il était lui aussi nerveux. Comme tous les jours, il portait sa casquette de base-ball à l'envers. Son tee-shirt noir s'étirait sur ses biceps. Son jean était délavé, ses bottes en cuir noir éraflées et abîmées. Elle aimait qu'il n'essaie jamais de l'impressionner, ni personne d'autre d'ailleurs. Il était aussi sincère que possible, n'atténuant jamais ses propos et ne jouant pas avec les émotions des gens, et ces qualités faisaient partie de celles qu'elle préférait. Elle s'était également rendu compte qu'il était l'une des personnes *les plus* communicatives qu'elle connaissait.

Il lui tendit la main et la serra de manière rassurante.

— Nerveuse, ma belle ?

— Oui. Peux-tu me distraire ? Me raconter une histoire ou un truc du genre ?

— Une histoire ? Qui commence par *Il était une fois ?*

— Tout ce que tu veux. Raconte-moi l'histoire de ta casquette. C'est ta mère qui te l'a donnée ?

Il acquiesça, tout en gardant sa main.

— Comment le sais-tu ?

— J'ai compris la première fois que tu m'as présenté Adrian. Quand nous avons parlé de ta mère, tu l'as touchée d'une manière particulière.

— C'était sa casquette porte-bonheur. Elle l'avait depuis avant ma naissance. Mais elle ne la portait presque jamais.

— Elle la gardait près de son lit, sur une boule à neige hobbit. Je lui ai demandé une fois où elle l'avait eue et elle m'a répondu que quelqu'un qui s'y connaissait en magie elfique le lui avait donné lors de sa première aventure hobbite.

— Waouh, c'est une vieille casquette. Quand te l'a-t-elle donnée ?

Sa mâchoire se serra à nouveau et il posa les deux mains sur le volant, quittant la route principale pour une rue secondaire.

— Après son dernier diagnostic. Elle a dit qu'elle avait gardé toute la magie pour moi. Mais je n'ai pas voulu la prendre. Si cette foutue chose contenait de la magie, je voulais qu'elle en ait tout le bénéfice.

— *Ohh*, Diesel.

Elle eut la gorge serrée.

— Tu es vraiment le plus gentil des hommes.

Il lui jeta un regard désapprobateur.

— On peut être dur et doux à la fois. Quand as-tu commencé à la porter ?

— Après ses funérailles. Quand j'ai quitté la maison, j'ai pris un sac à dos rempli de vêtements, la casquette et d'autres choses.

— Tu crois qu'il y a de la magie dans cette casquette ?

— Il doit y en avoir une.

Il s'arrêta à un feu rouge et lui tendit à nouveau la main. Il lui embrassa les jointures.

— Je t'ai trouvée.

— Tu vois bien ? C'est doux et romantique.

Il lui tira la main pour qu'elle se penche sur le camion et la posa sur son entrejambe, avec un sourire de loup. Le feu passa et il tourna au coin de la rue. Une minute plus tard, il était garé dans le parking du *Lowry's Garden Center*, un énorme magasin rouge flanqué de deux énormes serres, ce qui a mis ses nerfs en ébullition. Elle regarda les gens qui se pressaient autour des entrées, observant les plantes luxuriantes, les fleurs abondantes, les pots intéressants et les belles statues de jardin. Il était facile d'imaginer sa mère travaillant là. Mais sa mère était-elle la même personne aujourd'hui ? Ou avait-elle changé autant que Tracey ?

Diesel se gara et se retourna sur son siège, lui accordant toute son attention.

— Tu vas gérer, ma belle.

Ses encouragements comptaient plus que tout. Elle inspira profondément et expira lentement.

— Nous verrons bien. J'aimerais bien avoir un peu de magie en ce moment.

Il enleva sa casquette et la posa sur sa tête. Une boule se logea dans sa gorge. Elle avait un instant pensé qu'elle voulait être belle pour sa mère, mais s'il y avait un moment où elle avait besoin d'un petit *quelque chose* en plus, c'était bien celui-ci. De plus, le sourire qui éclairait le visage de Diesel renforçait sa confiance en elle.

— Tu es sacrément mignonne avec ma casquette, ma belle.

Il se pencha et l'embrassa. Puis il sortit du camion et s'approcha d'elle pour l'aider à sortir.

Elle se déplaça sur le siège et lorsqu'il lui tendit la main, elle se rapprocha.

— Je veux que tu saches à quel point j'apprécie que tu aies retrouvé ma mère et que tu sois là pour moi. Je suis tellement nerveuse que j'ai l'impression que je vais vomir mais je sais que je serais encore plus nerveuse si tu n'étais pas à mes côtés.

Ses mains remontèrent le long de ses jambes et il se pencha vers elle.

— Tu es ma nana, Trace. Nous sommes une équipe. Où tu vas, je vais. Si tu vomis, je serai là pour te nettoyer.

Elle rit.

— Si ça, ce n'est pas de l'engagement.

— Je m'occupe des gens auxquels je tiens.

Il lui fit un clin d'œil, la souleva du siège, l'embrassa et la remit sur ses pieds. Il lui passa un bras par-dessus l'épaule, mais ne se dirigea pas vers la jardinerie.

Elle savait qu'il lui laissait le temps de se ressaisir, ses yeux sombres balayant le parking. Elle prit un moment pour essayer de se préparer, mais cela ne fit qu'accroître sa nervosité, alors elle passa son bras autour de Diesel et hocha la tête, indiquant qu'elle était prête. Il la serra un peu plus fort tandis qu'ils se dirigeaient vers la jardinerie. Chaque pas faisait battre son cœur plus vite. Elle serra sa main dans le dos de la chemise de Diesel, essayant de concentrer toute son énergie et sa nervosité à cet endroit, mais c'était comme essayer de maîtriser un essaim d'abeilles. Elle se rappela qu'elle ne ferait que l'entrevoir et qu'elle pourrait ensuite s'enfuir.

Ils entrèrent dans le magasin, les odeurs de plantes, de terre et d'engrais éveillant des souvenirs tandis qu'il la conduisait à travers le magasin et dans une serre. L'esprit de Tracey s'emballa, ses yeux se posèrent sur les visages des femmes qui les entouraient, se demandant soudain si elle reconnaîtrait sa mère. Est-ce que sa mère la reconnaîtrait ? Elle avait les cheveux longs et une frange lorsqu'elle avait quitté la maison. Les murmures des clients se mêlèrent aux bruits des caisses enregistreuses qui résonnaient et aux roues des chariots qui s'entréchoquaient sur le sol en béton. C'était tellement accablant que Tracey avait l'impression qu'elle allait s'évanouir. Elle ne pouvait pas faire ça. Elle n'était pas prête. Elle s'arrêta de marcher et se tourna vers Diesel, son regard balayant la foule. Au moment où sa main se posa sur son ventre, ses yeux se posèrent sur sa mère qui descendait l'allée vers eux.

La chair de poule parcourut le corps de Tracey, les larmes coulèrent. Leurs regards se croisèrent et sa mère s'arrêta net, la mâchoire décrochée, les sourcils froncés par l'incrédulité. Tracey ne pouvait plus bouger, à peine respirer. Tout ce qui l'entourait était devenu un bruit blanc.

Des larmes coulèrent sur les joues de sa mère. Tracey aspira l'air à pleins poumons, la pièce bascula autour d'elle. Soudain, elle se mit à courir dans l'allée et sa mère se mit à courir elle aussi. Elles se heurtèrent dans un enchevêtrement de larmes et d'étreintes, les sanglots brouillant leurs paroles.

— *Tracey ?* Oh, mon Dieu. Tracey !

— Maman.

— Mon bébé. Tu m'as tellement manqué.

Sa mère la serra plus fort dans ses bras, leurs cœurs battant la chamade.

— Oh, ma douce fille.

— Je suis désolée, s'écria Tracey. Je suis vraiment désolée. J'aurais dû t'écouter.

Elle ne sut pas combien de temps elles restèrent au milieu de la serre à s'embrasser, à sangloter, à s'excuser, mais à un moment donné, sa mère dit :

— Laisse-moi te regarder, en mettant quelques centimètres entre elles.

Elle posa ses mains tremblantes sur les joues de Tracey, comme elle le faisait lorsque sa fille était petite.

— C'est vraiment toi.

Les larmes coulaient à flots sur les joues de sa mère.

— Tu es en sécurité.

Elle attira de nouveau Tracey dans ses bras.

— Je pensais que tu… Je craignais le pire.

— Je suis désolée.

Tracey ne pouvait s'empêcher de pleurer. Elle était dévastée par l'inquiétude qu'elle avait causée à sa mère et soulagée que sa mère ne la déteste pas, mais alors que les gens autour d'elles revenaient à la réalité, elle sentit la présence de Diesel derrière elle et se souvint qu'il s'agissait du lieu de travail de sa mère.

Essayant de se ressaisir, elle recula et s'essuya les yeux.

— Je n'aurais pas dû venir à ton travail. Je peux revenir quand tu seras en congé.

— Ne dis pas de bêtise. Je termine dans dix minutes. Mon patron me laissera partir maintenant. Donne-moi juste une seconde. Ne pars pas, d'accord ? Promets-moi que tu ne partiras pas.

— Je ne le ferai pas. Je le promets.

Tracey regarda sa mère se précipiter vers un homme qui se tenait près d'une caisse et lui fit signe. Sa mère leva un doigt en direction de Tracey et disparut dans un coin du magasin. Tracey tendit la main à Diesel, le sourire dans ses yeux correspondant à celui de son cœur.

— Elle ne me déteste pas.

Des larmes menaçaient à nouveau de couler et il la prit dans ses bras.

— Je suis tellement heureux pour toi, ma chérie.

— Je n'en reviens pas. Je te remercie. *Oh, mon Dieu.* Merci.

Elle lui prit la main tandis que sa mère se précipitait vers eux, un sac à main en bandoulière, les yeux curieux posés sur Diesel.

— Maman, voici mon petit ami, Diesel. C'est lui qui t'a trouvée pour moi.

Diesel acquiesça.

— C'est un plaisir de vous rencontrer, madame.

— Diesel ? C'est un nom intéressant, dit-elle affectueusement.

— C'est un nom de route, madame. Mon prénom est Desmond Black.

— C'est un biker, expliqua Tracey. Ils ont tous des noms de route.

— Eh bien, Diesel le biker, comment pourrais-je te remercier de m'avoir ramené ma douce fille ?

Elle se remit à pleurer et elle ouvrit les bras pour le serrer contre elle. Tracey retint son souffle, pensant à l'inconfort de Diesel, mais il prit sa mère dans ses bras.

— Vous voir toutes les deux ensemble est un remerciement suffisant.

— Je ne suis pas sûre que ce soit vrai mais je suis reconnaissante.

Sa mère lui sourit puis regarda Tracey.

— On peut aller prendre un café et rattraper le temps perdu ? Tu as le temps ?

— Oui. Nous en serions ravis.

— Nous avons tant de choses à nous dire.

Sa mère prit les bras de Tracey et de Diesel et les conduisit vers la porte. Alors qu'ils passaient devant quelques collègues de sa mère, qui les observaient avec curiosité, celle-ci s'écria :

— Je vais prendre un café avec ma fille !

TRACEY ET SA mère étaient assises dans un joli café au coin de la rue de la jardinerie. Par la fenêtre, sa mère montra Diesel adossé à son camion, les bras croisés, le menton bas.

— Il n'avait pas vraiment besoin de passer des coups de fil, n'est-ce pas ?

— Non. Il voulait nous laisser seules.

— C'est gentil de sa part. Il est beau, chérie, et j'aime la façon dont il nous a ouvert les portes et m'a appelée *madame*, même si cela m'a fait sentir mon âge. Mais c'est beaucoup de muscles, ma chérie, et je ne connais pas grand-chose aux bikers, alors je dois te poser la question. Est-ce qu'il est gentil avec toi ?

— Il est plus que gentil pour moi. Je sais qu'il a l'air intimidant, mais sous cette armure se cache un cœur en or. Il n'est pas seulement bon avec *moi*, maman. Il est bon avec tous ceux qui sont proches de lui. Tu aurais dû le voir acheter des cadeaux d'anniversaire pour les enfants de nos amis. Il a passé plus d'une heure à choisir des poupées et des GI Joes, parce qu'il voulait qu'ils soient parfaits. C'est un anniversaire sur le thème de l'Ouest, et l'autre soir, il m'a fait la surprise de m'offrir une jolie paire de bottes de cow-girl et un chapeau.

Elle était tellement nerveuse qu'elle divaguait. Elle regarda Diesel par la fenêtre et prit une grande inspiration, se sentant déjà plus calme.

— Je n'étais pas sûre de vouloir être avec un autre homme après Dennis. Mais nous nous sommes mis ensemble et maintenant, je ne peux pas imaginer ma vie sans lui.

— Oh, ma chérie. Je suis si contente que tu sois heureuse.

Sa mère jeta un coup d'œil à Diesel.

— Il nous a réunis. Je suppose que cela aurait dû me dire tout ce que j'avais besoin de savoir. Mais les choses que les gens disent sur les bikers m'ont un peu inquiétée.

Tracey essaya de la rassurer en lui parlant des Dark Knights et des bonnes choses qu'ils faisaient pour la communauté. Elle ne savait pas trop par où commencer pour parler de son histoire avec Dennis, alors elle fit marche arrière, racontant à sa mère comment Diesel et elle travaillaient ensemble et elle lui parla de l'attaque. Sa mère prit sa main à travers la table pendant qu'elle racontait les détails de ce qui avait suivi l'agression, y compris la façon dont Diesel s'était occupée d'elle. Sa mère posa une tonne de questions, et revivre cette nuit fut douloureux, mais Tracey voulait que sa mère sache la vérité. Elle la rassura en lui disant qu'elle allait bien. Elle lui parla de ses cours d'autodéfense avec Diesel et Lior, et quand elle ne put plus repousser le moment, elle lui raconta ce qui s'était passé avec Dennis.

Elles pleurèrent toutes les deux et sa mère s'installa à côté d'elle pour la prendre dans ses bras. Elles restèrent assises l'une à côté de l'autre, chacune un genou plié sur le banc, leurs bras drapés sur le dossier du siège, se tenant les épaules l'une l'autre. Tracey lui raconta comment elle s'était retrouvée au refuge et comment elle avait fait la connaissance des Whiskey et de leurs autres amis.

— Dieu merci, tu t'en es sortie vivante. Je veux rencontrer toutes ces personnes merveilleuses et les remercier en personne.

Sa mère essuya ses larmes.

— Je suis vraiment désolée, ma chérie. Je n'aurais jamais dû te poser cet ultimatum. Je l'ai regretté chaque jour depuis. Je n'ai jamais cessé d'essayer de t'appeler. Même après que ton numéro de téléphone n'ait plus été attribué.

— C'est ma faute. Je n'aurais pas dû partir. J'aurais dû répondre à tes appels. J'aimerais pouvoir revenir en arrière et faire des choix différents. J'ai eu peur de te chercher quand je suis arrivée au refuge parce que l'eau avait coulé sous les ponts et j'ai cru que nous allions nous y noyer toutes les deux.

— *Chérie*, rien ne peut nous séparer.

— Je le sais maintenant. J'ai finalement trouvé le courage de t'appeler au début de l'année. Mais je n'ai pas pu te trouver. Ton numéro n'était plus attribué. J'ai même cherché sur Internet, tout en sachant que je ne te trouverais pas. J'ai pensé que tu te cachais peut-être de moi.

— Je *ne ferais jamais ça*. Ton père est sorti de prison, il y a quelques années et il s'en est pris à moi. Je n'ai pas eu d'autre choix que de quitter la ville et de repartir à zéro, et les téléphones sont tellement traçables de nos jours. J'ai dû me débarrasser du mien et obtenir un nouveau numéro. Mais çait des années, Trace, et tu ne m'as jamais contactée. Je pensais que tu en avais fini avec moi.

— Jamais. J'étais perturbée, maman, en mode de survie. Je suis vraiment désolée.

La tristesse l'envahit, se mêlant à la panique de voir son père s'en prendre à sa mère.

— C'est bon. Je suis passée par là, ma chérie. Je déteste que tu aies vécu ça.

Tracey passa outre la tristesse, ne voulant pas s'y enliser, et se concentra sur sa plus grande inquiétude.

— Est-ce qu'il t'a retrouvée ? Est-ce qu'il t'a encore fait du mal ?

— Non, mais il a essayé. Il m'a attrapée à la sortie de l'épicerie et a essayé de me faire monter de force dans sa voiture. Heureusement, il y avait des hommes qui m'ont entendue crier et qui ont couru pour m'aider. Ton père est parti mais j'étais terrifiée à l'idée qu'il revienne. J'ai quitté la ville à ce moment-là. Je ne suis même pas rentrée chez moi pour prendre mes affaires. J'avais peur qu'il m'attende. Je me suis retrouvée ici, à Annapolis, et une fois que je me suis installée et que je me suis sentie en sécurité, j'ai appelé la police pour signaler ce qui s'était passé.

— L'ont-ils arrêté ? Est-il en prison ?

— Ils n'ont jamais eu cette chance. Le lendemain de son agression, il s'est lancé dans une course de voitures illégale et a envoyé la sienne par-dessus un mur de rétention, sur les voitures venant en sens inverse. Il a été tué sur le coup.

— Oh mon Dieu. Quelqu'un d'autre a été blessé ?

— Un chauffeur de camion qui a percuté sa voiture mais heureusement le conducteur n'a pas été gravement blessé.

— Dieu merci. Est-ce que ça fait de moi une personne horrible si je suis soulagée qu'il soit mort ?

— Non, chérie. Il n'a jamais rien apporté de bon dans ta vie et il n'a pas été le gars dont je suis amoureuse depuis des décennies, si tant est qu'il ne l'ait jamais été. Est-ce que Dennis t'a déjà cherchée ?

— Je ne pense pas.

— C'est bien. Et maintenant, tu as Diesel, qui semble très vigilant.

Tracey la regarda par la fenêtre, parlant au téléphone alors qu'il faisait les cent pas près du pick-up. Comme s'il sentait que ses yeux étaient braqués sur lui, il se retourna et leva le menton en signe de reconnaissance.

— C'est vrai et il est férocement protecteur envers moi. Mais j'ai appris qu'il y a une grande différence entre *protéger* et *contrôler*. Diesel n'essaie jamais de me dire où aller, comment agir ou comment m'habiller.

Même s'il l'avertissait parfois que certaines tenues pourraient l'amener à la traîner dans l'arrière-boutique au travail. Elle prenait des notes et portait ces tenues de manière stratégique, comme l'autre soir où elle avait porté la mini-jupe à carreaux rouges et noirs qu'il adorait et où ils n'avaient même pas atteint sa chambre dans le club-house avant d'avoir fait des choses délicieusement cochonnes. Il s'avérait qu'elle *aimait* être penchée sur une table de billard par lui. De qui se moquait-elle ? Elle aimait chaque chose sexy qu'ils faisaient. Mais ce n'est pas le moment d'y penser.

— Diesel m'a dit que tu as un nouveau mari et deux belles-filles adolescentes. Es-tu heureuse ? Est-il bon avec toi ? Comment l'as-tu rencontré ? Je veux tout savoir.

Sa mère sourit.

— Il est merveilleux et les filles aussi. Quelques mois après mon déménagement, je travaillais à la jardinerie. Tony et ses filles, Anna et Malia, sont venus chercher des fournitures pour démarrer un jardin. Ils n'avaient *aucune* idée de ce qu'ils faisaient et je les ai aidés à trouver une solution. Elles sont revenues le lendemain, puis le surlendemain, et Trace, la façon dont il se comportait avec ses filles m'a fait fondre. Elles sont venues le week-end suivant et les filles, qui avaient onze et treize ans à l'époque, m'ont demandé si je pouvais passer chez elles pour m'assurer qu'elles faisaient bien les choses.

— Elles ont joué les entremetteuses ?

— Oui, c'était le cas.

Sa mère rit.

— Et j'en suis ravie. Tony les élève depuis qu'elles ont cinq et sept ans. C'est un père merveilleux, patient et aimant. Il plaisante beaucoup. Il n'est pas très drôle, mais il pense l'être, et les filles sont gentilles. J'attends toujours que les années de rébellion arrivent, mais ce n'est pas encore le cas. Anna est parfois un peu insolente, mais elle a quinze ans, donc c'est normal. Malia, qui a treize ans, la harcèle à ce sujet. C'est très mignon. Tu ne vas pas le croire mais elles jouent toutes les deux au foot, comme toi. Tony a entraîné leurs équipes quand elles étaient plus jeunes.

— Je suis si heureuse pour toi, maman.

Elle dut poser la question qui lui brûlait les lèvres.

— Est-ce qu'ils sont au courant pour moi ?

— *Bien sûr qu'*ils savent pour toi. Tout le monde dans ma vie sait pour toi. Tu es la seule raison pour laquelle j'ai gardé le nom de famille de ton père. Je pensais que tu en avais fini avec moi, mais je n'ai jamais perdu espoir.

Tracey baissa les yeux.

— J'ai perdu l'espoir que tu veuilles de moi dans ta vie. Je suis si heureuse que Diesel n'ait pas laissé les choses en l'état. Je suis désolée, maman.

Les larmes coulèrent à nouveau sur ses joues et sa mère la prit dans ses bras.

— C'est bon, chérie. Ne nous attardons pas là-dessus. Nous sommes ensemble maintenant et c'est ce qui compte le plus.

Tracey s'assit, essuyant ses larmes.

— Est-ce que les filles et Tony me détestent pour t'avoir quittée ?

— Non, ma chérie. Mais les filles m'en voulaient beaucoup de penser que l'amour vache ne ferait rien d'autre que de te faire fuir. J'aurais dû m'en douter. J'étais comme toi à cet âge-là, et c'est sans doute pour ça que je me suis battue si fort pour te garder à mes côtés. Nous ne pouvons pas changer le passé, mais grâce à Diesel, nous avons la chance d'avoir un avenir.

Son téléphone retentit avec un message et elle le sortit de son sac à main.

— C'est Tony. Je l'ai appelé sur le chemin pour lui dire que je serais en retard. Nous n'avons pas besoin de nous arrêter en parlant. Mais est-ce que Diesel et toi avez quelque chose de prévu ce soir ? Tony va chercher des steaks à griller pour le dîner et j'aimerais beaucoup faire plus ample connaissance avec Diesel et vous présenter ma/notre *famille*.

Le simple fait de prononcer les mots "*notre famille*" fit couler encore plus de larmes.

— Nous en serions ravis.

— As-tu besoin de voir avec Diesel si c'est bon ?

— Non, maman. Il veut juste me voir heureuse.

En prononçant ces mots, elle prit conscience de l'impact de ces mots.

— Oh ma chérie.

De nouvelles larmes apparurent dans le regard de sa mère, engendrant de nouvelles larmes chez Tracey. Elles rirent et se prirent dans les bras.

— Dans quel état sommes-nous !

— Non, maman. Nous *étions* dans un sale état. Maintenant, nous sommes heureuses.

CHAPITRE QUATORZE

— J'ÉTAIS SI nerveuse, mais tu avais raison. Elle m'aime inconditionnellement…

Depuis dix minutes, Tracey ne tarissait pas d'éloges sur sa mère, passant d'une partie de leur conversation à une autre tandis qu'ils suivaient cette dernière jusqu'à sa maison. Diesel était ravi pour elles deux. Il avait voulu trouver un moyen d'ouvrir cette porte pour qu'elle puisse guérir de ce fossé depuis qu'elle lui en avait parlé pour la première fois et les voir ensemble était tout ce qu'il y avait de plus important. Même si cela ravivait la nostalgie de sa propre mère. Avant Tracey, il aurait combattu ces sentiments avec tout ce qu'il avait, mais maintenant il les accueillait.

— J'ai l'impression qu'on m'a donné un nouveau souffle et c'est grâce à *toi*, dit-elle, le tirant de ses pensées.

Elle était plus qu'adorable, portant sa casquette de base-ball et un sourire exalté qui surpassait le soleil.

— Comment *pourrais*-je te remercier ?

Il lui fit un sourire timide.

— Je suis d'accord. *Tout le monde y gagne.*

Elle rit, mais lorsque sa mère s'engagea dans l'allée d'une modeste maison de deux étages avec de beaux jardins devant et que Diesel se gara sur le trottoir, son expression devient sérieuse.

— Et si je ne m'intégrais pas à eux ? Tu crois que ce sera le cas ? Je n'arrive toujours pas à croire que ma mère ne me déteste pas. Elle a dit que les filles ne me détestaient pas, mais si c'était le cas ? Elles jouent au foot. Je te l'ai déjà dit ?

— Oui, une dizaine de fois.

Il lui prit la main, souhaitant pouvoir effacer son inquiétude.

— Tu es la personne la plus sympathique que je connaisse. S'ils ont un problème, c'est de leur faute, pas de la tienne.

Il fit signe à Anthony qui sortait par la porte d'entrée, vêtu d'un pantalon habillé et d'un polo bleu, en faisant signe à sa mère.

— Allons-y.

Il s'approcha pour aider Tracey à sortir, et avec son bras protecteur autour d'elle, ils allèrent à la rencontre de son beau-père. Diesel le jaugea à mesure qu'ils s'approchaient. Il mesurait environ un mètre quatre-vingt, était bien bâti, avait les cheveux rasés de près et portait une courte barbe. Il avait un bras autour de sa femme et ses yeux bienveillants indiquaient à Diesel qu'il avait probablement mérité la bonne réputation dont il avait entendu parler.

— Bienvenue à la maison, Tracey. Je suis Tony et je suis si heureux que tu sois là.

Il le dit comme s'ils étaient de vieux amis. Si l'expression du visage de Tracey n'avait pas fait chavirer Diesel, ça aurait été le cas à ce moment-là. Tony lui tendit la main.

— J'aime bien prendre les gens dans mes bras mais les filles m'ont dit de ne pas te faire peur.

Tracey sourit.

— Ce n'est pas grave. On peut s'embrasser.

Elle le prit dans ses bras.

— Voici mon petit ami, Diesel.

— Je te proposerais bien de te serrer dans mes bras aussi, mais tu me fais un peu peur.

Tony rit et serra la main de Diesel.

— Michelle m'a dit que tu étais un grand homme, mais *waouh*. Qu'est-ce que ta maman t'a donné à manger ?

— Ce qu'il y avait dans les placards, monsieur.

— Je t'en prie, moi c'est Tony.

Il posa la main sur son épaule.

— Les filles sont à l'arrière en train de taper dans un ballon de foot. Elles sont impatientes de vous rencontrer tous les deux. Voulez-vous les rencontrer ?

— Oui, j'aimerais beaucoup, dit Tracey en prenant la main de Diesel alors qu'ils se dirigeaient vers l'arrière-cour.

— Vos jardins sont magnifiques.

— Tout ça, c'est tout grâce à ta mère, dit Tony. J'aime les fleurs, mais je suis plus doué pour les tuer que pour les faire pousser.

Alors qu'ils arrivaient sur le côté de la maison, la plus jeune fille cria :

— Ils sont là ! et elle courut vers eux.

Elle était grande et maigre, avec une tête pleine de tresses et un visage doux et joyeux.

— Bonjour ! Je m'appelle Malia, et voici ma sœur Anna, là-bas.

Elle serra Tracey dans ses bras tandis que sa sœur s'approchait d'elle avec un air prudent et curieux, tenant le ballon de foot sous un bras.

— Bonjour, moi, c'est Tracey.

— Nous savons. Nous attendons depuis longtemps de te rencontrer.

Malia rayonna en direction de Diesel.

— Et tu es son petit ami, Diesel, qui est le nom le plus cool *qui soit*. Papa a dit que tu étais un biker et que c'était ton nom de route. Je veux un nom de route.

Anna, qui était également grande et mince mais avait des cheveux épais et bouclés leva les yeux au ciel.

— Tu ne fais pas partie du monde des bikers. On ne donne pas le nom des routes aux enfants.

— En fait, je donne des noms de route à certains enfants.

Diesel regarda Malia.

— Et si on t'appelait *Kicks* ?[4] Et comme ta sœur est une dure à cuire, comme Tracey, on peut l'appeler *Spitfire*.

Anna sourit et Malia poussa un cri.

— Oui ! *Parfait.* Je les adore !

Malia le serra dans ses bras et il lui tapota le dos maladroitement.

Tracey rit.

— Diesel n'est pas très câlin.

— Pourquoi ? demanda Malia.

— *Malia*, laisse-le tranquille, dit Tony.

— Mais tu dis toujours que les câlins sont ce qui fait battre nos cœurs. C'est un grand garçon, déclara Malia. Je parie que son cœur doit travailler *très* dur.

Ils éclatèrent tous de rire, même Anna, qui regardait toujours Tracey. Anna déplaça le ballon de foot sur son autre hanche.

— J'ai entendu dire que tu jouais aussi au foot.

— Je l'ai fait, il y a longtemps, dit Tracey.

---

[4] Kick fait référence aux coups de pied au football et Spitfire évoque l'énergie du personnage.

Malia pencha la tête.

— Ta mère a dit que tu étais très douée.

— Elle l'était. Elle a marqué beaucoup de buts, tout comme vous, les filles, dit Michelle.

Anna se redressa.

— Tu veux nous montrer ce que tu as dans le ventre ?

— Je n'ai pas touché un ballon de foot depuis le lycée.

— C'est comme faire du vélo.

Anna fit tourner la balle sur son index.

— D'accord, mais ne vous moquez pas de moi si je suis nulle.

Tracey les suivit dans la cour, avec Malia qui discutait à bâtons rompus.

— Anna peut être un peu difficile au début, déclara Michelle.

— Tracey aussi.

Diesel la regarda jouer au ballon avec les filles, se rappelant comment elle avait l'habitude de lui donner du fil à retordre avant qu'ils ne se mettent ensemble. Elle était toujours aussi dure et hargneuse, mais maintenant, elle était auréolée de quelque chose de profond et d'enjoué. Il regarda Michelle.

— Tu es proche d'Anna et de Malia ?

— Très, déclara Michelle.

— La mère des filles est partie quand elles étaient jeunes et elle n'a plus aucun contact avec elles, expliqua Tony. Elles sont tout de suite tombées sous le charme de Michelle, tout comme moi.

— Alors, il semble qu'Anna ait une raison d'être dure, dit Diesel. Elle a perdu sa mère. Elle ne veut pas en perdre une autre.

Michelle le regarda pensivement.

— Je n'y avais pas pensé. Tu as probablement raison.

— Comment est ta famille, Diesel ? Es-tu proche de tes parents ?

Il reporta son attention sur Tracey, riant avec les filles alors qu'elle leur montrait quelques mouvements de pieds.

— Il n'y avait que ma mère et moi. Nous étions proches, mais elle est décédée il y a longtemps de cela.

— Je suis désolé de l'apprendre, dit Tony.

— Elle doit beaucoup te manquer.

Michelle lui toucha le bras, rapprochant ses yeux des siens.

— Je sais que tu n'es pas du genre à faire des câlins mais je ne pensais pas revoir ma fille un jour et tu me l'as ramenée. Et tu n'as pas de mère pour te dire à quel point tu es un homme remarquable.

Les larmes lui montèrent aux yeux.

— Est-ce que je peux juste…

Diesel la prit dans ses bras et l'embrassa.

— Merci, répondit Michelle à travers ses larmes, en le serrant contre elle. Merci de m'avoir ramené mon bébé.

Diesel se rebella contre les émotions qui l'envahissaient.

— Au final, tu n'es pas contre des câlins, dit Tony alors que Michelle s'éloignait des bras de Diesel.

— Je suis un *sélectif* de l'étreinte. Bon timing, mon ami. Bon timing.

Ils pouvaient remercier Tracey pour cela.

— Hé, venez jouer avec nous ! Venez jouer avec nous ! Hurla Malia en leur faisant signe d'aller sur l'herbe.

— Papa a des steaks à faire griller, dit Tony. Elles m'ont épuisé en s'entraînant cet après-midi.

— Je vais jouer ! Si vous voulez bien m'excuser, messieurs.

Michelle courut vers les filles.

— Et toi, Mr *Sans Plomb* ? s'écria Anna et les filles s'esclaffèrent.

— *Désolée*, s'exclama Tracey en souriant comme si elle était au sommet du monde.

Diesel gloussa et secoua la tête.

— Je pense que je vais aider à faire griller ces steaks.

— Peut-être plus tard, alors !

Malia s'enfuit avec Tracey et les autres.

— Elle ne va pas te laisser faire, dit Tony.

— Je ne suis pas un joueur de football.

— Elle s'en moque. Quand Malia veut quelque chose, elle trouve toujours un moyen de parvenir à ses fins, jusqu'à ce que tu n'aies d'autre choix que de céder.

Il regarda Tracey courir avec sa mère et ses demi-sœurs, rire et se taquiner, et il ne put pas détourner le regard.

— Elle me rappelle une autre fille spéciale que je connais.

BIEN PLUS TARD CE soir-là, après un merveilleux dîner et une soirée passée à renouer avec sa mère et à apprendre tout ce qu'il y avait à savoir sur sa nouvelle famille, Tracey s'allongea avec Diesel dans son lit au club-house, profitant des suites de leurs ébats. La fenêtre était ouverte, les bruits de la nuit audibles à travers les rideaux tandis qu'elle faisait défiler les photos qu'elle avait prises dans la maison de sa mère. Elle portait la chemise de Diesel, mais une légère brise rafraîchissait ses jambes nues. Elle se blottit donc plus près de sa chaufferette personnelle, vêtue seulement de son boxer.

Il lui embrassa la tête.

— Je vais commencer à laisser la fenêtre ouverte plus souvent.

— Ça m'a l'air bien.

Elle arriva à une photo de sa mère et de Tony assis dans le patio derrière leur maison, se tenant par la main.

— Regarde comme elle est heureuse. Elle semble tellement plus détendue qu'avant. Je sais que c'est en grande partie parce que mon père est parti et qu'elle n'a plus peur. Mais je pense que c'est aussi à cause de Tony et des filles. Ils lui font du bien.

Diesel la serra contre lui. C'était sa façon à lui d'être d'accord avec elle. Tracey n'était pas seulement habituée à ses manies, elle les adorait. Il y avait quelque chose de merveilleux et d'intime dans le fait d'être tellement en phase avec une personne qu'elle pouvait lire dans ses pensées. En faisant défiler d'autres photos, elle tomba sur quelques-unes où le regard de Diesel était un peu torturé et sa mâchoire serrée. Elle avait remarqué cela plusieurs fois au cours de la soirée et elle était presque sûre qu'il avait pensé à sa mère. Elle voulait lui poser des questions à ce sujet mais une partie de l'amour que l'on portait à Diesel consistait à savoir quand évoquer les parties de sa vie qu'il gardait le plus près de son cœur, et ce n'était pas le moment.

Elle continua à regarder les photos, s'amusant de certaines, en étudiant d'autres, voulant s'imprégner le plus possible de chacune. Elle avait également pris plusieurs photos de leurs jardins.

— Ma mère rêvait d'avoir une belle cour avec des jardins et des arbres en fleurs. Je suis si heureuse qu'elle les ait enfin.

Elle arriva à une photo de Diesel assis à la table du patio à côté de Malia, une part de tarte devant lui, la fourchette en l'air. Malia arborait un énorme sourire, attrapant sa part de tarte avec sa fourchette. Les sourcils de Diesel étaient froncés, ses yeux plissés, comme s'il essayait de se renfrogner, mais ses lèvres, qu'elle voulait embrasser, étaient retroussées sur les bords dans un sourire des plus mignons. Tracey aurait pu regarder cette photo toute la nuit. Elle avait cru tomber amoureuse de lui, mais ce soir, elle savait sans l'ombre d'un doute qu'il avait été mis sur cette terre non seulement pour sa mère – le monde de cette dernière avait clairement tourné autour de lui – mais aussi pour *elle*.

— Qui *est ce* type souriant ?

Elle souleva le téléphone pour qu'il puisse mieux le voir.

— Un trou du cul, grommela-t-il.

Elle posa son téléphone sur la table de nuit et se déplaça pour le voir, son menton reposant sur son torse.

— Je pensais que tu pouvais être brusque, mais maintenant je sais que tu essayais juste de te retenir de me courir après.

Ses lèvres se retroussèrent.

— Je peux être un connard, Tigresse.

— Bien sûr, quand les gens font des choses qui le justifient.

Il lui palpa les fesses et les pinça. Elle avait appris que cela signifiait qu'il n'était pas sûr d'avoir raison, mais qu'il n'allait pas discuter de ce point.

— Je vais faire imprimer cette photo et l'encadrer, ainsi qu'une douzaine d'autres, et les accrocher à la maison avant qu'ils n'arrivent dimanche prochain.

Sa mère avait demandé s'ils pouvaient revenir le lendemain mais ils avaient promis d'assister à la fête d'anniversaire de Kennedy et Lincoln. Sa mère voulait voir où Tracey vivait et travaillait et ses demi-sœurs – elle *avait des sœurs* ! – voulaient voir tous les endroits dont Tracey leur avait parlé, comme le magasin de glaces de Penny, la pizzeria du père d'Adrian et le port. Elles avaient alors organisé la visite de la famille de sa mère pour le dimanche d'après. Les filles avaient confié à Tracey que d'ici là, elles allaient s'efforcer de convaincre leurs parents de les laisser faire un tour sur la moto de Diesel, ce qui mettait sa mère et Tony un peu mal à l'aise. Tracey s'était demandé si elle ne se sentirait pas gênée d'entendre les filles désigner sa mère comme la leur. Mais ce n'était pas le cas. Sa mère avait plus que suffisamment d'amour pour elles toutes.

— Imprime quelques copies supplémentaires pour ici aussi.

— Tu veux des preuves de notre présence *ici* ? Dans ta garçonnière ?, la taquina-t-elle. Là où tes amis bikers pourraient les voir ?

Il lui donna une claque sur les fesses, ce qui la fit rire.

— C'est drôle comme tout peut changer en un mois, ou même en un jour. Hier, nous n'étions que tous les deux. Bien entendu, nous avons nos amis et ils sont comme notre famille, mais maintenant nous avons ma mère, Tony, Anna et Malia. Nous avons une vraie famille.

Il la serra plus fort dans ses bras et elle embrassa sa poitrine, profitant de leur proximité pour poser la question difficile.

— La journée a-t-elle été difficile pour toi ?

— J'étais heureux pour toi.

— Je sais que c'est le cas, mais ce n'est pas ce que je t'ai demandé. Est-ce que le fait de me voir avec ma mère t'a fait regretter davantage la tienne ? Parce qu'elle m'a manqué pour toi. J'ai senti une douleur dans ma poitrine, souhaitant que tu puisses passer plus de temps avec elle et souhaitant avoir la chance de la rencontrer.

Il la serra à nouveau dans ses bras, déposa un baiser sur son front, ses lèvres s'y attardant, et elle sentit son cœur battre un peu plus vite. Il la regarda, ses yeux orageux soutenant les siens.

— C'est normal de l'admettre. Cela n'enlèvera rien à l'excitation de la journée, le rassura-t-elle.

Ses sourcils se froncèrent, comme si c'était encore plus difficile à admettre que lorsqu'il lui avait annoncé le décès de sa mère.

— Diesel, je...

Le mot *Je t'aime* était sur le bout de la langue mais elle ne voulait pas l'effrayer.

— Je tiens à toi et je veux savoir ce que tu ressens.

Elle remonta le long de son corps et murmura :

— Tu sais que tu peux me confier tes secrets.

Cela lui valut un sourire sincère *et une* pression sur les fesses.

— J'ai beaucoup pensé à elle aujourd'hui, gamine. J'aurais aimé qu'elle soit là avec nous, qu'elle joue de la guitare, qu'elle apprenne à vous connaître, toi et eux.

Il haussa les épaules.

— Mais ce n'est pas en le souhaitant que ça arrivera et je ne veux pas que ça te mine.

— Quand tu t'ouvres à moi comme ça, ça nous rapproche. Cela ne pourrait jamais me miner le moral. Cela le booste.

— *Mon Dieu*, Trace, dit-il avec incrédulité, d'un ton un peu bourru. Les choses que tu dis...

Elle traça les contours des tatouages sur son épaule.

— Est-ce qu'elles te semblent bizarres ?

— Elles semblent *irréelles*, mais venant de ta part, elles paraissent réelles.

— Parce que c'est réel, mais je vois ce que tu veux dire, parce que c'est comme tes sentiments pour moi. Tu ne me le dis peut-être pas avec des mots mais tu le dis d'une autre manière. Je l'entends et le ressens haut et fort. *Cela* me donne des ailes.

Ses sourcils se froncèrent à nouveau et il passa le dos de ses phalanges sur sa joue. Il ne dit rien pendant une minute ou deux, et lorsqu'il le fit, sa voix était rauque, emplie d'émotions.

— Après le dîner, quand tes sœurs nous ont montré leurs albums d'école, le sentiment d'être *à la maison* m'a manqué. Ce sentiment quand on franchit la porte, qu'on enlève ses bottes et que tout semble normal et confortable. Je n'ai pas eu ce sentiment depuis que ma mère est tombée malade, parce qu'après ça, tout est parti en vrille. Mais je t'ai regardée et ça ne m'a plus manqué.

Il l'avait à nouveau laissée sans voix, son cœur menaçant de sortir de sa poitrine pour aller vers lui. Elle conserva tout cela, après sa confession, et le garda précieusement en tête.

— Alors oui, ma belle. C'est drôle comme les choses peuvent changer rapidement. Un jour, je travaille au *Whiskey's*, je pense que je peux y rester un moment, aider les Whiskey, et le lendemain, tu débarques et tu me mets sur les fesses, me donnant l'impression que mon fichu cœur va exploser.

— Vraiment ? Parce que tu m'as jeté des regards noirs, et ce n'était pas le bon genre.

— *Oui*, c'est vrai. Tu m'as mis dans tous mes états. Je n'avais aucune idée de ce qui se passait et c'est probablement ce que tu as vu quand je t'ai regardée. Tu étais si belle avec ta coupe de cheveux et tes grands yeux noisette, effrayée comme une souris mais dure comme la pierre. Je ne pouvais pas détourner le regard. Je voulais t'envelopper et te protéger de tout et de tous. Puis Red m'a demandé si je pouvais garder un œil sur toi, et au fur et à mesure que le temps passait, je voulais plus que te regarder. J'ai cru que je perdais la tête. Tu étais ce petit bout de femme, rien à voir avec les filles que je connaissais, et tu avais quoi ? Vingt-quatre ans ? J'avais trente ans et ça ne me convenait pas non plus. Mais ensuite, j'ai appris à te connaître, et tout cela n'a plus eu d'importance. Puis, ce mariage a tout changé. Te regarder dans cette petite robe moulante, penser à quel point j'étais mordu, mais au moins, je gardais ça sous contrôle.

— Pas vraiment, dit-elle d'un ton taquin. Izzy, Dix et toutes les autres n'arrêtaient pas de me dire que tu voulais me prendre sur le billard.

Il rit.

— Eh bien, elles n'avaient pas tort.

— Je le sais maintenant. Mais souviens-toi, à Thanksgiving, quand tu m'as acculée et demandé si j'avais une personne pour m'accompagner au mariage, j'étais si confuse.

— On était deux, dans ce cas.

— Et puis au mariage, j'ai cru que tu allais m'inviter à danser.

— Cette nuit-là a tout changé. Je gardais mes distances jusqu'à ce que Rhys ne jette son dévolu sur toi de l'autre côté de la piste de danse. *Mon Dieu.* Soudain, j'ai compris que tu étais tout ce que je désirais et tout ce qui comptait.

Elle se sentait bien dans tous les sens du terme.

— Je *devrais* peut-être remercier ce bon vieux Dr Rhys, parce que la nuit où je suis sortie avec lui a tout changé pour moi aussi. Lorsque je me suis préparée pour notre rendez-vous, je me souviens avoir pensé qu'après de trop nombreuses années passées à survivre, je m'étais *enfin* trouvée. J'avais une bonne vie et j'étais prête pour quelque chose de plus. C'était *énorme* pour moi. Il y a deux ans, je n'étais pas sûre de retomber sur mes pieds, et encore moins d'être prête à faire suffisamment confiance à quelqu'un pour me rapprocher de lui. J'étais fière du chemin parcouru. Je n'avais pas *besoin d*'un homme. J'étais heureuse avec mes amis, mon travail. Je faisais du sport et je devenais plus forte. J'étais heureuse de ce que *j*'étais.

Elle passa distraitement un doigt sur sa poitrine en parlant.

— Et cette agression aurait pu m'entraîner dans une spirale infernale. Mais tu étais là, me rappelant de ne pas les laisser me briser.

Au fur et à mesure qu'elle prononçait ces mots, quelque chose lui apparut.

— Ce n'est pas étonnant que la nuit où je suis sortie avec Damon, j'ai continué à souhaiter que *tu* sois mon autre chose. J'ai eu tort de le remercier. C'est *toi qui* mérites la gratitude. Tu m'as donné le courage d'aller chercher ce que je voulais *vraiment*, pas lui. C'est grâce à toi que j'ai franchi la porte du club-house pour te dire le fond de mes pensées, et c'est grâce à toi que j'ai fini par te donner mon cœur.

Il arqua un sourcil.

— Parce que je t'ai énervée ?

— Oui, mais tu m'as aussi excitée. Tu as pris ma vie qui était belle et tu l'as rendue géniale. Même si tu m'as empêchée d'être invitée à danser pour la première fois de ma vie.

Sa mâchoire se crispa.

— Tu voulais danser avec Rhys ?

— Je voulais danser avec *toi* mais tu voulais tellement le faire fuir que tu ne l'as même pas remarqué.

— Je reviens tout de suite.

Il descendit du lit et décrocha son téléphone, lui tournant le dos. Il posa le téléphone sur la table de nuit et la chanson *The Promise* de When in Rome se lança.

Diesel se retourna, un petit sourire ourlant ses lèvres.

— Danse avec moi, gamine.

Ce n'était pas une question, mais alors qu'il la tirait vers ses pieds et dans ses bras, c'était du *Diesel tout craché*, ce qui était bien mieux. Alors qu'ils dansaient, Diesel murmura plus qu'il ne chantait, qu'il la protégerait et qu'il ne savait pas quels mots prononcer, ce qui fit naître une boule dans la gorge de la jeune femme. Il la serra plus fort, son grand corps l'enveloppant, son cœur battant contre sa joue. Elle l'écouta attentivement, ne voulant pas manquer un seul mot alors qu'il chantait qu'il serait toujours là, qu'il lui demandait de lui laisser le temps de trouver ce qu'il pourrait dire pour qu'elle tombe amoureuse de lui, et qu'il chantait qu'il parcourrait le monde pour elle si c'était ce qu'il fallait faire. Elle ne savait pas comment il connaissait la chanson ou s'il l'avait trouvée juste pour elle, mais chaque mot était parfaitement à leur *image*.

Elle leva les yeux vers son beau visage, ses genoux fléchissant devant la façon dont il la regardait en chantant. Ils n'étaient pas en train de danser et elle n'était pas dans une jolie robe, mais elle ne pouvait pas imaginer une danse plus parfaite, ni un homme plus parfait.

CHAPITRE QUINZE

AVANT D'ACCEPTER de rester dans les parages pour aider les Whiskey au bar, Diesel n'avait pas assisté à un anniversaire d'enfant depuis *son* enfance. Depuis, ces derniers l'avaient entraîné dans des célébrations allant des anniversaires à la Saint-Valentin. La fête de Kennedy et Lincoln fut l'une de celles qui avait marqué le plus marqué les esprits.

Le jardin de Truman et Gemma avait été transformé en un lieu digne du Far West. Tous les enfants portaient des bottes et des chapeaux de western. Les filles étaient adorables dans leurs robes et jupes à froufrous, et les garçons avaient l'air de petits hommes dans leurs chemises à carreaux et leurs jeans. Une banderole "Joyeux anniversaire" était suspendue au-dessus de la table des cadeaux. Un tonneau rempli de chevaux d'attelage ancrait un côté du patio et un cheval à bascule en peluche était installé dans l'herbe pour les plus petits. Bones et Dixie lançaient des balles sur des bidons de lait peints comme des vaches près de Maggie Rose et d'Axel, qui riaient aux éclats en entrant et en sortant de la mini-ville composée d'énormes boîtes en carton peintes comme des bâtiments en briques avec PRISON, SALOON ET JUS DE FRUITS, BANQUE, BOUFFE et CLUB-HOUSE écrits en lettres anciennes au-dessus des fenêtres ou des portes découpées. Truman et Quincy prenaient des photos de Hail et

Bradley, les garçons les plus âgés (sept et cinq ans). Les garçons étaient assis sur des bottes de foin dans un coin photo dans l'herbe, tenant des cadres que Gemma et Crystal avaient fabriqués avec WANTED en haut et RÉCOMPENSE 10 000 BAISERS en bas. Kennedy marchait à côté de Nick Braden, criant des instructions à son frère Lincoln et à Lila, la fille de presque trois ans de Bones et Sarah, tandis que Nick et Trixie les emmenaient autour de la cour sur des chevaux miniatures. Les chevaux étaient tous parés de rubans roses et bleus dans leurs crinières et leurs queues, de selles fantaisistes et de minuscules chapeaux western entre les oreilles.

Diesel traînait avec Jace, Moon et Bullet, qui tenait son adorable petite fille, Tallulah, tandis que leurs autres amis vaquaient sur la pelouse et couraient après leurs enfants. Tous les adultes s'étaient également habillés pour l'occasion. Bear était allé jusqu'à porter des jambières et un gilet en cuir marron, ce que Diesel s'amusait à lui faire remarquer. Même Red et Biggs avaient adopté le look western. Biggs, tout comme Diesel et Bullet, portait son gilet de cuir noir avec les écussons des Dark Knights dans le dos. *Il faut bien se démarquer.* Tracey avait convaincu Diesel de porter un chapeau de cow-boy, une grosse boucle de ceinture avec une tête de cheval dessus et ses bottes de cow-boy, tout cela lui rappelait sa maison. Il regarda Tracey qui bavardait avec des filles à travers la cour. Elle était si sexy dans son jean moulant, sa chemise de flanelle nouée juste au-dessus de la taille, le chapeau de cow-girl et les bottes qu'il lui avait achetées.

Elle jeta un coup d'œil, affichant un sourire doux qui le retourna. Elle s'était empressée de partager la nouvelle de ses retrouvailles avec tout le monde, et elle l'avait fait à la première heure lorsqu'ils étaient arrivés. Chaque fois qu'elle en parlait, elle était plus heureuse et cela faisait plaisir à voir.

— Vous reconnaissez ce regard sur le visage de Diesel ? demanda Bullet.

— C'est le regard qui fait qu'un gars reste dans les parages, dit Jed.

— Et je veux un peu de *ça*.

Jace prit Tallulah des mains de Bullet, la calina et la cajola.

Diesel sentit un sourire se dessiner sur ses lèvres mais il ne dit pas un mot pendant qu'ils faisaient des blagues comme s'il faisait partie de leur société secrète de maris ou d'une connerie du genre. Il n'était pas prêt à avoir des enfants mais il était certain de rester dans les parages.

— Quelqu'un d'autre a prévu de rendre les armes dans la chambre à coucher ce soir ?

Jed agita son sourcil.

Diesel se moqua.

— Avec Tracey dans cet état, elle aura de la chance d'arriver intacte à destination.

Les gars rirent.

Diesel leva le menton en direction de Red qui se dirigeait vers lui en jean noir et chemise noire à boutons avec des bordures argentées, ses cheveux roux étant domptés par son chapeau de cow-girl.

— Tu y crois toi que notre famille est devenue si grande ?

Red regarda les enfants qui se poursuivaient dans la cour et tous les autres qui riaient et s'amusaient.

Ils utilisaient si facilement le terme de *famille*, englobant tous ceux qui faisaient partie de leur cercle étroit, bien que vaste. Diesel chérissait ce mot comme la désignation la plus recherchée de l'univers. Depuis la mort de sa mère, où qu'il soit, il s'était toujours senti comme un étranger. Mais grâce à Tracey, il commençait à se rendre compte qu'il s'était placé de l'autre côté de cette ligne invisible. C'était très bien quand il n'y avait que lui qui l'inquiétait. En fait, c'était ce dont il avait besoin. Mais Tracey avait passé des années isolée contre son gré, sans contact avec ses amis ou sa famille et il ne voulait plus jamais qu'elle se sente seule. Il savait que s'il voulait cela pour elle, il devait franchir la ligne et essayer de laisser les gens qui avaient été si bons avec lui – l'invitant pour le réveillon, Thanksgiving, Noël et toutes les fêtes intermédiaires – entrer dans sa vie d'une manière plus significative.

Comme une famille.

Le regard de Red passa sur Bullet, Jace et Moon, pour s'arrêter sur Diesel.

— Et maintenant que tu as décidé de rester, notre famille est encore plus grande. Je suis très heureux que tu restes, mon chéri.

Elle le regardait avec une expression si semblable à celle de sa mère que cela provoqua un flot d'émotions inattendues. Cela arrivait souvent ces derniers temps.

— Merci, Red. Je ferais n'importe quoi pour Tracey.

Les deux hommes se regardèrent, un grand sourire se dessinant sur leurs visages.

— Mec, tu as attendu si longtemps pour faire un geste, je commençais à me demander si tu avais un cœur sous tous ces muscles, s'esclaffa Jace.

— Je suis encore choqué que Tracey ait vu clair dans tous tes grognements, ajouta Bullet.

Diesel lui lança un regard noir.

— *Brandon Whiskey.*

L'utilisation par Red du prénom de Bullet lui valut toute l'attention de ce dernier.

— Tu n'étais pas exactement dans la douceur avant que Finlay n'entre dans ta vie.

Les gars gloussèrent et Red pointa Jace du doigt.

— Et toi, M. Stone, tu n'avais rien à envier à Diesel. Combien de temps as-tu attendu pour te rapprocher de ma fille ? Une *vie entière*, si je me souviens bien.

— Trop longtemps, c'est vrai, Red, acquiesça Jace.

— Ne t'occupe pas d'eux, Diesel. J'ai toujours su que ton cœur était aussi grand que le ciel. Je te connais depuis ton enfance, quand Biggs et moi allions au Colorado pour voir Tiny, et que ta mère et toi veniez pour Friendsgiving ou tout autre chose. Tu as veillé sur elle quand tu étais trop jeune pour faire quoi que ce soit. Tu aimes *beaucoup*, mon cœur, et ta maman était très fière de toi. Je ne doute pas que tu aurais donné ta vie pour la sauver si tu l'avais pu. C'est l'une des raisons pour lesquelles je t'ai choisi pour veiller sur Tracey lorsqu'elle a commencé à travailler pour nous.

— Y avait-il une autre raison ? demanda Diesel.

— Oui, à vrai dire. Quand tu es venu ici après la mort de ta mère, tu avais changé. Tu avais perdu une grande partie de toi-même, et à juste titre. Chaque fois que tu venais en ville, je priais pour que tu trouves la paix. Puis je te voyais, et ce vide était toujours là. Mais quand Tracey est entrée dans le bar, cette étincelle dans tes yeux est réapparue, aussi grande et brillante que lorsque tu étais plus jeune, comme par magie.

— C'est ce qu'on appelle avoir la trique, dit Bullet à voix basse.

Les gars ricanèrent, mais Diesel ne put s'empêcher de penser à ce qu'elle avait dit. Il n'avait jamais pensé que quelqu'un d'autre que sa mère avait remarqué les choses qu'il faisait quand il était petit. Red fit taire les deux hommes d'un regard sévère.

— J'ai élevé trois garçons et une fille courageuse. Je suis bien consciente que l'attirance physique y est pour quelque chose, mais pas seulement. Non, monsieur.

Elle reporta son attention sur Diesel alors que Bear et Bones les rejoignaient.

— J'ai pensé que Tracey et toi auriez besoin l'un de l'autre. Vous n'êtes pas aussi différents que tout le monde le pensait.

— Maman a trop bu ? demanda Bear.

— *Non*, ce n'est pas le cas, dit Red, sans quitter Diesel des yeux. Vous avez tous les deux subi des pertes dévastatrices. Elles n'étaient pas les mêmes mais elles ont eu un impact similaire, vous poussant toutes les deux à ériger des murs pour vous protéger de la souffrance. Tu étais un loup solitaire et elle était un oiseau qui essayait de trouver son nid.

— D'accord, je retire ce que j'ai dit, dit Bear. Tu as du bon sens.

— Trace est plutôt une chouette, dit Diesel d'un ton ferme. Elle est bien trop sage pour être un oiseau.

— Attendez une seconde, Red.

Jed regarda vers elle puis Diesel.

— Etes-vous en train de dire que vous essayiez de les mettre ensemble ?

Red sourit.

— Disons que j'ai fait confiance à mon instinct et que ça a payé. Regardez notre fille là-bas.

Tout le monde regarda Tracey à travers la cour. Roni et elle dansaient avec Lincoln et Lila dans leurs bras.

— Tracey est sortie de sa coquille, et grâce à toi, elle a trouvé sa famille. Et je pense que toi, mon grand et méchant garçon, tu sors lentement de ta coquille, et peut-être que tu as enfin trouvé la pièce qui te manquait, toi aussi. C'est une chose magnifique.

Diesel fut surpris de constater qu'il s'étranglait un peu.

— Bien sûr que oui, dit Bullet. Sans parler du fait que tu m'as épargné un grand nombre d'entretiens douloureux.

— Tu aurais perdu ton temps de toute façon.

Bones posa une main sur l'épaule de Diesel puis la retira rapidement.

— Personne ne peut remplacer l'homme qui l'a conquise et dérobée au célibataire le plus convoité de tout Peaceful Harbor.

— Tu parles de Rhys ? demanda Jace. Le type qui a reluqué ma femme à la vente aux enchères des célibataires ?

Dixie avait organisé la dernière vente aux enchères de charité pour célibataires et elle s'était mise elle-même en tant que « lot ».

Bones rit.

— J'avais oublié ça.

— Bikers – *Deux*. Rhys – *zéro*. J'ai raison, mon grand ?

Jace leva le poing et le cogna contre celui de Diesel.

— Tu as payé des milliers de dollars pour remporter notre sœur dans cette vente aux enchères, lui rappela Bear.

Jace sourit.

— J'aurais payé le double.

— Je suis sûre que tu l'aurais fait. Maintenant, que dirais-tu de me passer mon petit bébé ?

Red tendit la main vers Tallulah mais Jace glissa d'abord un autre baiser sur la joue du bébé.

— *Diesel ! Diesel ! Diesel !*

Kennedy arriva en courant dans sa robe blanche à froufrous et sa veste en jean, ses cheveux noirs rebondissant autour de son visage.

— C'est l'heure du gâteau et maman a dit que je pouvais

m'asseoir avec mes petits amis.

— Je pense que tu veux dire "*petit ami*", ma chérie, corrigea Bullet.

— Non ! Je suis amoureuse d'un biker *et d'*un cow-boy. Maman m'a dit que c'était bien tant que j'étais jeune. Je ne vieillirai donc jamais !

Tout le monde rit.

— Tru et Gemma vont avoir des soucis à se faire dans quelques années, déclara Bear.

— Ce n'est pas grave, oncle *Be-ah*. Papa dit qu'il y a des jours où Linc et moi sommes si difficiles que nous pourrions donner des cheveux gris à maman. Mais Nana Red a dit que vous aviez causé de plus gros ennuis que nous ne pourrions jamais le faire et ses cheveux sont toujours rouges ! *Au revoir !*

Kennedy entraîna Diesel vers la longue table de l'autre côté de la cour, où les filles disposaient des assiettes pour le gâteau.

— Nick ! C'est l'heure du gâteau ! C'est l'heure du gâteau !

Elle fit un signe de la main au cow-boy musclé.

Diesel et Nick échangèrent un hochement de tête mais ils auraient tout donné pour la gentille petite puce qui les menait par le bout du nez.

Alors que tout le monde se rassemblait autour de la table pendant que les enfants prenaient place, Diesel regarda Tracey qui se tenait avec Josie à quelques mètres de là et lui fit signe de venir à ses côtés.

Tracey jeta un coup d'œil à Kennedy et secoua la tête.

— *Ramène tes fesses ici.*

Elle rit, dit quelque chose à Josie et vint à ses côtés, lui adressant un sourire d'adoration. Il la serra contre lui avec le bras que Kennedy n'avait pas réclamé et lui parla à l'oreille.

— Comment as-tu pu me manquer alors que tu étais juste

de l'autre côté de la cour ?

Il n'en revenait pas de la facilité avec laquelle les mots étaient venus et se pencha pour l'embrasser.

— Papa, est-ce que Diesel a le droit d'embrasser une autre fille si je suis sa petite amie ? cria Kennedy, et tout le monde explosa de rire.

Truman s'esclaffa.

— Seulement si c'est Tracey, princesse.

— Je serai ton petit ami, Kennedy et je n'embrasserai pas d'autre fille, proposa Hail, suscitant des *ahhhhh* des filles et des *applaudissements* de la part de Jed.

— D'accord !

Kennedy lâcha la main de Diesel.

— Je t'aimerai toujours, Diesel, mais tu ne peux plus aimer que Tracey.

Bon sang, cette gamine. Avait-elle lu dans ses pensées ?

— Merci, Ken.

— J'aime *Beauté* ! Je lui fais des bisous.

Lincoln avait le béguin pour Roni et l'appelait *Beauté* – parce que Quincy l'appelait *ma belle* et qu'il était trop jeune pour prononcer ce mot – depuis qu'il l'avait rencontrée. Il se pencha vers Roni, les lèvres froncées, ses cheveux roux tombant dans ses yeux lorsque Roni l'embrassa.

— Petit bonhomme, d'abord tu lui voles mon surnom et maintenant tu me voles mes baisers ? plaisanta Quincy.

— Je partage ses baisers avec toi, dit Lincoln. Je t'aime aussi !

Ces enfants étaient trop mignons et Tracey avait des étoiles dans les yeux en les regardant.

— Et si on chantait "Joyeux anniversaire" et qu'on arrêtait de parler de baisers ? suggéra Biggs et tous les enfants applaudirent.

Ils chantèrent "Joyeux anniversaire", Kennedy et Lincoln firent des vœux et soufflèrent les bougies. Tout le monde applaudit. Diesel regarda leurs amis distribuer les assiettes de gâteaux et son esprit revint à ses jeunes années, quand sa mère était encore en vie, se souvenant des fêtes d'anniversaire avec la famille de Tiny. Soudain, il ne se sentit plus si étranger que cela. Tracey se blottit contre lui et se hissa sur la pointe des pieds pour l'embrasser et il fut frappé par une autre révélation. Red avait raison. Il avait perdu une partie de lui-même en perdant sa mère, mais avec Tracey, il avait trouvé plus que cette partie manquante.

Il avait trouvé le vrai bonheur.

Tracey saisit une assiette contenant une part de gâteau et lui en offrit une bouchée.

— Tu en veux ?

La voix de sa mère résonna dans son esprit. *Nous avons besoin d'un peu de magie elfique, Dezzie. Qu'est-ce que tu en dis ?*

— Je veux beaucoup plus qu'une infime partie.

Je veux l'éternité.

CHAPITRE SEIZE

TRACEY RESTA au lit tôt samedi matin, se blottissant contre Diesel pendant qu'il dormait, pensant à tout ce qui avait changé dans sa vie depuis qu'elle était venue à Peaceful Harbor. Si quelqu'un lui avait dit il y a un an qu'elle retrouverait sa mère et tomberait follement amoureuse de Diesel Black, elle se serait demandé s'il aurait rencontré cet homme à l'allure imposante. Mais maintenant, elle savait qu'elle était la seule à avoir la chance de le connaître *vraiment*. Elle espérait qu'un jour il verrait à quel point les autres s'intéressaient à lui et qu'il s'ouvrirait à eux aussi.

Elle jeta un coup d'œil à la photo d'eux deux sur la table de nuit, qu'Anna avait prise juste avant leur départ le week-end dernier et qu'elle avait envoyée par SMS à Tracey. Ils se tenaient près de son pick-up devant la maison de sa mère, et elle était blottie sous son bras, sa main sur son ventre, sa tête reposant contre lui. Diesel lui embrassait le sommet du crâne et elle avait un regard plein d'amour, causé autant par les retrouvailles avec sa mère que par Diesel. C'était l'une des photos préférées de Tracey. Ils en avaient fait une copie supplémentaire que Diesel avait maintenant dans son portefeuille, ce qui la rendait très heureuse.

Son regard se porta sur les autres photos qu'ils avaient fait imprimer et qui étaient disposées dans la pièce. Elle savait que sa mère et sa famille seraient heureuses de voir les photos qu'elle avait accrochées chez elle lors de leur visite demain. Pendant qu'elles les accrochaient, Diesel avait demandé à Tracey pourquoi elle n'avait jamais décoré sa chambre. Elle n'y avait pas pensé avant et elle s'était rendu compte qu'elle était restée au point mort. Elle avait les pieds fermement ancrés dans sa nouvelle vie, mais elle n'avait pas pu avancer dans les petites choses qui comptaient tant qu'elle n'avait pas obtenu de réponses au sujet de sa mère. Diesel avait construit ce pont pour elle.

Elle savait qu'elle l'aidait aussi à franchir le pont entre son passé et son avenir. C'était évident dans tout ce qu'il faisait et disait. Ils avaient eu une semaine chargée, mais après leur séance d'entraînement avec Lior le mercredi, ils s'étaient faufilés dans l'ancienne cabane des Whiskey et s'étaient promenés au bord du ruisseau. Diesel lui avait parlé de tous les endroits où il avait voyagé et du métier de chasseur de prime. Il l'avait surprise en lui disant ce qui lui manquait le plus chez sa mère: son sourire et le fait de l'entendre jouer de la guitare sous le porche, tard dans la nuit, alors qu'elle pensait qu'il dormait. Il semblait plus facile pour lui de parler d'elle maintenant et Tracey en était ravie.

Elle déposa un baiser sur sa poitrine chaude et fit glisser ses doigts le long de son ventre. Des pensées coquines dansaient dans son esprit. Cesserait-elle un jour de le désirer autant ? Elle espérait bien que non. Elle avait commencé à prendre des contraceptifs, et même si le sexe avec Diesel était toujours incroyable, faire l'amour sans rien entre eux l'amenait à un tout autre niveau.

— Ne t'arrête pas là, dit-il de manière rauque.

Elle leva le visage pour pouvoir le voir. Il avait toujours l'air reposé et détendu le matin, avant que son corps n'ait eu le temps de se rappeler que c'était un nouveau jour et qu'il devait être sur ses gardes.

— Je croyais que tu dormais.

— Tu crois que je peux dormir avec ta bouche sur moi ?

Il lui serra les fesses. Oh, comme elle aimait les choses qu'il disait et faisait ! Elle passa sa langue sur son mamelon, ce qui lui valut un grognement affamé qui l'enflamma de la tête aux pieds. Il la fit glisser sous lui, ses yeux sombres et son corps imposant la clouant au matelas. Il maîtrisait ce mouvement à la perfection et elle s'y prêtait volontiers, *avidement*, à chaque fois.

— Tu m'as réveillé, gamine.

— Si c'est une punition, je vais le faire beaucoup plus souvent.

Un lent sourire se dessina sur son beau visage mais c'est le froncement de ses sourcils et l'intensité de son regard qui la firent retenir son souffle.

— Je suis sincère, Trace. Je traversais la vie avec des œillères, sans jamais ralentir pour en profiter. Tu m'as enlevé ces œillères et tu m'as fait ralentir. Tu me donnes envie de choses que je n'aurais jamais imaginées et tu me fais voir les choses d'un point de vue complètement différent. Tu as changé mon monde, ma chérie, et un jour je changerai le tien.

Elle le regarda, le cœur au bord de l'explosion qu'elle avait du mal à le contenir.

— Tu ne sais pas que c'est déjà le cas.

En approchant ses lèvres des siennes, il avoua :

— Comment ai-je eu la chance que tu m'appartiennes ?

Il ne lui laissa pas le temps de répondre et la fit succomber dans un baiser impitoyable qui n'en finissait pas.

Ses désirs se mêlaient aux mots qu'il avait prononcés,

l'entraînant dans une frénésie de désir et de besoin. Son érection se pressa contre son centre et elle souleva ses hanches lorsqu'il entra en elle.

Seigneur, ayez pitié.

Il approfondit le baiser tandis qu'ils trouvaient leur rythme, chaque poussée caressant le point secret qui lui faisait recroqueviller les orteils et lui donnait des palpitations d'extase. Elle poussa ses mains le long de son corps, attrapant ses fesses, ce qui lui valut un autre son *viril* puissant. Ses hanches s'enfonçaient plus fort, plus *vite*, l'emmenant incroyablement plus profondément. Il enfonça les mains dans ses cheveux, ravageant sa bouche, désordonné et exigeant, la possédant *tout entière*. Ils étaient en feu et elle *poursuivait* ces flammes avec tout ce qu'elle avait, tâtant, griffant, mordant son épaule, son cou, partout où elle le pouvait.

Son nom tomba brutalement de ses lèvres, trempé de désir.

— *Trace.*

Il lui réclama fébrilement la bouche, ses bras puissants poussant sous elle, soulevant et inclinant ses hanches alors qu'il les ralentissait, les enfonçant douloureusement lentement et délicieusement profondément, puis faisant bouger ses hanches et recommençant dans un rythme exaspérant. Au moment où elle trouvait son rythme, il accéléra ses efforts par vagues progressives, chaque augmentation lui volant son souffle, la rendant plus avide, plus exigeante. Il la serra plus fort, l'embrassa plus fort, l'amenant au bord de la falaise. Des picotements remontèrent le long de ses membres, se répandirent comme une traînée de poudre dans sa poitrine et explosèrent en une pluie de sensations ardentes alors que son monde s'écroulait. Diesel était juste là avec elle, s'abandonnant à sa propre libération puissante. Leur peau était lisse et chaude, leur respiration irrégulière et saccadée, mais leurs cœurs martelaient le même rythme effréné tandis qu'ils vivaient leur passion.

Ils s'effondrèrent dans les bras l'un de l'autre et Diesel la garda près de lui pendant qu'ils reprenaient leurs souffles. Il les tourna sur le côté comme il le faisait si souvent, leurs corps se déplaçant comme un seul homme pour qu'il puisse la tenir tout entière. Sa main glissa jusqu'à ses fesses, sa cuisse se déplaçant sur la sienne tandis qu'il l'embrassait. Lorsque leurs lèvres se séparèrent, le monde de Tracey s'arrêta devant les émotions qui lui étaient renvoyées.

— J'espère que tu ne cesseras jamais de me regarder comme ça, murmura-t-elle.

La pression tendre et persistante de ses lèvres lui dit qu'il ne cesserait jamais.

APRÈS UNE DOUCHE TORRIDE et sexy, Diesel prépara le petit déjeuner dans la cuisine du club-house et Tracey se pavana dans un soutien-gorge de sport et un pantalon d'entraînement moulant, en parlant de la visite de sa mère le lendemain. Il pensait s'être habitué à ses tenues sexy depuis le temps mais ce qu'elle portait n'avait aucune importance.

Chaque minute où elle n'était pas dans ses bras mettait à l'épreuve sa volonté.

— Tu penses que je devrais acheter quelque chose pour les filles ? Je vais à l'épicerie après m'être entraînée avec Lior. Je pourrais aller au centre commercial et prendre quelque chose pour elles d'abord.

Ils avaient rendez-vous avec Lior à neuf heures. Tracey ne

devait pas travailler avant deux heures mais Diesel devait être là à onze heures, alors il allait d'abord s'entraîner avec eux pendant une heure. Il était heureux qu'elle prenne deux heures pour s'entraîner. Toute la semaine, elle avait été toute nerveuse à cause de la visite de sa mère. Elle avait été une femme sauvage pendant la séance d'entraînement de mercredi et avait époustouflé Diesel et Lior par les progrès qu'elle avait accomplis.

— Ils viennent te voir, ma belle, pas recevoir des cadeaux.

— Je sais, mais penses-tu que je devrais le faire ? Ou est-ce que j'aurai l'air d'en faire trop ou d'essayer d'acheter leur amitié ? Je suis tellement heureuse de les avoir dans ma vie.

Il lui prit la main et l'attira plus près de lui, aimant la façon dont ses yeux s'illuminaient.

— Je pense que tu devrais faire ce qui te rend heureuse. Si tu veux leur acheter quelque chose, fais-le. Mais si tu le fais parce que tu as peur de devoir le faire pour les conquérir, tu as tort.

Il l'embrassa puis il souleva sa main et embrassa sa paume.

— Le temps passé avec toi est le meilleur cadeau que tu puisses leur offrir et je pense qu'ils le savent.

Elle soupira.

— Je sais que tu as probablement raison. Mais j'ai tellement hâte de voir tout le monde que je veux leur apporter un petit quelque chose. Je sais que nous n'avons passé que quelques heures avec elles mais j'ai l'impression qu'Anna et Malia sont mes sœurs. Comment est-ce possible ?

— Parce que tu veux que ce soit le cas.

Son sourire s'estompa.

— Tu penses que je suis bête ?

— Non, je pense que tu es la nana au grand cœur qui m'a pris dans ses filets.

Il posa son assiette sur la table.

— Mange, ma belle. Nous ferions mieux d'y aller pour ne pas être en retard.

Après avoir mangé, ils prirent son sac de sport et s'embrassèrent avant de sortir.

— Voilà une vue formidable.

Biggs ferma la portière de sa voiture et se dirigea vers eux. Diesel leva le menton en signe de bienvenue.

— Bonjour, Biggs.

Tracey lui fit un signe de la main.

Biggs se pencha pour l'embrasser sur la joue.

— Comment ça va, ma douce ? Tu es sur le pointer de botter le cul de ce type ?

— Je vais essayer.

— Ne t'y trompe pas, Biggs. C'est une tigresse. Qu'est-ce que tu fais ici ?

— Je dois sortir quelques cartons du sous-sol. C'est bientôt l'anniversaire de Bud et Chicki n'arrête pas de demander à Red des photos du bon vieux temps. Tu sais comment est Chicki ? Quand elle a une idée en tête, elle ne lâche pas l'affaire.

Bud Redmond avait grandi avec Biggs et était membre des Dark Knights depuis toujours. Sa femme, Chicki, était propriétaire du salon où travaillait Sarah et elle était l'une des plus proches amies de Red.

— Biggs, tu ne peux pas monter ces escaliers avec des cartons. De combien de cartons s'agit-il ?

— Aucune idée. Nous avons toutes sortes de choses en bas. Dix ? Vingt peut-être.

— *Vingt* boîtes ?

A quoi pensait-il ?

— Où sont tes fils ?

— *Eh bien...*

Biggs fit un geste dédaigneux de la main.

— Ils sont occupés avec leur famille. Je ne veux pas les déranger avec ça.

Diesel détestait décevoir Tracey mais il n'allait pas laisser Biggs porter des cartons en se débattant avec une canne.

— Je vais chercher les cartons.

— *Non*, tu es sur le point de partir, dit Biggs. Tu as des choses à faire. Je peux m'en occuper.

Diesel savait qu'il ne fallait pas discuter avec lui mais cela ne voulait pas dire qu'il allait céder. Il regarda Tracey mais avant qu'il ne puisse prononcer un mot, elle dit :

— J'allais justement te le proposer.

Elle se leva sur la pointe des pieds et l'embrassa.

— Je te vois à deux heures. Ne laisse pas Biggs porter trop de choses.

Bon sang, ce qu'il l'aimait.

— Merci, ma belle. Je me rattraperai.

Il lui donna une légère tape sur les fesses, ce qui lui valut des yeux au ciel qui les fit glousser, Biggs et lui.

Tracey montra Diesel du doigt.

— Je vais commencer à te dire au revoir en *te* bottant les fesses.

Biggs rit. Alors qu'elle montait dans sa voiture, il lui dit :

— Ta petite copine ne se laisse pas faire, n'est-ce pas ?

— Non.

C'est une des choses que j'aime chez elle.

Ils se dirigèrent vers l'intérieur, traversant la pièce principale jusqu'à la cuisine. Biggs regarda autour de lui en ouvrant la porte du sous-sol.

— Je ne savais pas que les comptoirs pouvaient briller

comme ça. C'est toi qui as réparé cette armoire et mis ces portes sur le garde-manger ?

— Il y a environ un an et demi.

Il avait également rangé les armoires et le garde-manger.

— Ça ne sert à rien d'avoir des choses si on n'en prend pas soin. Je suis surpris que l'un des gars ne les ait pas mis en place pour vous.

Biggs se caressa la barbe.

— Je suppose qu'ils ne viennent jamais dans la cuisine non plus. Avec le deuxième frigo dans la salle de réunion, cette pièce n'est pas beaucoup utilisée, sauf si quelqu'un y séjourne. Tracey a-t-elle rangé le garde-manger ?

— Non. C'était moi.

— Bon sang, fiston. Je suppose que tu avais du temps devant toi.

Biggs ouvrit la porte du sous-sol et une odeur de moisi et de froid les envahit. Il alluma la lumière et descendit. Diesel le suivit.

— Qui est chargé de l'entretien annuel de cet endroit ?

— Nous le sommes tous. Quand quelque chose ne va pas, nous le réparons.

— La cuisine me dit le contraire. Tu devrais en confier la responsabilité à quelqu'un, Biggs. Cet endroit durera beaucoup plus longtemps s'il est bien entretenu. Je suis sûr que Crow ou l'un des autres gars peut s'occuper d'une inspection une fois par an et s'occuper des choses qui ne fonctionnent pas. J'ai changé les filtres à air tous les trois mois mais quand je suis arrivé ici, ils étaient en mauvais état. C'est quand la dernière fois que vous avez fait vérifier le toit ou réviser le système de chauffage, de ventilation et de climatisation ?

— Je ne suis pas sûr.

— Je vais trouver un système et m'en occuper.

Diesel pénétra dans le sous-sol à ses côtés. De l'autre côté de la pièce, il y avait des rangées de boîtes empilées de façon précaire, certains cartons étaient ouverts, d'autres écrasés. Entre les piles se trouvaient de vieilles chaises et une table basse sur lesquelles étaient posés d'autres cartons. Les bois d'une tête de cerf dépassaient d'une tour de cartons et, sur le côté, des conteneurs en plastique débordaient de guirlandes et de décorations de Noël.

Diesel poussa un juron.

— Faire le tri dans tout *ça*, c'est une autre histoire. Qu'est-ce que c'est que ce bazar ?

— Je ne sais pas ce qu'il y a dans toutes les boîtes mais ma famille et plusieurs membres du club ont des affaires ici. Tous les procès-verbaux et les dossiers du club, qui remontent à l'époque où mon grand-père l'a fondé, prennent la poussière. Les dossiers sont dans les boîtes blanches.

— C'est ça ton système ? Des boîtes blanches ?

Diesel regarda les différents cartons bruns – des caisses de bière et d'alcool aux emballages cartons de télévision, et Dieu sait quoi d'autre. De longues étagères en bois bordaient le mur du fond, et d'autres étagères en métal se trouvaient sur le côté, jonchées d'outils et d'autres objets divers, comme si quelqu'un avait un jour pensé à les ranger. Mais il ne voyait nulle part de boîtes blanches, ce qui signifiait qu'elles étaient probablement enfouies au milieu des piles.

— Tu sais bien comment cela se passe. Tu crois avoir trouvé un système de rangement. Tu demandes à tes gars de transporter une boîte ou deux ici et là, et avant même de t'en rendre compte, vingt ans se sont écoulés et tu obtiens *ceci*. Bon sang, Tiny avait des affaires ici avant qu'il ne parte dans l'Ouest. Tu as eu vent de cette histoire ?

— Il se peut que je l'aie entendue.

Diesel ajusta sa casquette de baseball et commença à chercher des marques sur les boîtes pendant que Biggs lui racontait l'histoire qu'il avait entendue une poignée de fois.

— Tiny et moi roulions à travers le pays. C'était l'été, il faisait très chaud, quand nous sommes tombés sur le *Roadhouse*. Wynnie venait d'être diplômée de l'université et elle fêtait ça avec sa sœur et ses amis. Tiny l'a regardée et, je te le jure, il m'a sorti :

— *Je vais épouser cette nana.*

Biggs s'esclaffa.

— Je suis rentré seul cet été-là. Wynnie est entrée à l'université à l'automne et Tiny a trouvé un emploi au ranch, qui appartenait à l'origine à son grand-père. À l'époque, ce n'était qu'un refuge pour chevaux et il lui a passé la bague au doigt quelques mois plus tard. Cet hiver-là, Axel et moi avons emballé les affaires de Tiny et les avons transportées jusqu'à lui dans un camion de déménagement. Tout ce qui ne rentrait pas est resté ici depuis.

Merveilleux.

— Biggs, il n'y aucune marques sur ces boîtes. Comment allons-nous trouver les photos que Chicki veut ?

— Je suppose que ce sera un travail plus important que ce que j'avais prévu. Je peux m'en occuper, fiston.

— Pas question, mon vieux. Mais plutôt que de porter tout cela à l'étage, pourquoi ne pas le faire ici et s'organiser au fur et à mesure ? On ferait d'une pierre deux coups. Nous avons du ruban adhésif et des étiquettes au bar. Donne-moi quelques minutes pour les prendre et je reviens tout de suite.

Il plissa les yeux en direction de Biggs.

— *N'essaie pas* de soulever des cartons.

Biggs leva une main.

— *D'accord, d'accord.* Tu m'apportes une bouteille d'eau pendant que tu es là-haut ?

— J'avais déjà prévu de le faire.

Lorsque Diesel revint avec les provisions et l'eau, Biggs avait déjà déplacé et fouillé dans cinq cartons. Cet entêté était un vrai casse-pieds. Diesel installa la chaise près d'une table basse, pour que Biggs n'ait pas à rester debout pendant qu'il fouillait dans les cartons. Une heure plus tard, Diesel avait dégagé un chemin vers les étagères et ils s'étaient frayé un chemin. Ils avaient marqué et rangé un certain nombre de cartons, en les classant par activité du club ou par membre.

Diesel ouvrit une autre boîte.

— Nous venons de trouver de l'or. Prends une chaise et viens ici, D. Je vais te montrer des photos de Tiny et moi à l'époque.

Diesel se leva, recula une chaise à côté de Biggs et l'enfourcha.

Biggs tenait une poignée de vieilles photos. La photo du haut avait été prise à l'extérieur du *Whiskey's*. Il y avait un groupe de gars portant des vestes et des gilets en cuir noir, des jeans, des bottes et des expressions sérieuses. Quelques-uns se tenaient sous le porche, affalés contre le bâtiment, des cigarettes aux lèvres ; d'autres étaient penchés sur la balustrade. La plupart d'entre eux avaient les cheveux longs et une barbe hirsute, signe de l'époque. Il était impossible de confondre Biggs, assis sur la troisième marche, les coudes appuyés sur les genoux, une bague en forme de crâne à trois doigts, son regard vif et son attitude grinçante aussi tangibles que la photo elle-même. Ses cheveux épais et sa barbe étaient aussi sombres que la nuit, ses bras jeunes et puissants étaient couverts d'une encre vive, pas encore usée par les intempéries. Tiny était également facilement reconnaissable, non seulement pour sa taille, mais aussi pour le masque décontracté qu'il portait si bien. L'homme pouvait avoir l'air perdu dans ses pensées, et en l'espace d'une seconde, il devenait aussi mortel que du venin. Il était assis sur une moto *Chopper* devant le bar et regardait la caméra. Ses cheveux et sa barbe touffus étaient un peu plus clairs que ceux de Biggs. Un bandana rouge était noué autour de son front, sa posture était courbée et ses bras pleins de tatouages.

— C'est toi sur les marches, n'est-ce pas ? Et Tiny sur la moto ?

— Oui et c'est Bud, appuyé sur la balustrade, avec ses lunettes de soleil, sa moustache et sa casquette à l'allure ridicule.

Diesel s'esclaffa.

— Il ressemble à une star du porno. Tu as l'air sacrément bien, Biggs. Tu devais être plus jeune que moi sur cette photo.

— De quelques années. La fin de la vingtaine. Tiny vivait alors dans le Colorado. Il était venu en ville pour un rallye sur cette *Chopper*. Il adorait ce truc.

— Il ne laisse toujours pas Dare s'en approcher, dit Diesel.

— Je ne le ferais pas non plus. J'adore mon neveu, mais il fait des choses effrayantes. Il construirait probablement une rampe et essaierait de sauter par-dessus un camion avec ce foutu truc.

— Tu n'as pas tort. Dare a toujours été un amateur de sensations fortes. Mais il a atteint un nouveau niveau, terrifiant depuis la mort de son ami de toujours, qui était fiancé à leur autre meilleure amie : celle-ci, d'ailleurs, n'est plus que la pâle copie de la femme qu'elle a été et lui teste le destin à chaque fois qu'il en a l'occasion.

— Tu vois ce type en colère ?

Biggs désigna un type rasé de près, au torse épais et aux cheveux coiffés à la James Dean. Il avait l'air un peu plus jeune que les autres mais il avait l'air de pouvoir les battre sans même verser une seule goutte. Il était adossé à la façade du porche, les pouces accrochés à sa ceinture. Son attitude décontractée contrastait avec le regard menaçant qu'il arborait.

— C'était Axel pendant les années difficiles dont je t'ai parlé, après l'accident de moto. Il a fait beaucoup de mauvaises choses pour de bonnes raisons et parfois, il a fait de mauvaises choses pour de mauvaises raisons. Mais que Dieu vienne en aide aux hommes qui grillaient les feux rouges devant lui. Il les rattrapait, les sortait de leur voiture et leur donnait une leçon.

Si le cancer était une personne, Diesel lui aurait fait la même chose.

— Il lui a fallu de nombreuses années mais il a fini par apprendre à maîtriser sa rage et à la canaliser ailleurs.

Biggs acquiesça en parlant, comme s'il se le rappelait à lui-même.

— Rouler sur les routes et travailler sur des motos et des voitures était la seule chose qui calmait la bête.

— Je le comprends.

— Malheureusement, fiston, je crois que c'est le cas, et j'en suis désolé. Je sais à quel point c'était dur de voir ta mère partir. J'étais là avec Axel quand il a rendu son dernier souffle et je jurerais qu'il a emporté quelques-unes de mes années avec lui quand il est parti.

Diesel contracta la mâchoire, ne connaissant que trop bien ce sentiment.

— Mais tu as trouvé quelqu'un pour combler le trou que ta mère a laissé derrière elle et c'est une bénédiction. Axel ne s'est jamais laissé aller au bonheur. C'est vraiment dommage parce qu'il s'est vraiment repris en main et est devenu l'un des meilleurs hommes que j'ai jamais connus. Il était le vice-président du club et a pris la relève quand j'ai fait mon AVC et il a été un mentor pour Bear plus que je ne pourrais jamais l'être.

Biggs posa la photo et tandis qu'ils en regardaient d'autres prises à la même époque, il raconta d'autres histoires sur sa famille et ses amis de longue date. Diesel avait été impressionné par la profondeur de ses relations. Biggs avait accumulé des dizaines d'années de souvenirs en construisant une vie où chacun comptait. Diesel pensait à la façon dont Tracey avait accueilli ses amis comme des membres de sa famille et avait rapidement fait connaissance avec son beau-père et ses demi-sœurs et avait affiché leurs photos. C'était fou comme quelques photos avaient permis à ces gens, et au temps qu'ils avaient partagé, de rester au premier plan de son esprit. En les voyant, il avait envie de voir des photos de sa mère et de leur vie commune.

Diesel repoussa ces pensées et déplaça les cartons sur les étagères, en posant deux autres sur la table. En regardant les photos de la famille et des amis de Biggs, un sentiment de culpabilité s'installa dans sa poitrine. Il était là depuis deux ans et, à part Tracey, il ne connaissait guère plus que l'essentiel des gens avec lesquels il travaillait tous les jours et avec lesquels il avait passé les vacances. S'il n'avait pas rencontré Tracey, quels souvenirs aurait-il à l'âge de Biggs ? Une photo abîmée dans son portefeuille et quelques vagues souvenirs de personnes qu'il avait vaguement connues ?

Biggs lui tapota le bras en agitant une poignée de photos.

— Elles ont été prises quand tu es parti, quelques années

après le déménagement de Tiny.

Tandis que Diesel les prenait, son regard parcourut la boîte et s'arrêta sur une photo qui lui coupa le souffle. Il s'en saisit, la poitrine serrée par l'image de sa mère assise à l'arrière d'une moto, souriante comme la fille la plus heureuse du monde. Elle était si jeune et pleine d'énergie qu'il était difficile de réconcilier cette version d'elle avec l'image qu'il avait en tête de ses derniers jours. Elle portait un débardeur blanc, un jean et des sandales, et son bras entourait un homme musclé aux cheveux bruns touffus et aux biceps tatoués. Ses lunettes de soleil et son épaisse pilosité faciale ne cachaient que ses pommettes, mais alors que sa mère n'avait jamais eu l'air aussi heureuse, l'expression de l'homme était indéchiffrable.

Le regard de Diesel se porta sur la casquette de base-ball noire que sa mère tenait dans l'autre main. Au loin, derrière eux, se trouvait un panneau indiquant le Hobbit Shop. Sa mère l'avait emmené dans cette boutique une douzaine de fois. Il retourna la photo et lut le mot à l'écriture désordonnée et défraîchie. *Ma magie elfique, Ruthie.* La date était griffonnée en dessous, près de dix mois avant la naissance de Diesel. Son pouls s'accéléra, la confusion et la colère montant en lui. La voix de sa mère résonna dans sa tête. *J'aime Tiny et sa bande, mais ta mère ne sort pas avec des bikers.*

Lui avait-elle menti ? Il poussa la photo vers Biggs.

— Qui est-ce ?

— On dirait Axel, quand il n'était qu'un enfant. Vingt-deux, trois ans peut-être. Il emportait toujours un appareil photo quand il voyageait. Ça ressemble à ta mère, n'est-ce pas ?

— Bien sûr que oui, à l'*arrière* de sa moto.

— Ne va pas t'imaginer des choses. Axel avait une autre femme qui lui chauffait le dos partout où il allait.

Il s'est donc servi d'elle, putain ?

— Étaient-ils ensemble ?

— Je ne savais même pas qu'ils se connaissaient, fiston. Pourquoi as-tu l'air de vouloir me tuer ?

Il retourna la photo et montra la date à Biggs.

— Quoi… ?

Il plissa les sourcils et Diesel vit le moment où la compréhension le frappa.

— *Oh*, bon sang.

Biggs se pencha en avant, regarda dans la boîte où il a trouvé la photo, et en sortit quelques autres, qu'il tendit à Diesel. Il y avait un selfie d'Axel et de sa mère en train de sourire. Axel portait la casquette de baseball noire et la joue de sa mère reposaient sur son épaule. Ils étaient à l'extérieur, et bien que Diesel ne puisse pas voir sa guitare, il reconnut la sangle sur son épaule. Les autres photos étaient des selfies d'eux deux pris dans différents endroits, sur certains ils s'embrassaient, d'autres ils riaient ou avaient un visage sérieux, mais sur chacune d'entre elles, il y avait une étincelle dans les yeux de sa mère qui brillait plus fort qu'il ne l'avait jamais vu. Une autre photo montrait sa mère assise dans une chambre d'hôtel, vêtue d'un T-shirt noir bien trop grand des Dark Knights et d'une casquette de baseball, souriant doucement d'un air rêveur. Elle tendait une main vers celui qui avait pris la photo. Il retourna les photos, lisant les dates sur chacune d'elles et se rendit compte qu'ils avaient passé plusieurs jours ensemble.

Fichu Axel.

Diesel se leva et fit les cent pas.

— Comment as-tu pu ne pas être au courant ?

— Fiston, mon frère et moi étions proches, mais nous ne parlions pas des femmes avec lesquelles il se mettait en ménage…

— Ce rendez-vous, fulmina-t-il. Il pourrait bien être mon *père*.

Biggs se caressa la barbe et hocha la tête.

— Ou c'est peut-être une coïncidence.

— Il doit y avoir d'autres photos.

Diesel se mit à fouiller furieusement dans les cartons.

— Est ce que je lui ressemble ? C'était un gros enfoiré, comme moi.

Biggs l'étudia.

— C'est difficile à dire, mon fils. Beaucoup d'années se sont écoulées et on voit ce que l'on veut voir.

Diesel lui jeta un regard noir, marmonnant dans ses dents.

— Je ne veux pas me voir dans un homme qui a utilisé ma mère et l'a laissée m'élever seule.

Il poussa la boîte et fit les cent pas comme un animal en cage, les questions, les souvenirs, la colère et la *douleur* le dévorant. Il serra le poing face à Biggs, en s'agrippant aux photos.

— *Qui peut bien savoir ce qui s'est passé ?* Qui peut me dire ce qui s'est passé ?

— Je ne sais pas. C'était il y a plus de trente ans. Mais il faut que tu te calmes, fiston.

— *Me calmer ?*

Diesel fulmina.

— Si cette connerie signifie ce que je pense qu'elle signifie, ma mère m'a menti toute ma vie, et ton frère l'a utilisée et n'a jamais regardé en arrière. Je me calmerai quand j'aurai des réponses.

Biggs se leva, s'appuya sur sa canne, son visage était un masque d'inquiétude.

— Je pense que c'est au Colorado que tu auras le plus de chances d'y parvenir.

— Je reviendrai dans quelques jours.

Il prit les escaliers deux par deux. Il sortit en trombe par la porte d'entrée et enfourcha sa moto, quittant le parking à toute allure, se sentant comme avant chacun de ses combats clandestins, comme si c'était lui contre le monde entier. Il traversa le pont en direction de l'aéroport, déterminé à trouver les réponses. Il priait pour que sa mère et Axel ne les aient pas emportées dans leurs tombes.

CHAPITRE DIX-SEPT

TRACEY était en train de ranger les courses quand Izzy entra dans la cuisine portant une mini-jupe et une chemise moulante à manches longues avec l'inscription J'AI ÉTÉ SAGE, OÙ EST MA FESSÉE ?

— Tu as racheté le magasin ?

Izzy regarda les sacs qui jonchaient le comptoir.

Tracey plaça le gâteau qu'elle avait acheté dans le réfrigérateur.

— Je n'ai pas pu m'en empêcher. Je veux que tout soit parfait quand je verrai ma mère et tout le monde. Je te jure, Iz, je suis de plus en plus excitée et nerveuse. Heureusement que Diesel sait cuisiner parce que j'aurais probablement tout fait brûler.

— Je n'arrive toujours pas à croire que tu t'es tapé le bad boy le plus terrible du coin et qu'il cuisine, fait le ménage *et* donne des orgasmes dix étoiles.

— Il fait aussi la lessive, mais même s'il ne faisait aucune de ces choses, je m'en ficherais. Attends, je retire ce que j'ai dit. J'ai besoin de ces orgasmes.

Elles rirent tous les deux.

Izzy l'aida à ranger le reste des courses tout en discutant de la visite de demain. Lorsqu'elles eurent terminé, elle chercha son téléphone dans sa poche arrière pour envoyer un message à Diesel et se rendit compte qu'elle l'avait laissé dans la voiture.

— J'ai laissé mon téléphone dans la voiture. Je reviens tout de suite.

Elle se dirigea vers l'extérieur d'un pas alerte, attrapa son téléphone et consulta ses messages. Il y avait un SMS de Red et un de Diesel. Elle lut en premier celui de Diesel. *Sur un vol pour le Colorado. Retour dans quelques jours.* Elle le relut, sûre d'avoir mal compris. Qu'est-ce que c'était que ce bordel ? Il allait manquer la visite de sa famille ? Oublions les SMS. Elle l'appela. L'appel tomba directement sur la boîte vocale.

Elle tapa une réponse d'une main tremblante. *Je viens de recevoir ton message. Qu'est-ce qui se passe ?* Elle essaya de comprendre pourquoi il était soudainement parti et se souvint de ce qu'il lui avait dit. *Il faudrait que quelqu'un m'arrache le cœur pour que je te quitte.* Paniquée, elle ouvrit le message de Red.

Chérie, Diesel va bien ?

Son estomac plongea et elle appela Red alors qu'elle se dirigeait vers l'intérieur.

— Red, que se passe-t-il ?

Elle avait l'air aussi affolée qu'elle l'était.

— As-tu parlé à Diesel ?

— *Non.* Il m'a envoyé un message pour me dire qu'il était sur un vol pour le Colorado.

Izzy sortit de la cuisine et dut entendre la panique dans sa voix car elle se précipita à ses côtés en lui demandant :

— *Qu'est-ce qui ne va pas ?*

Tracey leva l'index, écoutant Red.

— Biggs et lui ont trouvé des photos d'Axel et de sa mère, et d'après ce que Biggs a dit, les dates au dos des photos ont fait penser à Diesel qu'Axel pourrait être son père.

— Oh mon Dieu.

Tracey attrapa le poignet d'Izzy.

— Où va-t-il au Colorado ?

— *Qu'est-ce qui* se passe ? demanda Izzy avec frénésie.

— Je pense qu'il va au *Redemption Ranch* pour parler à Tiny. Mais Biggs a parlé à Tiny après le départ de Diesel et il n'avait pas l'air d'avoir de réponses. J'allais envoyer Bullet le chercher mais Biggs m'a dit de ne pas le faire. Tracey, c'est grave. Diesel pense que sa mère lui a peut-être menti.

— Oh, *non non non non*.

Des larmes perlèrent dans ses yeux, son cœur se brisant pour lui.

— Il faut que je le rejoigne. Il ne peut pas faire ça tout seul. Red, je peux avoir quelques jours de congé ?

— Bien sûr. Vas-y, ma chérie. Je vais prendre tes heures et demander à Babs de garder les petits enfants pour moi – Babs était la femme d'un Dark Knight et elle gardait les enfants quand Red ne pouvait pas le faire – Tu veux que je demande à Dixie de t'accompagner ?

— Non, merci. Je dois y aller. Je suis désolée.

Elle mit fin à l'appel et Izzy lui posa plein de questions.

— Qu'est-ce qui se passe ? Diesel va bien ?

— Je ne sais pas. Red a dit qu'il avait découvert que sa mère lui avait peut-être menti à propos de son père. *Izzy.*

Des larmes coulèrent de ses yeux.

— Si c'est le cas, il sera effondré. Je dois aller le voir.

— D'accord. Qu'est-ce que je peux faire ?

— Je dois faire mes valises. Peux-tu aller sur Internet et me réserver un vol pour l'aéroport le plus proche de Hope Valley, dans le Colorado ?

— Je m'en occupe. Elle fit les recherches sur son téléphone et suivit Tracey jusqu'à sa chambre. Et pour ta mère ?

— Oh mon Dieu.

Tracey se retourna.

— Je dois l'appeler.

Elle eut l'estomac retourné.

— Comment puis-je la laisser tomber pour Diesel ? C'est ce que j'ai fait la dernière fois et je l'ai perdue pendant des années.

— C'est différent, insista Izzy. Appelle-la. Elle comprendra. Elle l'a rencontré. Elle sait à quel point c'est sérieux vous deux.

— C'est vrai. D'accord.

Elle fit les cent pas, l'angoisse brouillant ses pensées, tandis qu'elle appelait sa mère.

— Bonjour, ma chérie.

Sa voix enjouée mit tous ses sens en alerte.

— Bonjour.

Trop nerveuse pour s'asseoir sur le bord du lit, elle se leva d'un bond, le cœur battant la chamade.

— Maman, je dois quitter la ville pour quelques jours. Diesel a reçu des nouvelles potentiellement dévastatrices et j'ai vraiment besoin d'être avec lui.

— Il va bien ?

— Je n'en sais rien. J'en doute. Il est parti pour le Colorado, et je dois le retrouver.

— Tu ne sais pas où il est ?

— Non. Peut-être. Je pense que oui.

Sa mère resta silencieuse pendant un moment.

— *Trace*, dit-elle prudemment. Es-tu sûre qu'il veut qu'on le retrouve ? Il semble être un homme *posé* qui réfléchit à ses actions.

Tracey ferma les yeux pour éviter de pleurer à chaudes

larmes.

— Il l'est, mais je ne pense pas qu'il ait les idées claires en ce moment. On lui a déjà menti et on l'a déjà blessé. Sa mère est la seule personne sur laquelle il a toujours compté à vrai dire et elle lui a peut-être menti au sujet de son père. Je sais que ça donne l'impression que je te laisse tomber pour un type qui ne veut pas être avec moi parce qu'il est parti, mais ce n'est pas ce dont il s'agit. Diesel m'*aime*.

Les mots étaient sortis trop vite pour qu'elle puisse les arrêter. Il ne l'avait jamais dit mais elle sentait son amour, aussi réel et viscéral qu'elle savait qu'il avait besoin d'elle à ses côtés pendant cette période difficile.

— Il est seul depuis toujours et maintenant, tout ce qu'il pensait savoir pourrait être bouleversé. Il a été là pour moi quand j'en avais le plus besoin et je serais damnée si je le laissais souffrir seul. Je suis désolée, maman, mais je dois essayer de le retrouver. S'il te plaît, ne me déteste pas.

— Je ne pourrais jamais te détester, ma chérie. Et maintenant, je comprends pourquoi tu pars. Diesel a dit à Tony qu'avant toi, il n'avait eu personne de spécial dans sa vie depuis la mort de sa mère. Il a dit qu'il ne savait pas comment être un bon partenaire mais qu'il apprendrait.

Des larmes fraîches coulèrent et Tracey ne put prononcer un seul mot.

— Même les bikers grands et forts ont parfois besoin d'un peu d'aide, chérie. *Vas-y*. Je dirai aux filles qu'il y a eu un souci d'horaires et que nous viendrons quand les choses seront réglées. Je t'aime, Tracey, et je suis fière de toi. Je n'irai nulle part. Je te le promets.

Le soulagement l'envahit lorsqu'elle mit fin à l'appel et elle se posa sur le bord du lit pour essayer de reprendre le contrôle.

Izzy s'assit à côté d'elle.

— Tu es prête. Je t'ai envoyé les détails du vol par texto. C'est un vol sans escale. Tu seras là à six heures, heure du Colorado. Je dois aller travailler alors je t'ai commandé un Uber pour t'emmener à l'aéroport. Ils seront là dans dix minutes. Qu'est-ce qu'on met dans ta valise ?

— Ce que j'emporte n'a pas d'importance.

La réalité lui pesait comme une chape de plomb.

— Si elle lui a menti, ça le brisera.

— Alors, c'est une bonne chose que tu sois là pour le remettre sur pied.

DIESEL avait passé trop d'heures dans ce foutu avion, à ressasser des questions auxquelles il n'avait pas de réponses et à essayer de faire taire ce qui le rongeait au sujet de Tracey, qui n'avait pas besoin d'être entraînée dans ce merdier. Le temps que ses bottes touchent le sol du Colorado, il était prêt à savoir la vérité.

Louer une moto avait pris une éternité mais il ne supporterait pas d'être coincé dans une voiture. Alors qu'il filait vers le *Redemption Ranch*, l'air vif de l'automne lui fouettait la peau et le soleil de l'après-midi commençait à descendre. Le long trajet l'avait soulagé mais alors qu'il approchait de l'entrée du ranch, la colère et la douleur refirent leur chemin en lui, se resserrant comme un python dans sa poitrine. Il se concentra sur la route alors qu'il franchissait la porte principale, passant sous la poutre en bois surmontée d'un *RR* en fer – le premier *R* était à l'envers. Il passa devant des pâturages et des corrals, l'odeur familière des chevaux et l'air vivifiant de la *maison* suscitant une foule d'émotions.

Les repoussant toutes, il essaya de comprendre où Tiny pouvait se trouver un samedi après-midi. La propriété comprenait plusieurs maisons, des granges, d'autres dépendances et des manèges intérieurs et extérieurs. Il se dirigea vers la maison principale, qui servait de bureaux pour les services thérapeutiques traditionnels et de résidence pour plusieurs membres du personnel. Alors qu'il se dirigeait vers la maison, il vit une bataille de paintball se dérouler sur le terrain, les gens s'élançant derrière des bunkers faits de sacs de sable et des murs de pierre, autour de barils, de pneus debout cloués au sol et d'autres obstacles et barrières.

Diesel se dirigea vers le champ à la recherche de Tiny, qui avait la réputation d'entraîner tous ceux qui avaient des difficultés à se défouler. En se garant, il vit Birdie à l'autre bout du terrain. Son masque bleu était relevé et elle prenait un selfie en tournant le dos au terrain. Elle portait une tenue de camouflage complète, éclaboussée de peinture orange, rouge et bleue, et tenait un fusil noir et bleu dans sa main libre. Deux personnes portant des masques rouges et des fusils rouges et noirs se faufilèrent derrière elle alors qu'elle levait le menton dans une pose sarcastique pour le selfie. Ils lui tirèrent dessus avec des balles de peinture rouges et hurlèrent de rire.

Birdie mit son téléphone dans sa poche et se retourna en criant :

— Vous ne voyez pas que je suis *éliminée* ?

Les autres relevèrent leurs masques rouges, révélant les visages amusés de Cowboy et de Sasha. Ils n'avaient pas repéré Diesel et c'était tant mieux. Il n'était pas d'humeur à bavarder ou à se laisser étreindre par Birdie et Sasha. Elles savaient toutes qu'il préférait ne pas être touché mais comme Malia, elles refusaient de croire que quelqu'un n'avait pas besoin de câlins.

— Tu es toujours à l'intérieur du terrain.

Cowboy pointa le bout de son arme sur son pied, qui était toujours dans les limites du terrain. Sasha et lui se congratulèrent. Birdie leva son arme et tira sur eux puis s'enfuit en courant tout en retirant son masque. Sasha la suivit en courant. Cowboy aperçut Diesel qui descendait de sa moto et se dirigea vers lui. C'était le plus grand des hommes Whiskey, robuste et musclé par des années de travail au ranch. Il portait ses cheveux blonds courts et sa barbe bien taillée.

— Mec, c'est bon de te voir.

Cowboy tendit la main et rapprocha Diesel, mais pas trop, en lui donnant une tape dans le dos.

— J'ai entendu dire que tu ne reviendrais pas avant un moment.

— Je n'en avais pas l'intention. Ce n'est pas une visite de courtoisie. Ton père est là ?

— Oui, ma mère et lui sont à l'étable nord, en train de vérifier les sauvetages que nous avons eus la nuit dernière.

Diesel acquiesça et retourna à sa moto.

— Hé, D, l'interpella Cowboy et Diesel se retourna, la mâchoire serrée.

— Je peux faire quelque chose ?

— Non. Merci.

— Si tu restes dans le coin et que tu veux rester avec nous plus tard, nous serons au *Roadhouse*.

Diesel acquiesça à nouveau et enfourcha sa moto. Il se dirigea vers la grange nord pour parler aux personnes qui avaient toujours été là pour lui et sa mère. À l'homme qui l'avait encadré de plus de façons qu'il ne pouvait le compter. Il espérait qu'ils ne lui avaient pas menti, eux aussi.

Il trouva Tiny et Wynnie dans la grange avec Doc, discutant des chevaux malades dans les stalles voisines. Les questions de Diesel lui parurent soudain presque inutiles face à des animaux qui étaient probablement sur le point de mourir et qui avaient été sauvés de Dieu sait quelle sorte d'enfer.

— Diesel, dit Doc avec surprise.

Il était grand et en forme, pas costaud comme ses frères, un vrai charmeur, et il en avait l'air dans un Henley bleu foncé, tandis qu'il passait une main dans ses courts cheveux bruns.

Il leva le menton en signe de reconnaissance.

— Doc.

L'expression sérieuse de Tiny indiqua à Diesel que, contrairement à Doc, Tiny et Wynnie savaient déjà pourquoi il était là. Diesel fut reconnaissant que Doc n'ait pas été mis au courant. Il n'avait pas besoin que tout le monde se mêle de ses affaires.

— Mon chéri, c'est *si* bon de te voir.

Wynnie s'avança vers lui les bras ouverts, ses cheveux blonds bouclés rebondissant sur les épaules de son haut jaune. Elle l'étreignit rapidement et lui embrassa la joue, l'inquiétude planant dans ses yeux.

Son odeur familière aurait dû le réconforter mais l'idée qu'on lui avait peut-être menti se dressait entre eux comme un poison et il ne parvenait pas à être aimable.

— Tu nous as manqué, mon fils.

Tiny se tenait les yeux dans les yeux avec Diesel, sa voix bourrue était légèrement prudente. Il portait un bandana rouge familier noué autour du front, et un T-shirt des Dark Knights étiré sur son ventre.

Diesel avala la bile qui montait dans sa gorge.

— Wynnie et toi, vous avez une minute ?

— Toujours. Sortons.

Tiny leva le menton en direction des portes de la grange.

— Je reviens tout de suite, Doc.

Les tripes de Diesel se nouèrent. Son cœur battait contre sa poitrine tandis qu'il suivait Tiny et Wynnie hors de la grange, les photos brûlant un trou dans sa poche. Une partie de lui ne voulait pas des réponses qu'il cherchait, mais il en avait besoin.

Tiny s'éloigna d'une bonne distance de la grange avant de s'arrêter, ses yeux sages se posant sur Diesel comme ils l'avaient fait lorsque ce dernier avait treize ans et qu'il avait commencé à fréquenter des gamins douteux. A l'époque, Tiny l'avait orienté vers le ranch, lui donnant des leçons de responsabilité, lui donnant un but pour les heures où sa mère était au travail et où il devait se débrouiller seul. Avait-il pris Diesel sous son aile par sens du devoir plutôt que par simple gentillesse pour aider une mère célibataire ?

— Biggs a appelé, dit Tiny d'un ton ferme. Je sais pourquoi tu es ici, fiston.

Diesel lui tendit les photos.

— Qu'est-ce que tu en sais ? Les dates sont au dos.

— Oh, mon grand, dit Wynnie d'une voix douce et douloureuse. Nous ne savions même pas que ta mère et Axel avaient été ensemble.

Diesel la regarda, à la recherche de signes cachés de mensonges mais il n'y avait rien d'autre que du chagrin et de l'empathie en face de lui. Il reporta son attention sur Tiny.

— C'est vrai ?

— À peu près. Je savais qu'ils s'étaient rencontrés au *Roadhouse* quand Axel avait traversé la ville et nous étions là avec quelques frères.

Par *frères*, Diesel savait qu'il entendait d'autres Dark

Knights.

— Ta mère travaillait et je l'ai vu flirter avec elle, mais je n'y ai pas prêté attention. Il était toujours en train de jouer et il n'essayait pas de cacher qui il était aux femmes avec lesquelles il était. Biggs m'a dit qu'il t'avait raconté ce qu'Axel avait vécu.

Diesel acquiesça.

— Axel était mal en point.

Tiny avait l'impression que l'angoisse de son frère avait été la sienne.

— Tu te souviens de ta colère après l'enterrement de ta mère ? Tu es parti à moto avec ce fichu sac à dos et on ne t'a pas revu pendant plus d'un an ?

Il n'oublierait jamais les démons implacables qui l'avaient poursuivi sur l'autoroute et qui avaient continué à le poursuivre… jusqu'à récemment.

Jusqu'à Tracey.

Mais il ne pouvait pas y penser maintenant, il ne pouvait pas penser à son doux visage et à ses mots d'amour alors que toute sa vie avait peut-être été bâtie sur un mensonge.

— C'est là qu'Axel a trouvé son réconfort, sur la route. C'était un enfant au cœur brisé qui luttait pour survivre chaque jour. Je craignais qu'il ne fasse quelque chose de stupide, comme de se jeter d'une falaise, mais même s'il était plus fort que cela, il restait humain. Quand il était sur sa moto, il allait bien. Mais en dehors ? Il passait d'une femme à l'autre, essayant de ne pas tomber dans l'abîme de son chagrin. Cela ne veut pas dire que si lui et ta mère se sont mis ensemble, elle n'était pas spéciale pour lui. Elle aurait très bien pu l'être et il ne l'aurait dit à personne, parce qu'il ne pensait pas mériter le bonheur après avoir perdu sa petite amie. Je n'ai pas les réponses que tu cherches. Mais honnêtement, D, je ne peux pas imaginer que mon frère prenne des photos avec *une* femme, et encore moins qu'il les garde. Peut-être que cela devrait t'indiquer quelque chose.

Il regarda les photos, les sourcils broussailleux inclinés.

— Ce salaud me manque beaucoup.

Wynnie posa sa main sur le dos de Tiny pendant qu'il tendait les photos à Diesel. Il fixa les photos, se sentant proche de la douleur d'Axel. Mais cela n'atténuait pas les émotions les plus viles qui le traversaient. Il savait ce que c'était que d'essayer de combler un vide de toutes les façons possibles, mais l'idée que sa mère n'était que cela pour celui qui aurait pu être son père ne fit qu'accentuer sa colère.

Il leva son regard vers Wynnie, espérant une réponse.

— Elle ne t'a rien dit quand elle était en thérapie ?

Wynnie secoua la tête.

— J'aurais aimé qu'elle le fasse. Je suis désolée, mon grand. Je lui ai demandé s'il y avait une autre famille avec laquelle nous devrions parler pour les aider à se préparer, pour t'aider à passer à autre chose mais elle a dit qu'il n'y avait personne. Quand j'ai posé des questions sur ton père, elle a dit qu'ils n'étaient que deux enfants qui s'amusaient et qu'il n'était pas intéressé par quelque chose de plus. Je l'ai poussée dans ses retranchements et lui ai dit qu'il avait peut-être changé avec le temps. J'ai essayé de trouver un nom. Je craignais qu'on en arrive là un jour. Mais elle m'avait dit que ce n'était pas dans les cartons.

Ce n'était plus suffisant. Il devait connaître la vérité.

Elle lui prit la main.

— Chéri, je vois bien que tu es bouleversé. Tu dois te rappeler que ta mère n'était elle-même qu'une enfant quand tu es né, plus jeune que Birdie aujourd'hui.

Birdie avait vingt-cinq ans.

— Tu sais comment c'est à cet âge-là, toutes ces hormones

qui se déchaînent. Tu rencontres quelqu'un, vous vous entendez bien et vous profitez de l'euphorie aussi longtemps qu'elle vous porte. Mais je ne saurais trop insister sur le fait que ta mère a fait la paix avec ton père, quelle que soit la situation, et qu'elle n'en est pas ressortie brisée. Elle en est sortie plus forte, avec un magnifique petit garçon à aimer, et elle t'a aimé avec *tout ce qu'*elle avait. Ta mère n'a eu aucun regret à la fin. Pas un seul.

Submergé par trop d'émotions à gérer, il avait besoin d'une échappatoire.

— Merci. Je vais vous laisser tranquille.

— Reste, plaida Wynnie. Rattrapons le temps perdu. Cela fait trop longtemps. Red m'a dit que tu avais une petite amie maintenant, et j'aimerais bien savoir ce qu'elle fait, et comment tu vas.

— Avec tout le respect que je te dois, Wynnie, une autre fois serait préférable.

— D'accord, mais tu dois me laisser…

Elle s'approcha pour la serrer dans ses bras et, cette fois, il lui rendit son étreinte.

— Nous t'aimons, mon chéri.

Il était trop ému pour parler.

— Fiston, avant de partir, je veux que tu saches deux choses. Qu'Axel soit ton père ou non, il a été perturbé pendant de nombreuses années, mais c'était un homme bon, au grand cœur, qui souffrait et était une âme torturée.

Diesel avait pu s'en rendre compte et hocha la tête en signe de compréhension.

— Je me fiche de savoir à qui appartient le sperme de ton père. En ce qui me concerne, tu es et tu feras toujours partie de la *famille*. Maintenant, je vais te serrer dans mes bras et tu vas faire avec.

Tiny le serra dans ses bras, en parlant bas, comme il le faisait quand Diesel était enfant.

— Tu es peut-être tout en muscles mais je t'écraserai quand même comme une cacahuète.

Diesel sourit malgré son chagrin.

— Où vas-tu ? demanda Tiny en le relâchant.

— Le chalet.

Pour chercher des réponses. Il ne pouvait pas dire « *chez moi* » car rien ne ressemblait à un chez soi sans Tracey.

— Ne quitte pas la ville sans revenir dire au revoir, tu m'entends ? dit Tiny d'un ton sévère. Tu as de la famille ici, mon garçon, et elle veut te voir.

— Je ne suis pas de bonne compagnie en ce moment, prévient Diesel.

Tiny rejeta ses épaules en arrière, le dominant comme une montagne.

— On se fiche de savoir si tu es en colère, triste ou sur un nuage. C'est dans ces moments-là que la famille est utile. C'est compris ?

Il répondit par un hochement de tête sec.

Tiny ne sourcilla même pas.

— Je ne pense pas que Wynnie ait entendu ta réponse, fiston.

Wynnie fit un clin d'œil à Diesel.

— C'est notre Diesel. Bien sûr que je l'ai entendue. Bien sûr que je t'ai entendu.

CHAPITRE DIX-HUIT

DIESEL DÉCOUVRIT la chambre de sa mère, fouillant dans les tiroirs, chose qu'il n'avait pas pu affronter après sa mort. Au diable la tristesse. Il avait besoin de réponses. Il vida les boîtes de son placard, trouvant des dessins au crayon qu'il avait faits lorsqu'il était enfant, des photos d'école, sa minuscule empreinte de main en argile, des cartes de fête des mères et d'anniversaire qu'il avait faites et celles qu'il avait achetées en grandissant. Il y avait aussi des bulletins de notes, des récompenses scolaires et des notes qu'il lui avait écrites lorsqu'il était enfant. Elle les avait tous conservés, mais il n'y avait rien sur Axel, ni sur aucun autre homme.

La colère grondait en lui tandis qu'il entrait en trombe dans le hall et se tenait devant la porte fermée de la chambre des hobbits. La chambre où sa mère avait rendu son dernier souffle. Il tendit la main vers la poignée de la porte, se souvenant des soubresauts du corps de sa mère, des sons de désespoir qu'elle avait émis dans ses derniers instants.

Ses mains se recroquevillèrent en poings, le chagrin croissant en lui, remplissant chaque fissure et chaque crevasse jusqu'à ce qu'il ne puisse plus respirer. Il ne pouvait pas le faire. Il ne pouvait pas entrer là-dedans et tout affronter à nouveau. Il se dirigea vers le salon, ouvrit les armoires près de la télévision où sa mère avait conservé ce qu'elle appelait ses souvenirs les plus précieux, et arracha les albums de photos de l'étagère, les secoua et feuilleta les pages, à la recherche de quoi ? Une autre photo d'Axel qui ne lui dirait rien ? La rage et le désespoir se mêlaient à une culpabilité dévorante en lui tandis qu'il jetait les albums par terre, puis il fit de même avec ses cahiers de guitare, où elle écrivait des chansons et des paroles.

N'ayant rien trouvé, il se tint au milieu du désordre, sachant très bien où il trouverait les réponses, mais ne pouvant supporter l'idée de démolir la pièce qui avait tant compté pour elle. Pour *eux*. Un rugissement de frustration s'échappa de ses poumons et il devint un peu fou, arrachant des tiroirs, regardant sous les coussins, se ruant dans la cuisine, vidant d'autres armoires et tiroirs à la recherche des fantômes de son passé.

La respiration lourde, le fil de fer barbelé se tordant dans sa poitrine, il se força à retourner vers la porte fermée. Il déglutit difficilement, se disant qu'il fallait laisser tomber, que l'identité de son père importait peu. La réponse ne ramènerait pas sa mère. Il ne pourrait jamais entendre sa version de l'histoire.

Putain !

Poussé par un besoin profond de savoir si la femme en qui il avait le plus confiance au monde lui avait caché quelque chose d'aussi important, il ouvrit la porte, l'adrénaline se répandant dans ses veines. Il resta immobile à la vue du lit d'hôpital et des murs qu'ils avaient peints de forêts et de créatures année après année, jusqu'à ce que chaque centimètre soit recouvert. Des yeux se glissèrent derrière les feuilles et les vignes, comme *s'il* était un méchant venu profaner l'espace sacré qu'il avait contribué à faire naître.

Ses tripes se serrèrent et il baissa les yeux vers le sol, se frayant un chemin jusqu'au placard, vidé à la vue de sa guitare.

Assieds-toi et chante avec moi, Dezzie. Il enfouit ce souvenir au plus profond de lui, passa en trombe devant la guitare et sortit vivement des cartons sur les étagères du placard. Il fouilla dans les bibelots, les livres, d'autres dessins d'enfant, des figurines en bâton de glace et des décorations faites à la main, les souvenirs de l'excitation de sa mère lorsqu'il lui avait offert ces cadeaux l'assaillant comme des pics. *Mon Dieu.* Il jeta boîte après boîte sur le sol, fouilla dans les poches de son manteau et dans ses tiroirs, jusqu'à ce qu'il ait fait le tour de la question. Dans un accès de colère, il poussa la commode, son cœur s'arrêtant à la vue d'un épais journal rouge scotché au fond de la commode.

Frappé d'incrédulité, il tomba à genoux, incapable de faire autre chose que de le regarder. La culpabilité l'assaillit. Sa mère avait *le droit d'*avoir des secrets. Il serra les dents contre la voix dans sa tête qui lui disait d'enfourcher sa moto et de conduire jusqu'à ce qu'il ne sente plus rien – et de continuer jusqu'à ce qu'il soit tellement engourdi qu'il ne puisse jamais rien ressentir.

Mais le beau visage de Tracey apparut devant lui, son doux sourire attirant les parties de lui qu'il pensait mortes depuis longtemps, ses yeux confiants lui rappelant toutes les raisons de ne pas suivre cette voix dans sa tête. Il avait passé sa vie à s'exclure de la vie de tous ceux qui s'intéressaient à lui pour ne plus jamais être blessé. Il ne voulait plus vivre comme ça. Il voulait une vie avec Tracey, des amis, des souvenirs, un avenir. Mais après tout ce qu'elle avait traversé, elle méritait un homme libéré de ses démons. Un homme qui savait qui il était, et si Diesel savait une chose sur lui-même, c'est qu'il ne dormirait pas tant qu'il ne connaîtrait pas la vérité.

Il tira sur le journal pour le dégager, arracha le ruban adhésif en se levant et en faisant les cent pas.

Il ouvrit la couverture et fut pris d'une nouvelle angoisse à la vue de l'écriture tourbillonnante de sa mère. Il déglutit difficilement, essayant d'empêcher une boule de se former dans sa gorge alors qu'il tournait les pages, entrant dans le monde privé de sa mère.

Son journal commençait deux ans après qu'elle ait quitté la maison à dix-huit ans, mais il se lisait telle la bobine d'un film, racontant la vie d'une jeune fille qui avait quitté sa maison du Nebraska avec des étoiles dans les yeux et un cœur plein d'espoir, à la recherche de quelque chose de meilleur. Il y avait des allusions à l'auto-stop qui faisaient craindre à Diesel pour sa sécurité et les amis qu'elle s'était fait au cours de ses voyages. Elle avait travaillé comme serveuse ici et là et avait passé des semaines à voyager dans une camionnette avec un groupe d'autres jeunes d'une vingtaine d'années. Son écriture portait la voix d'une jeune fille qui voyait le monde d'un œil nouveau. *Chaque fois que je ris, je me souviens de la prison émotionnelle dans laquelle mes parents m'avaient enfermée, ce qui me donne envie de m'accrocher à ce rire et d'être encore plus heureuse... Si jamais j'ai un enfant, je ferai en sorte qu'il sache ce qu'est la joie chaque jour de sa vie... Je crois que je suis amoureuse de ce monde. Il y a tellement de bonnes choses en lui.*

Diesel ne s'attarda pas sur les parties qui parlaient de relations sexuelles avant le mois où il aurait été conçu, mais il s'attarda sur les détails de ses premiers jours au Colorado lorsqu'elle avait rencontré Manny, qui était maintenant le mari d'Alice, et qu'elle décrivait comme un gars sympa avec beaucoup de cheveux. Lorsqu'elle avait mentionné qu'elle cherchait un emploi et un endroit où loger, Manny l'avait amenée au *Roadhouse. J'ai d'abord eu peur parce qu'il y avait une dizaine de bikers. Mais Manny m'a présentée et m'a expliqué qu'il venait de rejoindre un nouveau club de bikers appelé les Dark Knights, et j'ai pu rencontrer le fondateur de ce club ! Il s'appelait Tiny, mais il était énorme et gentil. Je l'aime bien et j'aime bien cet endroit. Je pense que je vais rester.* Elle avait rencontré Alice, la petite amie de Manny à l'époque, et l'avait décrite comme une blonde au caractère bien trempé. Ils lui avaient donné un emploi de serveuse et l'avaient laissée séjourner dans le chalet qu'elle leur avait acheté par la suite.

Diesel feuilleta les pages, apprenant à quel point sa mère aimait son travail, à quel point elle était fatiguée à la fin de chaque nuit, et comment le père de Manny avait déménagé l'année d'après et lui avait confié le bar.

C'est alors qu'il vit la première mention d'Axel et ses muscles se contractèrent comme s'il se préparait à un combat pour lire ce passage.

Je me rendais au travail et le type le plus sexy que j'aie jamais vu descendait d'une moto. Il était grand et me regardait comme si j'étais son parfum préféré. Mais derrière ces yeux séduisants, il semblait triste. Je sais ce qu'est la tristesse et j'ai ressenti une connexion instantanée avec lui. Il a dû ressentir la même chose car nous nous sommes regardés toute la nuit. J'ai eu l'envie irrésistible de lui montrer que la vie pouvait être meilleure que ce qui le rendait triste. Il s'appelle Axel. Ce n'est peut-être pas son vrai nom mais je l'aime bien. C'est fort comme lui, et différent. Un peu mystérieux et un peu poétique.

Elle écrivit qu'il flirtait avec elle chaque fois qu'elle passait devant sa table et qu'il était resté jusqu'à l'heure de la fermeture et l'avait raccompagnée chez elle. Diesel sut qu'ils s'étaient assis près d'un feu devant la cabane et que sa mère avait été séduite par les récits de ses voyages, qu'il comparait au Hobbit après avoir rencontré Gandalf, sauf qu'au lieu de rejoindre un groupe de nains pour reconquérir un royaume, il avait entrepris un voyage personnel pour se réapproprier sa vie.

Ce n'était pas étonnant qu'elle se soit sentie proche de lui. Elle avait fait la même chose. *Je lui ai parlé de mes horribles parents et du chemin parcouru, et il m'a raconté comment il avait perdu l'amour de sa vie.*

En lisant les notes de sa mère, Diesel se rendit compte que Tiny avait raison. Axel avait été honnête avec elle sur le fait qu'il ne cherchait rien d'autre qu'un bon moment. Sa mère avait également dit à Axel sa vérité, à savoir qu'elle espérait un jour trouver son âme sœur, qui voulait construire une vie magique et heureuse. Diesel se sentit réconforté par leur honnêteté. Il poursuivit sa lecture en découvrant qu'Axel était sur le point de quitter la ville et que sa mère avait eu trois soirs de congé. Ils s'étaient embarqués dans ce qui semblait être quelques jours de tourbillon, d'exploration de villes, de sexe et de partage de secrets, ou comme l'écrivait sa mère, *un voyage de deux âmes qui se sont rencontrées et qui m'ont remplie de suffisamment de bonheur pour toute une vie.*

Diesel s'enfonça dans le sol, le dos appuyé contre le lit. Au moins, si Axel *était* son père, ce n'était pas à cause d'une aventure merdique. Il l'avait rendue heureuse. C'était déjà ça.

Il poursuivit sa lecture et reprit ce dernier commentaire lorsque sa mère avait décrit sa crise de larmes, et sur les derniers écrits, elle espérait qu'Axel lui téléphonerait mais fut effondrée quand il ne le fit pas. Sa mère avait écrit qu'elle avait envisagé de demander le numéro d'Axel à Tiny, mais qu'elle revenait toujours à la confession d'Axel sur le fait qu'il ne voulait pas s'attacher à quelqu'un.

Diesel poursuivit son chemin à travers des pages couvrant des semaines de déception, des descriptions de réveil nauséeux, un paragraphe paniquée à propos d'un test de grossesse positif, et ses craintes de perdre son emploi. Ses muscles se resserrent à chaque mot. Plusieurs pages douloureuses décrivaient des semaines passées à essayer de trouver quoi dire à Axel la fois d'après, quand elle le verrait et d'autres débats sur la possibilité de dire la vérité à Tiny, ce qu'elle avait écarté parce qu'*Axel était déjà assez triste sans que j'ajoute de la culpabilité à son cœur déjà surchargé*. Elle décrivait sa conversation avec son enfant à naître, l'excitation et l'inquiétude qu'elle avait ressenties lorsqu'il avait commencé à se manifester. Elle avait écrit sur le fait d'avoir dit à Alice qu'elle était enceinte et d'avoir répondu à ses questions sur le père.

Il ne veut pas de famille, et je ne ferai jamais subir à mon enfant ce que j'ai vécu. Il vaut mieux que ce bébé soit aimé par moi, entièrement et complètement, que maltraité par un homme qui n'en a jamais voulu.

Chaque mot accentua la douleur de Diesel à son égard.

C'est enfin arrivé. Axel est venu au bar ce soir, mais il était avec une autre femme. J'ai failli mourir. J'avais répété ce que j'allais dire pendant si longtemps que je le connaissais par cœur, mais quand il s'est approché et a regardé mon ventre, mon esprit est devenu vide et j'avais du mal à me rappeler comment respirer. Il a dit : « Hé, Ruthie. Tu as l'air bien dans ta peau. Je suppose que tu as trouvé ton âme sœur après tout. Mieux vaut lui que moi. Je bousillerais un enfant de façon terrible. » Mon cœur s'était fendu en deux et j'ai réalisé mon erreur. J'avais romancé ce que nous avions eu, au lieu de croire ce qu'il m'avait dit. Je pensais que nous nous étions liés si profondément que je pouvais l'arracher à son chagrin. Mais maintenant, je sais que personne ne peut faire cela pour quelqu'un d'autre. Mais tu n'es PAS une erreur, mon bébé, et je suis forte. Encore plus forte grâce à toi, alors j'ai levé le menton, j'ai posé la main sur mon ventre et j'ai dit : « Oui, c'est le cas ». Un sourire soulagé est apparu sur le visage d'Axel, le genre de sourire que l'on affiche quand on est heureux pour quelqu'un mais aussi heureux de ne pas être entraîné en aval avec lui, et il a ajouté : « Ce doit être la magie des elfes. C'est un bébé chanceux. Bonne chance à vous deux. » Il s'est éloigné, s'est glissé dans la cabine à côté de l'autre femme et a passé un bras par-dessus son épaule.

Et tu sais quoi, mon bébé ? J'étais d'accord avec ça. Il n'y a que toi et moi, et je te jure ici et maintenant que je vais être la meilleure mère qui ait jamais existé sur cette terre. Je t'aimerai plus que ma propre vie.

TRACEY AVAIT ÉTÉ une épave nerveuse toute la journée, oscillant entre le cœur brisé pour Diesel et la colère qu'il ait pensé qu'envoyer un sms et partir sans aucune explication était acceptable. Lorsque le taxi arriva au *Redemption Ranch*, elle eut l'impression qu'elle allait vomir. Si Diesel n'était pas là, elle ne saurait pas où chercher. Elle ne savait même pas où il logeait quand il était à Hope Valley.

Et si sa mère avait raison et qu'il ne voulait pas être découvert ? Et s'il avait découvert que tout le monde lui avait menti ? Une lourdeur s'installa dans sa poitrine.

Oublions la partie concernant sa mère.

Si tout le monde avait menti à Diesel, *elle* savait qu'il *ne* voudrait pas être retrouvé, et cette réalité l'étouffait. Elle baissa la vitre et l'air frais du Colorado pénétra à l'intérieur. Heureusement qu'elle avait mis un pull. Elle avait à peine réfléchi lorsqu'elle s'était habillée.

— Où allez-vous, madame ? demanda le chauffeur, la tirant

de ses pensées.

Elle n'avait aucune idée de l'endroit où le chercher.

— Y a-t-il un bureau principal ou quelque chose comme ça ?

— Il y a une maison principale, mais nous sommes samedi soir. Je ne sais pas si elle est ouverte.

— Ce n'est pas grave. Commençons par là.

Tandis qu'ils roulaient vers le ranch, elle regarda par la fenêtre les chevaux dans les pâturages et les montagnes au loin, se rappelant les vues de la vieille cabane des Whiskey près du ruisseau. Il n'était pas étonnant que Diesel se sente chez lui.

La voiture ralentit pour s'arrêter, attirant son attention sur la moto qui se mit sur une roue et fonça sur eux. Le chauffeur de taxi se rangea sur l'accotement, laissant la route au motocycliste, mais à une trentaine de mètres de là, le conducteur abaissa la roue avant et fit un signe de la main. Il s'arrêta à côté de la voiture et enleva son casque, révélant un bel homme brun, barbu, avec des piercings aux oreilles, au septum et à la narine, et des tatouages serpentant le long de ses bras. Il regarda Tracey par la fenêtre ouverte et fronça les sourcils.

— Salut, ma belle. Tu me cherches ?

— Hum… Non, sauf si tu es Tiny.

Il se moqua.

— Je n'ai rien de minuscule, chérie.

— Ce n'est pas *ce* que je voulais dire.

Il rit.

— Je m'en doutais bien. Qu'est-ce qu'une jolie fille comme toi veut à mon vieux ?

Soulagée d'avoir trouvé quelqu'un qui connaissait Diesel aussi rapidement, elle sortit de la voiture, ne voulant pas que le conducteur entende ce qu'elle avait à dire.

Le dragueur éhonté sur la moto siffla. Elle l'ignora.

— Vous êtes le fils de Tiny ?

— Dare Whiskey à votre service.

Un lent sourire ourla ses lèvres.

— Et je sais bien *servir*.

— J'en suis sûre, mais je n'ai pas besoin d'être servie. Je m'appelle Tracey et je cherche Diesel Black. L'avez-vous vu ?

— Oh merde. Tu es la régulière de Diesel ? Désolé, princesse.

Le respect qu'il manifestait à l'égard de Diesel la rendait heureuse et elle espérait que le fait qu'il ait entendu parler d'elle était un bon signe.

— C'est bon. Tu l'as vu ?

— Non, mais il était ici. Il est chez lui. Je peux t'y conduire. Je voulais quand même aller le voir.

— Tu es sûr que ça ne te dérange pas ?

— Je ferais n'importe quoi pour D, ce qui veut dire que je ferais n'importe quoi pour toi. Tes sacs sont dans le coffre ?

Dare frappa à la vitre du conducteur.

— Non. Ils sont à l'arrière. Elle se glissa par la porte ouverte pour attraper ses bagages et remercia le chauffeur pendant que Dare le payait. Lorsque le chauffeur s'éloigna, elle tendit à Dare l'argent de la course.

— Merci, lui dit-elle.

— Range ça, petite dame. Je ne prends l'argent des femmes que lorsqu'elles le mettent dans ma ceinture.

— Tu es un *strip-teaser* ?

Quel genre d'amis Diesel avait-il ici ?

Il s'esclaffa.

— Toutes les femmes de la ville le souhaitent. J'aime juste prendre mon pied. Laisse tes sacs sur l'herbe et monte à l'arrière.

Nous allons chercher ma voiture.

— D'accord, mais peux-tu éviter de faire du « une roue » ? Je tomberais à coup sûr.

— Tu es à Diesel, chérie. Prendre un risque avec toi serait un souhait de mort.

Ils allèrent chercher la voiture de Dare chez lui, sur le terrain du ranch, loin des autres maisons. Son garage était plus grand que sa cabane et rempli de voitures et de camions classiques rutilants, de véhicules cabossés et usés, de motos et de VTT. Ils prirent une vieille *Chevelle* noire, suralimentée, au moteur bruyant et aux pneus énormes, prirent ses bagages et se dirigèrent vers la maison de Diesel.

Dare était gentil et drôle. Il fit la conversation en conduisant mais Tracey avait l'esprit ailleurs. Elle s'inquiétait pour Diesel et avait du mal à réagir. Lorsqu'il quitta les sentiers battus, empruntant une route de gravier isolée en direction d'un chalet rustique avec un toit en tôle et une moto garée devant, ses nerfs s'enflammèrent à nouveau. Le chalet et une petite remise se trouvaient dans une clairière entourée de bois, avec un foyer en fer sur le côté. L'herbe était longue mais pas envahissante, comme si quelqu'un s'en était occupé pendant l'absence de Diesel. La cabane était d'une simplicité pure et il était facile d'imaginer l'enfance de Diesel dans un endroit aussi serein. Malheureusement, il était tout aussi facile de l'imaginer submergé par le désespoir.

Alors qu'ils sortaient de la voiture, les yeux de Dare se plissèrent et elle suivit son regard jusqu'à la porte d'entrée, qui se trouvait sur le côté de la maison et qui était grande ouverte.

— Reste ici.

L'ordre de Dare ne laissait aucune place à la négociation.

Elle le suivit quand même, malgré le regard sévère qu'il lui lança. Lorsqu'ils atteignirent la porte, Dare tendit un bras pour la retenir, le torse bombé, le visage aussi sévère que le granit.

— N'entre *pas* ici tant que je n'ai pas vérifié.

Le cœur de Tracey s'emballa lorsque Dare entra dans la maison. Elle jeta un coup d'œil sur le petit salon et la cuisine, qui semblaient avoir été mis à sac. Les coussins du canapé avaient été renversés, les armoires vidées, les tiroirs fouillés, le contenu jonchant les comptoirs et le sol. Les poils de sa nuque se hérissèrent tandis que Dare avançait dans le couloir, jetant un coup d'œil dans les pièces. Il s'arrêta dans la deuxième pièce à droite. Elle se précipita dans le couloir, le dépassa et entra dans la pièce peinte avec des forêts, des hobbits, des elfes et des sorciers, certains désordonnés et enfantins, d'autres si réels qu'elle avait l'impression d'être entrée dans un autre monde – jusqu'à ce que ses yeux tombent sur Diesel, assis sur le sol, le dos appuyé contre un lit d'hôpital, entouré de boîtes renversées, de papiers et de photographies éparpillés. Il avait les genoux pliés, les coudes posés sur eux, le front dans une paume et un journal suspendu à l'autre main.

Tracey se précipita vers lui et se mit à genoux.

— Diesel, que s'est-il passé ?

Ses yeux affligés rencontrèrent les siens, sa mâchoire se serra. Il lance un regard interrogateur à Dare.

— Elle s'est présentée au ranch, mec.

— Ne *le* regarde pas, s'emporta Tracey, sous le coup de l'émotion. *Regarde-moi.* Que penses-tu que je fasse ici ? Je m'inquiétais pour toi !

Il plissa les yeux et il leva le menton en direction de Dare, un autre message silencieux passant entre eux. Celui-ci, elle pouvait le comprendre, un remerciement et une demande d'espace.

— Je laisserai tes sacs devant, Tracey. D, tu sais comment me joindre.

— Merci, dit Tracey quand il s'éloigna.

Le cœur serré, elle se rapprocha de Diesel.

— Qu'est ce qui s'est passé ? C'est toi qui as fait tout ça ? Est-ce que tu vas bien ? J'ai reçu ton texto et Red m'a dit que tu pensais qu'Axel était peut-être ton père ?

Il la fixait, les secondes silencieuses explosant comme des bombes. Au moment où elle pensait ne plus pouvoir le supporter, il dit :

— Oui.

Ses yeux se posèrent sur le journal, ses doigts tenant une page ouverte alors qu'il le lui tendait.

— Tout est là.

Elle le prit et commença à lire, son cœur se brisant à nouveau à chaque fois qu'elle apprenait qu'Axel avait perdu son premier amour, que la mère de Diesel pensait avoir trouvé le sien, et que des pages d'excitation et de chagrin plus tard, sa mère réalisait qu'il s'agissait d'un amour non réciproque, ou mal orienté, mais pas d'une erreur, et que c'était ce qui était le plus important. Elle referma le journal et le posa sur le sol.

— C'était ton père.

Diesel acquiesça.

— Biggs et Tiny ont tous deux dit qu'il avait été perturbé pendant longtemps, mais ensuite il est devenu l'un des meilleurs gars qu'ils connaissaient, et ma mère ne lui a jamais donné l'occasion de décider s'il voulait faire partie de ma vie.

La douleur et le chagrin marquèrent ses paroles, avec une colère sous-jacente qu'elle comprit.

— Elle a eu trois occasions de le lui dire. Elle l'a vu deux fois quand j'étais petit et elle ne lui a jamais dit la vérité. Elle ne l'a jamais revu après ça.

Il serra le poing et le frotta avec son autre main.

— Je lui ai fait confiance toute ma vie, et maintenant quoi ? Tout est foutu en l'air ? C'est quoi ce bordel, Trace ? Qu'est-ce que je fais de ça ?

Elle lui prit la main.

— Tu fais la seule chose que tu puisses faire. Tu lui pardonnes. On dirait qu'elle a fait de son mieux avec les informations dont elle disposait. Tu as lu ce qu'il lui a dit, qu'il aurait perturbé un enfant.

Il détourna le regard.

Tracey lui toucha la joue, ramenant son regard affligé vers elle.

— Diesel, nous faisons tous des erreurs. De grosses et terribles erreurs. Mais mets-toi à la place qu'occupait ta mère dans sa vie à l'époque. Elle était si jeune et elle savait ce que c'était que de vivre avec des parents qui ne voulaient pas d'elle. Seule une mère égoïste mettrait sciemment son enfant dans cette situation. Elle veillait à tes intérêts, elle n'essayait pas de lui tirer les vers du nez.

— Et s'il avait changé s'il avait su ?

— Qu'aurais-tu fait, toi ? D'après ce que je viens de lire, il semble que tu aies suivi sans le savoir les traces de ton père après le décès de ta mère. Tu es parti comme lui après avoir perdu ta mère. Tu as avoué n'avoir jamais regardé en arrière et tu n'es jamais resté trop longtemps au même endroit. Si l'une des femmes avec lesquelles tu as eu des relations sexuelles était tombée enceinte, aurais-tu pu soudainement changer tes habitudes et serais-tu resté dans les parages ? Devenir un bon parent ? Parce que j'ai observé nos amis avec leurs bébés et en avoir, change *tout*. Ils prennent tout ton temps et toute ton énergie. Il faut *beaucoup* de patience et d'amour pour être aussi désintéressé. Même les personnes qui prévoient d'avoir des enfants se plaignent de la difficulté de la tâche. Je pense que c'est une bénédiction déguisée qu'Axel se connaisse assez bien pour se rendre compte et dire à ta mère ce qu'il voulait et pour que ta mère ne le lui impose pas.

Tout le corps de Diesel sembla se crisper, ses sourcils s'inclinèrent.

Tracey détesta ce qu'elle dut dire ensuite mais Diesel ne faisait qu'énoncer des vérités et elle ne lui mentirait jamais.

— Nous ne saurons jamais s'il aurait pu changer. Ça craint et ça fait très mal. Mais ce que nous savons, c'est que ta mère t'aimait assez pour te protéger du chagrin d'amour qu'elle avait vécu. Le chagrin qu'elle avait *fui*. Elle t'a mis en sécurité et t'a construit une vie agréable et heureuse. Elle t'a entouré de gens qui se souciaient de toi, et il semble, d'après ce que tu m'as dit et d'après le peu que je viens de lire, qu'elle ait construit son monde autour de toi.

Son expression se radoucit et elle monta sur ses genoux.

— J'aimerais pouvoir remonter le temps pour tant de raisons, mais le passé est comme un orage d'été. Il a déjà fait des dégâts et répand sa lumière. Il est devenu une partie de nous-mêmes, une partie que nous ne pouvons pas changer, mais dont nous pouvons tirer des leçons.

Elle toucha sa mâchoire, sentant la tension s'apaiser tandis qu'il se penchait sur sa main.

— Tu veux savoir ce que je pense ?

Il haussa les sourcils.

—Je pense que tu as beaucoup d'Axel en toi. Tout le monde dit qu'il est devenu un grand homme, même après tout ce qu'il a perdu, et toi aussi. Cette bonté doit être inscrite dans les gènes.

Les bras de Diesel l'encerclèrent, ses lèvres se retroussèrent sur les bords.

— Comment tu fais ça, gamine ?

— Quoi ?

— Renverser la situation ? Faire sortir la colère de moi et la transformer en quelque chose d'autre ?

— Je n'en sais rien. Je pense que c'est moi qui ai fait les grosses erreurs et je pensais que c'était pour de bonnes raisons. Je te montre juste l'autre côté de la médaille. Quelque chose de bien est sorti de tout ça, Diesel, mais tu es trop proche pour le voir. Tu as une *famille*. Une vraie famille, ici et à Peaceful Harbor. Des gens qui ont été dans ta vie et t'ont aimé sans savoir que vous étiez liés par le sang. Je sais que ta mère t'a blessé en te mentant, et ce genre de blessure peut prendre du temps à guérir, mais elle te protégeait. J'espère que tu ne laisseras pas cela changer ce que tu ressens pour elle.

— On dirait un mensonge même si ce n'est pas le cas. Elle n'a jamais dit qu'elle ne savait pas qui était mon père. Elle a dit que c'était quelqu'un qui croyait en la magie elfique, et c'était le cas.

Il ramassa des photos sur le sol à côté de lui et les lui tendit.

— C'est eux. Tu vois la casquette ? Je crois qu'il l'a achetée pour elle dans le magasin derrière eux. Maintenant je sais d'où tu tiens ton honnêteté.

Tracey l'embrassa.

— Tu sais, c'est normal d'être en colère contre ta mère et contre lui. Tout ce que tu ressens est normal. Il te faudra du temps pour l'assimiler, mais au moins maintenant tu connais la vérité, et tu n'as pas à y faire face tout seul. Tu m'as moi et je ne connais pas les Whiskey qui vivent ici, mais je sais que tu as le soutien des Whiskey de Peaceful Harbor et du reste de nos amis là-bas.

Il acquiesça, l'air sérieux.

Elle regarda autour d'elle, le cœur gonflé d'amour et de douleur pour lui aussi.

— Ta mère a fait beaucoup pour toi, Diesel mais elle a oublié de t'enseigner une chose très importante.

— Qu'est-ce que c'est ?

— Tu as dit que nous étions partenaires. *Où j'irais, tu iras.*

— Nous le sommes, dit-il fermement.

— Ne me sors pas ces conneries, M. À sens unique. Tu es parti seul pour faire quelque chose de vraiment difficile, comme si tu ne me faisais pas confiance pour être là pour toi, et ça m'a blessée et énervée.

— Trace, je ne voulais pas t'accabler.

— Arrête tes conneries. C'est ce qu'*implique* avoir des relations. Ça veut dire qu'on est là l'un pour l'autre, quoi qu'il arrive. Tu as été là pour moi pendant des choses horribles et je veux être là pour toi aussi.

— Tu ne comprends pas. C'était différent. Comment pourrais-je être l'homme dont tu as besoin si je ne sais pas qui je suis ?

Elle prit son visage entre ses mains, soutenant son regard obstiné.

— Tu as *toujours* su qui tu étais. Tu es Desmond 'Diesel' Black, fils de Ruthie Black, une mère qui t'adorait. Tu es un Dark Knight, un homme bon qui aide les autres, un chasseur de primes, un barman, un amant et un ami. Et maintenant, tu sais que tu es un *vrai* Whiskey, rejoignant les rangs de mes personnes préférées.

Elle marqua une pause pour qu'il comprenne bien.

— Et tu es à *moi*, Diesel. Et je suis à toi. Mais si tu veux que ça reste ainsi, tu ne peux pas me laisser derrière toi parce que tu veux me protéger, ou parce que tu penses que tu es assez fort pour résister à *n'importe quelle* tempête. Tu es l'homme le plus fort et le plus résistant que je connaisse, et je sais que tu peux résister à de très mauvaises tempêtes.

Elle regarda autour d'elle.

— Bon sang, Diesel, tu *es la* tempête.

Elle retrouva son regard et adoucit son ton.

— Mais même les bikers ont parfois besoin de s'appuyer sur quelqu'un, et quand on aime quelqu'un, on est là pour lui, quoi qu'il arrive. Je suis là pour toi, Diesel. Quand c'est dur, quand c'est facile, et à chaque fois, entre les deux. C'est ce que tu veux ? Veux-tu que je reste dans les parages pendant un certain temps ?

Il enfonça ses mains dans ses cheveux et s'y accrocha ferme-ment, ses yeux la transperçant.

— Si tu savais à quel point.

Il écrasa sa bouche contre la sienne, l'embrassant comme s'il déversait tout ce qu'il avait – chagrin, confusion et une mer d'autres émotions – dans leur connexion. Quand leurs lèvres se séparèrent enfin, il la garda, là, lèvres contre lèvres.

— Je suis désolé de t'avoir fait du mal. Je t'aime tellement, putain. Je veux que tu restes dans les parages bien plus long-temps qu'un moment, gamine, mais j'ai été seul pendant si longtemps. Je ne peux pas te promettre que je ne me planterai plus comme ça.

Pour Diesel, l'honnêteté *était l'*amour, et elle était si pleine du sien qu'elle pouvait le goûter.

— Eh bien, je *peux* te promettre de te rappeler à l'ordre à chaque fois jusqu'à ce que tu réalises que tu n'es plus un loup solitaire.

Il sourit et posa son front sur le sien.

— Je ne sais pas quoi faire maintenant.

Elle ne savait pas s'il parlait de leur relation ou des autres aspects de sa vie maintenant qu'il savait qu'Axel était son père, mais dans tous les cas, sa réponse était la même.

— Ce n'est pas grave. Nous trouverons une solution ensemble.

CHAPITRE DIX-NEUF

Dimanche matin, DIESEL parcourut la cour devant le chalet, son téléphone portable à l'oreille, parlant avec Tiny, lui racontant tout ce qu'il avait appris. Tracey et lui avaient passé en revue les parties importantes du journal de sa mère hier soir, après avoir nettoyé le chalet, et ils avaient parlé de tout cela. Tracey avait parlé et lui avait surtout hoché la tête, mais cela l'avait aidé d'entendre ce qu'elle pensait de ce que sa mère avait dû ressentir. Elle avait raison de dire que sa mère le protégeait et que c'était probablement une bénédiction déguisée qu'Axel ait su qu'il ne pourrait pas assumer la paternité. Diesel aurait pu passer sa vie à essayer de gagner l'amour d'un homme qui n'était pas capable de le donner. La façon dont Tracey admirait la force de sa mère lui avait fait voir plus clairement sa relation avec Tracey. Elle avait été blessée par ses actes et elle avait quand *même* traversé le pays pour être là pour lui. Il lui avait dit qu'il risquait de foirer, et elle était toujours là, croyant en lui, l'aimant. La nuit dernière, alors qu'elle dormait dans ses bras, il s'était juré de faire tout ce qui était en son pouvoir pour ne plus jamais la blesser.

Il finit de transmettre les détails à Tiny.

— On dirait bien que ton frère était mon père.

— Comment tu te sens par rapport à ça, D ?

— C'est beaucoup à digérer, mais je suis contente de savoir. J'aurais aimé qu'Axel le sache mais je ne peux pas changer ça.

— Oui, je comprends. Mais ta mère a fait ce qu'il fallait. Axel n'a pas amélioré son comportement jusqu'à ce qu'il ait une trentaine d'années, et à ce moment-là, qui sait ce que cela aurait pu lui faire. La culpabilité est une drôle de chose, et comme toi, Axel avait un grand cœur. Il ne se serait peut-être jamais pardonné de ne pas avoir pu être l'homme qu'elle pensait qu'il était. Peut-être qu'elle a épargné à tous des peines de cœur.

— Je n'y avais pas pensé.

— La vie est une drôle de chose, D. Elle te mettra sur le cul plus de fois que tu ne peux le compter, mais maintenant nous savons ce que tu as dans le *sang*. Je propose que tu viennes faire un barbecue pour fêter ça. On mangera près de la maison principale. Je parie que Simone serait ravie de te revoir.

Célébrer. Aussi inattendu que cela puisse être, c'était sacrément bon à entendre.

— Ça te dérange si j'amène Tracey ?

— Si tu n'amènes pas la nénette dont Dare parle à tout le monde, personne ne croira qu'elle existe.

Diesel rit.

— Tracey m'a dit que Dare l'avait draguée.

— Oui, il nous l'a dit. C'était avant qu'il sache que c'était ta nana. Vous venez ou quoi ?

— Nous serons là, et, Tiny, merci d'avoir gardé un œil sur moi pendant toutes ces années et d'avoir été là pour ma mère.

— Comme je te l'ai dit, vous avez toujours fait partie de la famille. Nous prenons soin des nôtres. Ça te dérange si je partage la bonne nouvelle avec les autres ? Ou tu veux leur dire ?

— Et m'ouvrir à tous ces câlins ?

Il se moqua.

— Prépare-toi. Nous nous reverrons bientôt.

Après avoir mis fin à l'appel, Diesel roula ses épaules vers l'arrière et appela Biggs. Sa voix rocailleuse traversa le téléphone comme une vague de réconfort inattendue. Diesel avait l'impression que toute sa vie avait été inattendue ces derniers temps. Il expliqua tout à Biggs, qui sembla le prendre au sérieux, de la même façon qu'il gérait tout le reste. Diesel s'excusa pour la façon dont il s'était enfui, et Biggs prit également cela au sérieux.

— Il y a quelque chose qui me tracasse. Sais-tu pourquoi Axel a cessé d'aller au Colorado. D'après le journal de ma mère, elle ne l'a plus revu après mes trois ou quatre ans.

— Ça me taraude depuis que tu es parti. Je n'ai pas de réponse concrète à te donner mais je mentirais si je te disais que je ne me suis jamais demandé si quelqu'un ne lui avait pas mis la puce à l'oreille. Ne me crois pas sur parole, car Dieu sait que je ne suis qu'un vieil homme qui divague. Mais si ta mère, ou n'importe quelle autre femme, l'avait atteint pendant ces années de galère, il serait resté très loin une fois qu'il aurait compris qu'il était lié quelque part. Ça l'aurait presque tué de savoir qu'il avait engendré un fils et qu'il n'était pas assez fort pour l'élever. Mais connaissant Axel, il valait mieux mourir lentement de culpabilité que de gâcher la vie d'un enfant.

Diesel ne savait pas quoi en penser, mais comme Tracey l'avait dit, l'orage d'été avait déjà frappé.

— Qu'as-tu prévu, fiston ? Tu rentres à la maison ou tu restes là-bas un moment ?

Tracey sortit sur le porche, magnifique dans un jean, un pull couleur bordeaux et les bottes de cow-girl qu'il lui avait offertes. Elle lui sourit et le salua, réveillant toutes les émotions qui l'avaient envahi la nuit dernière lorsqu'ils avaient fait l'amour et encore ce matin lorsque le soleil s'était glissé à travers les rideaux de sa chambre sur son visage paisible alors qu'elle s'était endormie dans ses bras. Elle était vraiment devenue sa *maison*, sa force d'ancrage, sa lumière au bout de ce qui avait été un tunnel très sombre. Lorsqu'elle avait parlé à sa mère hier soir, Tracey lui avait passé le téléphone parce que sa mère lui avait dit qu'elle avait besoin d'entendre de ses propres oreilles qu'il allait bien. Pour la première fois de sa vie, il s'était demandé si une personne pouvait avoir plus d'un endroit où elle se sentait à sa place, et c'était une sacrée bonne chose de se le demander.

— Nous serons de retour mardi après-midi.

Diesel voulait emballer quelques affaires de sa mère pour les ramener dans le Maryland.

— J'ai envoyé un texto à Bullet et il m'a dit qu'il s'occupait du bar.

— Et si vous passiez chez moi vers six heures ?

— Ça marche.

Il fit un clin d'œil à Tracey, réduisant la distance qui les séparait.

— D'accord. Tu as besoin de quelque chose ?

— Non.

Il attira Tracey contre lui. Il avait tout ce dont il avait besoin dans ses bras et tout ce qu'il n'avait jamais su vouloir à portée de mains.

— Transmets mes amitiés à ta courageuse petite dame et à mon chiant de frère chieur.

— Je le ferai. Merci, Biggs. On se voit dans quelques jours.

Il rangea son téléphone et pressa ses lèvres contre celles de Tracey.

— Comment ça s'est passé ?

— Très bien. *Bien*, en fait. Tiny nous a invités à un barbecue. Tu veux rencontrer les Whisk…

La réalité le frappa comme une bourrasque de vent, le soulevant plus haut.

— Tu veux rencontrer ma famille, ma chérie ?

— Ta *famille* ? Je n'en suis pas sûre. Ça a l'air sérieux.

La taquinerie illumina ses yeux.

— Es-tu sûre que nous sommes prêts pour cela ?

Il passa son bras par-dessus son épaule et l'embrassa.

— Pose tes jolies petites fesses sur ma moto pendant que je ferme la maison.

Il lui donna une tape sur les fesses et elle gloussa lorsqu'il se dirigea vers l'endroit qui l'avait vu grandir.

Il traversa le salon, voyant des flashs de souvenirs de sa mère souriant depuis la cuisine et jouant de la guitare sur le canapé du salon, mais aussi des images de Tracey s'extasiant devant les photos de lui bébé et s'attardant sur des photos de sa mère et lui. Il se rendit dans la chambre du hobbit, les sentant à nouveau tous les deux. Tracey avait posé un million de questions sur cette pièce, voulant connaître l'histoire de chacun des tableaux. Il l'aimait d'autant plus qu'elle voulait perpétuer la mémoire de sa mère.

Alors qu'il saisissait la guitare, la voix de sa mère lui murmurait les mots qu'elle avait prononcés avant que le cancer ne la prive de sa cohérence. *Promets-moi que tu ne seras pas triste trop longtemps, que tu prendras la vie par les cornes et que tu traceras ton propre chemin vers le bonheur. Tu étais ma magie elfique, Dezzie. Promets-moi que tu trouveras la tienne.*

Il regarda la pièce qu'il avait mise sens dessus dessous, la pièce dans laquelle son monde avait été bouleversé puis se redressa.

— Elle m'a trouvée, maman. Et j'espère qu'elle trouvera

aussi un peu de toi.

Il rangea la guitare dans son étui souple puis, la guitare en main, ferma la cabane à clé et se dirigea vers sa compagne.

Les yeux de Tracey sont remplirent de confusion.

— Qu'est-ce que tu fais avec ça ?

— Si tu veux voyager dans le monde entier avec une guitare sur le dos, tu dois apprendre à jouer.

Il lui passa les sangles sur les épaules, de façon à ce que la guitare repose sur son dos, et la serra autour d'elle.

— Voyager dans le monde entier ?

— Jouez dans des festivals, jouez dans la cour. Tout ce que tu veux faire.

— Mais c'est la guitare de ta mère.

— C'était le cas, et maintenant c'est la tienne. Je parie que si tu demandes gentiment, Sasha t'apprendra une ou deux choses.

Elle le fixa, les yeux écarquillés.

— *Diesel.* Tu es sûr ?

— Je n'ai jamais été aussi certain de quelque chose dans ma vie.

Il saisit son casque, repensant à ce qu'il avait dit.

— En fait, si. Je t'aime, Tracey Kline, et je t'aimerai jusqu'à ce que je ne puisse plus rien faire.

Il embrassa ses lèvres souriantes et enfourche sa moto.

— Maintenant, mets ce casque. Ce n'est pas bien de faire attendre la famille.

TRACEY avait remarqué qu'il y avait beaucoup plus de véhicules sur la route qu'hier. Un grand nombre d'entre eux s'alignaient derrière eux tandis que Diesel suivait une moto jusqu'à la propriété du *Redemption Ranch*. Il se dirigea vers une maison de pierre, de bois et de verre d'une taille impressionnante, avec un panneau indiquant *REDEMPTION RANCH – SERVICES THÉRAPEUTIQUES*. Des dizaines de personnes sortaient des voitures et se pressaient sur la pelouse, où des hommes et des femmes installaient des tables et des chaises et où des enfants se couraient après et tapaient dans des ballons. Diesel se gara dans le parking bondé, et les autres motos et véhicules qui les suivaient se garèrent le long de la route.

Tracey regarda autour d'elle pendant qu'ils enlevaient leurs casques, remarquant une foule de vestes en cuir et de gilets arborant des écussons de Dark Knights.

— Sommes-nous en train d'interrompre un événement du club ?

— Non. Je crois que Tiny a fait passer le mot.

Il verrouilla leurs casques sur la moto, accrocha la guitare à l'une de ses épaules et passa un bras autour d'elle.

— À propos de quoi ?

— Il a dit qu'il allait parler aux autres d'Axel et qu'il fallait fêter ça. Je pensais qu'il voulait dire avec la famille.

Alors que les gens saluaient et appelaient Diesel, Tracey ne put étouffer son sourire, l'excitation bouillonnant en elle.

— Il l'a fait. Mais dans ta langue, on appelle ça une fraternité.

Il se pencha pour l'embrasser.

— Ne me parle pas avec mon langage.

— Je vais te faire suer sur tout ce que je veux.

Elle se hissa sur la pointe de ses orteils pour de nouveaux baisers.

— *Diesel !*

Une petite brune courut vers eux, vêtue d'un sweat-shirt surdimensionné *style* Flashdance qui pendait sur une épaule, d'une mini-jupe noire, de bottes noires et d'un foulard à pois noué autour de son front.

Une jolie blonde portant un jean, un pull bleu, des bottes de cow-girl et un chapeau essayait de suivre son rythme. Derrière elle, il y avait un très grand homme à la barbe grise et au ventre pendouillant, vêtu d'un jean, d'un pull bleu, de bottes de cow-boy et d'un bandana noué autour de sa tête. Il tenait la main d'une jolie blonde d'une cinquantaine d'années avec une coupe de cheveux en dégradé et un sourire chaleureux et ils regardaient Diesel comme s'ils n'avaient jamais rien vu de mieux.

La brune se jeta dans les bras de Diesel.

— Tu m'as manqué !

Alors qu'il la posait à terre, elle lui donna un coup de poing dans le bras et sourit.

— Hé, *cousin*. Papa nous a annoncé la grande nouvelle. Je suppose que c'est une bonne chose que nous n'ayons jamais accroché.

Les sourcils de Diesel s'inclinèrent.

— Quoi… ?

La brune éclata de rire.

— Birdie ! C'est sa *petite amie*.

La jolie blonde leva les yeux au ciel.

— Ignore-la. Je suis Sasha, la normale, et elle, c'est Birdie, l'*autre*.

— Je préfère la plus *mignonne*.

Birdie remua les épaules.

Diesel secoua la tête.

— Birdie, Sasha, voici ma copine, Tracey.

— Bonjour. Enchantée de vous rencontrer toutes les deux.

Tracey les aimait déjà.

— J'ai hâte de mieux te connaître, dit Birdie. Je veux tous les *détails* sur toi et ce grand homme. Diesel, tu joues de la guitare maintenant ? Tu joues la sérénade à ta moitié ?

— Non, Tracey veut apprendre et j'espérais que Sasha aurait le temps de lui montrer une ou deux choses plus tard.

— J'aimerais beaucoup !

Sasha le serra dans ses bras.

— Tu m'as manqué, et pour info, j'ai toujours su que tu étais l'un des nôtres.

Le grand homme et la blonde plus âgée les rejoignirent. La femme prit Diesel dans ses bras et lui dit quelque chose que Tracey n'entendit pas, mais qui le fit sourire.

Il regarda ce grizzly d'homme.

— C'est ce que tu voulais dire en parlant aux *autres* ? Faire passer le mot au club ?

— Ils sont aussi ta famille, mon fils.

L'homme le serra dans ses bras et lui donna une tape dans le dos.

— *Fraternité*, dirent Sasha et Birdie d'un ton taquin.

— Laissez-le tranquille, les filles. Il vient d'apprendre qu'il a le sang des Whiskey qui coule dans ses veines, dit l'homme.

Diesel prit la main de Tracey et la serra.

— Tiny, Wynnie, voici ma copine, Tracey. Trace –

— Je sais, l'interrompit Tracey.

— Je suis tellement excitée d'être ici et de rencontrer votre famille.

— S'il te plaît, dis-moi que tu n'es pas opposée aux câlins.

Tiny haussa un sourcil.

— Non, monsieur. Je les aime bien.

— Viens ici, ma chérie.

Tiny la serra si fort qu'elle eut du mal à respirer et lui dit, pour ses oreilles seulement :

— Je suis content que tu l'aies poursuivi. C'est un homme bien.

Elle fut réchauffée par l'amour qu'ils portaient à Diesel.

— Bienvenue chez nous, ma chérie.

Wynnie la prit dans ses bras.

— J'ai entendu tant de choses merveilleuses à ton sujet.

— Ah bon ?

Tracey regarda Diesel.

— Pas de sa part, précisa Birdie. Diesel ne fait pas de commérages. Dixie parle de toi depuis toujours. Elle savait que vous finiriez ensemble, et maintenant je comprends pourquoi. Je n'ai jamais vu *Grincheux* aussi heureux.

Tracey rit.

Diesel se renfrogna.

— En fait, c'est Red qui a fait les commérages, indiqua Wynnie. Elle a une haute opinion de toi, Tracey. Viens, on va te présenter aux autres.

Diesel passa son bras autour de Tracey.

— Désolé pour tout ça, murmura t-il alors qu'ils suivaient Wynnie et les autres.

— Ne le sois pas. Je les aime, et ils t'aiment visiblement.

Elle fut présentée à des dizaines de personnes, dont le reste de la famille Whiskey. C'étaient de belles et robustes personnes qu'il y avait là. Si elle pensait que Dare était un dragueur, il n'avait rien à envier à Doc et Cowboy, qui firent des remarques sur leur disponibilité lorsqu'elle se lasserait de Diesel. La mine renfrognée de Diesel les fit rire, ce qui donna lieu à une série de plaisanteries hilarantes entre ces hommes costauds. Cowboy, Dare et Doc reprochaient à Diesel d'être leur cousin et il semblait que Diesel avait perdu le poids qu'il avait pris sur ses épaules ces dernières années.

Au fil de la journée, ils grillèrent des hamburgers et des hot-dogs, ils remplirent des tables d'accompagnements et de desserts, et ils distribuèrent des boissons. Tracey avait rencontré trop de gens pour se souvenir de tous, mais une chose en était ressortie avant tout. Tous adoraient Diesel et le connaissaient suffisamment pour ne pas essayer de le serrer dans leurs bras — du moins les adultes. Les enfants couraient vers lui pour le serrer dans leurs bras ou lui donner la main, et Diesel était très gentil avec eux. Il y avait des poignées de main, des hochements de tête, des tapes dans le dos, des sourires et de longues conversations sur le temps perdu entre ses visites.

Tracey aimait le voir avec les gens qu'il connaissait depuis toujours, qui lui avaient appris ce que signifiait être un homme, un Dark Knight, et qui, quel que soit le nom que Diesel leur donnait, le traitaient comme s'il avait toujours fait partie de leur famille.

— Ma chérie, voici Manny et Alice, le couple qui possède le *Roadhouse*. Je veux te les présenter.

Diesel la conduisit à travers la pelouse vers un couple séduisant dans la cinquantaine qui se tenait près de la table.

— Le voilà ! L'homme du jour, lança Manny.

Il avait la peau très bronzée, des cheveux courts poivre et sel et des sourcils noirs. Il serra la main de Diesel et lui donna une tape dans le dos comme l'avaient fait les autres.

— Bonjour, Manny.

— Diesel, mon chéri.

Alice, une jolie blonde à la taille de guêpe, se pencha et embrassa sa joue, lui donnant une rapide tape maternelle.

— Oh, comme ce beau visage m'avait *manqué*.

— Bonjour, Alice, dit Diesel.

— Tu peux *saluer* tout le monde, Desmond Black, mais j'ai changé tes couches et je t'ai essuyé les fesses. Je mérite un câlin.

Il la prit dans ses bras. Tracey n'avait jamais vu Diesel rougir auparavant. Qui aurait cru que son homme aussi costaud pouvait être embarrassé ?

Alice la regarda chaleureusement.

— Et cette jolie fille doit être Tracey.

— Oui. J'ai beaucoup entendu parler de vous. Je suis ravie de vous rencontrer.

— Et nous sommes impatients d'en savoir plus à ton sujet.

Alice la prit dans ses bras. Manny s'approcha pour l'étreindre à son tour.

— C'est un plaisir de te rencontrer, Tracey. Jusqu'à quand restez-vous en ville ?

— Nous partons mardi.

L'expression de Diesel devient sérieuse.

— Je viens de découvrir ce que vous avez fait pour ma mère quand elle est arrivée en ville et je veux vous remercier de lui avoir donné une chance et d'avoir veillé sur elle, de lui avoir donné un endroit où vivre. J'apprécie que vous l'ayez protégée.

Manny et Alice échangèrent un regard affectueux.

— Sais-tu comment j'ai rencontré ta mère ?

— Non.

— Je revenais de Denver et je me suis arrêté pour faire le plein, et elle sortait de la station en regardant une carte. Elle l'avait entièrement dépliée et la tournait dans tous les sens, comme si elle ne savait pas quelle direction prendre. Elle avait un sac à dos et la guitare que tu portes sur le dos. Ses longs cheveux bruns étaient sauvages et emmêlés, et ses yeux étaient pleins de joie. Je te le dis, elle rayonnait comme le soleil.

Il rit doucement.

— Je lui ai demandé où elle allait et elle m'a répondu qu'elle avait entendu parler d'un endroit appelé Hope Valley, et qu'elle avait le sentiment que si elle pouvait être heureuse quelque part, ce serait là-bas.

Diesel acquiesça.

— Cela lui ressemble bien.

— Ruthie était une femme exceptionnelle. Une artiste talentueuse, elle avait un contact incroyable avec les gens, et tout simplement était un plaisir à côtoyer. Elle pouvait illuminer la journée de n'importe qui.

Manny leva le menton vers Diesel.

— Surtout celle de celui-ci. Quand il était de mauvaise humeur à cause de ses devoirs ou de n'importe quoi d'autre, elle jouait de la guitare ou lui racontait une histoire et il s'illuminait comme un sapin de Noël.

— Oh oui.

Diesel baissa la voix.

— Ma mère vous a-t-elle déjà dit qu'Axel Whiskey était mon père ?

Manny pencha la tête, ses sourcils noirs se froncèrent.

— Elle ne nous a jamais dit qui était ton père. Lorsque nous avons reçu le message de Tiny nous invitant à fêter le retour de son neveu, nous avons fait le rapprochement.

— Je me suis posée la question, admit Alice. Je me souviens qu'Axel était venu avec une autre femme lorsque Ruthie était enceinte de quelques mois. Quelque chose dans son regard ce soir-là m'a poussée à demander s'il y avait quelque chose entre eux. Mais elle m'a répondu que non et c'est tout.

Diesel acquiesça.

— J'apprécie tout ce que tu as fait pour elle et pour moi.

— Chéri, tu es de la famille. Nous sommes toujours là pour toi.

Alice jeta un coup d'œil par-dessus leur épaule.

— On dirait que les *Charlie's Angels* sont en mission.

Ils suivirent son regard jusqu'à Simone, Sasha et Birdie qui se dirigeaient vers eux. Simone n'avait plus la même allure qu'en décembre dernier, lorsque Diesel l'avait amenée pour la première fois au *Redemption Ranch*. Tracey ne l'avait rencontrée qu'une seule fois mais elle se souvenait d'une fille atrocement nerveuse et douloureusement mince, aux joues décharnées qui accentuaient la cicatrice qui courait sur le côté gauche de son visage. Ses joues étaient plus remplies maintenant, ses cheveux auburn étaient plus longs, plus brillants, pleins d'ondulations et de boucles naturelles. Elle avait l'air en bonne santé et heureuse.

Alice toucha le bras de Diesel alors que les filles s'approchaient.

— Nous vous rejoindrons plus tard.

Tandis qu'Alice s'éloignait, Diesel jeta un coup d'œil à Simone.

— Comment ça se passe, Simone ? Tu as l'air en forme.

— Je me sens très bien. Cet endroit, Sasha, Birdie et les autres, c'est *exactement* ce dont j'avais besoin.

Simone avait même l'air en meilleure santé et plus forte.

— C'est ce que les gars disent après être sortis avec l'une d'entre nous, la taquina Birdie, s'attirant une grimace de Diesel, ce qui fit rire Tracey et les autres filles.

— Vous avez déjà mangé ? demanda Sasha.

Tracey secoua la tête.

— Pas encore, mais je commence à avoir faim.

— Nous non plus. Allons manger pendant que vous rattrapez le temps perdu avec Simone, proposa Sasha. Cela permettra à Tracey de ne pas être traînée dans la cour.

Tracey s'apprêtait à dire qu'elle n'avait jamais eu besoin de faire une pause avec Diesel et qu'elle aimait rencontrer les gens qui faisaient partie de sa vie, mais son regard complice lui dit qu'il le savait déjà. Sa théorie sur le fait d'économiser son souffle en gardant ses pensées pour lui dut lui plaire car elle n'avait plus ressenti le besoin de le dire.

— Ça m'a l'air bien.

Tracey prit une assiette.

— Simone, est-ce qu'ils te font travailler dur au ranch ?

— Le cow-boy aimerait la faire travailler *dur*.

Birdie sourit.

Simone leva yeux au ciel en mettant de la salade dans son assiette.

— J'aime le travail que je fais ici, et oui, c'est difficile certains jours. Mais ce tyran coiffé d'un chapeau de cow-boy est le fléau de mon existence.

— Pourquoi cela ?

La nature protectrice de la voix de Diesel ne passa pas inaperçue. Pas plus que la façon dont il regardait Cowboy alors qu'il s'approchait.

Cowboy se pencha sur l'épaule de Simone et parla d'un ton bourru.

— Qu'est-ce que je t'ai dit sur le fait de manger comme un oiseau ? Remplis ton assiette, ma belle. Tu auras besoin de carburant pour les corvées plus tard.

Simone lança un regard impassible à Diesel.

— Est-ce que cela répond à ta question ?

Elle se tourna vers Cowboy, le feu dans les yeux.

— Nous n'avons pas tous besoin de manger comme un cheval pour prendre soin d'eux.

Elle leva le menton et s'en alla.

Diesel arqua un sourcil lorsque Cowboy la regarda partir.

— C'est un sacré numéro, n'est-ce pas ?

— Attention, Cowboy. C'est de celles qui sont féroces dont il faut se méfier.

Le regard de Diesel glissa vers Tracey, le désir et l'amour dévorèrent l'espace qui les séparait.

— Ce qui commence comme une étincelle peut conduire à une combustion totale, et tu ne seras plus jamais le même.

— Notre sage cousin a parlé.

Cowboy fit un clin d'œil à Diesel.

— Cowboy, tu ferais mieux de garder ton doigt loin de la gâchette de Simone.

Sasha lança un regard à son frère aîné.

— Sortir avec quelqu'un qui est impliqué dans le ranch ne se terminera pas bien. Il suffit de demander à Doc.

— Que s'est-il passé avec Doc ? demanda Tracey.

Diesel et Cowboy échangèrent un regard qu'elle ne put déchiffrer.

— Disons simplement qu'il est tombé amoureux de la mauvaise fille et qu'il s'est attiré tout un tas d'ennuis, affirma Cowboy.

— On ne parle pas de Juliette, chuchota Birdie à Tracey.

— Hé, *Big D*. Je te préviens. Après avoir mangé, on va voler Tracey pour que Sasha lui apprenne à jouer de la guitare et que je puisse avoir un scoop sur vous deux. Si ça te pose un problème, tu peux en parler à quelqu'un qui s'en soucie.

Elle afficha un sourire malicieux.

— C'est *amusant* d'être cousins.

Le déjeuner était délicieux et leurs conversations agréables, avec juste assez de baisers de Diesel pour que Tracey ait l'impression de ne plus toucher terre. Après le repas, les filles emmenèrent Tracey. Sasha se montra patiente en l'aidant à apprendre les rudiments de la guitare et Birdie l'assaillit de questions sur Diesel et elle. Alors que l'après-midi se prolongeait jusqu'au début de la soirée, de nombreux invités partirent, mais une poignée d'entre eux restèrent. Diesel et les garçons avaient fait un feu de camp, et Tracey et les filles avaient rassemblé des couvertures et les avaient installées sur l'herbe autour du foyer.

Tout le monde s'installa sur les couvertures et Diesel serra Tracey contre lui, embrassant sa joue.

Sa voix rocailleuse lui parvint à l'oreille.

— Tu vas bien, gamine ?

— Mieux que bien. Mais surtout, comment toi, *tu vas* ?

— Bien. Très bien.

— Est-ce que tu te sens différent avec tout le monde maintenant que tu sais pour Axel ?

— Oui, je pense que oui. Mais ce n'est pas seulement parce que je sais pour Axel.

Il se rapprocha.

— C'est toi, ma chérie. Tu rends tout meilleur et tu me donnes envie de faire partie de quelque chose de plus grand. Quelque chose de spécial.

— D'après ce que j'ai vu aujourd'hui, tu as toujours fait partie de quelque chose de grand et de spécial. Je pensais que tu appartenais aux Whiskey à la maison mais tu appartiens aussi à cet endroit, avec ces gens qui t'aiment et qui connaissaient ta mère.

— Et ta place est près de ta mère et de ta nouvelle famille, près de Biggs et de tous ceux qui sont là, car comme tu l'as dit à maintes reprises, ils sont aussi ta famille.

Elle déglutit difficilement, se demandant s'il voulait construire sa vie ici, ce qu'elle comprendrait tout à fait.

— Est-ce que tu te sens plus chez toi ici ?

Il pressa ses lèvres contre les siennes.

— Tu es mon foyer, gamine.

— Tu sais ce que je veux dire, dit-elle avec un cœur heureux et une pointe d'inquiétude.

Il l'attira sur ses genoux, le regard sévère, posa sa main sur sa joue et passa son pouce sur ses lèvres.

— J'ai dit que *tu étais* ma maison, Tracey. Là où tu iras, j'irai. Ta mère est dans l'Est. Les personnes qui sont devenues ta famille – et la mienne – sont également là-bas. La vie que tu as construite est dans le Maryland. La vie que nous construisons ensemble est là-bas. Tu auras tout le temps de revenir ici, mais tes rêves d'aider d'autres femmes ont déjà commencé là-bas. Tu as pris racine et tu es sur le point d'atteindre le sommet. Je veux gravir cette montagne avec toi, chérie. J'en ai déjà parlé à Lior et il est tout à fait d'accord, si et quand tu seras prête.

Tracey avait du mal à assimiler tout ce qu'il avait dit et il dut voir à quel point elle était bouleversée, car il dit :

— Tu ne penses pas que j'ai oublié tes rêves, n'est-ce pas ?

Son cœur s'emballa.

— Tu enseignerais avec moi ?

— Je ferais tout et n'importe quoi avec toi.

Soutenant son regard, il enfonça sa main dans ses cheveux, ses yeux sombres devenant séduisants et séducteurs, envoyant des frissons de chaleur à travers son cœur avant même qu'il n'ait dit un mot.

— Et je veux dire *tout*.

Alors qu'il refermait sa bouche sur la sienne, Birdie hurla « Prenez une chambre », ce qui provoqua des rires et des taquineries.

— Vous avez tous raison. Assez de ces histoires de famille. Je ramène ma nana à la maison.

Diesel se leva, entraîna Tracey avec lui et la jeta par-dessus son épaule. Tout le monde applaudit et brailla quand elle cria, et Diesel se fraya un chemin vers la moto.

— Attends, mon gars ! Fais-le comme un Whiskey ! hurle Dare.

— La guitare ! hurla Sasha.

Diesel ne ralentit pas.

— Elle n'en aura pas besoin ce soir !

— *Diesel !*

Tracey rit.

— Ils ont fait tout ça pour *toi* !

Il la remit sur ses pieds, souriant comme un fou d'amour et *c'*est vrai qu'il avait une belle allure.

— C'est super, ma belle, mais je suis prêt à *te prendre*. Alors, soit tu poses ton joli petit cul sur cette moto, soit je te déshabille et je te penche dessus ici et maintenant.

— Tu n'oserais pas si tout le monde te regardait.

Un sourire carnassier apparut sur son beau visage.

— Tu as raison, mais il n'y a pas de voisins dans mon chalet.

Des frissons montèrent à l'intérieur d'elle.

— C'est une idée que j'aimerais que *tu* mettes en œuvre.

Ses yeux s'enflammèrent et un grognement sexy se fit entendre lorsqu'il l'attrapa par la taille, la souleva de ses pieds et la déposa sur la moto. Ils mirent rapidement leurs casques et il monta devant elle. Son cœur battait la chamade à l'idée qu'il la prenne à la dure et sans entrave au clair de lune, libérant toute sa puissance après un tel moment d'émotions. Elle l'entoura de ses bras, passant ses mains le long de son torse, sentant ses muscles magnifiques, son cœur battant aussi vite que le sien. Elle fit glisser ses doigts plus bas, serrant son excitation à travers son jean, augmentant son anticipation, et parce qu'elle l'aimait sauvage et affamé d'elle, elle ne put s'empêcher de dire :

— Dépêche-toi avant que je ne change d'avis.

Elle ne l'avait jamais vu conduire aussi vite.

Les vibrations du moteur, la promesse d'une étreinte illicite et la sensation de *Diesel* opérèrent leur magie, et lorsqu'ils arrivèrent au chalet, elle était une fille avide et en manque. Il descendit de la moto pendant qu'ils enlevaient leurs casques et il la retourna brutalement, se calant entre ses jambes, la prenant dans un baiser pénétrant aussi exigeant que délicieux. Elle se leva de la moto, désespérée d'en avoir plus et il l'embrassa plus fort tout en ouvrant son jean et en enfonçant sa main dans sa culotte. Ses doigts épais s'enfoncèrent en elle et elle gémit dans sa bouche, se balançant le long des doigts, son pouce faisant des ravages à ce point secret qui lui faisait recourber ses orteils. Elle s'accrocha à son épaule d'une main et tira sur son jean de l'autre. Elle était tout aussi impatiente de le voir et elle lui serra son sexe, ce qui lui valut le grognement le plus affamé qu'elle ait jamais entendu. La luxure l'envahit tandis qu'elle jouait avec sa main, et il la fit monter, monter, *monter*, jusqu'à ce qu'elle éclate en un million de lumières aveuglantes, criant dans l'obscurité tandis qu'il s'emparait de sa bouche, féroce et agressif.

Il retira sa bouche et baissa son jean, enfouissant ses mains dans ses cheveux.

— Suce-moi, ma belle.

Mon Dieu, oui. Elle s'agenouilla, prit sa verge d'acier dans sa bouche, l'aima avec tout ce qu'elle avait – mains, bouche, dents – produisant un son d'appréciation après l'autre. Le clair de lune scintillait dans ses yeux tandis qu'il la regardait lui donner du plaisir. Elle ne manquait jamais de s'émerveiller de voir le désir qu'il lisait dans ses yeux, qu'il sentait dans son corps, l'exciter. Son sexe devenait plus humide, plus exigeant à chaque léchage et à chaque succion. Elle le sentit gonfler dans sa main et il la tira par les cheveux, la douleur augmentant son plaisir. Il écrasa sa bouche contre la sienne, se régalant, leurs langues s'entrechoquant. Il lui arracha son jean et la fit tourner sur elle-même, lui donnant une claque sur les fesses, puis écrasant son sexe contre elle tandis que ses dents se refermaient sur son cou, envoyant des picotements de désir comme des aiguilles brûlantes se précipiter sur sa chair.

Elle s'accrocha à la moto, gémissant et miaulant, se frottant à lui, se cambrant tandis qu'il lui arrachait son pull et son soutien-gorge. L'air froid glissait sur sa peau et il lui palpa les seins, pressant ses mamelons si fort qu'elle le sentit entre ses jambes.

— Oh, *mon Dieu. Diesel.* J'ai besoin de *toi.*

Elle n'eut pas à le demander deux fois. Il la pénétra d'un seul coup, envoyant son ventre sur le siège en cuir, et elle *adora.* Elle le voulait plus fort, plus profond, *plus brutal.* Elle le voulait sauvage et libre.

— *Prends-moi*, Diesel. Ne te retiens pas.

Il se pencha sur elle, ses doigts se refermant sur ses côtes, et il déposa le plus tendre des baisers sur son épaule. Elle jeta un coup d'œil par-dessus cette épaule et il leva des yeux trempés de désir et un sourire diabolique qui mit le feu à ses entrailles, puis il la prit plus fort, plus vite, plus brutalement, secouant la moto à chaque invasion béate. Ses dents trouvèrent son cou, et sainte mère des orgasmes, les sensations la traversèrent comme une ruée, oblitérant sa capacité à faire quoi que ce soit d'autre que s'accrocher et prendre tout ce qu'il avait à donner – et elle adorait ça, bon sang. Le tonnerre et les éclairs s'écrasèrent en elle, brûlant, saisissant, *ravageant, et* juste au moment où elle atteignit le sommet, il grogna son nom, la suivant dans la tempête avec une puissance renouvelée. Leurs corps s'agitaient et poussaient, les bruits de leurs ébats se mêlant à ceux de la moto qui s'ébranlait à chaque coup de piston de ses hanches. Leurs cris de passion étaient portés par la brise, s'apaisant à mesure qu'ils redescendaient sur terre.

Il embrassa son épaule, sa joue et son cou. Ses bras puissants l'enlacèrent et ses mains avides saisirent à nouveau ses seins.

— Mon Dieu, Trace. Faire l'amour avec toi devrait être illégal.

Elle gloussa.

Il se redressa, la prit dans ses bras et l'embrassa lentement et sensuellement.

— Je ne t'ai pas fait de mal, n'est-ce pas ?

Elle secoua la tête, tellement ivre de lui qu'elle avait l'impression de flotter.

— Bien.

Il l'embrassa à nouveau, avec douceur et tendresse, puis il l'habilla avant de remonter son jean. Il l'entoura d'un bras et la conduisit jusqu'à la cabine.

— Parce que maintenant que nous avons calmé le jeu, je vais te faire l'amour toute la nuit.

— Tu viens de dire « *faire l'amour* »? le taquina-t-elle alors qu'il déverrouillait la porte. Qui *es-tu* ?

— Vu la façon dont tu me prends la tête, je n'en ai plus la moindre idée. Mais je vais prendre Fred Pierrafeu si cela te permet de rester à mes côtés.

— Ce fichu Fred ne me gardera pas à tes côtés. Elle le dépassa pour entrer dans la maison. Mais si tu aimes ça…

Il lui lança un regard noir, s'approchant d'elle à grandes enjambées, tel un tigre traquant sa proie.

— Tu vas avoir de *gros* ennuis, ma belle.

Elle se sentit étourdie.

— J'y comptais bien.

CHAPITRE VINGT

DIESEL revint à Peaceful Harbor différent de celui qu'il était quand il l'avait quittée. Il ressentait au plus profond de lui le besoin de s'enraciner plutôt que le désir de fuir à cette idée. Mais les changements qu'il subissait étaient plus profonds que l'endroit où il se couchait, la nuit. Il n'était plus un loup solitaire. Il avait Tracey à qui penser, et maintenant, il avait aussi une famille, ce qui signifiait des conséquences plus importantes pour ses actions. Alors qu'il se tenait sur le porche de Biggs et Red le mardi soir, reconnaissant les quatre motos à l'avant comme étant celles de Bullet, Bones, Bear et Dixie, la culpabilité se resserra comme un nœud coulant autour de son cou à cause de la façon dont il s'était enfui, laissant Biggs dans le sous-sol avec un travail à moitié fait et Bullet pour ramasser les morceaux et réorganiser l'emploi du temps pour le remplacer au travail. S'il avait la moindre chance de construire une vie là-bas, une vie avec Tracey, il devait maîtriser cette merde, même s'il savait qu'ils le soutiendraient toujours.

Red ouvrit la porte.

— Bon retour, mon grand.

— Merci. Biggs m'a demandé de passer.

Elle lui fit signe d'entrer.

— Ça va, mon chéri ?

Il acquiesça, mais les nœuds dans son estomac disaient le contraire, et il la suivit dans la salle à manger. Bullet et Bones étaient assis d'un côté de la table, Bear et Dixie de l'autre, et Biggs en tête. La pièce devint silencieuse, cinq paires d'yeux sérieux se tournant vers Diesel. Les hommes croisèrent les bras comme s'il était l'ennemi et ne faisait pas partie de la famille. Soudain, il vit la situation sous un autre angle et les nœuds dans ses tripes se resserrèrent. Pensaient-ils qu'il attendait quelque chose d'eux parce qu'il avait découvert qu'il faisait partie de la famille ? *Merde.*

Biggs lui fit signe de s'asseoir sur la chaise vide à l'autre bout de la table. Tandis que Diesel s'asseyait, Red se glissa sur le siège à sa droite, à côté de Bear, et tapota la main de Diesel. Ce n'est qu'à ce moment-là qu'il se rendit compte qu'elle n'avait pas essayé de le serrer dans ses bras lorsqu'il était arrivé.

Biggs se rassit mais le regard qu'il fixait sur Diesel n'avait rien de décontracté.

— Ton vol s'est bien passé ?

— Oui. Écoutez, je sais que c'est une situation folle, mais ça ne change rien. Je ne cherche pas l'aumône.

— Tu te trompes, fiston, dit Biggs d'un ton sévère. Cela change *tout*, et si tu penses le contraire, je crains que nous n'ayons un problème.

Les autres hochèrent la tête de manière troublante.

Diesel s'arc-bouta contre son malaise grandissant.

— Avec tout le respect que je vous dois…

Biggs leva la main pour le faire taire et se leva, canne à la main.

— Écoute-moi, mon garçon.

Il posa une main sur l'épaule de Dixie.

— J'ai fait des erreurs en ce qui concerne la famille, et je n'ai pas l'intention d'en faire d'autres.

Il continua à marcher vers Diesel.

— Mon frère est décédé et je pensais que c'était tout ce qu'on aurait d'Axel.

Il se tint à côté de Diesel.

— Debout, mon fils.

Diesel se mit debout, prêt à encaisser tout ce que Biggs lui proposerait.

Biggs se rapprocha.

— Tu es le fils de mon frère et cela fait de nous de satanés chanceux d'être en ta présence.

Il attira Diesel dans une étreinte virile et lui parla rudement à l'oreille.

— Bienvenue dans la famille, D.

Le soulagement et l'incrédulité s'emparèrent de Diesel tandis qu'il assimilait les propos de Biggs, son regard se porta sur les autres, qui tentaient d'étouffer leurs sourires.

— Vous vous êtes *foutus de* moi ?

Ils éclatèrent de rire et Diesel poussa un juron en se levant, parlant tous en même temps.

— On est beaucoup à gérer mais tu sais que tu nous aimes.

Dixie le serra dans ses bras. Bullet se fraya un chemin jusqu'à lui.

— Il faut t'y habituer. Tu es un Whiskey maintenant.

— Bienvenue dans la famille, cousin.

Bones lui donna une tape dans le dos.

— J'ai profité de supers moments avec Axel et ces années auraient dû être les tiennes, dit Bear avec une pointe de culpabilité.

Même si Diesel aurait aimé connaître Axel et peut-être même être pris sous son aile, il ne regrettait pas la proximité qu'Axel et Bear avaient partagée.

— Non, mec, tout va bien. Je suis content qu'il ait été là pour toi.

Bear l'embrassa rapidement.

— Quand tu seras prêt, j'ai beaucoup d'histoires à raconter.

— J'ai hâte de toutes les entendre.

Red le serra dans ses bras, les yeux pleins de tendresse et le sourire maternel, tirant sur les parties de lui que Tracey avait mises au jour.

— Chéri, tu as toujours été comme un fils pour nous et c'est encore mieux comme ça.

Elle fit un signe vers plusieurs cartons posés sur le sol derrière lui.

— Nous avons fait le tour des affaires d'Axel dans le sous-sol du club-house et de ce que nous avions ici. Ce n'est pas grand-chose. Surtout des livres et d'autres choses. J'ai rassemblé quelques albums photos et d'autres choses car nous avons pensé que tu pourrais en vouloir.

La boule qui avait surgi dans sa gorge tout au long du week-end réapparut. Il jeta un coup d'œil aux boîtes, tandis que Bear soulevait le rabat de l'une d'entre elles et en sortait un livre.

— Je ne sais pas si cela t'intéressera, à moins que tu n'aimes Bilbo Baggins.

Bear tourna le livre, lui montrant la couverture du *Hobbit*.

Ils n'avaient aucune idée de l'importance de ce livre. Diesel se racla la gorge pour tenter de reprendre le contrôle de ses émotions grandissantes.

— En fait, si. J'apprécie que tu aies rassemblé tout ça et je suis vraiment désolé d'être parti comme je l'ai fait et de t'avoir laissé en plan.

— Nous comprenons, le rassura Biggs. Mais il *y a* certaines choses qui vont de pair avec le fait de faire partie de cette famille que tu dois entendre. La première, c'est que nous t'avons intégré en tant qu'associé dans le bar et le garage.

— Wow, Biggs. De quoi tu parles ?

Il ne pouvait pas cacher le choc dans sa voix.

— Le bar est une entreprise familiale et Axel a laissé le magasin à la famille. Tu fais partie de cette famille, fiston.

Diesel fut bouleversé par sa générosité.

— Merci, mais je n'ai pas besoin d'aide. Ça me va de travailler pour vous tous.

— Ne me fais pas le coup de l'assistanat, s'emporta Biggs. C'est une affaire de famille, pas de la charité.

— Biggs, c'est trop.

Il regarda les autres, espérant un soutien, mais ils secouaient la tête. Il est clair qu'il était d'accord avec Biggs.

— Vous avez tous donné de votre personne. Vous avez travaillé comme des forcenés pour faire tourner les entreprises.

— Toi aussi.

Biggs se rapprocha en boitant.

— Chaque fois que tu es venu en ville, depuis plus d'années que je ne saurais dire, tu as pris du temps pour nous. Tu es intervenu quand nous avions le plus besoin de toi ces deux dernières années, et tu as consacré près de sept jours par semaine à notre famille – à *ta* famille. Ce qui m'amène à l'ordre du jour suivant. Tiny, Reba et moi avons gardé un morceau de notre passé qui était important pour nous tous, mais surtout pour Axel. Ce n'est pas grand-chose, juste une petite maison à l'autre bout de la ville où nous avons grandi, et jusqu'à ce qu'il soit trop faible pour le faire, Axel avait l'habitude d'y aller quand il avait besoin de réfléchir. Tiny m'a dit qu'il t'en avait parlé quand tu as quitté le Colorado.

— Oui, il l'a fait. J'y vais depuis mon premier voyage à Peaceful Harbor.

Tout comme Axel. Il aimait bien le savoir.

Biggs acquiesça.

— C'est à toi maintenant, mon fils.

Restant sans voix, Diesel secoua la tête, certain d'avoir mal compris ce que disait Biggs.

— Ce qui est drôle, c'est que toutes ces années, nous avons parlé de la vendre, dit ce dernier, avec un air pensif. Nous n'avons jamais pu nous en défaire. Maintenant, nous savons pourquoi. Il n'attendait que toi.

— Biggs, je ne peux pas…

Merde. Les émotions obstruaient sa gorge.

— Tu ne sais même pas quels sont mes projets.

— Je me fiche complètement de tes projets. La maison est à nous et nous te la donnons. Tu es libre d'en faire ce que tu voudras.

— Je ne peux pas l'accepter gratuitement comme ça. Mais je reste dans le coin, alors je vous l'achète. J'ai beaucoup d'argent et j'*aime* cet endroit.

— Ton argent ne sert à rien ici, fiston.

Biggs se caressa la barbe.

— Red, fais entendre raison à ce garçon.

Red tendit à Diesel une enveloppe en papier.

— Nous avons déjà rédigé les documents pour les entreprises et la maison. Je crains que tu ne sortes pas d'ici avant de les avoir signés.

Bullet, Bones et Bear se tenaient à l'entrée de la salle à manger, les bras croisés.

Diesel se moqua.

— Vous savez que je peux tous vous éliminer, n'est-ce pas ?

— Mon cul, oui.

Bullet sourit.

Bones et Bear échangèrent un regard amusé.

— Vous pouvez essayer.

— Vous voulez bien arrêter de vous la raconter.

Dixie tendit un stylo à Diesel.

— Nous t'aimons et nous voulons que tu aies un foyer, ici. Maintenant, signe ces foutus papiers pour que tu puisses rentrer chez toi avec Tracey et que je puisse retourner au bar avant que Dana ne démissionne.

Diesel serra les dents contre le chaos chaud et flou qui se déroulait en lui.

— Je ne sais que dire.

— Tu n'as pas besoin de dire quoi que ce soit, chéri. Nous savons que tu nous aimes, le rassura Red.

D'un hochement de tête sec, il sortit les papiers de l'enveloppe, essayant de maîtriser ses émotions. En lisant les documents lui attribuant un pourcentage des entreprises et la propriété de la cabane, son cœur se serra. Il regarda les gens qu'il avait la chance d'appeler sa famille et, cette fois, il ne retint rien.

— Je vous remercie. Je vous aime tous.

Il regarda Bullet.

— Même ton pauvre cul.

Ils rirent pendant que Diesel signait les papiers, puis ils s'embrassèrent et prononcèrent des mots gentils. Cette histoire de famille était terriblement touchante, mais il avait le sentiment qu'il ferait mieux de s'y habituer.

Lorsqu'il finit par partir, il était encore en état de choc. Il enfourcha sa moto et appela Tracey.

— Comment ça s'est passé ? lui demanda-t-elle avec anxiété.

— Je te dirai quand je te verrai. Retrouve-moi devant dans

cinq minutes.

Il mit son téléphone dans sa poche et se rendit directement chez elle. Elle attendait sur le trottoir, belle et sexy dans un jean et un sweat-shirt, ses yeux dansant de curiosité. Il lui tendit un casque.

— Grimpe, ma belle.

Elle enfourcha la moto.

— Tu ne vas pas me dire comment ça s'est passé ?

— Bientôt. Mets ton casque et accroche-toi bien.

Il conduisit jusqu'à la maison et, en posant leurs casques, il prit la main de Tracey.

— Qu'est-ce qu'on fait ici ?

— Je vérifie l'endroit.

Il lui fit miroiter les clés de la maison. Elle écarquille les yeux.

— Où les as-tu eues ?

Il regarda la fille qui avait changé sa vie avec ces doses de douceur et d'insolence et suffisamment d'amour pour le tirer du mauvais côté de cette ligne invisible et lui donner envie de ne jamais revenir en arrière, et son cœur se déversa.

— Ma *famille* me l'a donnée. C'est à nous, gamine, et j'ai hâte de te voir remplir ce jardin, recevoir ta famille pour faire griller des steaks et regarder du football, et te voir sourire à chaque fois que tu franchiras cette porte.

Sa mâchoire se décrocha.

— *Quoi ?* Tu veux qu'on emménage ensemble ?

Il la prit dans ses bras et l'embrassa.

— Bon sang. Je t'aime, Trace. Je veux me réveiller avec toi tous les matins, afficher les photos de nos familles sur les murs et te faire des cochonneries au clair de lune sous le porche.

Elle rit mais la joie qui brillait dans ses yeux lui indiquait qu'elle voulait aussi ces choses-là.

— Allons-y. Allons voir notre nouvelle maison.

Il passa son bras autour de son épaule et se dirigea vers la porte.

— Tu sais, une fille aime qu'on *lui demande* d'emménager, pas qu'on lui dise.

Mon Dieu, je t'aime.

— *C'est* moi qui te le demande, gamine.

Il la souleva dans ses bras et l'emmena sur les marches du porche, faisant taire ses rires par un long et lent baiser.

CHAPITRE VINGT-ET-UN

— COMBIEN DE TEMPS avons-nous ? lança Diesel depuis la salle de bain où il est en train de se raser. Ils se préparaient pour le mariage de Penny et Scott. Cela faisait six mois que Diesel avait découvert qu'Axel était son père, quatre mois qu'ils avaient emménagé dans la maison et deux mois que Penny avait donné naissance à Liam Wilson Beckley, leur adorable petit garçon. Tracey enfila ses sous-vêtements.

— Nous devons partir dans quarante-cinq minutes. Je vais prendre un en-cas. J'ai toujours faim lors des mariages.

Elle enfila sa chemise et sortit de la chambre.

Dans la cuisine, elle saisit un pot de yaourt dans le réfrigérateur, souriant à la vue des étagères et des tiroirs méticuleusement organisés. Dans la vie de Diesel, chaque chose avait sa place et elle était ravie d'en faire partie. La lumière du soleil pénétra par les portes-fenêtres, baignant ses jambes nues de chaleur alors qu'elle s'asseyait à la table pour manger. Diesel et ses collègues avaient nettoyé l'intérieur et l'extérieur de la maison, rénové le parquet, ajouté des fenêtres, remplacé les appareils électroménagers et le carrelage, et construit une terrasse devant la cuisine qui donnait sur les bois et le chemin privé menant au ruisseau. Ils avaient baptisé chaque pièce et la terrasse.

Diesel avait terminé le sous-sol et l'avait transformé en salle de sport avec suffisamment d'espace pour pratiquer l'autodéfense. Ils avaient conclu un accord avec la salle de sport et donnaient des cours d'autodéfense depuis cinq semaines, parfois avec Lior, parfois sans lui, mais toujours ensemble. Ils proposaient des cours gratuits aux femmes du foyer de Parkvale. Ils travaillaient encore tous les deux au bar, s'embrassant furtivement, faisant des choses cochonnes après les heures de travail, et aimant chaque seconde de cela.

Tracey entendit Diesel bouger dans la chambre et jeta un coup d'œil dans cette direction, ses yeux s'arrêtant sur sa guitare posée à côté du canapé dans le salon. Il l'avait surprise avant Thanksgiving en lui offrant un mois de cours de guitare auprès d'un musicien local et il aimait l'écouter jouer autant qu'elle aimait jouer. Elle regarda les photos de leurs familles et de leurs amis qui ornaient les murs. Beaucoup d'entre elles dataient de son enfance. Tracey jura que les photos de sa mère ajoutaient plus qu'une petite touche de magie à leur vie. Ils avaient ramené du Colorado sa boule à neige de hobbit et d'autres objets. Diesel souriait à chaque fois qu'il les voyait. Pour un homme qui avait passé sa vie sur la route, ne restant jamais assez longtemps pour que l'herbe pousse sous ses pieds, il savait comment créer un foyer chaleureux et aimant. Elle leva les yeux au plafond, adressant un remerciement silencieux à sa mère.

Elle avait le sentiment que leurs mères auraient été les meilleures amies du monde. Elle voyait souvent la famille de sa mère et, sans crier gare, sa mère avait commencé à appeler Diesel *Dezzie*. Sa mère ne savait pas que c'était ainsi que *sa* mère l'appelait, et Tracey l'avait mise au courant et lui avait demandé de ne pas l'appeler ainsi.

Mais Diesel avait choisi de montrer son côté plus doux et avait joyeusement approuvé le surnom. Il avait même utilisé quelques-uns de ses rares mots pour raconter à sa mère et à sa famille quelques jolies histoires sur la sienne. Anna et Malia avaient passé un week-end avec Tracey et Diesel le mois précédent et elles avaient adoré le ruisseau et les balades en moto. Diesel était devenu aussi protecteur envers elles qu'il l'était envers Tracey, et il n'était pas très enthousiaste à l'idée que Malia ait déclaré vouloir sortir avec un biker. Il lui avait lancé un de ses regards les plus sévères et lui avait dit :

— *Tu sais que tu ne sortiras pas avec quelqu'un avant au moins dix ans, n'est-ce pas ?*

Tracey et les filles avaient bien ri.

— Chérie, tu as vu ma chemise ?

Diesel entra dans la cuisine avec l'air d'un sexe sur pattes, vêtu d'un pantalon bleu foncé et d'une cravate bleue drapée autour du cou. Ses yeux se posent sur elle et il s'approcha d'elle en rôdant.

— C'est *ma* chemise ?

— Tu dis toujours que ce qui est à toi est à moi.

Il se pencha vers elle, l'enserrant d'une main sur la table et de l'autre sur le dossier de sa chaise, plaçant ses lèvres délicieuses à un souffle des siennes. Son regard brûlant descendit le long de son visage, jusqu'à la courbe exposée de ses seins, puis remonta lentement, s'attardant sur les manches de sa chemise remontées jusqu'aux coudes.

— Je vais devoir la repasser encore une fois.

— *Oups.*

Elle tira sur un bout de sa cravate, lui enleva de son cou et l'enroula autour de sa taille, utilisant les deux bouts pour le rapprocher.

— Peut-être que je peux me rattraper.

Ses yeux s'assombrirent et un grognement gronda dans sa

gorge, faisant tressaillir ses mamelons. Il effleura ses lèvres sur les siennes.

— Nous allons être en retard.

— Pas si nous sommes rapides.

Elle se leva pour l'embrasser et il l'enleva de la chaise, la ravageant tandis qu'il l'emmenait dans la chambre et l'aimait intensément. Ils se douchèrent et s'habillèrent rapidement. Tracey redressa sa cravate, le souffle coupé par la beauté du jeune homme.

— Si tu continues à me regarder comme ça, on va rater le mariage.

Elle sentit ses joues s'échauffer.

— Je n'y peux rien si tu es sexy.

Il lui attrapa les fesses et l'attira vers lui pour l'embrasser avec ardeur.

— Je ne suis pas aussi sexy que toi. Mais on va être en retard si on ne se dépêche pas.

Il la retourna pour fermer sa robe, déposant plusieurs baisers le long de sa colonne vertébrale avant de remonter la fermeture éclair, la faisant à nouveau frissonner de chaleur. Il la retourna dans ses bras, l'air sérieux.

— Ne pense même pas à danser avec Rhys.

— Ne me dis pas ce que je dois faire.

Elle gloussa et l'embrassa.

— Il ne sera même pas là. De plus, il n'y a pas de place sur mon carnet de bal. Il y a ton nom dans chaque case.

— Évidemment. Allons-y.

— Je dois juste trouver mes boucles d'oreilles.

— Dépêche-toi, gamine. Je vais démarrer le pick-up.

Alors qu'il quittait la chambre, elle l'appela :

— Prends leur cadeau !

Elle mit des boucles d'oreilles et le joli collier en forme du signe de l'infini en diamants que Diesel lui avait offerts pour Noël. Biggs et Red invitaient toujours tout le monde pour le réveillon de Noël, et cette année, ils avaient aussi invité la famille de Tracey. Diesel et Tracey étaient partis quelques jours plus tard pour fêter le Nouvel An avec sa famille au ranch dans le Colorado. Il s'est avéré qu'ils ressemblaient beaucoup à Biggs et Red, et ils avaient fêté le Nouvel An avec tout le monde au ranch. Tracey s'était rapprochée de Sasha, Birdie et Simone, et c'était hilarant de voir Simone essayer d'éviter Cowboy, tandis que Birdie faisait tout ce qu'elle pouvait pour rendre la chose impossible, et qu'à son tour, Sasha faisait tout ce qu'*elle* pouvait pour aider Simone en déjouant les tentatives de Birdie.

Tracey saisit ses talons et s'envola vers la porte d'entrée, s'accrochant à la balustrade du porche pour les enfiler. Diesel siffla, se dirigeant vers elle sur le chemin d'ardoise entre les jardins que sa mère et ses sœurs l'avaient aidée à planter le week-end dernier.

Il lui tendit la main alors qu'elle descendait la dernière marche.

— Gamine, tu es trop belle pour être décrite. Mais il manque quelque chose.

Elle baissa les yeux sur sa robe bleue, qu'elle avait achetée pour être assortie à sa cravate, et sur les talons hauts qui la rapprochaient un peu plus de ses lèvres.

— Qu'est-ce que j'ai…

Diesel lui passa une magnifique bague à l'annulaire gauche.

— Voilà. Maintenant, on peut y aller.

Elle ne put que fixer le diamant bleu entouré d'un motif de pétales de fleurs en diamants blancs et de deux vignes torsadées en or autour d'un mince anneau de diamants. Elle leva des yeux humides vers lui, abasourdie.

— *Diesel… ?*

— Quoi ? Tu n'aimes pas ça ?

Des larmes glissèrent sur ses joues.

— J'*adore*, je t'aime et j'aime notre maison et notre jardin. J'aime notre *vie*. Mais est-ce que c'est… ? Es-tu … ?

— *Et zut.* J'avais oublié que tu aimais qu'on te le demande.

Il se racla la gorge, son amour l'enveloppant comme une étreinte alors qu'il mettait un genou à terre, tenant sa main dans la sienne.

— Ma belle, tout ce qui te concerne, tout ce qui *nous concerne*, était inattendu, et il ne se passe pas une minute sans que je remercie ma bonne étoile que, parmi tous les hommes du monde, tu m'aies choisi. Tu es la *paix et* je ne savais pas qu'elle me manquait. Nous avons des racines, mais je veux *plus*. Je veux que tu aies un beau mariage blanc avec tout le tralala. Un jour je veux avoir des petits garçons durs qui grognent et d'adorables petites filles qui leur donnent du fil à retordre. Je veux t'écouter jouer notre chanson à la guitare jusqu'à ce que nous soyons vieux et grisonnants et repenser aux souvenirs que nous avons créés et à la vie incroyable que nous avons eue.

Il devait avoir gardé tous ses mots pour ce moment précis. De nouvelles larmes coulèrent sur ses joues.

Il se leva, ses yeux amoureux se posèrent sur les siens.

— Tracey, mon amour, ma vie, mon *tout*, seras-tu à moi pour toujours ? Épouse-moi, prends mon nom et remplis notre maison de plus de bonheur que nous ne pourrons oser espérer.

— *Oui !*, dit-elle en versant plus de larmes.

Elle jeta ses bras autour de son cou et l'embrassa. Il la fit tourner, ils rirent et s'embrassèrent.

— On va se marier !

Bien sûr qu'on va se marier.

Il la posa à terre et la regarda profondément dans les yeux.

— Je t'aime, ma belle. Maintenant, pose tes jolies fesses dans cette voiture avant que je ne te ramène à l'intérieur et que je ne t'arrache cette jolie robe.

Elle gloussa et ne put s'empêcher de le taquiner.

— Tu sais qu'une fille aime qu'on lui demande de monter dans un pick-up, pas qu'on lui dise.

Il lui donna un coup sur les fesses et elle cria, courant vers le véhicule mais il l'attrapa par la taille, la prit dans ses bras et l'embrassa. Le soleil printanier réchauffant leurs joues et le cœur plein d'amour, ils s'embrassèrent.

Au bord de l'explosion, elle dit :

— Bague ou pas, il n'y a que toi, Diesel Black. Il n'y a toujours eu que toi.

Prêts pour les Whiskey du Ranch Rédemption ?
Tombez amoureux de Dare Whiskey et Billie Mancini
dans *Aime-moi si tu l'oses*

Elle est la seule femme qu'il ait jamais aimée, et celle qu'il ne pourra jamais avoir

Des années après avoir perdu l'un de leurs meilleurs amis à cause d'un défi qui a mal tourné, Devlin "Dare" Whiskey continue de défier sans cesse le destin, tandis que Billie Mancini ne donne plus le meilleur d'elle-même. Billie est belle, dure et déterminée à ne pas retourner au style de vie axé sur l'adrénaline qu'elle a autrefois désiré comme une drogue et qu'elle craint aujourd'hui comme le diable. Mais Dare en a assez de la voir faire semblant d'être ce qu'elle n'est pas et relève le défi le plus important qu'il ait jamais eu à affronter : montrer à la femme qu'il aime que parfois, le risque en vaut la chandelle.

Achetez ***Aime-moi si tu l'oses***

Rencontrez des héros sexy, riches, et délicieusement séduisants
dans la série *Les Braden de Weston*

Treat Braden ne cherchait pas l'amour quand Max Armstrong a déboulé dans son complexe de Nassau, mais sous la façade d'efficacité et de professionnalisme qu'elle arbore comme un bouclier, il découvre une femme douce et sensuelle. Au cours d'une sublime nuit d'amour, les étincelles fusent, et pour la première fois de sa vie, Treat rêve d'autre chose qu'une simple histoire sans lendemain. Mais Max doit lui tourner le dos, et après des semaines de coups de fil sans réponse et de mélancolie, à rêver à la seule femme qu'il ne peut pas avoir, Treat retourne au ranch familial pour essayer de tourner la page.

Quand Treat et Max se retrouvent par hasard, ils cèdent à une nouvelle nuit de passion intense et d'honnêteté brute. Max lui révèle son secret, un passé douloureux, et Treat jure alors de faire son possible pour gagner le cœur de sa belle – y compris l'aider à affronter ses démons.

Achetez *Au cœur de l'amour*

Vous avez adoré les romans de Melissa ?

Si c'est la première fois que vous lisez un roman de Melissa, vous devez savoir que les Whiskey sont une des nombreuses familles que vous pourrez découvrir dans la saga *Amour Sublime* qui regroupe de grandes familles dans une série de romances. Tous les romans de cette série peuvent être lus de manière indépendante. Les personnages apparaissent dans d'autres sagas familiales et de ce fait, vous ne manquerez aucunes fiançailles, aucun mariage ou naissance. Pour en savoir plus sur les romances magiques *d'Amour Sublime*, cliquez ici: www.MelissaFoster.com/amour-sublime.

Melissa offre très souvent les premiers tomes de ses sagas avec des ebooks gratuits. Retrouvez la liste de ces ebooks ici: www.MelissaFoster.com/LIBFree.

Pour télécharger la liste de ses séries, l'ordre dans lesquelles elles doivent être lues et bien d'autres informations, rendez-vous sur la page de Melissa Reader Goodies page.

Retrouvez Melissa

www.MelissaFoster.com

Melissa Foster est une auteure primée, dont les best-sellers figurent aux classements du New York Times et de USA Today. Ses livres sont recommandés par le blog littéraire de USA Today, le magazine Hagerstown, The Patriot et de nombreuses autres revues. Melissa a peint et fait don de plusieurs fresques murales pour l'hôpital des enfants malades à Washington, DC.

Retrouvez Melissa sur son site web ou discutez avec elle sur les réseaux sociaux. Melissa aime parler de ses livres avec les clubs de lecture et les groupes de lecteurs. N'hésitez pas à l'inviter à vos événements. Les livres de Melissa sont disponibles dans la majeure partie des boutiques en ligne, en version papier et numérique.

Melissa écrit également des romances douces (sans scènes explicites) sous le nom de plume Addison Cole.

www.ingramcontent.com/pod-product-compliance
Lightning Source LLC
Chambersburg PA
CBHW021215220726
48287CB00015B/1417